GIACINTA
CAVAGNA DI GUALDANA

DAS HAUS DER SÜSSEN TRÄUME

EIN SCHOKOLADENROMAN

Aus dem Italienischen
von Mirjam Bitter

ATLANTIK

Die Originalausgabe erschien 2023 unter dem Titel
La fabbrica delle tuse. Le ragazze del cioccolato bei Piemme.

MIX
Papier | Fördert gute Waldnutzung
FSC® C014496

*Atlantik ist ein Imprint des
Hoffmann und Campe Verlags, Hamburg.*

1. Auflage 2025

Harvestehuder Weg 42, 20149 Hamburg, produktsicherheit@hoca.de
www.hoffmann-und-campe.de
Umschlaggestaltung: © Johannes Wiebel | punchdesign, München
Umschlagabbildung: © stock.adobe.com, shutterstock.com
und Joanna Czogala / Arcangel
Satz: Pinkuin Satz und Datentechnik, Berlin
Gesetzt aus der Adobe Caslon Pro
Druck und Bindung: GGP Media GmbH, Pößneck
Printed in Germany
ISBN 978-3-455-01980-3

HOFFMANN
UND CAMPE

Ein Unternehmen der
GANSKE VERLAGSGRUPPE

»Das Leben ist wie eine Schachtel Pralinen.
Man weiß nie, was man kriegt.«

FORREST GUMP

Für Andrea, Amalia und Adelaide,
die das Schicksal in meine Schachtel gesteckt hat
und die mein Leben jeden Tag versüßen.

»Am Anfang ist der Block – zersplittert, gemahlen, temperiert; jeder Block Schokolade bringt ein neues Rezept mit sich, neue Inspiration.« Genau wie bei der Geschichte der Zaini.

Zartschmelzend fließen die Gedanken.

Kein Klümpchen bremst die Phantasie.

»Jeder Block bringt neue Inspiration«, wiederhole ich, während ich eine Vierhundert-Gramm-Tafel dunkle Schokolade in meinen Händen drehe und wende, kompakt und unwiderstehlich. Ich taste die Verpackung ab und zähle fünfzehn Quadrate reiner Lebenskraft. Ich kann nicht widerstehen und packe sie aus.

Der Duft ist betörend. Ein Splitter löst sich, und schon liegt er auf meiner Zunge. Während er schmilzt, gleiten die Finger auf die Tastatur meines Computers.

Die Erzählung nimmt ihren Anfang, die von Emilia, Olga, Ines, Noemi und von Clelia, Ernestina und den vielen jungen Frauen, auf Mailändisch »Tuse«, die im Takt von Kirschpralinen und anderen saisonalen Köstlichkeiten die Geschichte einer der ältesten Schokoladenfabriken Mailands geschrieben haben, in Betrieb seit 1913.

Werden Emilia vierhundert Gramm Schokolade reichen, um allen Widrigkeiten zu trotzen und immer neue Inspiration zu finden? Vielleicht nicht. Kein Problem – die Vorratskammer ist gut bestückt.

Prolog

Mailand, März 1938

»Ich habe euch hier zusammengerufen, um mich von euch zu verabschieden. Für mich ist es an der Zeit, Bilanz zu ziehen. Und ich möchte mich bei euch bedanken, dass ihr in all den Jahren so viele Opfer gebracht und immer treu eure Arbeit geleistet habt.« Signor Zaini steht vor dem Fabrikeingang, das Gesicht ausgemergelt von der Krankheit, der Körper abgemagert, die Stimme schwach: »Ihr werdet weiterhin gewissenhaft eure Pflicht erfüllen, so als wäre ich noch hier. Ihr solltet nun sogar noch stärker das Bedürfnis verspüren, stets treu eure Arbeit zu verrichten. Denkt dabei an mich, der ich mit gutem Beispiel vorangegangen bin.«

Vor ihm hat sich die Belegschaft der Zaini versammelt. Viele von ihnen arbeiten schon jahrelang dort, seit der Eröffnung, als die Fabrik noch in der Via De Cristoforis zu Hause war. Luigi Zaini sieht Pietro Tosco, den Vorarbeiter, Giovanni Brioschi, den Buchhalter Franco, die vielen Arbeiterinnen. Die sind heute schöner denn je: Unter ihren frisch gebügelten weißen Schürzen sind elegante Pumps mit einigen Zentimetern Absatz zu sehen; ein Hauch Rouge rötet ihre Wangen; sie tragen Ohrringe, und manch eine hat sich eine Perlenkette um den Hals gelegt. In der ersten Reihe stehen die treue Seele Clelia und die junge Ines, die den Vertrieb leitet. »Ines, was ist? Zieh nicht so ein Gesicht. Schluck die Tränen runter. Ein bisschen Anstand«, tadelt Clelia sie im Mailänder Dialekt. »Schau dir die Signora Olga an: Die heult auch nicht rum.« Signora Zaini ist wie üblich tadellos gekleidet: Unter einem dunklen Mantel mit engem Gürtel blitzen eine Seidenbluse und ein Rock hervor, der bis kurz unter die Knie geht; an den Füßen trägt sie ihre hohen Absätze auch heute mit einer solchen Haltung und Natürlichkeit, dass den Angestellten der Mund offen stehen bleibt. Lippenstift, Lidschatten und Puder reichen allerdings nicht, um ihre Sorgen zu kaschieren. Olga weiß, dass das für Luigi ein Abschied ist. Vergeblich hatte sie ihn zu überzeugen versucht, er möge im Bett bleiben und die Abschiedsrede auf einen besseren Tag verschieben. Schließlich hatte sie jedoch zugestimmt, ihn zu begleiten, damit er seinen Angestellten Lebewohl sagen kann. Wenige Meter trennten den Hof von ihrer Wohnung, aber heute Morgen schienen es Kilometer.

›Du warst schon immer ein Sturkopf‹, denkt Olga, während sie ihren Ehemann stützt, der jeden Tag leichter und gebrechlicher wird.

Luigi beobachtet seine Arbeiterinnen und Arbeiter. Sein Blick wandert von einem zum nächsten, und zu jedem scheint er zu sagen: »Danke. Danke. Danke, dass du dich auf mein Abenteuer eingelassen hast, als wäre es deins. Danke, dass du jedes Ziel, jede Herausforderung mit Freude, Leidenschaft und Können angegangen bist.«

Die Stille ist surreal und wird schließlich von einem herzlichen und rauschenden Applaus gebrochen. »Signor Zaini lebe hoch!« »Viva!« »Lang lebe die Zaini!«

Olga weiß, wie anstrengend das alles für ihren Mann ist: »Lass uns gehen, mein Lieber, gehen wir wieder hoch.« Sichtlich gerührt macht sich Luigi auf den Weg. Kurz darauf kehren auch die Angestellten zu ihren Aufgaben zurück. Die Fabrik setzt sich wieder in Bewegung. Um diese Jahreszeit herrscht hektisches Treiben: Ostern steht vor der Tür, die Unmengen bestellter Ostereier müssen bis Ende des Monats fertig sein.

»Geht es dir gut, mein Schatz?«, fragt Olga ihren Mann, der sich, in den eigenen vier Wänden angekommen, sofort auf einen Sessel hat sinken lassen. Sie stellt ihm ein Glas Wasser hin. »Wenn du lesen magst: Hier auf dem Tischchen liegt der *Corriere*. Die Kinder sind im Haus, aber Emilia ist bei ihnen; und Noemi kocht dir gerade eine Brühe.« Dann fügt sie hinzu: »Ich muss kurz noch mal runter, um etwas mit Ines zu klären.«

Luigi schaut besorgt zu Olga auf. »Nichts Schlimmes«, kommt ihm seine Frau zuvor, »wir müssen uns nur zu den Verkäufen an die Warenhäuser besprechen.« Lächelnd schließt er die Augen und verschiebt die Bitte um seine Pfeife auf später, sein einzig verbliebenes Laster.

»Verzeihung, Emilia, ich muss noch mal runter in die Firma. Luigi ruht sich aus«, sagt Olga zu dem Kindermädchen, während sie Piero, Rosetta, Luisa und Vittorio ermahnt: »Und ihr versucht bitte, so wenig Krach zu machen wie möglich.« Ihre Kinder haben gerade den Metallbaukasten rausgeholt, und wenn alle vier zusammen sind, können sie sehr laut werden. »Zur Not bringst du sie zum Spielen in den Hof. Ich bin zum Mittagessen zurück.« Das Kindermädchen nickt. Bevor sie antworten kann, ist Olga schon aus der Tür.

Es sind intensive Tage. Seit sie zur Generalprokuristin ernannt wurde, ist sie formell für jede Entscheidung verantwortlich: von Einstellungen und Kündigungen über Kontoführung bis zum Abholen von Paketen bei der Post, vom Einkauf der Zutaten bis zur Organisation des Versands – alles geht über ihren Tisch. So hat es Luigi gewollt. Als seine Krankheit diagnostiziert wurde und er den Ernst der Lage erkannte, war ihm klar, dass er handeln musste. Das gebot seine Verantwortung für die Firma. »Olga Torri, du brauchst die Titel, um die Firma überwachen und leiten zu können. Du siehst ja, was um uns herum geschieht – das ist keine Zeit für Leichtfertigkeiten. Morgen gehen wir zum Notar und unterschreiben die Vollmacht«, hatte er eines Abends verkündet und keine Widerrede geduldet.

Wenn er fit genug war, wies Luigi sie seitdem ein, zeigte ihr Konten, Abrechnungen und Listen. Olga hörte zu, machte Notizen und merkte sich alles. Tief in ihrem Inneren spürte sie Angst, aber sie achtete immer darauf, Sorgen und Schwermut hinter einem Lächeln zu verbergen und zu scherzen: »Luigi, ich hasse Rechnen und den Umgang mit Geld!« Selbstironisch fügte sie hinzu: »Nur Geldausgeben mag ich, zum Beispiel in der Schneiderei Agnelli, für Garavaglias Mode, im Hutladen Mutinelli oder bei der Korsettschneiderin in der Via Manzoni.«

Luigi umarmte sie herzlich und antwortete: »Du weißt, dass ich keine Kosten gescheut habe, damit du elegant und gut gekleidet bist. Das wirst du bestimmt weiterhin so handhaben. Du musst es mir sogar versprechen, mein Schatz: Hör nie auf, Absätze zu tragen, auch wenn du zu Hause und in Pantoffeln bist!« Olga lächelte, doch ihre Augen verrieten die stille Traurigkeit in ihrem Herzen.

Nur wenige Tage später verschlechtert sich die Lage.

Luigi geht mit dem ihm eigenen Feingefühl vor. »Olga«, ruft er mit schwacher, müder Stimme. Sie hebt den Kopf von seiner Schulter und antwortet: »Brauchst du etwas? Ich bin hier.«

»Reichst du mir die Pfeife? Ich will sie in der Hand halten. Ich rauche nicht, aber ich will sie spüren.« Olga gibt sie ihm, und Luigi redet weiter: »Noch etwas, dann störe ich nicht mehr. Ich habe einen letzten Wunsch: Fährst du mit den Kindern auch ohne mich nach Florenz?«

Olga hält das jetzt eigentlich nicht für den Moment für solch oberflächliche Gedanken, antwortet aber: »Ja, ich fahre mit unseren Kindern hin, und wir werden uns köstlich amüsieren.«

Luigi lächelt, und kurz darauf hält sein Atem an.

Es ist Samstag, der 26. März 1938, als der Gründer der Zaini stirbt. *»Mit 52 Jahren ist heute Luigi Zaini von uns gegangen und hat bei allen, die ihn in seiner unermüdlichen Geschäftigkeit kannten, tiefe Trauer und große Zuneigung hinterlassen«*, gibt Olga auf den Seiten des *Corriere della Sera* bekannt.

Die Beerdigung findet am Montag darauf statt. Ein langer Trauerzug bricht vom Wohnhaus in der Via Abba zur Kirche des Stadtteils Dergano auf. Langsam schreitet Olga hinter der Bahre her, neben ihr Piero und Rosetta, auf der anderen Seite Luisa und Vittorio. Beim Anblick des Sargs ihres Vaters können sie die Tränen nicht zurückhalten. Hinter ihnen folgen Familienangehörige, Angestellte, Freunde und die jungen Mädchen aus dem Waisenhaus Stelline, die aus Tradition Trauerzüge bis zur Beerdigung begleiten. Nach der Messe wird der Sarg zum Zentralfriedhof Cimitero Monumentale gebracht.

Es ist ein langer Tag. Am Abend vertraut Olga ihre Kinder der treuen Emilia an und zieht sich vor dem Essen noch mal zurück. Sie schließt die Zimmertür, setzt sich aufs Bett und weint, gibt sich ihrer Trauer endlich hin. Sie ist stark und gefasst geblieben, wie es ihre Rolle verlangt hat, aber jetzt überkommt sie ein tiefes, unbändiges Schluchzen. »Luigi, wo bist du? Du fehlst mir schon jetzt.« Mit einem Taschentuch trocknet sie ihre Tränen. »Was mach ich nur ohne dich? Ich habe Angst. Ich will in meinem ganzen Leben keine Schokolade mehr sehen.«

Vom Nachttisch nimmt sie das Buch, das Luigi noch vor wenigen Tagen gelesen hat, und ein Brief fällt heraus: *»Sehr geehrter Herr Zaini«*. Olga erkennt ihre eigene Handschrift. Es ist der erste Brief, den sie damals an ihren zukünftigen Ehemann schrieb – der Brief, in dem sie seinen Heiratsantrag annahm. *»Vor Gott erhalten Sie hier nun meine aufrichtige Antwort.«* Und etwas weiter unten: *»Dieser Moment ist für mich lebensverändernd, und ich spüre seine ganze Feierlichkeit. Doch ich fasse Mut, denn ich habe vollstes Vertrauen in Ihre Unterstützung und Ihre Zuneigung. Sie* *werden mich leiten und mir Halt geben.«* Olga lächelt, als sie an die damalige Förmlichkeit denkt. *»Möge ich Ihnen Freude bereiten.«* Und ein paar Zeilen darunter: *»In der Liebe gibt es keine Opfer!«*

Ihr Blick fällt auf das Datum: 28. März 1924. Das ist ein Zeichen – vor genau vierzehn Jahren! *»In der Liebe gibt es keine Opfer!«*, liest sie noch einmal und begreift. Alles steht schon in diesem Brief: Die Zaini ist ihr Schicksal. Und sie ist bereit, es anzunehmen und zu leben.

ERSTER TEIL

Maiglöckchen und Schokolade

1924 – 1938

1

MAILAND, 7. DEZEMBER 1924

Die Stadt erwacht unter einer dicken, weichen Schneedecke auf Dächern, Schornsteinen und Straßen, die alle Geräusche schluckt. Hier und da erkennt man den Abdruck frühmorgendlicher Schritte und dass eine Tram im Vorbeifahren die Gleise freigeräumt hat. Die Stille hat etwas Magisches. Noch im Morgenmantel, sieht Olga durchs Fenster auf den neoklassischen Bogen der Porta Garibaldi, die bis vor nicht allzu langer Zeit den nördlichen Eingang zur Stadt markierte. Sie sieht noch weißer aus als sonst. Der Schnee hat sich auf die Figuren gelegt, die über das Monument wachen. Er hat es sogar geschafft, in die Widmung aus der Zeit des Risorgimento einzudringen und einige Buchstaben zu verdecken. Olgas Blick wandert hinunter auf die Straße: Unter den Fußspuren sind auch die ihres Mannes, der im Morgengrauen zur Firma aufgebrochen ist, um Bestellungen und Versand zu überprüfen.

»Liebster, es ist Sonntag! Und noch dazu Sant'Ambrogio«, hatte Olga versucht, ihn davon abzubringen, und sich im Bett gewälzt. Mailand ist in Feststimmung: Die engen Altstadtgässchen rund um die Basilika des Stadtpatrons verwandeln sich zu dieser Gelegenheit in ein Schlaraffenland, in dem Groß und Klein den Kopf verlieren – kein Mailänder will sich den *Oh bej Oh bej*-Weihnachtsmarkt entgehen lassen.

Auch für Olga steht er schon seit ihrer Kindheit fest auf dem Programm. Früher ging sie immer mit ihrer älteren Schwester

Annetta und ihren Eltern hin, oder, wenn Mama und Papa in der Drogerie zu beschäftigt waren, mit den Großeltern. Da gab es Spielzeug, Kleider, allerlei Gerätschaften, Gemälde, Röstkastanien und köstlich duftende Süßigkeiten.

Mit einer langen Kastanienkette, einer sogenannten *firùn*, nach Hause zu kommen, war Pflichtprogramm. Nach traditionellem Rezept wurden die Kastanien im Ofen geröstet, dann in Wein getaucht und eine nach der anderen aufgefädelt. Im Hause Torri waren alle ganz versessen darauf.

»Ach, Liebste, leider kennt meine Arbeit weder Sonn- noch Feiertage, vor allem vor Weihnachten. Dieses Jahr haben wir zum Glück so viele Bestellungen, dass ich mir Sorgen mache, ob wir alle Fristen einhalten können. Ich gehe jetzt und beeile mich, damit ich früh genug zurück bin und wir mit den Kindern noch zum Weihnachtsmarkt gehen können. Versprochen.«

Ein Kuss, und schon war er auf der Treppe.

Luigi war schon immer ein sehr verantwortungsbewusster Mensch, und die Zaini ist sicherlich seine größte Herausforderung. Am 23. Juni 1913 wurde die Fabrik für Kakao, Schokolade und Ähnliches formell als Gesellschaft »Mongini Zaini & Co. Fabbrica di cacao cioccolato e affini« gegründet. Davor hatte Luigi mit Chemikalien gehandelt, bis er im Alter von 28 Jahren beschloss, seine Ersparnisse in ein neues Projekt zu stecken, überzeugt, dass Schokolade eine gute Investition sei. Luigi Mongini, ein mit Brot und Schokolade großgezogener Turiner, hatte ihn mit ins Boot geholt. »Luigi, Schokolade ist eine sichere Bank. Und nicht nur in Turin, würde ich sagen: Schau mal, was in Perugia passiert«, erzählte der seinem Gesprächspartner, der ihm entzückt zuhörte. »Du wirst von der Perugina gehört haben«, Luigi nickte, »die hat sich schon durchgesetzt, und stell dir vor: alles das Verdienst einer Frau, Luisa Spagnoli.« Luigi blickte überrascht auf, während Mongini fortfuhr: »Es sieht sogar so aus, als überlegten sie, ihre Werkstatt im Stadtzentrum aufzugeben, um eine Fabrik näher an der Eisenbahn zu bauen.«

Ein Notar hatte den Vertrag besiegelt. Als Erstes musste nun ein Firmensitz gefunden werden. Ihnen war zu Ohren gekommen, dass die Räumlichkeiten der Branca-Brennerei auf dem Markt wären. Die Brancas waren gerade in ein neues, modernes und riesiges Werk vor den Toren Mailands umgezogen, nach Dergano. Dank seiner heilenden Wirkung wurde ihr Wermut nämlich als Mittel gegen Cholera in Apotheken verkauft und – mit Erfolg – auch bei den Kranken im Fatebenefratelli-Krankenhaus erprobt. Nun eroberte der *Fernet Branca* die Welt. In keinem Haushalt durfte er fehlen.

Mochten die Räume für die Branca mittlerweile nicht mehr geeignet sein, so waren sie doch perfekt für die neue Schokoladen-, Konfekt- und Bonbon-Fabrik. »Die Via De Cristoforis liegt strategisch gut«, meinte Mongini, »außerhalb der städtischen Zollstellen und nicht weit vom Bahnhof.« In seiner Stimme lag Begeisterung.

»Das klingt aussichtsreich«, stimmte Luigi mit ein. »Der Standort wird auch uns Glück bringen. Wenn die Brancas umziehen mussten, um einer immer größeren Nachfrage gerecht zu werden, brauchen hoffentlich auch wir eines Tages ein neues Fabrikgebäude.« Luigi hatte große Träume: »Schließlich hat Schokolade ebenfalls heilende Wirkung und sollte in keinem Haushalt fehlen. Genau wie der Fernet.«

»Und wie die Pfeife in deiner Jackentasche«, fügte Mongini hinzu und schaute zu, wie sein Geschäftspartner mit dem Tabak hantierte.

Als der Sitz für die Fabrik gefunden war, mussten sie Maschinen kaufen, die Einrichtung der Räume planen und Arbeitskräfte suchen. »Es ist wichtig, jede Abteilung gemäß ihren Aufgaben auszustatten. Hier soll die Schokolade raffiniert werden«, Luigi zeigte auf einen Bereich der großen Halle. »Hier dagegen wird der Kakao gemahlen.« Seine Begeisterung war mitreißend: »Hier werden die Mühlen für den Zucker Platz finden und hier die Maschinen, die die Kakaobutter extrahieren.«

»Und die Verpackerinnen?«, warf sein Partner ein.

»Die Verpackerinnen habe ich natürlich nicht vergessen! Die Tische zum Verpacken werden in diesem Bereich hier stehen, wo nie die Sonne hinscheint«, erklärte er und lief zu dem verbleibenden Teil der Halle.

»Und es müssen unbedingt Frauen sein?«, fragte Mongini.

»Auf jeden Fall! Dafür stellen wir ausschließlich Frauen ein«, ihm entwischte ein Lächeln. »Mit ihren immer kalten Händen werden sie die Pralinen schnell und präzise einpacken können, ohne dass die Schokolade schmilzt.«

»Was die Präzision der Frauen angeht, bestehen tatsächlich keine Zweifel«, warf sein Partner ein. »Was die Schnelligkeit angeht, vielleicht schon«, scherzte er.

Die ersten Jahre waren alles andere als leicht: Neben ständigen Ausgaben musste Mongini nach kurzer Zeit aus familiären Gründen nach Turin zurückkehren und beschloss, aus der Gesellschaft auszusteigen. Luigi jedoch verlor trotz Schulden und negativer Bilanzen nicht den Mut.

Die Zeit würde ihm recht geben: Und jetzt, mehr als zehn Jahre später, ist der Markt für Schokolade deutlich gewachsen, die Gewinne werden allmählich interessant und die Branche immer lebendiger.

›Sieh mal an, was man sich so alles ausdenken kann‹, denkt er, als er ein *Bacio* probiert, das neuste Produkt, das die Perugina auf den Markt gebracht und so verführerisch ›Kuss‹ genannt hat. Er setzt die Brille auf, um die kleine Schrift auf dem Zettel zu lesen, der mit eingepackt war: *Besser ein Kuss auf dem Mund als eine*

Taube auf dem Dach. Gezeichnet: Seneca. »Geniale Idee! Dieser moderne Seneca ist ein Reklamegenie. Hut ab vor der Perugina, die ihn angeheuert hat«, meint er bewundernd.

Während sie darauf wartet, dass ihr Mann aus der Fabrik zurückkommt, beschließt Olga, sich der Hausarbeit zu widmen. Sie will gerade ein paar Hemden zusammenlegen, als ein verzweifeltes Schluchzen ihre Aufmerksamkeit einfordert. Sie steht auf und läuft zur Wiege, um ein kleines Mädchen mit dunklen Locken auf den Arm zu nehmen. Es ist etwas über ein Jahr alt: »Rosettalein, Rosetta mein, schlaf, fein Kindelein, schlaf in Mailand, Papas Herzelein, denn zur Heiligen Nacht wird Panettone gemacht.« Während sie das Mädchen liebkost und wiegt, baut ein zweijähriger Junge auf dem Teppich so konzentriert mit seinen Bauklötzen, dass er das Weinen seines Schwesterchens kaum hört. »Bravo, Piero! Baust du ein Schloss? Bau doch einen Turm davor, wie beim Castello Sforzesco, das wir kürzlich besucht haben.« Olga liebt sie wahnsinnig. Als wären es ihre eigenen. Piero und Rosetta sind die Kinder von Luigi und seiner ersten Frau, Luisa. »Möge sie in Frieden ruhen«, wiederholt sie jedes Mal, wenn sie an das unglückliche Schicksal der Armen denkt, die bei der Geburt ihres zweiten Kindes gestorben ist.

Olga hat Luigi über ihren Vater kennengelernt, der eine Drogerie am Corso Vercelli 27 betreibt. Signor Zaini belieferte den Laden seit Jahren mit Schokolade, Bonbons und Keksen. Über geschäftliche Belange hinaus trafen sich die beiden im Sommer in Cunardo, oberhalb von Varese, wo beide Familien Urlaub machten. Sie teilten ihre Leidenschaft für die Berge und machten häufig Wanderungen, zu denen auch Olga und ihre Schwester Annetta mitkamen. Olga hörte ihren Gesprächen zu und war bezaubert von diesem Herrn mit seinem gepflegten Schnauzbart und dem immer so höflichen und freundlichen Gebaren.

Manchmal war sie auch seiner Frau Luisa über den Weg gelaufen. Sie war klein und zierlich, schon nach wenigen Metern blieb sie stehen und überließ das Weiterwandern bis zum Ziel der sportlicheren Truppe.

Eines Tages Ende Oktober war Luigi in die Drogerie gekommen: mit erloschenem Blick, abgemagertem Körper, ungepflegtem Bart. Nachdem sie von dem tragischen Schicksalsschlag gehört hatte, war es für Olga ganz selbstverständlich, ihm Hilfe anzubieten. »Wir würden uns glücklich schätzen, wenn wir Ihnen in irgendeiner Weise behilflich sein könnten«, ergriff sie schüchtern das Wort, mit zustimmungheischendem Blick zu ihrer Mutter, die sofort einstimmte: »Ich kann mir vorstellen, dass es nicht leicht ist mit zwei Säuglingen.«

Luigi, der sich seiner begrenzten Fähigkeiten im Umgang mit den Kleinen bewusst war, konnte es gar nicht fassen und antwortete: »Ich möchte Ihre Hilfsbereitschaft keinesfalls missbrauchen, aber über eine helfende Hand würde ich mich wirklich sehr freuen.« Und so waren Wiegenlieder, Brei und Kinderwagen in Olgas Leben getreten. Lange Gespräche begleiteten ihre Spaziergänge. Die Tage wurden kürzer, und die Vertrautheit wuchs. Luigi gab nicht nur seine Kinder in Olgas Obhut, sondern auch sich selbst. Tag für Tag wirkten nicht nur Rosetta und Piero heiterer, sondern auch seine Stimmung wurde entspannter und hellte sich auf. »Sie sind ein Engel, der vom Himmel herabgefallen ist«, wiederholte er oft, wenn er beobachtete, mit welcher Natürlichkeit sie die Kinder beruhigen konnte.

Eines Freitagabends hatte Olga an die Tür geklopft, um frisch gekochte Gemüsesuppe vorbeizubringen, die er sich am Wochenende aufwärmen konnte. Luigi empfing sie mit den Worten: »Was würde ich nur ohne Sie machen? Und wie könnte ich meine Kinder ohne Mutter aufwachsen lassen? Möchten Sie Teil unserer Familie werden?« Der Vorschlag war einfach so aus ihm herausgeplatzt. Olga begriff seinen Antrag nicht sofort, lächelte aber. Sie blieb ihm die Antwort vorerst schuldig und lief die Treppen hinunter, während Luigi mit dem Topf in der Hand in der Tür stehen blieb. Am nächsten Tag jedoch wurde im Hause Zaini ein Brief abgegeben: *»Aus freien Stücken und mit Begeisterung für Ihre lieben Kleinen will ich ihnen mein Herz, meine Kraft und mein Leben widmen und wünsche nur, dass ich die verlorene Mutter würdig ersetzen kann«*, hatte Olga geschrieben. *»Möge ich Ihnen Freude bereiten zum Ausgleich für so viel erlittenen Schmerz.«*

Dann ging alles so schnell, dass sie fast den Überblick verloren hatte: im März die Verlobung, im Herbst die Hochzeit und zwei Kinder anstelle der Flitterwochen. ›Wer weiß, ob nicht bald noch ein Kind dazukommt, so es Gott gefällt, eins ganz von uns!‹, denkt Olga, während sie die kleine Rosetta in den Schlaf singt.

Da kommt Luigi nach Hause, mit einer großen Platte voller Kekse: Löffelbiskuit, Amarettoni, gerippte Vanillekekse, Hufeisen, Rosetten, Margeritenplätzchen, Waffeln. Für jeden Geschmack ist etwas dabei. »Hier bin ich wieder, und damit du mir vergibst, habe ich dir auch deine Lieblingssorten mitgebracht: Schiffchen und Veilchenlakritz. Die kommen bald auf den Markt!«

Olga kann ein Lächeln nicht zurückhalten: »Lass uns was essen und dann endlich auf den Weihnachtsmarkt!«

2

MAILAND, 3. APRIL 1925

Kaffee, Olivenöl, Senf, Pasta, Reis und Spirituosen, Kekse und Seife, Salz und Putzmittel, Kabeljau und Zucker, Bonbons und Schokolade: »In Opas Drogerie findest du alles, was du brauchst. Bis auf frische Sachen, die schnell schlecht werden. Für Milch gehst du zu Angelo, hier im Corso Vercelli in der Nummer 11, für Fleisch zu Signor Poma, für Brot zum Bäcker hier nebenan. Du willst Schinken? Dann geh zur Metzgerei von Signora Aguzzi. Du willst Gebäck? Dafür auf jeden Fall zu Alberto! Unser Viertel ist ein Mikrokosmos: Zusammen haben wir alles und sind eine eigene Stadt.« Nonno Vittorio hat sofort in seine neue Rolle gefunden und Spaß daran, dem kleinen Piero sein Reich aus kleinen Vitrinen, Gewichten, Waagen, Schachteln, Gefäßen und Bonbons zu zeigen. In der Luft ein berauschender Duft nach Kaffee, vermischt mit Lakritz und Schokolade.

»Papa, ich bitte dich: Piero ist doch noch keine drei Jahre alt«, unterbricht Olga ihn, die gerade eine Kundin abkassiert.

Olga hat ihren Eltern immer in der Drogerie geholfen: als Kind hinten im Laden, wo sie Säcke leerte und Gefäße füllte, dann an der Kasse, nach ihrem Buchhaltungsabschluss am Regio Istituto Commerciale. Jetzt bringt sie auch die Kinder hierher: Rosetta wird Nonna Diamante anvertraut, während Piero unermüdlich seinem Nonno hinterherhüpft.

»Komm, Piero! Hörst du dieses *Tock, tock, tock*?«, fragt Vittorio und sieht dabei durchs Schaufenster. »Der Gamba de Legn kommt zurück, das Geräusch ist unverwechselbar. Komm, wir schauen ihn uns aus der Nähe an«, schlägt er vor, zieht sich seinen schwarzen Kittel aus, seine Jacke an und öffnet die Ladentür. »Wir gehen kurz raus, bis gleich. Wenn ihr was braucht, ruft einfach.«

Die Dampflok der *Società anonima Tramway* verbindet Mailand mit Monza, und ihre Endstation liegt nur wenige Häuser von der Drogerie entfernt, in der Nummer 33, einem ehemaligen Eisenbahndepot. Die Mailänder nennen den Zug *Gamba de Legn*, Holzbein, weil beim Fahren sein *Tock, tock, tock* klingt wie ein Hinkender mit Holzbein.

Rosetta ist eingeschlafen, und Diamante nutzt die Zeit, um frisch eingetroffene Marmeladengläser im Schaufenster anzurichten. Kurz darauf schaut ein Kunde zur Tür herein: »Macht es euch bequem, Leute, die Presseschau ist heute spektakulär!«, verkündet er beim Eintreten pompös.

»Buongiorno, Signor Aurelio, was bringen Sie uns denn für Neuigkeiten?«, fragt Olga in Vorfreude auf seine erheiternde Darbietung. Wenn Aurelio kommt, ist Gelächter garantiert. Seine Erzählungen über die Stadt sind immer so lustig, dass er im Viertel zum Zuständigen für die Tagesnachrichten ernannt wurde.

Er ist ein treuer Kunde. Schon lange Witwer und kinderlos, verbringt er seine Tage mit Lesen und Spaziergängen. Ob Ausstellung, Veranstaltung, Fest oder feierliche Messe – seine Erzählungen verwandeln jedes Ereignis in kluge und äußerst kurzweilige Unterhaltung.

»Ach, meine Damen, vorgestern hätten Sie auf der Piazza del Duomo sein sollen: Ich habe einem unglaublichen Schauspiel beigewohnt! Wie Sie vielleicht gelesen haben, hat der Stadtrat schon vor längerer Zeit beschlossen, die Verkehrslage zu verbessern, wo doch kaum eine Stadt auf der Welt so heftige Staus hat wie wir hier im Zentrum. So weit alles bestens. Nur wie gedenken sie nun das Problem zu lösen?«

Olga und Diamante schauen sich ratlos an. »Mit Ampeln!«, antwortet Signor Aurelio, der immer eindringlicher fortfährt: »Die erste wurde vor zwei Tagen eingeweiht, an der Kreuzung Piazza del Duomo, Via Orefici, Via Carlo Alberto und Via Torino. Sie soll den Verkehr regeln. Ich betone: *soll.*«

»Wie funktioniert so was denn?«, fragt Diamante, die es sich nicht vorstellen kann.

»Also, Signora Diamante, ich werde versuchen, es Ihnen zu erklären. Die Ampeln sehen aus wie eine Laterna magica, mit vier Rohren, in alle Himmelsrichtungen. Jedes Rohr hat vorne ein Auge, ein leuchtendes Auge, das je nach Signal in einer anderen Farbe aufleuchtet: Rot bedeutet ›Fahrzeuge halt‹, Grün bedeutet ›Fahrzeuge los‹, Weiß und Rot ›Fußgänger los‹ und Gelb ›nur Trams los‹. Klingt einfach? Sie hätten gestern dort sein sollen, ein uriges Schauspiel. Eine Katastrophe: aufgeschmissene Verkehrspolizisten, festsitzende Fußgänger, ewig lange Schlangen aus Autos und Trams. Niemand wusste, ob er sich bewegen durfte oder anhalten sollte.«

Olga und Diamante lachen los, während Signor Aurelio weitererzählt: »Jemand in der Menge hat sogar gefragt, ob das ein Aprilscherz wäre!«

Da kommen Opa und Enkel von ihrer Expedition zurück.

»Buongiorno, Signor Aurelio. Ich habe heute wohl eine wichtige Presseschau verpasst«, sagt Vittorio mit Blick auf die beiden aus vollem Halse lachenden Frauen.

»Ja, das stimmt. Piero, nächste Woche muss der Opa mit dir zum Platz am Dom gehen, damit ihr euch die erste Ampel anschauen könnt«, schlägt Nonna Diamante vor.

Nachdem er bedient wurde, verlässt Signor Aurelio den Laden und gewährt dabei zwei weiteren Kundinnen den Vortritt. Auch sie sind Stammkunden und werden namentlich begrüßt: »Buongiorno, Signorina Mariuccia. Buongiorno, Signorina Isabella.« Es sind die Wittgens-Schwestern, die in der nahen Via Verga wohnen. Ihre Familie ist so groß, dass in der Vorratskammer immer etwas fehlt.

»Buongiorno, Olga, heute bräuchten wir vierhundert Gramm Löffelbiskuit und eine Dose Kaffee. Die Mama hat sich in den Kopf gesetzt, ein Tiramisù zu machen, weil heute Fernandas Geburtstag ist«, erklärt Mariuccia, die Zweitgeborene, die etwa in Olgas Alter ist. »Hoffen wir das Beste. Mamas Desserts sind meist eine Katastrophe«, fällt ihre Schwester ein.

»Wie schön! Herzliche Glückwünsche an Fernanda, gebt ihr das hier von uns«, meldet sich Diamante zu Wort und reicht ihnen eine Tüte Lakritz. »Signora Margherita hat mir erzählt, dass sie sehr fleißig lernt und bald ihren Abschluss macht. Es freut mich, dass nach Giulios schmerzhaftem Verlust nun gute Nachrichten im Anmarsch sind.« Die Gesichter der Schwestern trüben sich kurz, aber nur für einen Moment. Dann strecken sie einen Schein hin, nehmen den Rest und gehen eilig wieder nach Hause.

Es ist Mittagessenszeit. Die Drogerie macht zu, und die Familie geht zum Essen hoch in die Wohnung im ersten Stock. Piero ist noch ganz aufgeregt vom *Gamba de Legn* und stimmt ständig dessen charakteristisches *Tock, tock, tock* an; Rosetta dagegen schläft immer noch. »In der Drogerie muss etwas sehr Einschläferndes in der Luft liegen«, meint Olga, »wir sollten hier ins Schaufenster ziehen. Zu Hause macht sie immer eine Szene.« Ihr Lächeln lässt eine tiefe Müdigkeit durchscheinen.

Ihre Eltern erwidern das Lächeln etwas angespannt. Sie sehen, dass ihre Tochter glücklich ist, lassen aber auch ein wenig Sorge durchblicken. Plötzlich Mutter zu sein, ohne selbst geboren zu haben, ist gar nicht so einfach.

»Bist du müde, Olga?«, fragt ihr Vater fürsorglich. »Bist du unglücklich? Schläfst du nicht genug?« Vittorio war immer ein aufmerksamer Vater, vielleicht etwas ängstlich, für seine Töchter wäre er jedenfalls zu allem fähig.

»Doch, doch, Papa, mach dir keine Sorgen, alles gut, ich bin zwar müde, aber es geht mir gut«, versucht sie ihn zu beruhigen. »Jetzt mache ich erst mal einen Spaziergang und gebe unterwegs dieses Paket ab, das schon seit ein paar Tagen hier liegt. Es ist nicht weit, und ich möchte die Signora Conti nicht länger warten lassen.«

Olga ist schon immer gern spazieren gegangen. Durch die Stadt zu laufen, sich alles ganz genau anzuschauen und die Besonderheiten jedes Gebäudes zu erfassen, entspannt sie.

In der Schule hat sie Rechnen gelernt, aber Lesen hat ihr die Augen geöffnet, den Blick auf die Welt geweitet: Wenn sie die Zeitschriften und Zeitungen *Emporium*, *L'Ambrosiano* und *La Domenica del Corriere* las, reiste sie in die Kunst- und Architekturgeschichte, zwischen Vergangenheit und Gegenwart; sie lernte, Renaissance, Barock und Neoklassizismus zu unterscheiden, begeisterte sich für die moderneren Strömungen und machte sich mit innovativeren, avantgardistischen Formen vertraut.

Die Gegend um den Corso Vercelli, innerhalb weniger Jahre mit der Inbetriebnahme des nördlichen Eisenbahnnetzes der Ferrovie Nord entstanden, ist so homogen, dass sie wie ein Katalog für Jugendstil-Architektur wirkt.

Schnellen Schrittes spaziert Olga Richtung Innenstadt und freut sich an den zierenden Details der Gebäude. »Ach, wie putzig, diese Engel und riesigen Masken«, meint sie vor einer Hausfassade; inzwischen erkennt sie auch die Blumen, mit denen die bis unter die Dächer reichenden Kacheln verziert sind: Sonnenblumen, Gardenien, Granatäpfel.

Plötzlich geht ihr die Puste aus, und das Paket kommt ihr sehr schwer vor. Sie bleibt vor der Santa-Teresa-Apotheke an der Ecke Piazzale Baracca und Corso Magenta stehen.

Seit einiger Zeit fühlt sie sich noch erschöpfter als sonst. »Kopf hoch, Olga, die Kinder wachsen schnell, bald kannst du wieder durchschlafen«, redet sie sich gut zu. In ihrer Tasche findet sie eine Praline. ›Genau das, was ich jetzt brauche‹, denkt sie, packt sie aus und steckt sie sich in den Mund. ›Ich mag parteiisch sein, aber die hier mit den Haselnüssen ist wirklich köstlich. Ich bin stolz auf meinen Luigi‹, meint sie, klemmt das Paket wieder unter den Arm und spaziert weiter.

Nach wenigen Schritten überlässt die Moderne der Renaissance den Vortritt: Immer wenn sie hochschaut und die Basilika Santa Maria delle Grazie sieht, ein kostbarer Schrein, der viele Stile und faszinierende Geschichten vereint, wird sie ganz gerührt und bleibt voll Bewunderung für die perfekten Proportionen stehen.

Sie überquert die Straße, um die Nummer 65 zu betreten.

Hier steht die Casa Atellani, die seit Kurzem dem Senator Ettore Conti gehört. Der Architekt seines Vertrauens, Piero Portaluppi, hat das, was Contis Ehefrau als »Mauseloch« bezeichnet hatte, in dem sie nie und nimmer wohnen wolle, in eine herrschaftliche, elegante Residenz verwandelt, wie die ursprüngliche, die im sechzehnten Jahrhundert von Künstlern, Literaten und Musikern wie Leonardo da Vinci und Matteo Bandello frequentiert wurde.

Olga betritt den Innenhof. Während sie zu den Kapitellen und Ornamenten aufschaut, nähert sich ein Mann und heißt sie willkommen. Noch bevor sie antworten kann, sinkt sie bewusstlos zu Boden.

Als sie die Augen wieder aufschlägt, sieht sie alles blau: Im Hintergrund macht sie einige Karren aus, menschliche Gestalten und Wolken. »Wo bin ich denn hier gelandet?«, fragt sie sich und dreht den Kopf zur Seite, wo eine riesige Landkarte direkt auf die Wand gemalt ist.

Da hört sie Schritte und versucht aufzustehen: »Geht es Ihnen gut? Warten Sie, ich helfe Ihnen. Das über Ihnen sind Tierkreiszeichen und die Allegorien der Planeten und Jahreszeiten. Sie befinden sich in der Sala dello Zodiaco.«

Noch verwirrter reibt Olga sich die Augen. Vor ihr steht ein sehr eleganter Mann in Jackett und Krawatte. Auf dem Kopf trägt er einen Zylinder und an den Füßen feine englische Schuhe.

»Mir ist noch nie jemand so zu Füßen gefallen. Sie sind die Erste«, fährt er lächelnd fort. »Entschuldigen Sie. Darf ich mich vorstellen?«, sagt er, als er den verdutzten Blick der jungen Frau am Boden sieht. »Ich bin Ettore Conti, und Sie sind eben in Ohnmacht gefallen.«

Da beruhigt sich Olga und lächelt ihrerseits. »Wie konnte das nur passieren?«, fragt sie, streicht ihren Rock glatt, setzt sich auf und lehnt den Rücken gegen die Wand.

»Sie sind nicht etwa in anderen Umständen?«, fragt sie der Senator etwas befangen. »Ich habe keine Kinder und bin daher wenig vertraut mit solchen Dingen«, fügt er entschuldigend hinzu.

Beschämt springt Olga auf, ein Lächeln erscheint auf ihrem Gesicht. ›Kann das sein?‹, denkt sie. ›Ich Dummerchen! Darum bin ich dauernd so müde!‹ Sie geht ein paar Schritte, ohne zu wissen, was sie antworten soll, wenn nicht ein verlegenes: »Entschuldigen Sie die Umstände, Herr Senator.«

»Ich habe in der Drogerie anrufen lassen. Ein Auto kommt Sie abholen«, sagt Ettore, der sie zum Tor begleitet und sich verabschiedet: »Machen Sie es gut, und halten Sie mich auf dem Laufenden.« Als er wieder ins Haus geht, dreht er sich noch einmal um und wirft ihr einen verschwörerischen Blick zu, den Olga sanft erwidert.

Luigi ist im Büro, als Clelia ihm den Anruf seines Schwiegervaters durchstellt: »Luigi, ich bin's, Vittorio. Gerade hat mich Signor Conti angerufen, der vom Wasserkraftwerk«, Luigi nickt, ohne seinen Schwiegervater zu unterbrechen, »er sagte, dass Olga in Ohnmacht gefallen sei. Es geht ihr gut, aber ich hole sie gleich mit dem Auto ab.« Sein Tonfall lässt die Nervosität nicht durchscheinen, die ihn in Wirklichkeit aufwühlt, und ruhig fährt er fort: »Ich bringe sie nach Hause, es besteht also kein Grund zur Eile, ich wollte Ihnen aber wenigstens Bescheid geben.«

Luigi Zaini steht vom Stuhl auf. »Vittorio, sind Sie sicher, dass es nichts Schlimmes ist?«, fragt er angespannt.

»Keine Sorge: Ich rufe Sie an, sobald wir zu Hause sind.«

»Danke.« Luigi legt den Hörer auf, zündet seine Pfeife an und widmet sich wieder seinen Papieren, entschlossen, sie so schnell wie möglich durchzugehen, um nicht zu spät nach Hause zu kommen.

Als er aufbricht, bittet er Clelia, die letzten Dokumente zu prüfen und einige Kataloge zu verschicken. »Bitte stellen Sie sicher, dass niemand mehr im Gebäude ist, bevor Sie abschließen«, sagt er zu seiner vertrauenswürdigen Sekretärin. Normalerweise verlässt er als Letzter das Büro und dreht die Kontrollrunde, aber heute hat er es eilig, zu Olga zurückzukommen.

»Selbstverständlich, Signor Zaini, gehen Sie ruhig nach Hause, Sie brauchen sich keine Sorgen zu machen.«

Am Ende des Tages dreht Clelia die Runde durch die Maschinenräume und Werkstätten. Da sieht sie hinter einer Glastür einen Schatten, der nervös zwischen zwei Tischen hin- und herläuft. Im Takt der Bewegung klirren Glasgefäße. Clelia geht hin und öffnet die Tür.

»Adalgisa, was machst du denn noch hier?«, fragt sie und beobachtet die Tusa, die sich mit Aromafläschchen und Konfekt herumschlägt.

»Ich experimentiere gerade, was sich mit Minze kombinieren lässt«, antwortet sie, ohne aufzuschauen.

Adalgisa wurde erst vor Kurzem zur Abteilungsleiterin für Pastillen und Konfekt befördert. Sie ist eine große Frau mit dichten blonden Locken, die sie beim Betreten der Fabrik mühsam zu einem Dutt bindet, damit sie unter die Haube passen. Eine auffällige Brille betont ihren tiefgründigen und entschlossenen Blick. »Irgendetwas überzeugt mich aber noch nicht«, fährt sie fort. »Willst du mal kosten und mir sagen, was du von dieser Kombination hältst: Minze und Erdbeere?«

Clelia, eine echte Naschkatze, scheut sich nicht und streckt die Hand aus: »Immer her damit.« Sie steckt das Konfekt in den Mund und verzieht angewidert das Gesicht: »Nein, Adalgisa, auf keinen Fall«, urteilt sie. »Das funktioniert nicht.« Und dann meint sie: »Belass es für heute dabei, schlaf eine Nacht drüber und denk morgen mit frischem Kopf weiter.«

»Du hast recht«, antwortet Adalgisa und verstaut die Fläschchen im Schrank. Sie nimmt die Schürze ab und hängt sie hinter der Tür auf, befreit ihre Haare von der Haube und folgt Clelia. »Gehen wir ein Stück zusammen?«, schlägt sie ihrer Kollegin vor und streicht sich eine Strähne hinters Ohr.

Die beiden Frauen treten aus dem Fabriktor und machen sich auf den Weg Richtung Corso Como.

»Wohnst du weit weg?«, fragt Adalgisa ihre Kollegin.

»Zum Glück nicht, ich wohne in Isola, hinter der Eisenbahnbrücke Ponte della Sorgente. Und du?«

»Wir auch nicht: Wir wohnen in der Via Giusti, am Borgo degli Ortolani«, antwortet sie.

Clelia fällt auf, dass sie im Plural spricht, und fragt ihre Kollegin, ob sie Familie habe. »Ja, ich bin verheiratet. Mein Mann arbeitet bei der Bank, und wir haben einen achtjährigen Sohn, einen Lausbub, der uns in den Wahnsinn treibt.« Ihre Augen werden sanfter. »Heute Abend will er bestimmt zum Spielen in den Hof, aber ob er mit den Hausaufgaben schon fertig ist?«, denkt Adalgisa laut und fragt dann: »Und du, Clelia, hast du Kinder?«

»Gott behüte, nein! Ich habe keine Geduld, weder für Kinder noch für Ehemänner!«, antwortet sie mit fröhlicher Stimme. »Mir geht es gut allein. Ich habe aber einen Hund: Er heißt Ruggero und ist ein ausgezeichneter Gefährte!«

»Ich verstehe, was du meinst«, lacht Adalgisa.

»So, hier muss ich abbiegen«, sagt die eine. »Tausend Dank und bis morgen.«

»Bis morgen«, antwortet die andere und macht sich auf den Heimweg.

Als Luigi die Haustür öffnet, eilt ihm Olga hopsend entgegen. »Und ich dachte, du wärst halb tot!«, ruft ihr Mann aus und streckt ihr einen Strauß rote und gelbe Tulpen hin.

Die Kinder sind schon im Schlafanzug und spielen auf dem Teppich.

Die Augen seiner Frau sprühen vor Freude. Luigi betrachtet sie verwirrt und amüsiert: »Was war denn los mit dir? Dein Vater hat mich angerufen und gesagt, er würde dich beim Senator Conti abholen, du hättest dich nicht gut gefühlt. Jetzt wirkst du putzmunter. Du siehst auch nicht krank aus«, sagt er erleichtert, streichelt ihr Gesicht und schaut ihr tief in die Augen.

»Nein«, antwortet sie, »krank bin ich nicht.«

»Was war denn dann los?«

»Es war los, dass …«, Olga weiß nicht, wie sie es sagen soll, sie sucht nach den richtigen Worten, und ihre Stimme bleibt in der Luft hängen.

»Es war los, dass?«, drängt Luigi, von Sorgen gepackt.

»Dass ich höchstwahrscheinlich ein Kind erwarte«, ihre Stimme erhebt sich zu einem Freudenschrei.

3

CUNARDO, AUGUST 1925

Im Sommer ist Valganna, wenige Kilometer nördlich von Varese, wie verwandelt: In die zwischen Ghirla, Cunardo und Cabiaglio verstreuten Landhäuser kehrt wieder Leben ein. Die Familien kommen für die Ferien, umgeben von grünenden Wäldern, alten Mühlen und kühlen Schluchten, und bringen ihre Gewohnheiten und ein Stück mondänes Flair mit. Für die Ortsansässigen heißen sie ›die Mailänder‹, darunter auch die Familie Torri. Ihr Haus ist am Eingang des Dorfs, direkt hinter der alten, bei den Menschen in Cunardo sehr beliebten Kirche Beata Vergine del Rosario; ihr Türmchen, die Blumenornamente unter dem Dach und der große Park ringsum mit den jahrhundertealten Pflanzen bleiben von niemandem unbemerkt. Es ist das Haus des *fondeghee*, wie der Drogist Signor Vittorio im Dialekt genannt wird. Ein aus seinem gut ausgestatteten Laden mitgebrachter Likör hat ausgereicht, auch die verschlossensten und störrischsten Nachbarn zu erobern. Wenn sie als Kinder herkamen, dauerte es nur wenige Tage, schon bekamen Olga und Annetta wieder Farbe: Bergwanderungen, Rennen durch die Wälder, Bäder in den Gebirgsbächen und Spielen mit Gleichaltrigen auf dem Kirchplatz bestimmten ihre Tage, während ihre Eltern die Zeit mit Plaudern, Schachspielen, Lesen im Schatten der Bäume und ein paar Ausflügen in die Umgebung verbrachten. So ist es seit Jahrzehnten. Die Rhythmen sind gemächlich, und die Routine garantiert Erholung.

Cunardo wirkt, als wäre die Zeit hier stehen geblieben, fernab der großen Geschichte und der letzten Ereignisse, die das Land bewegen.

Zum ersten Mal sind Olga und Luigi als Familie hierher zurückgekehrt. Den Sommer über haben sie geliebte Orte und Menschen wiedergesehen, die ihren Urlaub auch diesmal fröhlich und erfrischend gemacht haben.

Die Zeit ist rasch vergangen. »Wir sind mit den Kindern noch gar nicht mit der weißen Bimmelbahn gefahren«, stellt Luigi eines Sonntagmorgens Ende August fest. »Ich kann den Urlaub doch nicht ohne den angesagtesten Touristenausflug der Valganna beenden«, fügt er scherzend hinzu. »Traust du dir das zu, mein Schatz?«, fragt er seine Frau mit Blick auf ihre immer sichtbarer werdende Schwangerschaft.

»Klar«, antwortet sie begeistert. »Ich rufe nur schnell im Eden an und reserviere einen Tisch.« Ihre einzige Sorge ist, dass sie und die Kinder sich irgendwo den Bauch vollschlagen können. Seit sie schwanger ist, hat sie ständig Appetit.

Luigi lächelt und bemüht sich um die Aufmerksamkeit von Piero und Rosetta, die gerade frühstücken. »Kinder! Heute nehmen wir die Tram!«, kündigt er feierlich an.

»Die Tram?«, fragt Piero verdutzt und begeistert und denkt an die Straßenbahnen in der Stadt, die ihn so faszinieren.

»Ja, es ist eine sehr eindrucksvolle Tram. Sie ist elektrisch und verbindet Varese und Luino und fährt dabei durch wunderschöne Landschaften«, erklärt Luigi.

Die Kinder starren ihn weiter an. Wirklich verstanden haben sie die Worte ihres Papas nicht, freuen sich aber. »Juhuu!«, ruft Piero in Vorfreude auf den besonderen Tag.

Die Kinder drücken ihre Nasen an den Fensterscheiben platt, während Olga und Luigi abwechselnd erklären, was zu sehen ist. »Jetzt fahren wir hinter einer Brauerei vorbei«, sagt Luigi.

»Die Brauerei Poretti, die dein Papa so mag«, ergänzt Olga und streicht sich über den Bauch.

»Ist das der Lago di Ghirla, Mami?«, fragt Piero und steht auf, um zu schauen, ob auf dem Wasser Schiffe sind.

»Genau«, antwortet Olga. »Wenn ich nicht zu müde bin, gehe ich morgen mit euch hin«, verspricht sie. Die Kinder sind begeistert.

Dann fährt die Tram am Ufer des Lago di Ganna entlang und durch spektakuläre, in den Fels gegrabene Tunnel. »Das hier sind die Valganna-Höhlen«, ergreift Luigi wieder das Wort.

»Pass auf, Papa, ein Wasserfall!«, ruft Piero und zeigt auf ein Rinnsal in einem Tunnel, genau über ihren Köpfen. Nach einer Stunde wird der Zug langsamer. »Hör mal, wie laut, Mami: Wir halten in einem Bahnhof!«, ruft Piero, während Olga Rosetta den Schaffner zeigt, der gerade Anweisungen vom Lokführer erhält.

Als sie nach Hause zurückkommen, sind die Kinder überwältigt: Piero schläft in Opas Armen auf dem Sofa ein, während er ihm jeden Augenblick des Tages bis ins kleinste Detail schildert. Auch Olga ist müde und geht hoch ins Schlafzimmer, um sich aufs Bett zu legen und ihre Beine auszuruhen. Luigi bringt ihr einen Kräutertee. Seit er weiß, dass seine Frau ein Kind erwartet, ist er überaus aufmerksam. Er will seine Besorgtheit nicht zeigen, aber der Gedanke an Luisa, die kurz nach der Geburt gestorben ist, spukt durch seinen Kopf, und wenn er Olgas blasses Gesicht und die Augenringe sieht, macht die Sorge einer unbändigen Angst Platz. Nur seinem Schwiegervater hat er sich anvertraut, der versprochen hat, in Luigis Abwesenheit über seine Tochter zu wachen, wie nur ein Vater es kann. Luigi pendelt während seiner sogenannten Ferien nämlich zwischen Mailand und Cunardo hin und her.

Auch an diesem Abend muss er wieder nach Mailand fahren.

»In ein paar Tagen bin ich zurück, mein Schatz. Morgen früh kommt eine Kakaolieferung, die geprüft und sorgfältig gelagert werden muss. Da darf ich leider nicht fehlen«, sagt er, während er seiner Frau die Tasse Tee reicht. »Strapaziere dich nicht! Dafür hast du die Erlaubnis, deinen Vater zu strapazieren!«, mahnt er lächelnd und gibt ihr einen Kuss auf die Stirn.

In dem Moment kommt sein Schwiegervater herein und nickt scherzhaft. Zu ihm sagt Luigi: »Wir verschieben die Schach-Revanche um ein paar Tage.«

Luigi verabschiedet sich und reist nach Mailand ab. Die politische und wirtschaftliche Lage Italiens lässt ihm keine Ruhe, und ihm ist nicht danach, seiner Fabrik zu lange fernzubleiben.

Mussolinis Machtübernahme geschah so plötzlich, dass sie fast etwas Unglaubliches hat: Seit dem Marsch auf Rom im Oktober 1922 ist es dem Partito Nazionale Fascista in wenigen Jahren gelungen, die volle Kontrolle über die Regierung zu erlangen. Sie konnten sogar die Verantwortung für die Ermordung Matteottis zugeben, ohne dass es Auswirkungen für sie gehabt hätte. Die Worte des Duce, mit offenem Visier vor der ganzen Regierung, hallen in Luigis Kopf wider: »Nun, ich erkläre hier vor dieser Versammlung und vor dem gesamten italienischen Volk, dass ich, nur ich, die politische, moralische und historische Verantwortung für alles, was passiert ist, übernehme.« So hatte das Jahr 1925 begonnen.

Von da an bewahrheitete sich nach und nach alles, was unmöglich erschienen war: Schnell verschwanden Parteien und die Opposition; ein Gesetz hatte die Arbeitszeit auf neun Stunden verlängert, ein anderes das Streikrecht aufgehoben; Presse und Verbände wurden mit militärischer Strenge kontrolliert; jegliche Art Veranstaltungen wurden überwacht, beschränkt, zuweilen untersagt, und nur die faschistische Freizeitorganisation für

Arbeiter Opera Nazionale del Dopolavoro durfte Aufführungen, Meisterschaften und Paraden organisieren. Freiwillige Milizen hatten die Aufgabe, für Ordnung zu sorgen.

Luigi fühlt sich angesichts der Veränderungen unwohl, ohne zu wissen, was er denken soll oder welche Haltung er gegenüber einer immer autoritäreren Regierung einnehmen soll. Sein Hauptaugenmerk gilt der Zaini: Er hat zu viel investiert, zu viele Opfer gebracht, als dass er in Erwägung ziehen könnte, sein Unternehmen und das Leben seiner Arbeiter in Gefahr zu bringen. Bei jeder Entscheidung respektiert er die Regeln und versucht, weder Neid noch Rivalitäten auf sich zu ziehen.

Der Wagen biegt in den Corso Sempione ein. Luigi wirft einen Blick auf den Arco della Pace in der Ferne, bevor er Richtung Cimitero Monumentale fährt und ihr Haus erreicht. Die spätsommerlichen Temperaturen machen die Heimkehr weniger hart. Luigi steigt aus dem Wagen und läuft zum Tor, schon von seinem Bett träumend und in der Hoffnung, schnell einzuschlafen.

Am nächsten Tag streicht sich Olga über den Bauch, während sie Piero und Rosetta beaufsichtigt, die am Ufer des Lago di Ghirla mit dem Wasser spielen. Sie darf sie nicht aus den Augen lassen, man weiß, wie tückisch dieser See ist, eiskalt und ganz plötzlich zu tief. Heute sieht der Tagesablauf nur ein kleines Picknick vor. »Nach der gestrigen Völlerei brauche ich heute was Leichtes, sonst schwillt dieser Bauch stärker an als vorgesehen«, sagt sie zu Annetta, die heute beschlossen hat, neben der Sonne auch Nichte und Neffe zu genießen.

»Erinnerst du dich, wie wir als Kinder mit Tante Chiara hier zum Spielen herkamen?«, fragt Annetta ihre Schwester in einem Anflug von Nostalgie. »Wir konnten unbezwingbare Schlösser bauen und Dämme, bei denen der am Lago di Pusiano vor Neid erblasste, obwohl der doch der älteste in ganz Italien ist! Wir haben sogar einen Preis gewonnen«, lächelt sie und schaut ihre Schwester an.

»Stimmt, eine Schachtel Pralinen! Ein Wink des Schicksals«, antwortet Olga.

»Es waren aber keine Zaini-Pralinen!«, lacht Annetta.

Während Tante Annetta zu den Kindern geht, versucht Olga sich vorzustellen, wer wohl das Kind in ihrem Bauch wird. ›Wie seltsam, ich kann es mir nicht anders als Piero und Rosetta vorstellen‹, denkt sie.

Der Tag fließt schnell dahin, und als die Sonne hinter den Bergen verschwindet, ruft Olga die Kinder zum Aufbruch. »Piero, Rosetta! Kommt ihr bitte? Wir gehen zurück zu Nonno und Nonna und zu Eugenia. Sie werden sich schon wundern, wo wir bleiben!«

Piero schaut sich noch einmal zufrieden sein Schloss an. »Kommen wir bald wieder her, Mami?«, fragt er, weil er sich nicht losreißen kann.

»Aber sicher, mein Schatz«, beruhigt Olga ihn. Annetta hilft derweil Rosetta und nimmt sie auf den Arm. Im Gänsemarsch machen sie sich auf den Heimweg.

Sie sind noch nicht einmal durchs Gartentor, da rennt Eugenia, die Hausangestellte, schon wie der Blitz in den Garten und ruft: »Olga, Olga! Es kam ein Anruf aus der Fabrik. Signor Luigi ist im Krankenhaus.«

Eugenia ist schon ewig im Haus des *fondeghee* in Cunardo angestellt und immer etwas melodramatisch und schroff.

»Im Krankenhaus?«, antwortet Olga fassungslos.

»Man hat auf ihn geschossen!«

Olga erbleicht. Annetta, die Angst hat, sie könnte wieder in Ohnmacht fallen, tritt näher, um sie zu stützen. »Was redest du denn da, Eugenia? Du wirst dich irren«, versucht Annetta den Schock zu mildern. »Du übertreibst mal wieder. Außerdem: Hast du nicht gemerkt, dass Olga guter Hoffnung ist? Da sollte man bestimmte Nachrichten nicht überbringen, und schon gar nicht so«, fügt sie leiser hinzu.

Annetta ist verstimmt, aber Eugenia noch mehr. »Ich war selbst am Telefon und mache mir schon seit Stunden Sorgen«, klagt sie. »Ich setze dann also mal Wasser auf, für einen Tee«, sagt sie gekränkt und geht weg. Nie im Leben würde sie ihre Olga aufwühlen wollen, die sie doch lieb hat wie eine Tochter.

Olga fehlen die Worte. Das Telefon klingelt: Es ist Signor Pietro, der Vorarbeiter. Seine Stimme am anderen Ende der Leitung zittert, aber man merkt, dass er versucht, einen ruhigen Tonfall zu bewahren: »Signora Zaini, ich habe zum Glück gute Nachrichten. Signor Luigi wurde gerade aus der Notaufnahme entlassen, und ein Auto bringt ihn zu Ihnen.«

»Er fährt nicht selbst«, fügt er nach einer Pause hinzu.

Pietro wurde vor weniger als einem Jahr angestellt. Er hat die Pirelli und ihre Reifen hinter sich gelassen und ist mit Fachwissen und nützlichen Fähigkeiten im Gepäck zur Zaini gekommen. Luigi hatte keine Zweifel, als er ihm die Leitung der Fertigungshalle anvertraute, sein mächtiger Körperbau und sein sanfter, offenherziger und entschlossener Ausdruck hatten ihn überzeugt. »Sich beschweren ist nicht schwer«, sagt er oft zu seinen Arbeitern, wenn er sich über ihre Klagen aufregt.

In Olgas Gesicht kehrt schlagartig die Farbe zurück, und nun findet sie auch ihre Stimme wieder, um Erklärungen zu verlangen: »Entschuldigung, Pietro, aber was zum Teufel ist eigentlich passiert?«

»Sie wissen noch gar nichts? Dann erzähle ich Ihnen zumindest das, was ich weiß.« Pietro holt Luft und legt los: »Heute Morgen hat Signor Zaini am Eingang der Fabrik gerade mit Dottor Cerutti geredet, dem Rat der Stadtteil-Gesellschaft von Porta Nuova. Ich war noch im Pförtnerhaus und habe gerade die Post sortiert. Plötzlich höre ich einen Schuss und renne raus: Signor Zaini liegt am Boden, und Signor Cerutti beugt sich über ihn und kommt ihm zu Hilfe. Ich sehe einen Revolver auf dem Gehsteig und den Übeltäter auf der Flucht. Ich renne los, und genauso Giovanni, einer unserer Arbeiter, zusammen kriegen wir ihn gepackt und übergeben ihn den Wachen des Polizeireviers. Als wir in die Via De Cristoforis zurückkommen, erfahren wir, dass Signor Zaini zur Behandlung ins Fatebenefratelli-Krankenhaus gebracht wurde.« Er hält kurz inne und fährt dann fort: »Nach einer Weile haben wir einen beruhigenden Anruf von Cerutti bekommen: Signor Zaini gehe es gut, er sei mit einem Verband davongekommen.« Olga hört mit angehaltenem Atem zu.

»Danke, Pietro, für alles, was Sie getan haben. Dafür werden wir Ihnen ewig dankbar sein.« Olga legt den Hörer auf. Sie ist sichtlich erleichtert, aber dennoch besorgt. »Wie kann jemand Luigi gegenüber denn so feindselig eingestellt sein, dass er ihn töten will? Was ist da passiert? Warum?«, fragt sie ihre Mutter. Olgas Kopf schwirrt voll unbeantworteter Fragen. Während sie ihrer Familie erzählt, was sie gerade erfahren hat, spielen Piero und Rosetta, die nichts von der Anspannung ahnen, im Wohnzimmer und werfen sich ihrer Mutter in den Schoß.

Hinter ihnen kommt Eugenia. Die will sie überreden, ein Bad zu nehmen und den Schlafanzug anzuziehen. »Los, Kinder, seid schön brav. Heute Abend gibt es keine Diskussion. Frühes Abendessen, eine Geschichte und ab in die Heia.«

Olga ist gedankenverloren und kann ihre Sorgen nicht verbergen.

»Mach dir keine Sorgen, mein Schatz«, sagt ihre Mutter aufmunternd. »Jetzt wird er gleich da sein, es ist sicher nur noch eine Frage von Minuten.«

»Ich bin erst beruhigt, wenn ich Luigi mit eigenen Augen sehe«, antwortet Olga mit Blick auf das Gartentor.

Endlich bricht Motorengeräusch die Stille. Olga eilt in den Garten. Mit Hilfe des Chauffeurs steigt Luigi aus dem Auto. »Ach, du Ärmster!« Olga umarmt ihn und versenkt ihre Nase in seiner Jacke. Es reicht eine Umarmung, schon lässt die Anspannung nach. Eng umschlungen steigen die beiden die Stufen hoch und gehen ins Haus. »Komm, setz dich auf den Sessel«, seine Frau streichelt ihm fürsorglich über den Arm, während der Rest der Familie ins Wohnzimmer stürmt. »Erzähl«, drängt Diamante.

»Mama, lass ihn doch erst mal verschnaufen!«, entfährt es dem Mund der Tochter.

Luigi lächelt. Er hat Angst gehabt, aber jetzt freut er sich so, die Gesichter seiner Lieben zu sehen, dass er seine Kräfte sofort wiederfindet und zum zigsten Mal an diesem Tag erzählt, was geschehen ist: »Ich habe gerade mit Cerutti geredet, als mich plötzlich jemand rief. Ich habe mich umgedreht und hatte den Revolver noch gar nicht gesehen, da hat dieser Verrückte schon auf mich geschossen. Zum Glück war Cerutti so geistesgegenwärtig, dass er ihm blitzschnell mit einem Stock die Waffe aus der Hand geschlagen hat, während Tosco und Pozzi dem Angreifer hinterhergerannt sind. Es ist noch glimpflich für mich ausgegangen: Zum Glück habe ich nur einen Streifschuss abbekommen, die Wunde ist klein und oberflächlich. Und mir wurde gleich geholfen. Ein Krankenwagen hat mich ins Krankenhaus gebracht, wo ich sofort behandelt wurde. Und dann hat mich die Polizei befragt.«

»Weiß man denn, wer dieser Verrückte ist? Wurde er geschnappt?«, drängt Olga.

»Ja, ja. Es ist ein Arbeiter, um die dreißig. Bis vor Kurzem war er bei uns angestellt. Er hat selbst gekündigt, weil er nach eigener Aussage eine Stelle bei der Breda gefunden hatte. Seitdem hat er uns Briefe geschrieben: manchmal voll übertriebener Zuneigung, manchmal mit verhüllten Drohungen. Vielleicht war es falsch, dass ich das der Polizei nicht gemeldet habe, aber bei allem, worum ich mich kümmern muss, hatte ich keine Zeit, mir darum Sorgen zu machen. Vor ein paar Wochen ist er noch mal aufgetaucht: Er wollte wieder eingestellt werden. Ich habe ihm erklärt, dass wir aktuell nur Gesellen suchen, keine Arbeiter seines Alters. Ich habe versucht, ihn zu beruhigen, und versprochen, dass wir uns melden, sollten wir wieder Bedarf haben. Im Weggehen hat er, wirklich geistesgestört, gerufen: ›Wenn ihr mich nehmt, gut, wenn nicht, weiß ich, was zu tun ist.‹ Und das hat er getan. Es hätte allerdings deutlich schlimmer für mich ausgehen können«, schließt Luigi lächelnd seinen Bericht ab und beobachtet die immer aufgewühltere Olga.

»Liebster, davon hattest du mir ja gar nichts erzählt!«

»Mein Schatz, wenn ich dich über alle dummen Wortgefechte informiere, haust du noch mit einem deutlich unterhaltsameren jungen Mann ab!«

Olga lächelt. Der Ausdruck in ihren tiefen grünen Augen lässt erkennen, dass ihr kein besserer junger Mann einfiele als der, den sie im Arm hat.

»Jetzt brauchst du einen Erholungsschlaf«, mischt sich Vittorio ein. »Du wirst sehen, dass du dich morgen schon viel besser fühlst, und wenn der Verband es zulässt, hätten wir Zeit für die berühmte Revanche, die du mir gestern Abend versprochen hast!« Die Anspannung lässt bei allen nach, und die Lust zu scherzen ist ins Haus zurückgekehrt.

»Eine letzte Frage«, ergreift Annette jetzt das Wort: »Wo ist der Irre jetzt?«

»Eingesperrt, auf der Polizeiwache von Porta Nuova«, beruhigt Luigi sie. »Heute Nacht können wir ruhig schlafen.« So zieht sich die Familie zurück.

Luigi streichelt den Bauch seiner Frau, die sofort eingeschlafen ist, als sie ihren Kopf aufs Kissen gelegt hat. »Was erwartet dich da für eine Welt?«, flüstert er an ihren Schoß gewandt. »Hier draußen scheinen alle verrückt geworden zu sein. Richtet ein Mensch die Pistole auf dich, nur weil er einen Job will?« Luigis Stimme zittert, und er findet nur schwer in einen regelmäßigen Atemrhythmus. »Ich verrate dir ein Geheimnis, aber nur, weil ich weiß, dass du es da drinnen für dich behältst: Ich habe Angst, aber ich verspreche dir, dass deine Mama und deine Geschwister nur Tapferkeit sehen werden.«

Als Antwort spürt er einen Tritt unter seinen Händen: ein Zeichen des Einverständnisses. Luigi lächelt, und sein Streicheln wird nach und nach leichter, bis die Hände, vom Schlaf übermannt, ganz innehalten.

4

MAILAND, FRÜHLING 1926

Tock. Der Klang ist hart, die Bruchkante glatt. »Perfekt«, urteilt Signor Zaini, als er die Tafel Schokolade durchbricht. »Auch die Farbe scheint mir bestens so: ein schönes Braun, warm und dunkel, ohne gräuliche Flecken.« Luigi beglückwünscht den Vorarbeiter. »Wir machen gute Arbeit, oder, Pietro? Zeig mir unsere neue Maschine. Ich bin neugierig«, sagt er und macht sich auf den Weg.

»Angesichts dessen, was sie uns gekostet hat, hoffe ich, dass sie wirklich einen Teil der Arbeit beschleunigt.«

Luigi spricht immer im Plural. Das hat Pietro gleich an seinem ersten Arbeitstag bemerkt und sofort zu schätzen gewusst. Er hat es nie bereut, die mächtige Pirelli für eine kleinere Firma verlassen zu haben. Hier fühlt er sich wirklich als Teil einer Familie. Und er ist nicht der Einzige: Annalisa aus der Modellierabteilung, Adalgisa aus dem Versuchslabor und Clelia aus der Verwaltung haben denselben Eindruck: Sie sind Teil von etwas, das jeden Tag wächst, jeden Tag neue Herausforderungen angeht und kleine, aber relevante Meilensteine feiert.

»Sicher, Signor Zaini, das wird zweifellos eine gute Investition sein: Wie man weiß, ist das Rösten der wichtigste Schritt bei der Schokoladenherstellung, Mängel, die durch falsches Rösten der Kakaobohnen entstehen, finden sich in den folgenden Phasen wieder und lassen sich nicht mehr ausgleichen.«

Da ist sie: Vor ihnen prangt ein großer Quader. Es ist das neuste Modell der Röstmaschine Battaggion, hergestellt in Bergamo. Pietro spricht in feierlichem Ton, als er sie den Arbeitern vorstellt, die neugierig näher gekommen sind: »In diesem großen Ofen lösen sich die Schalen ab und werden beseitigt, sodass sich das charakteristische Kakao-Aroma entwickeln kann.«

Pietro stellt die Maschine an, während ein Arbeiter einen Sack Kakaobohnen in den Trichter schüttet. »Es darf nicht zu lange dauern, und die Temperatur muss konstant bleiben«, ergänzt der Arbeiter, »sonst verliert die Schokolade ihren Duft und wird weniger löslich und schlechter verdaulich.«

»Das haben wir am eigenen Leib erfahren, als wir ein paar Versuche gemacht haben«, fährt der Arbeiter fort. »Wenn man zu lange röstet, wird der Kakao unangenehm bitter.« Er verzieht das Gesicht.

»Der Mann weiß, was Sache ist«, meint der Vorarbeiter mit stolzem und zufriedenem Blick auf seinen Mitarbeiter, der zeigt, dass er die neue Maschine schon voll im Griff hat.

Der Arbeiter spricht lauter, über das Dröhnen der Maschine hinweg. »Die Farbe zeigt den genauen Röstgrad an: Kakao guter Qualität muss hell sein.«

»Je stärker er geröstet ist, desto dunkler wird er«, ergänzt Pietro, fasziniert von dem Vorgang.

»Und jetzt ist er bereit für die Kopfzerbrechanlage«, sagt Signor Zaini zum Abschluss und lächelt bei dem Gedanken an seinen Piero, der, als er sie zum ersten Mal gesehen hat, sich ihren Namen nicht merken konnte. Jedes Mal, wenn er diese Maschine benennt, kann er nun nicht widerstehen, aus Spaß den Namen zu verhunzen: Es ist die Kakaobrechanlage mit ihrem großen, kühlenden Gebläse, das zum Bewahren der Aromastoffe beiträgt.

Luigi setzt seine Runde zwischen den Kakaomühlen, Mischmaschinen, Kesseln und Modelliermaschinen fort bis zu seinem Büro, am Ende der Halle. Die Wände sind aus dickem Glas:

Der Hintergrundlärm der Maschinen, die Rufe – zuweilen auch Schreie – der Arbeiter und der durch die Luft wabernde Schokoladenduft sind für ihn normal und das Geheimnis konzentrierten Arbeitens. Hier an seinem Holzschreibtisch, der ihn schon begleitet, seit er seine erste Firma in der Via Carroccio als Chemikalienhändler aufgemacht hat, fühlt er sich behütet und wachsam, bereit, mit klarem Kopf Probleme zu beheben und Lösungen abzuwägen.

Er hat sich noch nicht gesetzt, da betritt schon der Buchhalter Franco mit beherztem Schritt sein Büro und bringt ihm ein neues Handbuch über die Schokoladenherstellung, das er in der Innenstadt besorgt hat. Es ist frisch aus dem Druck, geschrieben von Luisa Spagnolis Sohn.

»Wer weiß, ob auch mein Piero eines Tages irgendetwas über die Zaini schreiben wird«, denkt Luigi beim Durchblättern laut.

»Danke, Signor Franco«, sagt Luigi, schon in die Lektüre vertieft. Sein Blick ist auf die Widmung gefallen: *»Meiner Mutter, Initiatorin und unermüdliche, sichere und fachkundige Lenkerin unseres Gewerbes«*. Mario hat recht: Seine Mutter ist eine wahre Unternehmerin.

Luigi beobachtet seine Fabrik durch die Glaswand: Sie ist nicht vergleichbar mit der Perugina, die ihren Turiner Konkurrenten das Leben schwer macht und ständig erfolgreiche Produkte auf den Markt bringt, aber er ist zufrieden mit dem bisher beschrittenen Weg. Vielleicht braucht auch die Zaini in Kürze eine größere Fabrikhalle, in der Peripherie. Die Idee gefällt ihm.

Während er in Berechnungen und Gedanken versunken ist, hört er es an der Tür klopfen: »Signor Zaini, Entschuldigung, wenn ich Sie störe, aber ich müsste kurz mit Ihnen sprechen.«

»Kommen Sie nur rein, Adalgisa. Was gibt's? Probleme im Labor?« Seit Adalgisa die Abteilung Pastillen und Konfekt leitet, gehen die Experimente in straffem und stimulierendem Tempo voran. Sie ist eine mutige und rührige Frau, die keine Angst vor Fehlern hat: »Aus Fehlern lernt man« war schon immer ihr Motto. Und wirklich, von Fehler zu Fehler, hat sie als Verpackerin angefangen, mit Essenzen und Aromen zu experimentieren, und jetzt leitet sie ein Dutzend Arbeiterinnen an, die mit Minze, Rhabarber, Haselnüssen und Rum hantieren. Jedes Aroma wird zu einem saftigen Bonbon, das man auf den Markt bringen kann.

»Wir haben Minze getestet: Außer den klassischen Kombinationen mit Anis, Fernet oder Rhabarber haben wir sie auch mit Zwiebel gemischt … und wissen Sie, dass das gar nicht schlecht schmeckt?«

Luigi schaut sie verwirrt an: »Sind sie sicher?«

»Probieren Sie eins, damit Sie es glauben.«

Als Luigi sich die Pastille in den Mund legt, verzieht er unwillkürlich das Gesicht, während Adalgisa erklärt: »Es kühlt und erfrischt den Atem.« Luigis Mund fühlt sich plötzlich kalt und duftend an, und er muss zugeben, dass das ein angenehmes Gefühl ist. »Meiner Meinung nach sind sie bereit für den Handel«, fährt Adalgisa selbstsicher fort.

»In Ordnung, wir denken noch mal drüber nach, wie wir sie am besten vermarkten können«, meint Luigi, der gerade noch den Nachgeschmack in seinem Mund studiert. »Vielen Dank, Adalgisa.«

Olga wiegt die kleine Luisa. Sie ist am 25. November geboren, in einer kalten Herbstnacht. Als sie, erschöpft von der schweren Geburt, das verzweifelte Weinen des Neugeborenen hörte, konnte sie das pure Glück greifen. Ganz zu schweigen von ihrer Freude, als sie erfuhr, dass es ein Mädchen ist. »Sie heißt Luisa«, hatte sie unumstößlich verkündet.

Seitdem kann kein Geschrei, keine schlaflose Nacht oder Eifersuchtsszene der Geschwister Olga dieses volle und starke Lächeln der frischgebackenen Mütter aus dem Gesicht reißen. Keine Nachricht kratzt an ihrer guten Laune: Rund um sie marschiert Italien im Stechschritt auf ein totalitäres Regime zu, mit Zensur und Propaganda, Kontrollen und Verdächtigungen, aber in ihren vier Wänden sind die Tage geprägt von Brei, Spielen und Launen.

Olga legt die Kleine in den Kinderwagen und verlässt das Haus – entschlossenen Schrittes und mit gut getakteten Terminen, weil sie zwischen den Stillmahlzeiten nur eine kurze Ruhepause hat. Sie muss dem Pfarrer der Chiesa dell'Incoronata die Taufscheine der Paten bringen: Sie haben ihre Schwester Annetta und Luigis jüngeren Bruder Giovanni ausgewählt. »Das ist ein schöner Anlass, ihn zu zwingen, wenigstens einen Vormittag mal aus Codogno rauszukommen und ein wenig Zeit mit uns zu verbringen«, hatte Olga vorgeschlagen und darauf bestanden, obwohl ihr Ehemann zögerte. Seit Luigi sein kleines Geburtsstädtchen vor den Toren von Lodi hinter sich gelassen hatte, nach Mailand gezogen war und beide Eltern verstorben waren, sahen sich die beiden Brüder nur selten und wussten immer weniger voneinander.

Fürs Wochenende haben sie nämlich die Taufe der Kleinen festgesetzt. Es wird eine einfache Zeremonie im kleinen Kreis, nur wenige Freunde und Verwandte, aber Olga ist wichtig, dass alles perfekt läuft.

In der Trattoria della Pesa muss sie den Gastwirt treffen, um das – strikt mailändische – Menü für den Empfang nach der Taufe festzulegen, und wenn sie schnell genug ist und die kleine Luisa besonders ruhig, will sie noch die Stoffe für die Bonbonniere abholen.

Die Sonne ist schon warm, und in den Straßen der Stadt fangen die ersten Magnolien zu blühen an. Der Himmel ist so klar, dass man nicht nur die Kontur der fernen Alpen erkennt, sondern sie noch dazu ganz nah wirken. Auch Luisa in ihrem

Kinderwagen scheint die erste Frühlingsmilde zu genießen und schläft engelsgleich.

»Wenn du so tief schläfst, gehe ich auch noch eben Wirsing und Salat kaufen.« Nicht weit von zu Hause ist nämlich der *Borgh di Scigulatt*, wie er in der Stadt genannt wird: Buchstäblich bedeutet das ›Viertel der Zwiebelbauern‹, doch für die Anwohner bezeichnet es Gemüsehändler im Allgemeinen. Die Ursprünge des Viertels sind sehr alt. Diese Gegend, außerhalb der Stadtmauern von Porta Volta und am äußersten Rand der Stadt gelegen, wurde *Corpi Santi*, heilige Körper, genannt, weil sie für Begräbnisse bestimmt war. Zu Zeiten des Bischofs Ambrogio war es ein üppig wachsender Wald, in den er zum Beten und Meditieren ging. Dank der vielen Quellen und Wasserläufe besiedelte sich die Gegend bald mit Gärten und Bauernhöfen. Sie entwickelte sich zum Ortsteil der Gemüsehändler, der 1873 formell in die Stadt eingemeindet wurde. Seit damals haben kleinere und größere Gebäude ein dicht besiedeltes Labyrinth aus engen Gassen gebildet zwischen den Bastioni, dem Cimitero Monumentale und dem Corso Sempione.

Olgas Anlaufstelle ist Signor Giuseppe, Gemüsehändler seit Generationen. Einen Teil des Obstes und Gemüses, das er verkauft, zieht er selbst in dem kleinen Garten hinter dem Laden, der auf wundersame Weise Baustellen und Beton standhält. Er hegt eine unbändige Leidenschaft für exotische Früchte und kann es kaum glauben, nun einen so direkten und unmittelbaren Austausch mit den neuen Bewohnern zu pflegen, die seit einiger Zeit das Viertel bewohnen. Jeden Chinesen, den er trifft, fragt er nach Informationen über irgendeinen neuen Samen oder eine neue Frucht.

»Signora Olga, das ist eine Litschi. Sie kommt aus dem Fernen Osten. Ich habe sie durch Shui kennengelernt, der vor Kurzem aus China hergekommen ist.«

Olga führt die kleine Frucht an die Nase, in der Hoffnung, den Geschmack vom Duft her einschätzen zu können. Die rötliche Schale aber ist dick und rau und gibt nichts preis.

»Geben Sie her, dann schäle ich sie«, sagt der Gemüsehändler. »Sie werden sehen, die schmeckt Ihnen«, versichert er, als er den verwirrten Blick der Kundin bemerkt.

Olga nimmt die weiße, durchscheinende Frucht in die Hand. »Die ist ja ganz süß!«, meint sie. »Geben Sie mir eine Tüte davon, dann lasse ich auch meinen Mann probieren.«

Giuseppe füllt eine Tüte und reicht sie Olga, die im Weggehen grüßt: »Bei Ihnen ist man immer in guten Händen. Danke. Wir sehen uns nächste Woche.«

Im Kinderwagen streckt die kleine Luisa mit einem Zucken die Beinchen aus und gibt ein paar Laute von sich. Olga beschleunigt ihren Schritt und kehrt schnell nach Hause zurück.

5

MAILAND, OKTOBER 1926

Bitte nehmen Sie zur Kenntnis, dass unser Sitz zum 1. Oktober 1926 in die Via Abba 4 im Mailänder Stadtteil Dergano umgezogen ist. Auf der Rückseite der Karte zeigt ein gezeichneter Stadtplan den Standort des neuen Firmensitzes an sowie den besten Weg dorthin, von der Via De Cristoforis aus, mit Hinweis auf die Tram Nummer 8, deren Streckenverlauf unweit der neuen Fabrikhalle endet.

So verkündet Luigi Zaini seinen Kunden, Händlern und der Handelskammer offiziell den erfolgten Umzug. ›Wieder folgen wir der Brennerei Fratelli Branca‹, denkt er beim Betrachten der Karte. ›Dieses Mal übernehmen wir nicht ihren Standort, aber wir sind nur ein paar Schritte von ihnen entfernt. Ich hoffe, dass ich früher oder später die Ehre haben werde, jemanden aus der Familie Branca kennenzulernen.‹

Für seine Angestellten hat Signor Zaini ein grandioses Einweihungsfest organisiert und dazu die Familien aller Mitarbeiter eingeladen. Der Platz vor der Halle hat sich zu dieser Gelegenheit in eine große Tanzfläche verwandelt: Die legendäre Kapelle aus Affori, die zur musikalischen Begleitung angeheuert wurde, wechselt traditionelle Walzer mit modernem Foxtrott ab, sodass alle tanzen, Groß und Klein.

Die älteren Füße bewegen sich parallel zueinander und geben acht, sich bei Drehungen und Platzwechseln nicht zu treten; die jüngeren dagegen schütteln sich zum hochtourigen Rhythmus eines Swing. Gitarren, Ziehharmonikas, Kontrabässe und Blasinstrumente lassen ihre Töne auf die Tanzpaare los. Die Schuhsohlen schlagen den Takt. Einige Paare umarmen sich wiegend, wenn die Musik langsamer wird, andere ruhen sich aus oder gehen in die Mitte der Tanzfläche. Manche sind erfahrene Tänzer, andere dagegen sind weniger beweglich und geübt und versuchen, sich ein paar Schritte zu merken; ein Mann um die dreißig bietet schüchtern einer Kollegin seinen Arm an, um sie zum Tanzen einzuladen; auch die Schüchternsten deuten ein paar Tanzschritte an, während die ungezwungeneren jungen Frauen aus vollem Halse lachend die Tanzfläche stürmen.

Schultern gehen auf und ab, Beine auf und zu, Absätze trommeln auf den Boden.

Am Rand der Tanzfläche wurden zwei lange Tafeln aufgebaut, wo sich Weinflaschen und Schnittchen-Tabletts mit Zaini-Produkten abwechseln. Die Kinder rennen einander hinterher, spielen und kreischen glücklich. Ihre Stimmen verstummen nur kurz, wenn sie sich ein Bonbon in den Mund stecken. Sie bleiben gerade so lange stehen, wie sie brauchen, um naschhaft in den großen Körben mit Pralinen und Bonbons zu fischen. Auch Piero und Rosetta sind da, bestens in die Bande der Zaini-Kinder integriert. Luisa liegt im Kinderwagen. Emilia kümmert sich um sie. Emilia ist erst seit September da, aber schon unentbehrlich, und Olga fragt sich ständig, wie sie bisher ohne sie klargekommen ist, warum sie nicht früher daran gedacht hat, ein Kindermädchen einzustellen.

Die Atmosphäre ist fröhlich und familiär. Luigi beobachtet alles glücklich. An seiner Seite Olga, die sich gerade eine Zigarette anzünden will. Sie ist wie immer sehr elegant in ihrem salbeigrünen Kleid, frisch aus der Schneiderei, passend zu Handtasche und Schuhen. Die unverzichtbaren Absätze trommeln rhythmisch auf den Boden: Gerne würde sie sich den Tanzenden anschließen, wenn Luigi bloß für die Dauer eines Liedes vergessen könnte, dass er der Chef ist, und sie zum Tanzen auffordern würde.

Ein Foxtrott wird durch ein langsameres Stück abgelöst: »Signora Zaini, darf ich bitten?«, fragt er mit einem etwas verlegenen Lächeln. Olga mustert ihn erstaunt, lässt sich dieses Angebot aber nicht entgehen. Eng umschlungen lassen ihre Körper sich von der Musik wiegen, während sich ihre Blicke ineinander verlieren. Ein Lächeln breitet sich auf Olgas Lippen aus: »Glückwunsch, Signor Zaini, Ihr Fest wird in die Annalen eingehen.« Er nähert seinen Mund dem Ohr seiner Frau, um ihr etwas zuzuflüstern, aber dann verleiht er seiner Freude in einem Kuss Ausdruck. »Das kitzelt«, wehrt sich Olga lachend.

»Seht nur den Signor Luigi und die Signora Olga, wie süß«, kommentieren die Tuse ringsum. Als das Lied zu Ende geht, verschafft sich Signor Zaini die Aufmerksamkeit aller: »Ich möchte einen Toast aussprechen. Für die Zaini beginnt ein neues Kapitel, in dem ihr, wie es immer war, die Helden seid. Ich möchte mich bei euch bedanken, denn auch dank eines jeden von euch sind wir heute hier, noch stärker und wettbewerbsfähiger als zuvor. Ein besonderer Dank gilt meiner Frau, die immer mit Begeisterung dabei ist und mit diesem Sinn fürs Praktische, den nur Frauen haben. Ein Hoch auf die Zaini, die Dergano mit ihrem Schokoladenduft erobern wird!«

»Sie lebe hoch!«

»Auf die Zaini!«

Die Gläser heben sich, Beifall dröhnt über den Platz, und gleich darauf spielt die Musik weiter.

Am Ende des Tages baut die Kapelle ab, und die Arbeiter machen sich langsam bereit für den Heimweg. Manche müssen dafür die ganze Stadt durchqueren, andere haben Glück und wohnen nicht weit entfernt; eine Arbeiterin auf schwindelerregenden

Absätzen macht sich auf den Weg zur Straßenbahnhaltestelle, ein junger Lehrling steigt auf sein Fahrrad.

Die Familien finden wieder zusammen, die Arbeiterinnen verabschieden sich und verabreden sich für den nächsten Tag. Ein Grüppchen Gesellen geht ein Stück Weg zusammen; eine Tusa, die sich bei ihrem Verlobten einhakt, schlägt einer Kollegin fürs Wochenende einen gemeinsamen Ausflug vor.

Pietro, der Vorarbeiter, läuft in zügigem Tempo mit Franco, dem Buchhalter. Sie arbeiten nun schon einige Jahre zusammen und haben eine besondere Vertrautheit: Sie schweigen gemeinsam, jeder in seine eigenen Gedanken versunken. Beide haben Luigi bei der Suche nach einem neuen Standort für die Fabrik unterstützt, indem sie mit ihm Vor- und Nachteile jeder Halle diskutiert haben. Diese hier war ihnen perfekt erschienen.

Darüber reden sie auch jetzt. »Hast du gesehen, wie weitläufig und hell die Räume sind?«, meint der eine, während der andere antwortet: »Mein einziger Zweifel bleibt die Entfernung zum Stadtzentrum.« Franco weiß, dass sich manch ein Arbeiter darüber beschwert hat.

»Das ist nur eine Frage der Zeit, du wirst sehen. Geben wir ihnen ein paar Wochen, ich bin sicher, dass dieses Licht sie für sich einnehmen wird«, erwidert Pietro gewohnt optimistisch.

Adalgisa schließt zu Mann und Sohn auf, der die Taschen voller Pralinen hat, und sie machen sich auf den Weg zur Haltestelle der Tramlinie 8. »Habt ihr einen weiten Heimweg?«, fragt Ines, die gerade frisch eingestellt und zu Fuß gekommen ist, weil sie am Hauptplatz von Dergano wohnt.

»Sicher war es vorher praktischer«, antwortet Adalgisa, die in einer *Casa di ringhiera* – diese typischen Mailänder Wohnungen mit geteilten, auf den Hof gehenden Balkonen – in der Via Giusti wohnt, im Herzen des Borgo degli Ortolani. »Diese Strecke jeden Tag könnte hart werden, aber wir gewöhnen uns sicher dran«, sagt sie und nimmt ihre Tochter an die Hand.

»Hast du verstanden, ob die Zainis hierherziehen?«, ergreift Ines wieder das Wort. »Die Wohnung ist zwar fertig, aber soweit ich weiß, will die Signora Olga nicht umziehen.«

»Verständlich, in der Innenstadt lebt es sich besser«, antwortet Adalgisa freiheraus.

»Warten steigert das Begehren«, mischt sich Clelia, die treue Sekretärin, lächelnd ein. Sie begleitet ihre Kolleginnen ein Stück, bevor sie wieder umkehrt, um zu prüfen, ob alles in Ordnung ist, und die Fabriktore zu schließen.

Es stimmt, obwohl Olga sehr stolz auf ihren Mann ist und ihn bei der Entscheidung unterstützt hat, war sie zu einem Umzug nicht zu bewegen. Sie will in der Viale Pasubio wohnen bleiben. Mittlerweile hängt sie so sehr daran und findet die Lage perfekt: nicht weit vom Zentrum, aber außerhalb der Stadtmauern, genauso nah am Bahnhof wie am Grün des Parks. Es war keine Liebe auf den ersten Blick. Ihr Herz ist immer noch im Corso Magenta, in dessen Umkreis sie ihre gesamte Kindheit verbracht hat, mit ihren Gewohnheiten, Freundschaften und Schulbesuchen.

Während der allerersten Tage im neuen Haus war sie mit allen möglichen Vorwänden, auch den banalsten, in ihr eigenes Viertel zurückgekehrt. »Signora Zaini, wissen Sie, Metzger gibt es auch in diesem Teil der Stadt«, nahm ihr Mann sie auf den Arm, wenn er sie für eine Hühnerbrust oder einen Kalbsbraten Kilometer schrubben sah. Auch für einen Knopf war sie aufs Rad gestiegen, um sich zum Kurzwarenladen in der Via Verga aufzumachen. »Ich weiß, dass Signora Anna genau die Knöpfe hat, die ich brauche: Da verliere ich sicher weniger Zeit, als wenn ich auf dem Corso Garibaldi herumstromere, um welche zu suchen«, hatte sie sich in gereiztem Tonfall gerechtfertigt. Zu Luigis großer Erleichterung waren nur wenige Wochen vergangen, bis sie schließlich Metzger, Kurzwarenladen, Obstverkäufer und Schuster gefunden hatte und sie fast für besser befand als diejenigen, die sie vorher aufgesucht hatte.

Jetzt hat sie jedoch wirklich keine Lust, das Spiel von vorne zu spielen, um ein weiteres Viertel zu erkunden. »Ich habe mich gerade hier eingelebt«, argumentiert sie. »Außerdem, wenn deine Angestellten die Tram 8 nehmen, was doch so praktisch scheint, kannst du das auch. Oder wir suchen uns einen Chauffeur«, fügt sie lächelnd hinzu.

Olga weiß, dass ihre Argumente nicht unumstößlich sind, und insgeheim ist sie sich bewusst, dass sie umziehen wird, sollte es nötig werden. Luigi hat fürs Erste beschlossen, nicht zu sehr darauf zu beharren, überzeugt, dass sie früher oder später umziehen werden. Das Haus neben der Fabrik wird bald bewohnt sein.

›Alles hat seine Zeit‹, denkt Luigi, während er Olga, Emilia und die Kinder beobachtet, die, von Franco begleitet, vorangehen und sich auf den Weg nach Hause machen.

Auf dem großen Platz vor der Fabrik ist wieder Stille eingekehrt. Die Arbeiter sind gegangen, die Musikkapelle hat die Bühne abgebaut und verstaut gerade ihre Musikinstrumente. Luigi ist bereit zum Aufbruch, als Clelia ihm nachläuft und sich ihm mit einer Karte nähert. Feierlich verkündet sie: »Signor Zaini, ich überreiche Ihnen hiermit die erste Nachricht, die in die Via Abba 4 zugestellt wurde.«

Sehr geehrter Signor Zaini, als Nachbar Ihrer Fabrik heiße ich Sie herzlich willkommen in Dergano und erwarte Sie nächsten Donnerstagvormittag um 11 Uhr in der Via Crespi 24 zu einem Kaffee und einer Plauderei, um Sie kennenzulernen.
Mit herzlichen Grüßen.
Ihr Giuseppe Visconti di Modrone.

Am Tag darauf erwacht man im Hause Zaini später als üblich, und nach einem gemächlichen Frühstück macht Luigi es sich mit seinen Kindern auf dem Sofa bequem. »Wisst ihr, wo die Schokolade herkommt?«, fragt er sie. »Es war einmal ein spanischer Feldherr namens Hernán Cortés, der nach der Mission von Christopher Kolumbus aufbrach, um Mexiko zu erobern, das Land der Azteken, reich an Tradition und symbolischen Kulten.«

»Erzähl weiter«, spornt Piero ihn an und beißt in seinen letzten Keks.

»Während der Reise schreibt der Feldherr lange Briefe an Kaiser Karl V., und genau in so einem Brief erwähnt er zum ersten Mal die Schokolade.« Die Stimme schwingt sich auf.

»Und was sagt er?«, mischt sich Rosetta ein und fasst ihm an den Schnauzbart.

»Schokolade«, nimmt Luigi seine Erzählung wieder auf, »ist ein nahrhaftes und stärkendes Getränk, das aus gemahlenem Kakao, vermischt mit Zucker, besteht.« Er schaut die Kinder an und fährt fort: »Und genau in diesem Brief steht geschrieben: *Man sagt, dass der Herrscher Montezuma davon bis zu fünfzig Tassen am Tag trank!*«

»Aber Papa, das ist doch nicht möglich! Fünfzig Tassen?«, fragt Rosetta.

»Dann darf ich das auch«, ruft Piero rein.

»Mamma mia, oh nein, ich bitte dich, Luigi, setz den Kindern doch nicht solche Flausen in den Kopf«, antwortet Olga, die Luisa wiegt.

Luigi lacht unter seinem Schnauzbart und fragt: »Könnt ihr euch die Reaktionen am Spanischen Hof vorstellen? Man sprach von nichts anderem mehr als von diesem exotischen Getränk, das noch niemand probiert hatte, aber alle neugierig machte.« Luigi streichelt Rosettas Köpfchen. »Als Cortés endlich aus dem Eldorado zurückkehrt, ist er nicht mit Gold beladen, wie er es eigentlich vorgehabt hatte, sondern mit Kakaobohnen. Der Kaiser ist trotzdem zufrieden, weil er endlich die so lange ersehnte Schokolade probieren kann. Und wie die ihm schmeckt! Er lässt seine Familie kosten und seine engsten Freunde. Alle sind hin und weg von ihrem unglaublichen Geschmack. ›Die Azteken haben recht: Das ist wirklich das Essen der Götter!‹, sind sich alle einig. Der Kaiser hätte das Rezept gerne geheim gehalten, aber es gelingt ihm nicht: zu viele Hochzeiten! Die Schokolade verbreitet sich zusammen mit der jeweiligen Mitgift der jungen Bräute und gelangt, von Hochzeit zu Hochzeit, an alle europäischen Höfe. Es gibt keine Prinzessin, keinen Mönch oder König, der sich nicht von dem neuen Getränk erobern ließe.« Piero lächelt, stolz auf seinen Papa, der ihm so schlau vorkommt wie ein Kaiser.

»Und es gibt kein Kind, das sich nicht die Finger ablecken würde, wenn ihm etwas Schokolade darauftropft, oder?«, sagt Luigi zum Abschluss und wischt Rosettas Mund ab, der, so ein Zufall, schokoladenverschmiert ist. Und sie ist nicht die Einzige: Auch Piero hat einen dunklen Schokobart, der sich bis auf die Wangen ausdehnt und den er sich mit dem Ärmel abwischt.

6

MAILAND, 9. NOVEMBER 1926

Ärgere dich nicht, das Leben ist kurz: eine Mahnung, Ruhe zu bewahren und weise zu handeln. In die hölzernen Türpfosten eines großen Tors geschnitzt, nehmen diese Worte jeden in Empfang, der den Innenhof durchquert hat und die Verwaltungsbüros betritt. Der Erste, der sie jeden Morgen liest, ist Signor Zaini persönlich. Als er die Maxime ausgewählt hat, dachte er zwar auch an seine Angestellten, vor allem aber an sich selbst: Rechtschaffenheit, Höflichkeit und gesunder Menschenverstand sollen die leitenden Prinzipien seiner jungen Firma sein. Sich zu ärgern, ist in den meisten Fällen kontraproduktiv. Luigi geht durch die Glastür in sein Büro. Der Maschinenlärm wird immer schwächer, je näher er seinem Schreibtisch kommt. Hier bringt eine fast unwirkliche Ruhe Rechnungen und Geschäfte in Einklang. Gebrochen wird die Stille jeden Morgen von Clelia, die Unterschriften, Anweisungen, Durchsichten und prüfende Blicke braucht. Meistens geht ihren Anfragen ein Kaffee und … ein Zaini-Produkt voran. Clelia, mit ihrem runden, von einem schwarzen Bubikopf eingerahmten Gesicht, sucht gerne jeden Tag eine andere Praline aus, obwohl sie weiß, dass Signor Zaini am liebsten Noisette mag, eine kleine Stange mit Haselnussstückchen.

»Buongiorno, Dottore. Hier ist Ihr Kaffee. Heute habe ich ein Gianduiotto für Sie ausgewählt«, verkündet die Sekretärin und stellt das Tablett auf den Tisch, während Luigi amüsiert seine Hand danach ausstreckt. Auch ihm gefällt dieses Ritual.

»Eins für Sie und eins für mich«, fügt er hinzu. Eine weitere mittlerweile tief verwurzelte Angewohnheit. Unter allen Angestellten der Zaini ist Clelia nicht nur die Naschhafteste, sondern auch die Einzige, die ohne Anzeichen von Übersättigung weiterhin gierig Kakao und Schokolade in sich hineinstopft, obwohl sie seit Jahren damit arbeitet. Alle ihre Kollegen gewöhnen sich nach wenigen Wochen an den Schokoladenduft, bis sie irgendwann nicht mal mehr einen Splitter davon in den Mund stecken wollen.

»Denken Sie dran, dass Sie um 11 Uhr mit dem Grafen verabredet sind. Soll ich eine Geschenkschachtel für Sie fertig machen? Eine schöne Familienpackung wird ihm sicherlich gefallen. *Lù el gh'ha tanti fioeu*«, kommentiert sie auf Mailändisch seine vielen Kinder, sieben an der Zahl.

»Danke, Clelia, Sie sind immer sehr fürsorglich. Das scheint mir eine wunderbare Idee zu sein. Ich lese noch meine Post fertig, dann mache ich mich auf den Weg.«

Clelia verlässt das Büro und begibt sich in die Abteilung der Verpackerinnen.

Sie betritt den großen, hellen Raum, wo ihre Kolleginnen gerade die Bonbons verpacken, die bald in den Handtaschen der eleganten Mailänderinnen verschwinden und in die Theaterlogen der Scala Einzug halten werden, um Hustenanfälle des gebildeten Publikums zu besänftigen. Das Einwickelpapier ist weiß und hat je nach Geschmacksrichtung verschiedenfarbige Aufdrucke: Himbeere, Anis, Minze, Orange, Zitrone, Vanille. In der Mitte prangt ein Bild des Mailänder Doms, der dem Produkt seinen Namen gibt, mit seinen Fialen und Statuen. Die Madonnina streckt sich in den Himmel.

»Buongiorno«, grüßt Clelia beim Eintreten die Tuse bei der Arbeit. »Kann mir jemand eine Schachtel reichen?«, fragt sie mit etwas lauterer Stimme. »Eine Verabredung mit der Hautevolee«, fügt sie geheimnisvoll hinzu.

Marietta seufzt, als sie die Umrisse des Doms betrachtet: Sie hat ihn noch nie in echt gesehen. Sie führt das Papierchen an ihre Augen, fast als wollte sie den Heiligen erkennen, der auf einer Fiale dargestellt ist, oder die Maserung des Marmors. »Er könnte kilometerweit entfernt sein, sogar am anderen Ende der Welt, für mich wäre es dasselbe in Grün: weit weg und unbekannt«, beschwert sie sich laut. Sie ist in einer großen Familie in der Poebene aufgewachsen. Nach jahrelangem Waten durch die Reisfelder als Unkrautjäterin ist sie nach Mailand gezogen, um sich dort eine Arbeit zu suchen. Seitdem spielen sich ihre Tage zwischen Fabrik und gemietetem Zimmer ab. In der Innenstadt ist sie noch nie gewesen, auch wenn das Gold der Madonnina manchmal so stark glänzt, dass sie sie auch von ihrem Balkonfenster aus sehen kann.

»Und wenn man bedenkt, dass er noch nicht einmal fertiggestellt ist: Eine ewige Baustelle nennen wir in Mailand ›Dombauhütte‹. Warte also noch ein paar Jahrzehnte und geh ihn dann besichtigen, wenn auch die Portale schön fertig gemacht sind, dann brauchst du nur einmal hin«, scherzt Ernestina, die in ihrer Nachbarschaft wohnt. Sie leben in der gleichen *Casa di ringhiera*, in Affori. Sie war es auch, die Marietta, als sie gerade nach Mailand gezogen, noch fremd und auf Arbeitssuche war, darauf aufmerksam gemacht hat, dass bei der Zaini Personal gesucht wird. Seitdem sind sie Freundinnen, und Marietta verbringt die Abende oft mit ihrer Kollegin und deren Familie.

»Nächstes Mal kommst du mit uns mit. Ich fahre oft mit meinen Schwestern hin. Wir gehen auch in die Galleria Vittorio Emanuele II und ins Kaufhaus La Rinascente.« Ernestina, die in Mailand geboren und aufgewachsen ist, liebt es, durch die Gassen des Zentrums zu schlendern, sich Schaufenster und Leute anzuschauen und ein bisschen zu träumen.

»Von wegen Dom und Rinascente: Wenn ihr mit dem Verpacken nicht fertig werdet, geht es nicht einmal in Ginos Trattoria zum Mittagessen«, kichert Clelia und langt dabei nach einem Bonbon mit Himbeergeschmack. »Vollkommen«, kommentiert sie, während sie die Schachtel für den Chef bestückt und einpackt. Marietta und Ernestina schauen sie neugierig an, aber Clelia geht mit dem Geschenk in der Hand weg, ohne noch irgendeine Erklärung nachzureichen.

Luigi schlüpft in den Mantel, rückt sorgfältig den Zylinder auf seinem Kopf zurecht und verlässt die Fabrik. Er läuft durch die Via Imbonati und schaut sich unterwegs um: die Schaufenster eines Kurzwarenladens, die Tischchen einer Osteria, der Karren eines Gemüsehändlers. Manch ein Wagen voller Baumaterial fährt zügig aus der Stadt, Speditionen verlassen die Lager mit den Waren, Handwerker sind hier und da am Werk, kleine Gruppen von Männern diskutieren angeregt, während etwas weiter drüben ein Grüppchen Kinder mit Straßenkreide spielt. Hinter den Toren öffnen sich weite Innenhöfe, wo hektisches Treiben herrscht.

Er verliert sich in den Details: das Schild einer Transportfirma, die karierten Tischdecken einer Trattoria, der exzentrische Hut eines Passanten, die vernachlässigten Mauern eines Hauses und die blühenden Veilchen in Töpfen auf einem Fensterbrett, ein plötzlicher Safranduft und das Geräusch einer laufenden Maschine.

Schließlich zieht ein starker Chlorgeruch seine Aufmerksamkeit auf sich. Er hebt den Kopf: Er kommt aus einem Schornstein der Carlo Erba, der über seinem Kopf aufragt. Die ungeheuren Dimensionen der Fabrik schüchtern ihn ein. ›Lieber rieche ich nach Schokolade‹, denkt er bei sich und macht sich Mut. Auf einmal fühlt er sich klein und unzulänglich mit seiner Blechschachtel in den Händen: ›Vielleicht ist das zu wenig. Ich hätte mir etwas Passenderes für den Grafen überlegen sollen‹, sinnt er, während er die Schachtel schüttelt.

Als Giuseppe Visconti di Modrone erscheint, verfliegt das Gefühl der Unzulänglichkeit allerdings sogleich. Vor sich hat er einen großen, mächtigen Mann mit langem Schnurrbart, lebhaften Augen und schallender Stimme: »Herzlich willkommen in der Gi.Vi.Emme«, sagt er mit einem Lächeln. Ihn umgibt ein süßer Duft nach Narzissen, der den beißenden Chlorgeruch übertönt.

»Ich danke Ihnen für die Einladung. Das war sehr freundlich.«

»Keine Ursache: Ich hatte wirklich Lust, Sie kennenzulernen und Sie auf diesem Fitzelchen Erde willkommen zu heißen, so weit weg von der Mailänder Mondänität! Kommen Sie, machen wir es uns in meinem Büro gemütlich, da können wir bei einem Kaffee ein wenig plaudern.« Luigi reicht ihm die Schachtel.

»Vielen Dank, das wäre doch nicht nötig gewesen. Meine Kinder werden sich natürlich trotzdem freuen!«, bedankt er sich und nimmt das Päckchen an. »Ich freue mich sehr, Sie als Nachbarn zu begrüßen«, fährt er fort und legt die Schachtel auf einem Tischchen ab.

Luigi entspannt sich. Der Tonfall des Gesprächs wird sofort herzlich, fast so, als würden sie sich schon lange kennen.

Der Graf besitzt die angeborene Fähigkeit, die Menschen in seiner Gegenwart sich wohlfühlen zu lassen.

Luigi betrachtet Fläschchen, Schachteln, Skizzen und Zeichnungen. Das Büro ist voll davon. »Ja, ich weiß, ich muss mich entschuldigen, aber sosehr ich mich auch bemühe, ich schaffe es nicht, Ordnung zu halten. Vielleicht arbeite ich einfach besser im Chaos.« Dann ergänzt er: »Meine Frau sagt ja, das mit den Parfüms sei eine Marotte von mir, aber wenn sie wüsste, wie sehr ich mich dabei amüsiere. Und ich würde sagen, letztendlich läuft es ganz gut, wirtschaftlich betrachtet. Ich beschäftige mich damit jetzt schon fast fünfzehn Jahre.«

Der Graf setzt sich und lädt seinen Gast mit einer Geste ein, es ihm nachzutun.

»Die Idee hatte ich während einer meiner vielen Reisen nach Paris, als ich einen außergewöhnlichen Riecher kennengelernt habe, Monsieur Petit. Ich war so fasziniert, dass ich mit dem Wunsch nach Mailand zurückgekehrt bin, ein neues und modernes Parfüm zu entwickeln. Ich wollte Substanzen verwenden, die noch nie miteinander kombiniert wurden. In der pharmazeutischen Fabrik meines Schwiegervaters habe ich die Chemiker in den Wahnsinn getrieben, weil ich natürliche Essenzen im Labor nachmachen wollte. 1911 ist es mir dann schließlich gelungen: ein vollkommener Duft, rau, aber elegant, leicht bitter, entschieden und modern. Die Wahl eines Namens habe ich meinem Freund Gabriele d'Annunzio anvertraut: Contessa Azzurra, zu Ehren meiner Frau und der Flaggenfarbe der Savoier.« Der Graf zündet sich eine Zigarette an und erzählt dann weiter: »Anschließend hat es noch mal zehn Jahre gedauert, bis ich die Gi.Vi.Emme gründen konnte: eine ganz allein mir gehörende Firma, angefangen bei der Wahl des Namens. Ich stecke meinen Schnabel überall rein: vom Duft bis zur Namenswahl, von den Flakons bis zur Werbekampagne. Ich will immer das Beste, koste es, was es wolle!«

Luigi hört bewundernd zu.

»Aber erzählen Sie doch von sich, Signor Zaini«, sagt er. »Ich habe viel über Ihr Unternehmen gehört, und wenn Sie wüssten, wie viele Pralinen bei sieben Kindern im Haus gegessen werden. Ihre Blockschokolade fehlt in den Küchen der Via Cerva nie«, fügt er lächelnd hinzu.

Luigi überspielt einen neuen Anflug von Verlegenheit, indem er einen Löffel Zucker in seinen Espresso rührt. »Was soll ich sagen? Mein Abenteuer fing ganz zufällig an. Oder vielleicht wollte es das Schicksal so. Ich bin in Codogno geboren und aufgewachsen, aber sobald ich konnte, bin ich nach Mailand gezogen, wo ich mit chemischen Produkten gehandelt habe. Auch ich habe so manchen Wissenschaftler in den Wahnsinn getrieben: Sie mit Experimenten, ich mit ständigen Nachfragen nach neuen Produkten, die man auf den Markt bringen, kaufen und verkaufen könnte.« Die Verlegenheit ist verschwunden. »Dann wurde mir, zufällig, vorgeschlagen, mich Schokolade, Kakao und Konfitüren zu widmen. Ich dachte, das könnte ein wachsender Markt sein, und so habe ich den Vorschlag angenommen und eine Gesellschaft gegründet. Die Dinge liefen gut: Ich habe eine Leidenschaft dafür entwickelt, bin allein geblieben und immer naschhafter geworden.«

Bei der angedeuteten Einsamkeit verzieht der Graf schmerzvoll das Gesicht: »Allein? Ich dachte, Sie hätten Kinder.«

»Entschuldigen Sie, ich habe mich missverständlich ausgedrückt. Ich meinte, in der Gesellschaft. Anfangs war Signor Mongini mein Mitstreiter, er hat dann aber die Gesellschaft aufgelöst und ist nach Turin zurückgekehrt.« Inzwischen fühlt Luigi sich sehr wohl und ist in Beichtlaune, so redet er weiter: »Um ehrlich zu sein, bin ich noch dazu Witwer. Meine Frau ist direkt nach der Geburt unseres zweiten Kindes, Rosetta, gestorben. Aber der liebe Gott hat Olga zu mir geführt. Eine phantastische Frau mit einem so großen und reinen Herzen, dass sie mich und meine Kinder, ohne zu zögern, darin aufgenommen hat. Ende November wurde zum Segen unserer Familie Luisa geboren.«

Luigis aufrichtige Worte lassen in Viscontis Augen eine Spur von Rührung durchscheinen. Doch er erstickt sie sofort mit einer unvermittelt ausgesprochenen Frage, um die Atmosphäre wieder aufzulockern: »Mögen Sie Schokolade?«

»Und wie«, antwortet Luigi und steht dabei auf. »Wissen Sie, das Kindermädchen, das vor Kurzem bei uns angefangen hat, musste erst beweisen, dass sie alle Zaini-Produkte in all ihren Varianten kennt, bevor wir sie angestellt haben!«, sagt er lachend. »Ich lasse Sie jetzt wieder allein. Ich möchte nicht Ihre kostbare Zeit stehlen. Es hat mich wirklich sehr gefreut, Sie kennenzulernen, und ich hoffe, dass wir bald Gelegenheit für ein Wiedersehen haben.« Luigi reicht ihm zum Abschied die Hand.

»Gewiss werden wir weitere Gelegenheiten haben. Apropos, was halten Sie von einem Abend in der Scala nächsten Sonntag?«, schlägt der Graf vor und macht seinem Gesprächspartner Platz. »Ich würde mich freuen, Sie als meine Gäste zu begrüßen.«

Luigi bedankt sich: »Ich denke, meine Frau wird begeistert sein. Ich gebe Ihnen unsere definitive Antwort, sobald ich mit ihr gesprochen habe.«

Die beiden verabschieden sich mit einem Händedruck, und Luigi bricht auf. Mittlerweile ist Mittagszeit, und die Hektik der Via Imbonati hat sich gelegt. Die Läden machen Mittagspause, der Lärm hat sich an die Tische der Tavernen oder Tresen der Bars verlagert. Als Luigi zu seiner Fabrik zurückgeht, läuft er schnellen Schrittes und denkt über den Grafen und dessen Liebenswürdigkeit nach, überrascht, wie schnell sie miteinander vertraut wurden. ›Ach! Diese Adligen‹, denkt er bei sich, ›sind also doch nicht alle so hochnäsig.‹ Er lächelt in Vorfreude auf den Moment, wenn er Olga zu Hause davon erzählen kann.

7

MAILAND, 11. NOVEMBER 1926

»Ich erzähle euch gleich etwas, das ihr niemandem weitersagen dürft. Ich war einmal in Japan, in einer Stadt namens Takashina.« Emilia sitzt am Fußende von Pieros Bett, neben ihr Rosetta, schon im Nachthemd. Wie jeden Abend vor dem Schlafengehen liest Emilia den Kindern vor, das wurde sofort zum Ritual.

An diesem Abend sind es die Abenteuer des kleinen Streichholzmännchens Fiammiferino. Die finden die Kinder so spannend, dass sie gar nicht schlafen gehen wollen.

»Es regnete wie aus Kübeln, und ich war in einem kleinen Zimmer eingesperrt, wo ich auf dem Boden saß, weil man in Japan keine Stühle benutzt«, fährt Emilia fort.

»Wie, man benutzt da keine Stühle? Wo setzen die sich dann hin?«, unterbricht Rosetta. »Sie setzen sich auf den Boden, wie wir, wenn wir auf dem Teppich spielen«, mischt sich Piero ein, der die Geschichte weiterhören will.

»Um die Langeweile zu besiegen, kam mir die Idee, jeden Winkel des Zimmerchens zu durchstöbern, in der Hoffnung, etwas zum Zeitvertreib zu entdecken. Aber nach langem Suchen fand ich nichts weiter als eine Schachtel japanischer Streichhölzer, die in einer Schublade lag. Wenn man nichts Besseres hat, kann man sich auch mit Streichhölzern die Zeit vertreiben.«

»Na, was hättet ihr mit einer Streichholzschachtel angestellt?«, unterbricht das Kindermädchen fragend das Vorlesen.

Rosettas Blick wandert auf der Suche nach einer Illustration zum Buch, während Piero losphantasiert: »Ich würde was bauen. Ein superschnelles Auto, das fliegen kann. Oder ein Häuschen. Oder einen Riesen.«

»Bravo«, ergreift Emilia wieder das Wort. »Unser Held hat nur drei ganz dünne Holzstäbchen und schafft es, die in ein dürres Männchen zu verwandeln, mit offenen Armen und ausgestellten Beinen. Und er nennt es Fiammiferino.« Sie hält inne. »Plötzlich bewegt sich Fiammiferino und fängt zur großen Überraschung unseres Freundes an zu sprechen.«

»›*Sei mein Freund*‹, sagt Fiammiferino. Und der Erzähler antwortet: ›*Hab keine Angst. Ich lasse dich in deiner Schachtel. Die soll dein Haus sein.*‹ *So gewann ich einen Gefährten und engen Vertrauten, mit dem ich viele Monate viel Freude hatte.*« Das Kindermädchen schaut vom Text auf und setzt die Erzählung in ihren eigenen Worten fort. »Die beiden sind unzertrennlich. Fiammiferino verbringt die Tage rittlings auf dem weißen Hemdkragen, der für ihn so hoch ist wie eine Mauer.« Sie hat das Buch schon so oft gelesen, dass sie es fast auswendig kann. »Von hier schwatzt er, diktiert Telegramme und Briefe, verteilt Ratschläge und erzählt von seiner Vergangenheit, als er noch eine glorreiche Weide war, die wie eine Gottheit verehrt wurde. Abends schlüpft er in seine Schachtel und schläft in einen Wattebausch gebettet ein.« Rosetta hat ihren Kopf auf die Puppe Lakritze gelegt, und ihre Augenlider geben langsam der Müdigkeit nach, während Piero noch standhält. Olga kommt ins Zimmer: »Gute Nacht, Kinder. Jetzt heißt es Licht aus. Luisa schläft schon seit Stunden«, sagt sie, geht zu Piero, streichelt ihn und gibt ihm einen Gutenachtkuss. Dann nimmt sie Rosetta auf den Arm und legt sie in ihr Bett.

»Gute Nacht, Mami. Gute Nacht, Emilia«, sagen die Kinder im Chor. »Morgen geht es weiter mit Fiammiferinos Abenteuern«, antwortet Emilia in liebevollem Ton.

Emilia lehnt die Tür an. »Wenn Sie mich nicht mehr brauchen, Signora Zaini, ziehe ich mich in mein Zimmer zurück.«

»Gerne, Emilia, danke. Bis morgen«, antwortet Olga zerstreut.

Emilias Zimmer ist am Ende eines Flurs, wo die Räume für die Hausangestellten sind: drei kleine Zimmer und ein geteiltes Bad. Außer ihr sind da noch Noemi, die Köchin, und die blutjunge Elisa, die das Haus sauber hält.

Emilias Zimmer hat sogar ein Waschbecken und ist sehr gepflegt: Die Wände sind mit einer hellgrün-weiß gestreiften Tapete bezogen, die zur Tagesdecke auf dem Bett und dem Überzug des Holzstuhls passt. Ein kleines Tischchen unter dem Fenster schaut auf den Innenhof. Über dem gusseisernen Bett mit hohem Kopfteil hängt eine *Madonna mit Kind*, die Emilia sehr gut gefällt: Unter ihr fühlt sie sich beschützt. Voller Liebe, wie sie nur eine Mutter hat, blickt Maria auf ihr Kind.

Emilia geht es gut bei den Zainis. Nach einer schlimmen Erfahrung im vorherigen Haushalt, an die sie nicht einmal denken möchte, hatte sie schon beschlossen, in ihre geliebten Berge zurückzukehren, die Hektik der Stadt hinter sich zu lassen und das Blau des Himmels und den Duft der Natur zu genießen. Als sie gerade aufbrechen wollte, erzählte ihr eine Bekannte von der Stelle bei der Familie Zaini und sprach so lobend von ihnen, dass Emilia sich überwand, dort anzurufen und um ein Vorstellungsgespräch zu bitten.

Viale Pasubio 2. Sie erinnert sich noch daran, als wäre es gestern gewesen: vor ihr die monumentale, strenge Fassade mit dem großen Tor. ›Nur Mut, Emilia, wenn es dir nicht gefällt, ist der Bahnhof nicht weit: Dann nimmst du den Zug und fährst ein für alle Mal nach Hause zurück!‹, hatte sie sich gesagt, um sich Mut zu machen.

Als sie durch den Hausflur ging, nahm sie ein mürrischer Portier in Empfang: »Erster Stock. Sie werden erwartet.« Sie musste nicht einmal den Mund aufmachen, um sich anzukündigen. Als die Tür sich öffnete, hieß sie ein süßer Duft willkommen, der noch stärker wurde, als Signor Zaini kam und ihr die Hand reichte: »Buongiorno, Signorina Emilia. Herzlich willkommen.«

Seit damals hat der Schokoladenduft sie nicht mehr verlassen und ihre Arbeitstage begleitet.

Manchmal spürt sie Heimweh nach ihren Bergen, den Lichtern und Farben und dem Pizzocco-Gipfel vor ihrem Haus, aber Emilia hat schnell eine Lösung gefunden: Wenn die Sehnsucht schwer zu ertragen wird, öffnet sie eine Schachtel Süßigkeiten und sucht sich etwas aus: mal ein Cremino, mal ein Fruchtbonbon, mal eine Praline. Davon liegt immer etwas auf ihrem Nachttisch, und sie holt regelmäßig Nachschub aus der Küche. ›Ich sollte welche nach Hause schicken‹, denkt sie, während sie Stift und Papier holt, um ihren Eltern einen Brief zu schreiben: *Lieber Papa, mir geht es gut, und ich hoffe, dass dieser Brief euch alle gesund antrifft. Endlich finde ich etwas Zeit, euch von mir und der neuen Familie zu erzählen, für die ich seit ein paar Monaten arbeite.*

Emilia versucht, Mailand zu beschreiben, eine so große und weitgestreute Stadt, dass sie fürchtet, ihre mit den Dolomiten im Herzen aufgewachsenen Eltern werden sie sich nicht vorstellen können: *Mailand ist wie ein langer Fluss, immer in Bewegung, laut und quirlig. Jeden Tag stöbere ich ein neues Detail auf, in dem ich mich verlieren kann. Irgendetwas bindet einen an diese Stadt, aber ich kann dir nicht erklären, was es ist. Es scheint ihr an nichts zu fehlen … außer an Bergen. Denk mal, Papa, wie der Blick aus deinem Fenster aussähe, wenn die nicht da wären. Ich weiß, dass dir schon die Luft wegbleibt, wenn du nur diese Worte liest. Ich kann dich geradezu vor mir sehen. Auch mir passiert das manchmal, dann öffne ich die Fensterläden und suche sie: Sie sind ganz weit weg und mir doch so nahe, dass sie mir Kraft geben, weiterzumachen. Außerdem gibt es hier Pralinen: Wie du weißt, arbeite ich bei einer Familie, die*

Pralinen herstellt, daher sind immer welche im Haus. Du weißt ja, wie naschhaft ich bin. Ich werde dir eine Schachtel schicken, damit du sie probieren kannst und ihr hoffentlich Lust bekommt, mich hier zu besuchen und diese unglaubliche Stadtwelt kennenzulernen. Sei liebevoll umarmt, von deiner Emilia.

Sie macht den Umschlag zu, kämmt sich ihr langes Haar und schlüpft unter die Bettdecke. Sie schließt die Augen und denkt wieder an die aufmerksamen und neugierigen Blicke von Piero und Rosetta, als sie ihnen die Geschichte vorgelesen hat: »Was für liebenswerte Kinderchen, *Tosatei*, würde mein Papa sagen.« Sie lächelt und schläft augenblicklich ein.

»Luigi, ich bin so glücklich. Das ist eine einmalige Gelegenheit. Danke dem Grafen Visconti und antworte ihm, dass wir ganz gerührt sind und uns geehrt fühlen«, hatte Olga ihrem Mann geantwortet, als er nach Hause gekommen war und ihr von seinem Treffen mit Visconti und der Einladung erzählt hatte. Er zögerte und wusste, etwas unwohl in seiner Haut, nicht, ob er sie annehmen sollte.

Olga hatte keine Skrupel gehabt, Viscontis Einladung anzunehmen, doch jetzt, wo die Begegnung näher rückt, hat die Aufregung sie gepackt: »Wie soll ich mich verhalten?«, fragt sie Luigi. »Soll ich ihn mit dem altmodischen ›Sie‹ oder mit ›Ihr‹ ansprechen, wie die Faschisten es bevorzugen? Und was soll ich bloß anziehen?«

Olga löchert ihren Mann mit Fragen, der im Sessel sitzt und Zeitung liest. »Alles wird gut, du wirst sehen«, antwortet er und versucht, seine eigene Aufregung zu verbergen. »Der Graf Giuseppe ist wirklich ein phantastischer Mensch, er wird dafür sorgen, dass wir uns in seiner Welt wohlfühlen, du wirst sehen«, fügt er hinzu, um sie zu beruhigen.

Unterdessen pendelt Olga zwischen der Ankleide und dem

Zimmer hin und her und führt ihrem Mann verschiedene Kleiderkombinationen vor: mal einen langen Rock aus blauer Seide mit einem Strass-Oberteil, mal ein grünes Kleid mit angedeuteter Schleppe, mal ein Satinkleid mit U-Boot-Ausschnitt, hoher Taille und weiten Ärmeln. Ihr Mann ist zerstreut. »Die sind alle schön!«, meint er.

»Das hilft mir nicht weiter«, scherzt Olga und wendet sich anschließend an Emilia, die gerade mit Rosetta eine Puppe ankleidet. »Könnt wenigstens ihr mir einen Rat geben?«, fragt sie.

»Du bist wunderschön, Mama!«, antwortet Rosetta und berührt den weichen Stoff.

»Ich stimme für das Blaue«, lehnt Emilia sich errötend aus dem Fenster.

»Oh! Danke, Emilia«, erwidert Olga, »Frauen sind einfach pragmatischer. Das Blaue soll es sein!« Sie verlässt den Raum und kehrt in die Ankleide zurück.

8

MAILAND, 14. NOVEMBER 1926

Loge Nummer 4, zweiter Rang, links: Olga lässt ihren Mantel in der Garderobe hinten auf der Galerie und nimmt schüchtern auf einem Sitz nahe am Geländer Platz. Sie mustert die mit weißem und gelbem Damast tapezierten Wände, in derselben Farbe wie die Bezüge der Sessel, betrachtet die zwei großen in die Wand eingelassenen Spiegel und den kleinen Holzschrank mit kostbar verziertem Schloss. Sie ist sprachlos: Es ist das erste Mal, dass sie eine Aufführung in der Scala besucht.

Die Lichter gehen aus. Die Uhr über dem Vorhang schlägt acht. Die Anfangszeit ist seit einigen Jahren streng festgelegt: eine der vielen Regeln, die der große Orchesterdirigent Arturo Toscanini, die tragende Säule des Theaters, eingeführt hat.

Gespielt wird der *Don Carlos* von Giuseppe Verdi, ein umstrittenes und wenig populäres Melodram, das Toscanini, der immer bereit ist, sich auf die Probe zu stellen, zur Eröffnung der neuen Opernsaison ausgewählt hat.

Verzückt beobachtet Olga die Bühne: Die Szene zeigt den Wald von Fontainebleau in Nebel gehüllt. Einige Waldarbeiter wollen gerade Holz fällen, als sie vom Klang der Hörner unterbrochen werden, die Elisabetta di Valois und ihre Jagdgesellschaft ankündigen. Olga entdeckt eine im Wald versteckte Figur: Das ist der Sohn von Philipp II. aus Spanien: *»Ich sah sie, sah ihr Lächeln und glaubt', es sei der Sonne Strahl«*, singt der Tenor. Don Carlos verliebt sich augenblicklich: *»Schenk unserm Bunde Huld,* *o Gott, gib reiner Liebe deinen Segen!*« Seine Stimme klingt kräftig, die Worte werden langsam artikuliert.

Olga ist hoch konzentriert und folgt jeder Bewegung, jeder Arie, Szene auf Szene, Akt um Akt. Sie versucht, die Handlung zu verstehen, jedes Detail zu erfassen und auszukosten. Mal ist es das Kleid der Königin Elisabetta, mal das Licht einer Kapelle, durch die man das Grab von Kaiser Karl V. sieht, mal das blasse Gesicht des jungen Verliebten, mal die furiose Stimme seines Freundes Rodrigo, mal die Harmonie der Chorstimmen. Dann sind da noch die nervösen Bewegungen des Orchesterdirigenten, die die Dramatik dieser Geschichte aus Eifersucht, Verrat, Leidenschaft und Versprechen noch zu steigern scheinen. Die Arme gehen hoch und runter, der Taktstock zeigt auf die Musiker und ihre Instrumente. Auch der Rücken und der dichte Haarschopf sind im Einklang mit der Musik. Als die Lichter am Ende des zweiten Akts wieder angehen, fühlt Olga sich erschöpft und glücklich.

»Sollen wir ins Foyer spazieren und etwas zu trinken holen?«, schlägt Visconti vor.

»Geht ihr, Luigi, ich bleibe hier«, antwortet sie schüchtern. Die beiden Männer stehen auf und verlassen die Loge, während Olga auf dem Sitz zurechtrutscht, die Falten aus ihrem Kleid streicht und den Anhänger ihrer Halskette streichelt. Ihr Blick wandert dabei von einem Rang zum nächsten: Jede Loge ist eine kleine Welt für sich. Wenig entfernt von ihr diskutiert eine Signora angeregt mit einer Freundin, ihre Stimme trägt bis zu Olga, die einen Auszug aus dem pikanten Gespräch aufschnappt; gegenüber ist ein junges Mädchen mit dem Gürtel ihres Kleides beschäftigt, und in der Loge nebenan turtelt ein Paar, in der Annahme, dass niemand sie sieht; weiter oben liest ein Gentleman das Programm, während eine mollige Dame neben ihm ihr Make-up im Spiegel kontrolliert. Olga bleibt geblendet von den Kleidern: In der Scala wird besondere Eleganz erwartet, und so sind alle Frauen äußerst stilvoll gekleidet und mit kostbarem Schmuck behängt, der von Weitem glänzt. Sie führt das Opernglas an die Augen, um sich den Schmuck genauer anzusehen: Colliers und hängende Ohrringe, Ringe und Broschen, jeder Stein ein kostbarer Schatz. ›Ich kann es nicht leugnen: So ein Juwel würde mir sehr gut stehen – vielleicht sogar besser als dieser Signora da oben, die wie eine Hexe geschminkt ist!‹, denkt sie mit einer Spur von Eitelkeit.

Unterdessen kommentiert das Publikum im Foyer kompetent die Oper: Die Kostüme seien zu pompös, aber das Bühnenbild sei perfekt, »vor allem das im zweiten Teil des zweiten Akts«, sagt jemand; die Sängerin Bianca Scacciati, die die Königin Elisabetta di Valois spielt, beherrsche ihre Stimme mit glockenhellen hohen Tönen, die Mezzosopranistin habe ein müheloses und reines Timbre. Jeder äußert seine Meinung. Einige besonders Gebildete und Belesene verfolgen auch die turbulente Geschichte der Oper zurück, die Verdi selbst über die Jahre überarbeitet, verbessert, gekürzt und neu angefasst hat, was ihrer Popularität vielleicht nicht gerade geholfen hat; andere äußern sich über das von den Orchesterdirigenten ausgewählte Programm für die Saison. »Ich protestiere gegen die Wahl des Triumvirats und der drei Dirigenten, die sich während der Saison auf der Bühne abwechseln«, verkündet jemand. »Ich habe gehört, dass Toscanini sich bald eine Auszeit nimmt«, entgegnet ein anderer bewanderter Gentleman.

Ein dumpfer Gong kündigt das Ende der Pause an. Alle kehren auf ihre Plätze zurück.

Der *Don Carlos* geht in all seiner Dramatik weiter bis zum letzten Abschied, dem Erscheinen des auferstandenen Kaisers und dem finalen Epilog.

»*O Himmel!*« Die Stimme der Königin erklingt mächtig, während der Vorhang sich schließt.

Als Antwort ertönt rauschender Applaus, und die Opernsängerinnen und -sänger werden unter dem stolzen Blick des Dirigenten gut vier Mal auf die Bühne gerufen.

Langsam erhebt sich das Publikum und macht sich auf zu den Garderoben. Olga zögert, lässt bis zuletzt ihren Blick von Loge zu Loge schweifen und versucht, auch das kleinste Detail zu erfassen.

»Was für ein wunderbares Schauspiel«, meint sie, als Visconti ihr den Mantel um die Schultern legt. »Wirklich danke!«, sagt sie lächelnd.

»Ihr habt uns einen einmaligen Abend beschert«, pflichtet Luigi ihr bei, ganz gerührt vom glücklichen Gesichtsausdruck seiner Frau.

»Es war mir eine Freude!«, antwortet der Graf und tritt hinaus auf die Galerie. Vor dem Theater macht er sich zu Fuß auf den Weg nach Hause, während Luigi und Olga beschließen, den Tag mit einem kleinen Gang durch die Galleria ausklingen zu lassen. »Wir können uns das Treiben nach der Vorstellung im berühmten Salotto di Milano doch nicht entgehen lassen«, meint Luigi. »Wo wir einmal im Thema sind und direkt aus der Scala kommen …«, fügt er lachend hinzu und hakt seine Frau unter. Es ist spätabends, aber die Galleria ist voller Menschen, die essen, Cocktails schlürfen und angeregt plaudern. Olga lässt den Abend noch einmal Revue passieren, sie trällert die eine oder andere Arie vor sich hin, die ihr im Kopf geblieben ist, und beobachtet Luigi, der seine Pfeife genießt. Mitten in der Galleria, unter der Glaskuppel, bleibt sie stehen und schaut ihn amüsiert an: »Du magst kein Graf sein und keine Loge in der Scala besitzen, aber genau so gefällst du mir: mit der Pfeife im Mund und diesem zuckersüßen Lächeln unter deinem Schnauzbart«, sagt sie und vergräbt das Gesicht im Mantel ihres Mannes.

»Emilia, du musst uns noch die Geschichte von Fiammiferino fertig erzählen«, ruft Piero, der sich gerade die Zähne putzt.

»Natürlich, zieh deinen Schlafanzug an und komm schnell her«, antwortet das Kindermädchen, während sie Rosetta ihr Kleidchen auszieht und das Nachthemd zurechtlegt.

Die beiden Kinder springen aufs Bett und umarmen sie. Sie sucht die Stelle im Buch, bis zu der sie gekommen waren.

»Hier waren wir. Also, weiter geht unsere Geschichte: *Eines Tages erhielt ich den Befehl, in den Krieg zu ziehen.*« Rosettas Mund verzieht sich besorgt, aber das Kindermädchen beruhigt sie. »*Der Krieg fand in einer Region Chinas statt, die Mandschurei heißt, und um dorthin zu gelangen, musste man mit dem Zug bis zum Hafen am Meer reisen, dann auf einem Frachter fahren und anschließend zu Pferd oder zu Fuß Hunderte Kilometer lang Berge und Ebenen überqueren, bis zum Schlachtfeld.*« Emilia fährt mit der Erzählung fort und verfolgt die tausend Abenteuer des Helden: »Während der Reise passiert ihm alles Mögliche: Erst stürzt er sich in ein Gläschen Sake, und als er daraus hervorkriecht, faselt er ganz betrunken herum, dann bleibt er an einer Reihe Briefmarken kleben und sieht aus, als hätte er sich als Harlekin verkleidet. Dann wiederum bleibt Fiammiferino zwischen dem Futter und dem Stoff der Jacke stecken.«

Rosetta prustet vor Lachen.

»Und dann? Was passiert danach?« Piero will die Geschichte weiterhören.

»Als sie schließlich auf dem Schlachtfeld ankommen, ist Fiammiferino immer in der ersten Reihe. Auf den Hut des Freundes gekraxelt, überwacht er von dort alles, beobachtet Soldaten und warnt vor Angriffen. Seine Hilfe ist wesentlich, bis zum Schluss.«

»Wieso? Was passiert denn?«

»Die Feinde rücken vor und lassen ihnen wenig Hoffnung auf Rettung«, fährt Emilia fort. »Es gibt einen einzigen Ausweg: Sie müssen eine Straße überqueren, die aber voller hochexplosiver Minen ist.«

Piero und Rosetta reißen erschrocken die Augen auf.

»Nachts schleicht Fiammiferino weg, um die Minen in die Luft fliegen zu lassen und seinen Freunden den rettenden Weg freizumachen. Und so geschieht es«, schließt das Kindermädchen, »dass die furchterregende Passage von den Soldaten singend durchquert wird. Und wer ihn fragte, wer denn die Minen habe hochgehen lassen, dem antwortete unser Freund, das sei der treue Gefährte Fiammiferino gewesen.«

»Heißt das, dass er gestorben ist?«, fragt Rosetta, deren Augen einen Tränenschleier haben, während sie sich fest an ihre Puppe drückt. Emilia umarmt sie noch fester.

»Und wisst ihr, wie die Soldaten reagiert haben, als sie die Worte des Freundes hörten? Sie riefen sofort einen Arzt, um ihn ins Krankenhaus zu bringen, weil sie dachten, er wäre verrückt geworden oder hätte einen schlimmen Schlag gegen den Kopf bekommen, sodass er phantasierte!«

Piero fängt an zu lachen, als er sich vorstellt, wie der junge Mann ins Krankenhaus geschleift wird, während Rosetta in untröstliches Weinen ausbricht und sich erst nach viel Geknuddel und Streicheleinheiten durch das Kindermädchen beruhigt. ›Was habe ich mir nur dabei gedacht, diese Geschichte auszusuchen? Mir hat sie so gut gefallen!‹, denkt Emilia, als sie ganz leise aus dem Zimmer schleicht.

Es ist tiefste Nacht, als sie die Herrschaften nach Hause zurückkommen hört: ein mit schiefer Stimme gesungener Refrain, unterbrochen von Gelächter. ›Ich würde sagen, sie hatten Spaß‹, urteilt sie und dreht sich im Bett um. ›Wer weiß, ob mich je irgendwer zu einer Vorstellung in die Scala mitnimmt‹, denkt sie mit einem Stich plötzlicher Einsamkeit und Sehnsucht.

9

MAILAND, FEBRUAR 1927

»Piera Alberio.«

»Anwesend.«

»Pasqualina Balconi.«

»Anwesend.«

»Livia Colombo.«

»Anwesend.«

»Ilda Curti.«

»Anwesend.«

»Angela Farina.«

»Anwesend.«

»Aurelia Marini.«

»Anwesend.«

»Liliana Penati.«

»Anwesend.«

»Eugenia Piazzolla.«

»Anwesend.«

»Mariuccia Rubini.«

»Anwesend.«

»Ada Zecchi.«

»Anwesend.«

Clelia steht auf der letzten Stufe am Eingang der Fabrik und ruft die neuen Arbeiterinnen an ihrem ersten Arbeitstag zusammen. Alle haben sie auf die Anzeige im *Corriere della Sera* reagiert:

Süßwarenhersteller sucht Personal –
Anforderungen: Präzision und Geduld –
Nachweis muss erbracht werden – Dergano.

Seit die Zaini umgezogen ist, laufen die Geschäfte gut, und um keine der zunehmenden Aufträge ablehnen zu müssen, haben sie sich ins Zeug gelegt, schnell neue Angestellte zu finden.

»Also, gehen wir methodisch vor: Ich übergebe jeder von euch eine Schürze und eine weiße Haube. Es ist absolute Pflicht, beides anzuziehen, bevor man die Abteilungen betritt. Achtet schön darauf, dass die Haare zusammengebunden sind, aus der Kopfbedeckung darf keine Strähne hervorschauen. Oder würdet ihr in einem Gianduiotto gerne ein Haar finden?« Alle vor ihr Aufgereihten schütteln ängstlich den Kopf. »Gut, folgt mir.«

Clelia geht der Gruppe voran und betritt einen großen Raum, der als Umkleide dient. Zusätzlich zur Arbeitskleidung überreicht sie jeder jungen Frau einen Fragebogen, den sie für die Verwaltung ausfüllen müssen.

Die neuen Tuse binden sich die Schürzen um, prüfen, ob ihre Haare gut unter der Haube versteckt sind, und bilden eine ordentliche Reihe, bevor sie zum Eingang der Maschinenhalle zurückkehren. Dort erscheint Signor Pietro, der sich ihnen vorstellt: »Guten Tag und allen ein herzliches Willkommen, ich bin der Vorarbeiter. Mir kommt die schwierige Aufgabe zu, euch unsere Fabrik zu erklären und einige technische Informationen zu geben.« Seine Stimme schallt: »Ich versuche, mich so klar wie möglich auszudrücken. Wie ihr sicher wisst, produziert die Zaini Schokolade und Bonbons, aber fürs Erste beschäftigt ihr euch nur mit der Schokoladenproduktion, wo wir den meisten Bedarf haben«, und sofort fährt er fort: »Schokolade ist nichts anderes als eine Mischung aus Zucker und Kakao. Hat jemand von euch schon mal eine Kakaopflanze gesehen?« Alle schütteln gleichzeitig den Kopf. »Hier seht ihr eine«, er zeigt auf eine Graphik an der Wand. »Kakaopflanzen werden zwischen fünf und zehn Meter hoch und gedeihen besonders gut in feuchtwarmen Ländern. Die Früchte entwickeln sich am Stamm und an den Zweigen; wenn sie reif sind, werden sie gepflückt, und man lässt sie dorren. Die getrockneten Kakaobohnen aus dem Inneren werden in große Holzkisten gelegt und mit Blättern bedeckt, um die Fermentierung in Gang zu setzen.« Pietro hält inne, um den Aufmerksamkeitsgrad der neuen Arbeiterinnen zu prüfen, dann fährt er zufrieden fort: »Das Fermentieren ist äußerst wichtig und dauert ein bis sieben Tage. Gewaschen und in der Sonne getrocknet, treten sie von ihren Lagern in Übersee dann die Reise zu uns an.«

Die jungen Frauen nicken, auch wenn keine von ihnen in der Lage wäre, die Lektion zu wiederholen. »Was genau wird getrocknet? Die Früchte oder die Bohnen?«, flüstert eine Frau ihrer Nachbarin zu. »Hm, das habe ich auch nicht ganz verstanden«, gibt die andere zu und ergänzt: »Sonst esse ich Schokolade nur.« Die junge Frau lacht und stellt sich vor: »Livia Colombo«, und die andere: »Aurelia Marini, sehr erfreut.«

Unterdessen geht die Gruppe in die Halle, wo der Kakao geröstet und gemahlen wird: Der Kakaoduft ist betörend. Hier gelangen die Kakaobohnen, geschält, ausgewählt und zerkleinert, in Kakaomühlen, die sie zu einer teigigen Masse mahlen. »Für maximale Feinheit darf die Temperatur nicht höher als fünfundvierzig Grad sein«, erklärt Pietro weiter. »Dann kommt der Zucker ins Spiel«, fährt er fort und nähert sich einer großen Maschine. Sein Tonfall ist triumphierend: »Das ist eine Mischmaschine, gekoppelt mit einer Raffiniermaschine. Hochmodern. In diesen Granitwalzen wird die Kakaomasse inklusive der darin enthaltenen Kakaobutter mit Zucker vermischt. Das ist eine lange und delikate Prozedur, weil die Masse homogen sein muss, einheitlich von der Farbe her und ausreichend sämig. Außer zu kneten, raffiniert diese Maschine gleichzeitig, sodass die Verarbeitungszeit deutlich beschleunigt wird.« Pietro macht eine Pause.

Staunend betrachten die Tuse das Getriebe der Maschine. Jede Bewegung ist harmonisch, obwohl sie so schwer und sperrig aussieht. Der Duft wird immer stärker: Es ist schwierig, nicht abzuschweifen und sich ein schmelzendes Stück Schokolade im Mund vorzustellen. Alle Maschinen sind in Betrieb: Kessel, Temperiermaschinen, Conchiermaschinen. Eine perfekte Verbindung von Zutaten und Temperaturen.

»So, hier sind wir in der Modellierabteilung, wo ihr arbeiten werdet«, fährt Pietro fort und spaziert langsam weiter, während er auf diverse Stellen zeigt. »Das Modellieren kann per Hand erfolgen, an diesen Tischen hier, oder automatisiert.« Er hält bei der zigsten Maschine an: »Das ist ein Vibrationstisch, auf Französisch *Tapoteuse*, der die Gießformen rüttelt, damit sich die Schokoladenmasse gleichmäßig verteilt.«

Die jungen Frauen reihen sich rund um die Maschine auf, während sich eine Arbeiterin einschaltet: »Buongiorno, ich bin Annalisa. Ich arbeite seit fünf Jahren bei der Zaini. Ich erkläre euch, was ihr zu tun habt, aber wenn ihr zwischendurch Fragen habt, meldet euch einfach und fragt.« Ihr Tonfall ist freundlich. »Seht ihr diese Bürsten mit den langen Borsten? Die sind ganz leicht und dienen dazu, eventuelle Luftblasen an der Oberfläche der Schokolade zu entfernen. Die Arbeit muss schnell und behutsam erfolgen, sonst zerstört man die glatte Unterseite, und der ganze Vorgang wird beeinträchtigt.« Die Blicke der jungen Frauen zeigen einen Funken Sorge. »Hoffentlich lernen wir das schnell«, sagt Livia zu ihrer Nachbarin. »Das schaffen wir schon!«, antwortet Aurelia und versucht sich selbstsicher zu geben. »Ich brauche diese Arbeit«, ergreift Livia wieder das Wort, »heutzutage reicht das Geld nie.« Die andere nickt und versucht, sich kein Detail der Erklärung entgehen zu lassen.

Annalisa beruhigt sie: »Die Arbeit ist nicht schwierig.« Dann fährt sie mit ihren Erläuterungen fort: »Sobald sie geglättet und geformt sind, müssen unsere Produkte abkühlen, sonst bleiben sie in den Formen hängen. Einige von euch werden also die Gießplatten nehmen und sie auf das Förderband legen, das sie zur Kühlmaschine transportiert; andere werden die schon abgekühlten Gießplatten mit der festgewordenen Schokolade nehmen, um die Pralinen herauszuholen und sie sofort zu den Verpackungsmaschinen zu bringen.« Eine erste Gruppe bringt sich in Stellung, bereit, sich konzentriert an die Arbeit zu machen.

Doch Annalisa ist noch nicht fertig. »Nicht alles wird maschinell verpackt. Ein paar von euch kommen am besten mit mir, dann erkläre ich, wie man die Pralinen händisch verpackt.« So löst sich eine zweite Gruppe vom Rest und folgt ihr in einen weiteren großen Raum der Fabrikhalle.

»Vielleicht arbeite ich lieber mit meinen Händen als mit Maschinen«, meint Livia und nimmt rund um den großen Tisch Platz, mustert Papiere und Schokoladenblöcke.

»Uns bleibt nichts anderes übrig, als es auszuprobieren und zu hoffen, dass wir die Probezeit bestehen«, sagt Aurelia abschließend, trocknet sich die von der Aufregung verschwitzten Hände an der Schürze ab und macht sich dann ans Werk.

10

MAILAND, 13. MÄRZ 1927

Es ist Sonntag. Luigi und Olga Zaini sind mit ihren Kindern aus dem Haus gegangen, um die Messe in der Chiesa dell'Incoronata zu besuchen. Noemi und Elisa sind noch auf ihren Zimmern. Ein Hantieren mit Töpfen und Kellen scheppert durch die Stille des Hauses. Emilia ist mit einem anspruchsvollen Rezept beschäftigt. Nur mit Schokolade, das versteht sich von selbst.

»Ich muss diese unwirkliche Ruhe ausnutzen, um ein Soufflé auszuprobieren«, sagt sie zu sich selbst, während sie Schüsseln und Schneebesen aus dem Schrank holt. Die schon abgewogenen Zutaten stehen auf dem Tisch: Schokolade in Splittern, Weizenmehl, Milch, Zucker, Eier. Emilia liest konzentriert das Rezept und versucht, sich die einzelnen Schritte einzuprägen: die Schokolade mit Milch und Zucker – auf dem Herd – schmelzen lassen, wenn es aufkocht, das Mehl dazugeben, abkühlen lassen, die Eigelbe dazugeben, noch mal umrühren, Eischnee hinzufügen, den Teig schlagen und in die Form füllen.

»Ach, die Form!« Ihre Stimme wird lauter, während sie in die Vorratskammer läuft, um sie zu holen.

In dem Moment kommt mit schwerem Schritt Noemi herein. »Unsere Emilia ist bei der Arbeit, wie ich sehe. Hast du vor, in meiner Küche eine Bombe hochgehen zu lassen?«, fragt die Köchin, die gerne betont, dass das hier ihr Reich ist.

Noemi ist die Köchin des Hauses: Ihr robuster Körper und ihr breites Lächeln strahlen Heiterkeit, gute Laune und Gesundheit aus. Ja, denn sie ist die Einzige im Haus, die keine Süßigkeiten mag. Wenn sie sich zwischen einer Bayerischen Vanillecreme und einer herzhaften Quiche entscheiden soll, hat Noemi keinerlei Zweifel: die Quiche, möglichst mit viel Gemüse drauf!

»Ah, Noemi, du bist meine Rettung: Wo ist die Form für die Süßspeisen?«, ruft Emilia mit dem Kopf im Schrank und tut so, als habe sie die Kritik nicht wahrgenommen. Noemi kommt zu ihr und fischt mit sicherem Griff die Form heraus, die hinter allem anderen gelandet war. »Was willst du denn backen?«

»Heute habe ich große Pläne: ein Soufflé!«

Noemi zieht eine Augenbraue hoch, schon sicher, dass gleich die nächste Frage kommt, was auch eintritt: »Hast du Zeit, mir ein wenig zur Hand zu gehen? Es dauert nicht lange: Ich muss noch den Eischnee schlagen, dann ist es schon so gut wie fertig.« Emilia weiß, dass Noemi nicht Nein sagen wird, aber dass sie auch keine Gelegenheit auslässt, sie über gesunde Küche zu belehren, und kommt ihr zuvor: »Lies das hier mal: Die Einleitung spricht Klartext.« Sie gibt ihr die Seite der Zeitschrift, die sie konsultiert. *»Es ist wissenschaftlich bewiesen, dass Kakao und Zucker, die bei der Zubereitung von Schokolade vereint werden, nahrhafte und belebende Eigenschaften besitzen«*, liest sie vor und betont dabei jedes einzelne Wort.

Noemi hat nicht einmal Zeit, zu fragen, worum es eigentlich geht, da redet Emilia schon weiter: »Genau hier heißt es, dass Schokolade reich an Vitamin D sei, was sehr gut gegen Rachitis ist, und an Vitamin A, und dass die Ärzte«, betont sie, »sie als gebotenen Teil der Ernährung aufnehmen sollten, vor allem bei Kindern im Wachstum.«

Noemi seufzt und verdreht die Augen, während Emilia fortfährt: »Wusstest du, dass der jährliche Kakaokonsum in Italien letztes Jahr nur bei 162 Gramm pro Einwohner lag?«

»Da hast du aber jemanden leer ausgehen lassen, bei deinem

täglichen Konsum!«, antwortet die Köchin, der es Spaß macht, ein bisschen zu sticheln. »Na gut, ich helfe dir, aber beeilen wir uns, ich muss schließlich heute noch *Cassoeula* kochen, und das braucht Zeit«, sagt Noemi, während sie sich ihre Schürze hinten zubindet.

Noemi nimmt den Schneebesen und schlägt mit kräftigen Bewegungen den Eischnee, bis er ganz fest ist, wie es das Rezept verlangt. Emilia beobachtet sie dabei: Wie ihr diese so unverblümte, manchmal fast grobe, aber immer hilfsbereite Frau gefällt. ›Wenn sie nur nicht so vernarrt in Gemüse wäre …‹, lacht sie vor sich hin, dann schlägt sie ihr vor: »Was hältst du davon, wenn wir heute Nachmittag zusammen in die Innenstadt fahren? Zum Teufel mit deinen Gemüsesuppen, lass uns einen Spaziergang durch die Grünanlagen bis zur Villa Reale machen. Dann schauen wir mal, was die wahren Herrschaften so essen!« Noemis konzentriertes Gesicht mustert Emilia, und fast wird sie gerührt: Sie hat immer in der Küche gelebt, ein sehr einsames, melancholisches Leben geführt, und seit diese junge Frau im Haus ist, sind ihre Tage mitreißend, lebendig … naschhaft geworden!

»Und wann kommen wir zurück?«, fragt sie, während sie die Form einfettet, um die Arbeit zu beschleunigen.

Die beiden Tuse laufen an den Mauern entlang und betreten die Gärten auf Höhe des Monte Merlo, auf dem ein leuchtender Pavillon thront. »Ich habe gelesen, dass er aus Anlass der Italienischen Industrieausstellung 1881 als Kaffeehaus erbaut wurde«, bricht Emilia das Schweigen. Von hier tauchen sie in den eigentlichen Garten ein, schattig und einladend, zwischen Felsen, Klippen und Höhen. »Wusstest du, dass dieser Park einer der ersten öffentlichen Gärten war, die nur zur Erholung der Bürger gedacht waren?« Emilia bleibt stehen, um das Blatt eines Baums zu betrachten. »Das habe ich irgendwo gelesen, und es hat mich fasziniert.« Nach einer Pause fügt sie in spöttischem Tonfall hinzu: »Bei uns in den Dolomiten ist alles zur Erholung der Bewohner gedacht.«

Noemi schaut auf und antwortet: »Wie soll ich denn so etwas wissen, ich hab wirklich keine Zeit zum Lesen!« Sie spazieren unter den Reihen von Linden und Ulmen entlang und schauen sich die Statuen, einen von Felsen umgebenen kleinen See und die Grotten an. Das Geplauder der Leute um sie herum bildet die Hintergrundmusik. Sie sind nicht die Einzigen, die die Idee hatten, spazieren zu gehen.

»Und was ist das da?«, fragt Emilia, als sie einen Käfig sieht, um den sich eine Menge begeisterter Kinder schart. »Das weiß ich: Das ist das Löwenhaus. Es ist ein Zoo.« Von Weitem hört man das Gebrüll des Tiers, gefolgt vom Gekreische der kleinen Besucher.

»Ein Zoo?«, erwidert Emilia.

»Ja, seit ein paar Jahren hat Mailand einen, damit unsere kleinen Sonnenscheine die sonderbarsten Tiere der Erde kennenlernen können«, antwortet Noemi. »Habt ihr so was in den Dolomiten auch?«, fragt sie in scherzendem Tonfall.

»Oh, Noemi, natürlich nicht«, antwortet Emilia. ›Da müssen wir unbedingt mit den Kindern hin‹, denkt sie und stellt sich deren Reaktion vor einem riesigen Elefanten oder den schnellen Bewegungen eines Tigers vor. Die beiden Frauen entfernen sich von der Menge und nehmen einen Seitenweg, vorbei an einem Pavillon, wo frische Milch ausgeschenkt wird, und dann hinunter zur zentralen Allee. Die gehen sie entlang und landen vor der Villa Reale.

»Was hältst du davon, noch ein bisschen weiterzuspazieren?«, schlägt Emilia vor. »Ich verspreche dir, dass du um drei wieder in der Küche stehst!«

»In Ordnung«, antwortet die Köchin, die gar nicht erst überzeugt werden musste. Spazierengehen hat ihr schon immer gefallen. Und mit Emilia fühlt sie sich wohl.

»Wenn du wüsstest, wie viele Spaziergänge ich als Kind gemacht habe«, meint Noemi.

»Wirklich? Wieso denn?«, fragt Emilia neugierig. Über die Vergangenheit der Köchin weiß sie gar nichts, doch sie spürt, dass diese gerade bereit ist, sich etwas zu öffnen.

»Wo ich aufgewachsen bin, waren Spaziergänge ein Fest.« Noemi beginnt mit ihrer Erzählung. »Ich bin im Kinderheim Asilo Mariuccia aufgewachsen.«

»Was ist das denn?«, fragt Emilia, die noch nie davon gehört hat.

»Der Asilo Mariuccia ist in Mailand eine Institution«, antwortet Noemi. »Er wurde von einer sehr großzügigen und modernen Frau, Ersilia Majno, ins Leben gerufen, um Mädchen aus unsicheren Verhältnissen und mit Gewalterfahrungen Schutz zu bieten.« Emilia hört konzentriert zu, scheint es aber noch nicht ganz verstanden zu haben. Nach einem Moment Stille fasst Noemi zusammen: »Kurz, es ist ein Zufluchtsort für Mädchen, die von zu Hause abgehauen sind. Daher heißt es *Asilo*, Asyl, Heim, Obdach.«

»Und warum Mariuccia?«, die Frage kommt spontan heraus.

»Mariuccia war ihr Kind, das im Alter von nur zwölf Jahren ganz plötzlich gestorben ist.«

Emilias Blick verfinstert sich, während Noemi weitererzählt: »Als ich in der kleinen Villa in der Via Monte Rosa ankam, trug ich nur Lumpen, war dreckig und meine Augen geschwollen vom Weinen. Ein langes warmes Bad hat meine Vergangenheit ausgelöscht und mich in eine Mariuccina verwandelt.« Emilia hat nicht den Mut zu unterbrechen und lässt Noemis Worte fließen: »Von dem Moment an bestanden meine Tage aus Schule, Zeichen- und Gärtnerkursen, Spielen und Spaziergängen. Die

Einsamkeit wich jeden Tag mehr der Entschlossenheit, unter dem Motto Ordnung und Sauberkeit. Wir mussten lernen, einen Haushalt zu führen, und so machten wir reihum alle Betten, pflegten Blumen- und Gemüsegarten, schrubbten die Böden und kümmerten uns um die Küche.«

Noemis Schritt ist sicher, und ihre Worte sind voller Zuneigung und Rührung.

»Eines Tages rief mich Signora Majno zu sich und sagte, ich sei bereit, die kleine Villa in der Via Monte Rosa zu verlassen und ein neues Leben anzufangen. ›Liebe Noemi, du sollst wissen, dass wir immer hier und für dich da sind, wenn du uns brauchst‹, sagte sie zum Abschied, als sie mir meine wenigen Habseligkeiten aushändigte. So bin ich verschreckt und mit meinem Köfferchen voller alter Kleider und viel Angst im Gepäck im Hause Zaini gelandet.« Noemi lächelt und umarmt Emilia, der sie mit Blicken zu verstehen gibt, dass sie glücklich ist, ihr von ihrer Vergangenheit erzählt zu haben.

»Und du bist sie nie mehr besuchen gegangen?«, fragt die Jüngere gerührt.

»Ich denke oft an sie, rede aber nie von ihr. Signora Majno hatte recht: Im Hause Zaini ging es mir von Anfang an sehr gut, und ich hatte nie Zweifel oder Beschwerden, die mich hätten zum Asilo Mariuccia zurückkehren lassen«, antwortet sie. »Aber irgendwann sollte ich mal auf einen Gruß dort vorbeischauen«, sagt sie abschließend und zeigt einen Hauch Bedauern.

Während Noemi erzählt hat, haben sich die beiden Tuse über den Corso Venezia gewagt. Der Stadtlärm ist erloschen, und neue, moderne Mehrparteienhäuser wechseln sich mit aristokratischen Gebäuden ab. Erschüttert von der Erzählung und gerührt von den Erinnerungen, spazieren sie langsam und schweigend, lassen den Blick über verschiedene Details schweifen: die abgeschrägte Ecke eines Gebäudes an einer Straßenkreuzung, einen Aufzug, der wie ein Raumschiff schnell Stockwerk um Stockwerk hochfährt, ein Auto, das aus einer unterirdischen Garage kommt, einen offenen Schlund mitten in einem Garten, eine Baustelle in vollem Betrieb und die ersten Ausmaße einer Villa. Am Eingang eines Hauses, vor einer Gegensprechanlage in Form eines Ohrs, bricht Emilia das Schweigen: »Das ist doch nicht möglich. Sieh mal, Noemi, da sind sogar zwei Haarsträhnen. Wozu dieses seltsame Gerät wohl gut ist?« Noemi bricht in ein volltönendes Lachen aus und erwidert: »Darüber könnten wir uns stundenlang den Kopf zerbrechen, Emilia! Stattdessen bringst du mich jetzt aber zurück in die Küche«. Sie hakt sie unter, und die beiden schlagen den Weg nach Hause ein.

»In Ordnung«, ruft Emilia und macht größere Schritte, allerdings ohne ihren Arm zu lösen. Die ganze Strecke über schweigt sie und kostet die angenehme Vertrautheit aus, die vielleicht endlich den dunklen Schleier der Einsamkeit vor ihrer Seele wegnehmen kann.

Das Abendessen an diesem Sonntagabend ist ein unerwartetes Fest: »Was für ein ausgesuchtes Menü!«, bemerkt Luigi, der am Kopfende Platz nimmt, als er sich seine erste Portion auftut.

Auch die Kinder, die das traditionelle Mailänder Gericht anfangs nur widerwillig probiert haben und als Ausrede vorbrachten, man erkenne die Zutaten nur schwer, müssen zugeben, wie gut es schmeckt.

Piero nimmt sich sogar nach. Alle sind bester Laune.

Als die Teller abgeräumt und die Obstteller hingestellt sind, ruft Rosetta: »Und jetzt Emilias Nachtisch!«

Das Kindermädchen taucht mit dem Schokoladensoufflé auf, in der Mitte eines großen Porzellantellers angerichtet. Ihre Augen sprühen vor Aufregung und Glück, als sie es in die Mitte des Tisches stellt und der Köchin einen komplizenhaften Blick zuwirft. In Noemis *Cassoeula* und ihrem Schokoladensoufflé verbirgt sich eine Freundschaft, die erst vor Kurzem begonnen hat, aber schon tief und innig ist.

11

MAILAND, 12. APRIL 1928

Mailand bejubelt heute den zehnten Jahrestag des Siegs und eröffnet die Verkaufsausstellung im Beisein des Königs.

Luigi sitzt im Sessel, in die Lektüre des *Corriere* vertieft, während Olga am Esstisch Piero hilft, Aprikosenmarmelade auf die Kekse zu schmieren. Es ist ein lauer Frühlingstag, und draußen strahlt die Sonne.

Heute wird die Mustermesse eröffnet, die zum zehnten Jahrestag des Endes des Ersten Weltkriegs hochtrabend in ›Verkaufsausstellung‹ umbenannt wurde. Der Termin wird von den Mailändern sehnlichst erwartet, die das Entstehen der Messe und ihr Wachsen in wenigen Jahren miterlebt haben. Inzwischen ist sie schon eine wahre Institution. Die erste Ausgabe 1920 war, auch wegen der wirtschaftlichen Einschränkungen direkt nach dem Krieg, entlang der Mauern an der Porta Venezia mit Holzbaracken improvisiert, ohne jeglichen ästhetischen Anspruch. Aber die Idee hat überzeugt: Jedes Jahr schuf die Ausstellung von Produkten nützliche Beziehungen zwischen Herstellern und Käufern jeder Art und jeglicher Herkunft und förderte Kontakte. Sofort erwies sie sich als glücklicher Ansporn für Wirtschaft, Technik, Handel und Industrie. Und so fand sie 1923 ein geeigneteres und festes Zuhause, als sie an den Stadtrand in ein Gebiet verlegt wurde, das früher der Jagdgrund der Herrschaften von Mailand war. Seitdem wuchs die Zahl der Besucher Jahr für Jahr. Es ist eine Stadt in der Stadt: eine internationale, arbeitsame und moderne Metropole, jeder Pavillon ist eine Nation und jedes Viertel eine Reise in einen Warensektor. Die grandiosen, beeindruckenden Gebäude reihen sich entlang des Wegenetzes; in einem sehr weitläufigen Gebiet von einer halben Million Quadratmetern folgen die Pavillons aufeinander und dabei strengen und genauen Weisungen, die von einem fähigen und aufmerksamen Stadtplaner zu kommen scheinen. Es gibt ein Gebäude für Stoffe und eins für den Tourismus, ein kleines Gebäude für die Goldschmiede, für Parfüms und für Sport, für Weine und graphische Künste. Jedes Jahr wird irgendein neuer Bau eingeweiht, und an jeder Ausgabe nehmen mehr Nationen teil, sodass die Messe immer globaler wird. Unter den großartigen neuen Pavillons von 1928 sind der englische, pittoresk im Tudorstil, der strenge der Tschechoslowakei, der polnische in elegantem Renaissancestil und der koloniale von Argentinien. Japan setzt auf Leichtigkeit, die Schweiz dagegen auf Schlichtheit und Russland auf palladianische Nüchternheit.

Für die Mailänder ist es ein Fest, das alle Geschmäcker, jedes Alter und jede soziale Schicht bedient. Geselle und Obstverkäufer, König und Ordensritter, Arbeiter und Hausfrau – alle gehen hin und kommen zufrieden wieder heim, weil die Messe jegliche Neugier, Sucht und Wünsche befriedigen kann: von Antirostfarbe bis zu Posamenten, vom Agrardünger bis zur Filmausrüstung, von Schaukeln bis zu Staubsaugern, von Harmonikas bis zu Karosserien, von Aufzügen bis Flugzeugzubehör. Ein einziger Besuchstag reicht nie: Deswegen hat die Messegesellschaft beschlossen, neben dem Tagesticket auch ein offenes Abonnement anzubieten, mit dem man jederzeit rein- und rauskann.

Hier vermischen sich Arbeit und Freizeitvergnügen.

Für Luigi Zaini ist es vor allem Arbeit. Auch in seinem Sektor ist die Messe ohne Zweifel eine Gelegenheit, auf den neusten Stand zu kommen, die man nicht verpassen sollte. Obwohl die

Schokoladenindustrie bisher nur mit wenigen Ständen vertreten ist, hat er auf seiner Agenda einen eingehenden Besuch im Gebäude für Maschinenbau und dem für Lebensmittel, um eine brandneue, frisch patentierte Maschine für die Schokoladenherstellung zu besichtigen und Kontakt mit der einzigen ausstellenden Schokoladenfabrik aufzunehmen, einer Schweizer Firma mit Sitz in Sankt Gallen. ›Vielleicht sollten wir nächstes Jahr auch einen Stand mieten, dann wären wir die einzigen anwesenden Italiener!‹, denkt er, während er den Tagesartikel liest. Heute ist die Ankunft von König Vittorio Emanuele III. vorgesehen, und zu seinen Ehren feiert ganz Mailand: Luigi sieht die Übersicht der verschiedenen Veranstaltungen durch, die vom Journalisten mit großer Genauigkeit aufgelistet wurden.

»Gehen wir auch zur Messe, Mama?«, fragt Piero, der sich noch eine Scheibe Brot mit Marmelade schmiert. »Ich will auf den Jahrmarkt!«, fügt er lauter hinzu. Unter den verschiedenen Attraktionen gibt es am Ende des Ausstellungsgeländes tatsächlich auch einen großen Vergnügungspark.

Olga lächelt und antwortet: »Heute Morgen nicht, da bleibt ihr mit Emilia zu Hause. Aber wir nehmen euch noch mit, versprochen: Die Messe dauert dieses Jahr ausnahmsweise siebzig ganze Tage, da haben wir noch Gelegenheit, alle zusammen hinzugehen.«

»Hört mal, was hier steht«, meldet sich Luigi zu Wort, der mit einem Ohr den Kindern zuhört, und liest vor: *»Es werden Feuerwehrübungen und Experimente mit künstlichem Regen gemacht, eine neue Anwendung im Kampf gegen die Trockenheit auf dem Land.«*

»Ja, ja, ja!«, rufen die Kinder begeistert, als sie nur das Wort ›Feuerwehr‹ hören, und werden ganz aufgeregt.

»Da sollten wir mit ihnen hingehen. Lass uns dran denken, dass wir im Programm nachschauen, wann das stattfindet«, sagt er an seine Frau gewandt und fragt dann: »Und du, Schatz, wann bist du fertig?«

Auch Olga gehört zu den Mailändern, die gespannt auf die Messe warten, um sich zwischen den Pavillons und Galerien, den seltsamsten, speziellsten und lustigsten Produkten und raffiniertesten Neuheiten zu verlieren. Im Gebäude für Stoffe und dem für Mode hat sie letztes Jahr Stunden zugebracht und freut sich schon auf die glitzernden Modelle der französischen Haute Couture, die weichen Pelze, die Mannequins und die Hygieneartikel.

»Wer weiß, ob wieder dieser wunderbare Bänder-Stand aus Trento da ist? Oder ob ich wieder diese Kimonos von der Firma Piatti di Como finde?«, denkt sie laut, während Piero, immer noch nicht satt, einen Finger in das Marmeladenglas steckt.

»Ich bin um 12:30 Uhr mit Signor Pietro auf der Piazza Italia verabredet: Wir müssen einen Maschinenverkäufer treffen, ein paar langweilige technische Fragen klären, und dann habe ich hoffentlich noch Zeit für eine Runde durch den Autosalon.«

Luigi und Olga schieben sich durch das Gedränge auf den Gehsteigen, die zum Eingang der Messe führen. Hinter der Absperrung des Militärs tummelt sich die Menge und wartet darauf, dass die königliche Gesellschaft vorbeizieht.

»Lass uns reingehen und uns in die Viale delle Nazioni stellen«, sagt Luigi, »hier sind zu viele Menschen.«

Als sie die Eingangstore hinter sich gelassen haben, verlaufen sich die Menschenmassen, und das Paar sucht sich einen Platz am Hauptweg. Überall herrscht eine Pracht an Blumen, Farben und Fahnen. Ein dichtgedrängter Chor aus achthundert Schülerinnen und Schülern der Humanitären Gesellschaft intoniert die offiziell für diesen Anlass geschriebene Hymne.

Plötzlich hören sie einen lauten Knall. »Das muss ein Kanonenschuss sein, um die Ankunft des Königs zu feiern«, vermutet

Luigi. Nach etwa zehn Minuten kommt der König, gefolgt vom Präfekten und vom Oberbürgermeister. Er schickt einen kurzen Gruß, dann steigt er ins Auto, um die allerneusten Pavillons zu bewundern, die gerade erst von den Baugerüsten befreit wurden. Obwohl sie den König zum ersten Mal sieht, fällt Olga sein besorgter Gesichtsausdruck und seine angespannte Stimme auf als würde er sich dazu zwingen, Ruhe zu bewahren. Als sie ihren Mann darauf hinweist, spielt der das herunter: »Ihr Frauen versucht immer, allen in die Seele zu gucken!«, er umarmt sie und sagt: »Vielleicht hat er es einfach nur eilig, weil er so ein volles Tagesprogramm hat?«

Der Vormittag schreitet schnell voran.

Zum verabredeten Zeitpunkt ist Pietro allerdings nicht da. Und auch später taucht er nicht auf. Alle Spuren von ihm scheinen sich verloren zu haben. Luigi macht keinen Hehl aus einem gewissen Ärger über seinen Mitarbeiter: »Ich verstehe nicht, was ihm so Schlimmes passiert sein sollte, dass er sich nicht blicken lässt.«

Erst am späten Nachmittag, als sie wieder nach Hause kommen, erfahren sie, was an jenem Morgen passiert ist. »Ah, ihr lebt! Wir haben uns solche Sorgen gemacht! In der Fabrik konnten sie uns keine Auskunft geben!«, werden sie von Emilia, Noemi und Elisa ganz aufgeregt empfangen.

»Wieso, was ist denn passiert?«, fragt Luigi.

»Wie? Ihr wisst es noch gar nicht? Ihr wart dort und habt nichts mitgekriegt?«

»Was um Himmels willen hätten wir denn mitkriegen sollen?«, schaltet sich Olga ungeduldig ein.

»Es gab ein Attentat.«

»Ein Attentat?«

»Ja, auf der Piazza Giulio Cesare ist heute Morgen ein Sprengkörper explodiert.« Ihr Tonfall wird lebhafter, während die Anspannung langsam nachlässt, schließlich sehen die Zainis gesund und munter aus, ohne einen einzigen Kratzer. »Die Rede ist von sechzehn Toten und wer weiß wie vielen Verletzten«, sagt Noemi, die in der Aufregung einem ganzen Schokoriegel nachgegeben hat und nervös hineinbeißt.

Olga und Luigi sind bestürzt. Wie konnten sie davon nichts mitbekommen? Luigi kommt nicht dazu, irgendetwas zu sagen, da ruft Olga schon: »Pietro! Pietro! Wir müssen ihn sofort finden. Er ist nicht zu unserer Verabredung gekommen. O heiliger Jesus, mach, dass ihm nichts passiert ist! Luigi, ruf bitte in der Fabrik an, um herauszufinden, ob er dort ist oder ob sie irgendwelche Nachrichten von ihm haben«, drängt sie.

Clelia ist noch im Büro: »Ich war noch nie so glücklich, Sie zu hören, Signor Zaini.« Luigi fragt nach Nachrichten von Pietro, und Clelia antwortet: »Nein, Signor Luigi, der Vorarbeiter hat sich hier nicht blicken lassen, aber wenn Sie wollen, suche ich seine Adresse für Sie heraus.«

»Danke, Clelia, warten Sie kurz, dann schreibe ich mit.« Olga reicht ihrem Mann Stift und Papier: »Via Marco Aurelio 39. Tausend Dank.«

Kaum hebt er den Blick, da erscheinen vor ihm Emilia und Noemi, beide schon im Mantel: »Signor Zaini, bleiben Sie bei Ihrer Familie im Haus. Wenn Sie erlauben, gehen wir nachsehen, ob er zu Hause ist.« Er kommt gar nicht dazu, seine Zustimmung auszusprechen, da schlüpfen die beiden Frauen schon durch die Tür und rennen die Treppen runter.

Sie gehen schweigend und steigen ohne ein Wort in die Tram. Von den Holzbänken des Straßenbahnwagens aus betrachten sie die Stadt und geben acht, die Haltestelle an der Viale Monza nicht zu verpassen. Als sie die Metzgerei erkennen, die ihnen genannt wurde, steigen sie aus. Sie sind im Stadtteil Turro. Mittlerweile ist es dunkel. Sie huschen in ein Seitensträßchen, von wo sie sich in einem Labyrinth aus lauten Gassen voller Läden und Werkstätten verlieren. Zügigen Schrittes laufen sie weiter.

Sie biegen in die Via Marco Aurelio ein und schauen hoch zu den Hausnummern. »Hier, die 39, das ist es«, seufzt Emilia und hält inne, um Luft zu holen. Acht Riesen mit nacktem Oberkörper tragen die Balkone: Sie machen keinen einladenden Eindruck auf die beiden Frauen. Im Einklang mit ihnen knurrt die Pförtnerin irgendetwas, als sie sie auftauchen sieht. Mit mulmigem Gefühl steigen die beiden Frauen die Treppen hoch und halten vor einer Holztür an.

Sie klopfen.

Niemand antwortet.

Sie klopfen noch einmal.

Die Wohnungstür nebenan öffnet sich langsam: »Da ist niemand zu Hause. Ich habe den Signor Tosco heute Morgen rausgehen sehen, aber nicht mit ihm gesprochen. Er trug einen Koffer bei sich, da dachte ich, er fährt auf Dienstreise.«

»Einen Koffer?« Sie schauen sich verständnislos an. Noemi und Emilia wechseln einen erstaunten Blick, danken und gehen wieder nach draußen. Kaum sind sie aus dem Haustor getreten, finden sie ihre Lust zu reden wieder. »Was kann denn da passiert sein?«, fragt sich Noemi, während Emilia, die an den Häuserfassaden hochschaut, sich den ganzen Heimweg lang Flucht und Verrat vorstellt. »Ich will gar nicht wissen, was der Signor Zaini sagt, wenn er das erfährt!«, meint sie, als sie die Treppen hochsteigen und die Tür öffnen.

Am nächsten Tag spricht man in der Fabrik von nichts anderem als dem mysteriösen Verschwinden des Vorarbeiters.

Die Arbeiter wissen nicht, ob sie mit der Produktion fortfahren oder auf offizielle Anweisungen warten sollen; jede Tusa hat ihre eigene Theorie, die sie den anderen darlegt, eine vermutet eine Liebesflucht, eine andere einen Seitensprung oder gar eine Entführung. Die Pragmatischsten setzen sich an die Tische und fangen mit dem Verpacken an. Trotzdem stehen alle abwechselnd auf, um im Büro nachzufragen, ob es Neuigkeiten gebe, oder zum Eingang zu laufen, in der Hoffnung, Pietro jeden Moment ankommen zu sehen.

An seinem Schreibtisch findet Luigi keine Ruhe. Nervös raucht er seine Pfeife und denkt nach. Einerseits schmerzt ihn die Sorge, dass Pietro etwas zugestoßen sein könnte, andererseits plagt ihn der Zweifel, dass er ohne vorherige Anzeichen einfach abgehauen sein könnte. »Wie ist denn das möglich?«, macht Clelia ihrem Herzen Luft. »Ich habe ihn immer wie einen Sohn behandelt, und jetzt fällt er mir in den Rücken.« Die Sekretärin kommt nicht dazu, weiterzureden, weil der Chef wieder das Wort ergreift: »Vielleicht habe ich ihm zu viele Freiheiten gegeben.« Er zieht an seiner Pfeife. »Die Freiheit aber ist die Tochter des blinden Vertrauens, das ich immer in ihn hatte.« Die Gedanken füllen seinen Kopf. Olga taucht im Büro auf und hört, wie Luigi sich beklagt: »Ich war wirklich dumm: Ich hätte ihm nicht so viele Entscheidungen überlassen sollen.«

»Mein Schatz, was redest du denn da?«, mischt sie sich in nüchternem Tonfall ein. Sie betritt das Büro, geht zu ihm und nimmt ihm die Pfeife aus der Hand. »Er hat mich verraten und plaudert bei der Konkurrenz jetzt alles aus, was er bei uns gelernt hat, das spüre ich«, sagt Luigi und nimmt sich seine Pfeife zurück.

»Luigi, was redest du da für wirres Zeug. Bleib vernünftig! Warum sollte er uns verraten haben? Hatte er Grund dazu?«, ergreift Olga mit großer Schärfe wieder das Wort. »Mehr noch: Hatte er irgendwelche Gründe, abzuhauen? Denn dann wäre das Problem ein anderes: Wer bei uns arbeitet, darf keinen Grund zur Beschwerde haben!« Ihr Tonfall ist entschieden und erlaubt keine

Widerrede. Sie zündet sich eine Zigarette an. »Wenn überhaupt, dann können wir eines lernen: Es braucht in der Fabrik mehr als nur eine Person äußersten Vertrauens, der man jeden Aspekt der Fabrik-Aktivitäten delegieren kann.« Olga läuft energisch hin und her, und das Klackern ihrer Absätze hallt durchs Zimmer.

Der Zweifel, Pietro könnte abgehauen sein, hat Olgas Gedanken nie gestreift. Sie fürchtet vielmehr, er könnte auf irgendeine Art in das Attentat verwickelt sein, von dem immer mehr Einzelheiten bekannt werden: der laute Knall des Sprengkörpers, der dichte Rauch, die Splitter, die Angstschreie, die Ankunft der Feuerwehr und die Tragen des Grünen und Weißen Kreuzes, die Zeugenaussagen der Pförtnerin im Gebäude gegenüber ... Olga geht die Namen der Toten durch, die auf den Seiten des *Corriere* genannt werden. Es sind auch Kinder darunter. Olga ist bestürzt, als sie hinter ihren Namen die von einem feigen Attentat abgeschnittenen Lebensdaten liest. In dieser Liste taucht Pietro nicht auf.

Am Ende des Tages verstauen einige Arbeiter im Lager gerade versandfertige Kisten, während Clelia auf einem Blatt Papier Nummern und Scheine notiert. Da erscheint in der Ferne ein Mann. Er kommt nur mit Mühe voran, humpelt und hat einen Verband um ein Bein und einen Arm. »Pietro!«, ruft Clelia und rennt ihm entgegen.

Innerhalb weniger Minuten ist er von der gesamten Zaini umringt. »Oh, Pietro, was ist passiert? Signori Zaini, Pietro lebt!«, rufen sie. Olga und Luigi eilen zu ihm, endlich erleichtert.

Olga schlägt ihm vor, sich zu setzen und ihnen zu erzählen, was passiert ist. »Ach, Signor Zaini, ich habe einiges hinter mir!« Pietro wendet sich in erster Linie an seinen Arbeitgeber. »Aber ich bin hier«, fährt er seufzend fort.

»Sag nicht, du warst auf der Piazza Giulio Cesare?«, mischt sich Olga ein.

»Oje, doch, Signora Olga, genau da war ich: Ich musste bei der Pförtnerin des Hauses einen Koffer für meine Nichte abgeben. Und plötzlich ging die Welt unter: Was ich gesehen habe, ist unbeschreiblich. Ich werde Ihnen auch nicht sagen, was meine Ohren gehört haben, weil die Signora Zaini und die Tuse hier schöne Seelen sind und ich sie nicht verstören möchte.« Pietro fährt mit seiner Erzählung fort: »Auf einer Trage wurde ich ins Ospedale Maggiore gebracht. Zum Glück war ich nur leicht verwundet und bin also auf dem Gang geblieben, unter Schock, den ganzen Tag und die ganze Nacht; heute Nachmittag haben sie mich schließlich entlassen, und jetzt bin ich hier.« Pietro weiß gar nicht, wen er anschauen soll, so viele Menschen umringen ihn. Sein Blick wandert zu Signor Zaini, und er sagt abschließend: »Das einzig Schöne dabei war: Ich habe den König und den Kardinal kennengelernt, die auf einen Besuch vorbeigekommen sind. Wann werde ich so was noch mal erleben?«

Er hat sich ordentlich erschreckt, und seine Kollegen wiederzusehen, erfüllt ihn mit Freude.

»Signor Zaini, wir müssen die Lieferung für dieses Fest in Como fertig machen!«

»Oh, Pietro, was denn für eine Lieferung! Du gehst jetzt schön nach Hause, ruhst dich aus und kommst nächste Woche wieder«, scherzt Luigi, sichtlich erleichtert und von einem tiefen Schuldgefühl gequält.

Pietro lächelt, während sein Chef ihn in eine feste, herzzerreißende und aufrichtige Umarmung schließt.

12

MAILAND, APRIL 1928

Während Mailand sich mit einer feierlichen Messe im Dom von den Opfern des Attentats verabschiedet, macht nicht weit entfernt in einem Zimmer des Hotels Continental Umberto Nobile gerade seinen Koffer zu, und Titina springt auf ihren Pfoten fröhlich um ihn herum. Endlich scheinen die Wetterbedingungen optimal: Die Expedition zum Nordpol kann beginnen. Alle achtzehn Teilnehmer sind mit ihren Reisesäcken in der Halle, wo sich eine große Menge Neugieriger versammelt hat. Signor Gallia, der Direktor des Grand Hotels, tritt heran und verabschiedet sich: »Es war eine Ehre für das Continental, Hauptquartier eines so ruhmreichen Unterfangens gewesen zu sein.« Nobile und seine Leute waren dort einige Wochen untergebracht, um die Details der Expedition zu klären, und hatten die Räumlichkeiten des Hotels dadurch zu einem sehr mondänen Treffpunkt gemacht. »Viel Glück, Comandante«, wünscht er mit einem Händedruck.

Auf der Straße erwartet sie eine Reihe Autos, die sie zur Kaserne von Baggio bringen sollen, wo das Luftschiff untergestellt ist.

Das Unternehmen ist langwierig und komplex, und erst in tiefster Nacht verkündet Nobile mit großer Ruhe: »Alle an Bord.« Der Befehl ist nüchtern. Der verdiente Kommandant, klein und schroff, steigt ein und nimmt im Luftschiff Platz. Titina, immer mit dabei, hockt sich zu seinen Füßen. Um zwei Uhr nachts verlässt das Luftschiff *Italia* den Hangar und hebt ab. Die erste Etappe ist Vadsø, am nördlichsten Ende Norwegens. Manch nachtschwärmerischer Mailänder ist gerührt, als er die *Italia* über die Fialen des Doms fliegen sieht: Sie ist so groß, dass die Madonnina für einen Moment in der Nacht zu erlöschen scheint.

Schon jetzt ist das Unterfangen legendär: Die ganze Stadt Mailand, die selbst daran teilhat, weil sie der Expedition ein Versorgungsschiff zur Verfügung stellt, verfolgt die tapfere Besatzung Flug um Flug, Mission um Mission. Die Mailänder interessieren sich für jede Bewegung, jeden Sturm, jede neue geographische Entdeckung, mit Präzision und Leidenschaft kartieren sie alles Eis am Pol.

Am 23. Mai bricht man zur dritten Expedition auf, der verhängnisvollen. Auf dem Rückweg hat das Luftschiff mit starken Winden am Heck zu kämpfen, durch die es schwer steuerbar wird. Dann der Aufprall auf dem Packeis. Die Spuren des Luftschiffs verlieren sich. Erst am 9. Juni fängt die Funkstation des Versorgungsschiffs die Radiowellen der Gestrandeten auf, die in einem kleinen Armeezelt Unterschlupf gefunden haben. Sofort startet die schwierige Rettungsaktion, die teilweise tödlich ist, etwa für den alten Amundsen, der beim Versuch, seinen Freund zu retten, den er bei der Eroberung des Nordpols kennengelernt hat, im Nichts verschallt.

Es dauert achtundvierzig Tage, Nobile und die Überlebenden zu bergen. Am 12. Juli bringt ein Schiff sie in Sicherheit. Wie durch ein Wunder ist Titina noch am Leben.

»Diese Geschichte raubt mir den Atem«, meint Emilia, während sie mit dem Knopfloch eines Hemds von Rosetta beschäftigt ist. »Das wäre mal ein Sammelbilderalbum wert, nicht bloß Fußballer oder Radfahrer!«

Luigi, der gerade an der Küche vorbeiläuft, hat die Worte des Kindermädchens gehört. »Emilia, Sie sind ein Genie. Ihre Idee ist großartig«, ruft er schallend. »Wir wären tatsächlich die Ersten, die ein Album über Nobiles Abenteuer machen!« Luigi ist begeistert, während Emilia, die nicht dachte, etwas so Brillantes gesagt zu haben, ihn verwirrt anschaut, ohne zu verstehen, worauf Signor Luigi hinauswill.

»Emilia, morgen gehen Sie zu Ines, und ihr beiden besprecht das«, fügt er in entschlossenem Tonfall hinzu, der keine Widerrede oder Klarstellungen zulässt.

Seit einiger Zeit haben Sammelbilder großen Erfolg. Immer mehr Firmen bieten ihren Kunden als eine Art Werbung Bilder zum Sammeln an, und wer alle beisammenhat, bekommt einen Preis. Die Idee gefällt allen, Groß und Klein, und die Leidenschaft verbreitet sich. Fußballer und Kinohelden, historische Persönlichkeiten oder Comicfiguren, die Jagd nach den Sammelbildchen lässt die Verkäufe in die Höhe schnellen.

Auch die Zaini hat ein Album auf den Markt gebracht: zweiundsiebzig Kärtchen im Inneren der Packungen Kino-Foto-Sport-Schokolade. *Sammeln Sie die größten Helden der Leinwand und des Sports, eine Hommage seitens der Firma.* Da gibt es die Rennfahrer Salamano und Arcangeli, den Fechtmeister Mangiarotti und den Boxmeister Jean Joup, die Schauspieler Valentino und Harry Langdon: Jedes Kärtchen ziert ein Gesicht, schwarzweiß, im Kleinformat. Jeder Champion wird in die vorgefertigten Täschchen auf den Albumseiten gesteckt.

Außerdem sind hübsche Preise ausgesetzt: *Wer das vorliegende Album mit vollständiger Sammlung aller zweiundsiebzig Bilder seinem Verkäufer zurückbringt oder, noch besser, direkt an uns schickt, bekommt einen wunderschönen Fußball aus echtem Leder oder eine Taschenuhr.*

Bisher ist allerdings noch kein vollständiges Album angekommen. »Ich würde es behalten, wenn ich es so mühsam zusammengesammelt hätte«, hatte Marietta angemerkt, als sie die Bildchen in die Packungen steckte.

Am nächsten Morgen verlässt Emilia gut gelaunt das Haus, um nach Dergano zu fahren. Die Stadt ist bereits voller Leben. Die *Ruée*, Altwarensammler mit ihren Karren, Besen und Schippen, sind mit Müllsammeln beschäftigt: Sie sind zuständig dafür, die *Ruera*, wo die Hausbewohner ihren Müll anhäufen, zu leeren, den Müll in ihre Kiepen zu laden und sie zum *Villaggio degli Spazzini*, dem Straßenfegerdorf, zu bringen, wo sie sie gewissenhaft sortieren.

Es ist frisch, Emilia stellt den Kragen ihres Regenmantels auf und läuft schnellen Schrittes zur Fabrik. Schüchtern klopft sie. Ines ist schon bei der Arbeit.

Sie steht vor einem Holzregal und ist gerade damit beschäftigt, den Vertrag für einen Handelsvertreter zu korrigieren, konzentriert liest sie alles durch, um sich zu versichern, dass alle Daten stimmen und bei den Namen, den vereinbarten Honoraren und den Prozenten der Provision für erfolgreich abgeschlossene Geschäfte keine Tippfehler sind.

Ihr Mund bewegt sich, und unhörbar entströmt ihm ein Stimmhauch: »Im Gegenzug verpflichten Sie sich: regelmäßig und aktiv das gesamte Piemont und seine vier Provinzen Turin, Alessandria, Cuneo und Novara zu besuchen; exklusiv zu unseren Diensten zu arbeiten.« Ines ist hoch konzentriert. Zart und zierlich, bei der Arbeit äußerst genau: Es gibt kein Dokument, das von ihr nicht bis ins kleinste Detail geprüft würde; keinen Vertriebsmitarbeiter oder Vertreter, der ihre Kommentare und Präzisierungen nicht fürchten würde. Sie wurde angestellt, als die neue Fabrikhalle eingeweiht wurde. Sie war die erste Einwohnerin von Dergano, die bei der Zaini anfing, und zwar im Vertrieb. Sie konnte es kaum glauben, dass sie stundenlange Fahrten ans andere Ende der Stadt zur Richard-Ginori vermeiden und sich stattdessen einen Kaffee und ein kurzes Gespräch mit ihrer Schwester gönnen konnte, bevor sie zur Arbeit musste.

Als sie es an die Tür klopfen hört, fährt sie vor Schreck zusammen. »Ah, Emilia, Sie sind es. Guten Tag. Ist den Herrschaften Zaini irgendetwas passiert?«, fragt sie besorgt.

»Alles in Ordnung«, beruhigt Emilia sie beim Eintreten und erklärt den Grund ihres Besuchs.

Ines' Blick lässt Anzeichen von Ratlosigkeit durchscheinen. Sie verstummt. »Ich frage mich, ob die Sammelalben zu kommerziellen Zwecken wirklich ein gutes Geschäft sind«, erwidert sie, laut nachdenkend. »Gestern ist zum Beispiel das erste vollständige Album angekommen, und jetzt muss ich mich darum kümmern, dass der Preis verschickt wird.« Mit einem Seufzer zeigt sie ihr das Album und fügt hinzu: »Und wenn jetzt ständig weitere Alben eintreffen? Verwandelt sich mein Büro dann in ein Fußballfeld, bei all den Lederbällen, die wir versprochen haben?«

›Warum habe ich gestern nicht einfach meinen Mund gehalten?!‹, denkt Emilia und verflucht sich selbst.

Ines spürt, wie unwohl sich die junge Frau fühlt, und es tut ihr leid: »Entschuldigen Sie, Emilia, ich ärgere mich natürlich nicht über Sie.« Sie hält kurz inne. »Aber über Signor Zaini schon!«, sagt sie und hebt dabei die Stimme. »Es ist leicht, Ideen zu haben. Aber dann muss man sie auch umsetzen. Und wer tut das?«, fragt sie, an Emilia gewandt, die sich am liebsten ganz klein machen und verschwinden würde.

»Die Ines hat auch nur zwei Hände«, setzt sie wieder an und hebt ihre Hände zum Himmel. »Ich mag zwar nur ein paar Meter von der Fabrik entfernt wohnen, aber ich habe auch noch anderes zu tun, als nur Verträge zu korrigieren!«, macht sie ihrem Ärger Luft. »Ich habe keine Zeit: Das fehlte mir gerade noch, jetzt zusätzlich einem Typographen und einem Graphiker hinterherzurennen und Bilder dieses verrückten Umberto Nobile und seiner Hündin rauszusuchen.« Ihre aufgeregten Worte lassen erahnen, dass diese Geschichte sie ebenfalls mitgerissen und ihr den Atem geraubt hat.

»Das kann ich machen«, schlägt Emilia spontan vor. Sie beißt sich auf die Zunge, aber der Gedanke, ein wenig zu helfen, gefällt ihr eigentlich ganz gut: »Wirklich, Ines, wenn das hilft, kann ich mich um die Bilder kümmern. Ja, mit den Kindern zusammen machen wir uns einen Spaß daraus, Zeitschriften durchzublättern und Menschen, Eisbrecher und Nordpolkarten auszuschneiden.«

Die beiden Frauen vereinbaren, dass Emilia vierundzwanzig Bilder auswählen wird.

SOMMER 1928

Das Porträt von Nobile in Militäruniform, Titina auf dem Arm ihres Herrchens, die Besatzung, der Abflug des Luftschiffs *Italia* vom Hangar in Baggio, die Ankunft in Kongsfjord, dem Ausgangspunkt für die Forschungsexpeditionen, der Aufprall auf dem Packeis, das rote Zelt und die Rettungsaktionen, Amundsen bei der Suche verschollen, die Bergung der Überlebenden auf dem russischen Eisbrecher *Krassin* und die triumphale Ankunft in Rom – Emilia zählt die Bilder vor ihr. »Vierundzwanzig!«, bemerkt sie zufrieden.

Emilia, Piero und Rosetta haben die letzten Nachmittage damit verbracht, in die Suche einzutauchen, Zeitschriften durchzublättern und Seiten rauszuschneiden. Sie haben sich wahnsinnig amüsiert: »Das ist eine spannende, aufregende Geschichte. Ich glaube, die Sammlung wird ein Erfolg.« Emilias Augen sprühen vor Optimismus: »Kinder, seid ihr bereit, ins Büro zu gehen und unsere Arbeit dem strengen Urteil von Ines zu unterziehen?«, fragt sie. Piero und Rosetta haben schon ihre Mäntel an und reißen sich gegenseitig das Album aus der Hand. »Vorsicht, macht es nicht kaputt! Sonst muss ich schimpfen!«, scherzt sie, nimmt sie an der Hand und verlässt mit ihnen das Haus.

»Ausgezeichnete Arbeit, Emilia. Danke.« Die Prüfung ist bestanden. »Die Idee könnte Erfolg haben«, gibt Ines zu, als sie die Bildchen auf dem Tisch anordnet. Piero jubelt freudig und greift nach einer Praline aus der Schale, die immer auf dem Schreibtisch steht, und Rosetta fängt an zu hüpfen. »Jetzt setzt sich die Maschine in Gang«, verkündet Ines lächelnd.

Innerhalb weniger Wochen wird das Projekt umgesetzt: Der Graphiker entwirft das Album, sehr rudimentär, aber praktisch, und der Drucker kümmert sich um die Bildchen. Emilia kann der Versuchung nicht widerstehen, jeden Schritt zu verfolgen: Als der Moment gekommen ist, die Bildchen den Schokoladentafeln beizufügen, bittet sie Signora Olga um Erlaubnis, die Kinder Noemi zu überlassen, um in die Fabrik zu gehen und den Verpackerinnen bei der Arbeit zu helfen. Emilia setzt sich mit einer Gruppe fröhlicher Tuse an den Tisch, die scherzen, plaudern und kommentieren. Da ist Ernestina, die klagt: »Wir werden nie fertig!«, während Marietta Spaß daran hat, sie zu necken. »Na los, komm schon, anschließend organisieren wir eine Expedition auf den Spuren von Umberto Nobile: einen Tag in Baggio, einen Tag im Foyer des Continental«, sagt sie im Wissen um die unersättliche Neugier ihrer Freundin.

»Und was fehlt jetzt noch? Nach Fußballern, Sportlern, Reportagen und großen Abenteuern, was kann man sich noch ausdenken?«, entgegnet Emilia mit stolzem Blick.

Nach der Freude beim Verpacken will Emilia auch die Aufregung spüren, sie wiederzufinden: Und so geht sie nicht nur in der Fabrik zur Hand, sondern hilft in den darauffolgenden Wochen auch den Kindern beim Auspacken, wobei sie Schokotafeln auf dem Küchentisch stapeln, unter Noemis kritischem Blick: »Das könnt ihr doch nicht machen: Was sollen wir mit der ganzen Schokolade anfangen?« Die Kinder scheinen von einer Sammelwut gepackt, unterstützt von ihrem Kindermädchen, das auf die Bemerkungen der Köchin schlagfertig antwortet: »Gönnst du uns nicht die Freude, das letzte Bildchen zu finden, damit das Album vollständig ist? Uns fehlt nur noch das Foto der Hündin Titina, dann schicken wir es ab, stimmt's?« Sie zwinkert. »Im Übrigen weiß ich, was wir aus diesem Packen Schokotafeln machen können: Heute Abend kochen wir das Geheimnis der Dame!«, verkündet sie unter Freudengeschrei der Kinder.

»Das Geheimnis der Dame?«, fragt Noemi mit neugierigem Blick. »Wo hast du denn dieses Rezept her?«

»Das ist geheim: Du wirst es kosten!«, antwortet das Kindermädchen in geheimnisvollem Tonfall.

13

MAILAND, FRÜHLING 1929

Karotten, Zwiebeln, Bohnen, Zichorie, Kräuter, Artischocken und Kohl – Noemi ist gerade vom Markt zurückgekommen und prüft, ob sie auch nichts vergessen hat. Sie holt ein Schneidebrett und eine Keramikschüssel aus dem Schrank, nimmt ein Wiegemesser aus der Schublade und bindet sich die Schürze hinten zu. Sie ist allein in der Küche. Elisa macht die Betten und Emilia zwei Botengänge. ›Wie schön ruhig‹, denkt Noemi und begibt sich an die Arbeit. Das Menü für heute Abend sieht *Mondeghili*, die typischen Mailänder Frikadellen, vor, ein alter – aber immer noch geschätzter – Trick, Fleischreste in neuem Gewand auf den Tisch zu bringen. »Hier wird nichts verschwendet«, ist das Motto der Köchin. Nicht immer sind alle im Haus damit zufrieden, und einige Male hat Olga versucht, sich vorsichtig zu beschweren, aber Noemi ist unnachgiebig geblieben: »Signora Olga, ich bin ohne alles aufgewachsen und weiß, was es heißt, Hunger zu haben.« Inzwischen hat Olga aufgegeben und lächelt nun, wenn am ersten Abend ein Braten, am zweiten ein Hackbraten und am dritten ein seltsamer Mischmasch auf den Tisch kommt; sie fordert ihre Kinder auf, kein Theater zu machen und alles aufzuessen. »Sonst kommt es morgen Abend wieder, und in wer weiß welchem Gericht versteckt!«, meint Luigi und lacht unter seinem Schnauzbart. »Sicher ist nur, dass es kein Kuchen sein wird, wo wir doch Noemis Abneigung gegen Süßspeisen kennen«, fügt Emilia scherzhaft hinzu.

Die Stille um Noemi wird nur vom Klackern der Messer, dem ins Waschbecken fließenden Wasser und ihren knetenden Händen unterbrochen. Sie vermischt das Fleisch mit geriebenem Käse, geschlagenen Eiern, Salz und Pfeffer. ›Ich könnte sie mit geschlossenen Augen machen‹, denkt sie, während sie in Erinnerungen an die Küche des Asilo Mariuccia abschweift, wo sie alles gelernt hat, was sie weiß. Übers Kochen und nicht nur das. »Ich verdanke dem Asilo alles, was ich bin«, sagt sie sich jeden Abend, wie eine Mahnung oder ein Gebet.

Noemi erinnert sich gut an die Stunden in der Küche, in Gesellschaft von Angioletta, der Gouvernante, die von allen Kindern liebevoll Tante genannt wurde: Sie war es, die ihr beibrachte, wie man Zwiebeln in Öl anschwitzt, Artischocken schält, Risotto umrührt. Zwischen Töpfen und Pfannen fand Noemi ihr Lächeln wieder. Wie viel haben sie gelacht, wenn sie Zwiebeln schnitt und Tante Angioletta ihr kuriose Methoden beibrachte, dabei keine tränenden Augen zu bekommen; wie bezaubernd waren die ersten Male, als sie sah, wie Eiweiß zu Eischnee wurde, wie befriedigend, wenn ein selbstgekochtes Gericht beim Abendessen von den anderen Mädchen verschlungen wurde. ›Und das eine Mal, als die Leiterin mich dabei ertappte, wie ich unter der Decke Salatblätter knabberte, die ich im Gemüsegarten stibitzt hatte?‹, erinnert sie sich. ›Und die Karotten? So süße habe ich nie wieder gefunden‹, redet sie mit sich selbst, während sie die Frikadellen auf großer Flamme brät und mit einem hölzernen Kochlöffel wendet. Noemi schließt die Augen und genießt den Duft. »Auf, Noemi, schweif nicht ab, sonst wirst du nicht rechtzeitig fertig«, ermahnt sich die Köchin, während sie die Bohnen und Artischocken holt, die geschält und geputzt werden müssen. Sie hat das Gemüse noch nicht auf das Schneidebrett gelegt, da hört sie schon laute Schritte. Es ist Emilia. »Wie das duftet, Noemi! Heute hast du dich selbst übertroffen, wie mir scheint«, sagt sie mit ihrer üblichen hohen und fröhlichen Stimme. Hinter ihr kommt Luisa, die mittlerweile sicher durch die Küche streifen kann. Und schon streckt sie ihre Händchen zum Tisch aus, um irgendetwas zu stibitzen. Gerade hat sie es geschafft, eine Bohne zu erhaschen, da nimmt Emilia sie auf den Arm und tadelt: »Wir essen gleich, da verderben wir uns doch nicht vorher den Appetit.« Ihr Tonfall klingt allerdings nicht sonderlich überzeugt.

»Wir sind bis zum Naviglio di San Marco gelaufen. Sie haben mit den Bauarbeiten angefangen, um die Kanäle unter die Erde zu verlegen. Kannst du dir die Stadt ohne Wasser vorstellen?«, fragt Emilia und steckt sich ebenfalls eine Bohne in den Mund: »Klar, der Gestank war immer unerträglich. Aber werden wir uns je daran gewöhnen, statt der langsam übers Wasser schippernden Kähne nur Beton und Autos zu sehen? Wir werden Bürgersteige haben statt Schotterufer und Fahrräder statt Pferdewagen.«

»Du bist die übliche Romantikerin, Emilia«, sagt Noemi, während sie weiter Gemüse schält. »Wie viele Kähne hast du denn über den Naviglio schippern sehen, seit du in Mailand lebst? Die werden schon seit Jahren nicht mehr genutzt.«

»Ja, das stimmt, aber kannst du dir eine unterirdische Station für die Metro vorstellen?«, antwortet Emilia. »Denn das habe ich gehört: dass da unten sogar ein Zug durchfahren soll!«

»Ach was, meine hübsche Tusa: Wenn die Züge unterirdisch fahren, dann sehen wir sie von Nahem, weil wir selbst schon unter der Erde liegen!«, erwidert Noemi und beendet das Gespräch: »Auf, stiehl mir mit diesen Albernheiten nicht die Zeit, sonst kann ich euch nicht mal einen armseligen Salat zum Mittagessen auftischen.«

Noemi macht sich wieder an die Arbeit, während Emilia Luisa an die Hand nimmt, um den Mantel auszuziehen und die Hände waschen zu gehen.

»In diese Formen gießen wir die Schokoladenmasse.« Annalisas Stimme hallt durch den Raum. Piero und Rosetta starren fasziniert die Maschine an, die sich in konstantem Rhythmus bewegt. Während sie mit ihren Erläuterungen fortfährt, hält die Tusa Luisas Hand fest, aus Angst, sie könnte sich losreißen und irgendwo in die Fabrik abhauen.

»Hier kommen die Pralinen raus und können dann verpackt werden«, sagt sie schließlich und macht sich auf den Weg zum Tisch der Verpackerinnen.

Bei Ausflügen nach Dergano gibt es immer etwas zu entdecken: Piero ist fasziniert vom Räderwerk, Rosetta von den Farben und den unendlichen Zeichnungen auf dem Einwickelpapier und Luisa von den Pralinen, die sie immer irgendwie abstaubt, obwohl sie noch zu klein dafür scheint.

Annalisa begleitet sie zur Abteilung der Verpackerinnen, wo sie von den Tuse herzlich empfangen werden.

»Kommt hierher«, lädt Aurelia sie ein und macht neben sich Platz, um ihnen zu zeigen, wie schnell eine Praline eingekleidet wird. Livia reicht jedem eine, und schon schmilzt sie im Mund, während sie versuchen, die Arbeit der Tuse nachzumachen.

In dem Moment kommt Olga herein, die sie in fröhlichem Tonfall zusammentrommelt. »Ich weiß, hier ist das Schlaraffenland, aber es ist Zeit, wir müssen nach Hause«, verkündet sie. Zur Antwort erhält sie Murren und Klagen.

»Los, wir gehen jetzt«, wiederholt sie und nimmt Luisa auf den Arm, die triumphierend ihre schokoladenverschmierten Hände und Zunge zeigt. Rosetta und Piero stehen auf und bedanken sich. Die zigste heimlich zugesteckte Praline macht den Abschied etwas leichter.

»Bis zum nächsten Mal«, verabschiedet Aurelia sie lächelnd.

»Bis bald«, antwortet Rosetta, die es gar nicht erwarten kann, wiederzukommen und Papas Arbeit zu sehen.

14

MAILAND, 26. MÄRZ 1930

Die spätvormittägliche Sonne dringt durch die Fensterscheiben und fällt auf die Seiten des *Corriere della Sera*, den Vittorio, im Sessel seines Schwiegersohns sitzend, liest. Seit er beschlossen hat, die Drogerie nach fast dreißig Jahren zu verkaufen, sind Olgas Eltern häufig im Haus ihrer Tochter und versuchen, sich nützlich zu machen, um Untätigkeit und Melancholie zu entkommen.

Diamante hat Pferdefleisch mitgebracht und erklärt Noemi gerade, wie man das zubereitet, während ein Stimmchen hartnäckig ihre Aufmerksamkeit einfordert: »Nonna, los, komm und spiel mit mir«, dabei zieht sie sie am Ärmel. »Ich komme gleich, Luisa«, antwortet sie und lässt sich zum Esstisch ziehen, wobei sie noch einen Ratschlag an die Köchin loswird: »Es muss lange und bei niedriger Temperatur köcheln.« Dann geht sie ins Wohnzimmer und legt eine Hand auf den Bauch ihrer Tochter: »Meine Olga muss gut essen.« Mittlerweile sind es nur noch wenige Wochen bis zur Geburt. Olga sitzt auf dem Sofa und nippt an einem frisch gepressten Saft.

»Hört mal, was hier steht: *Als Anerkennung für den großen Erfolg kürzlich bei der Ausstellung italienischer Kunst im Burlington House hat der britische Außenminister* …«, Vittorios Stimme wird immer feierlicher, »… *hat der britische Außenminister den Offiziersorden des Order of the British Empire an* …«, Vittorio macht eine theatralische Pause, »… *Dottoressa Fernanda Wittgens ver-*

liehen, die die Ausstellung mitorganisiert hat. Brava Fernanda! So weit hat sie es gebracht.«

»Natürlich sollten wir ihr persönlich gratulieren«, fügt er melancholisch hinzu. »Wenn wir die Drogerie noch hätten, wäre das ganz einfach, so oft, wie da jemand von der Familie vorbeikam. Diamante, erinnerst du dich noch, als sie Bikarbonat wollten, um einen Fleck vom Sofa zu entfernen, bevor ihre Mutter von einer Reise zurückkommt?« Als er von der Drogerie spricht, wird Vittorios Stimme brüchig: Die Entscheidung, sie aufzugeben, war schwierig, aber notwendig. Der Arbeitsalltag war zu hektisch geworden, der Handel komplizierter, die Muskeln immer müder. Ihre Töchter, Olga und Annetta, hatten beim Anblick ihrer erschöpften Eltern diese dazu gedrängt, auf das Übernahmeangebot der Brüder Olivari für den Laden einzugehen. Die Eltern hatten lange überlegt, das Angebot abgewogen und dann bewusst angenommen: Diamante angezogen von der Idee, mehr Zeit für ihre Enkel zu haben, Vittorio beruhigt von seinem Schwiegersohn, der ihm vorgeschlagen hatte, ihn aktiv in die Geschäfte der Zaini einzubeziehen. »Wir brauchen deine Hilfe«, hatte ihm Luigi versichert. Es war eine ganz schöne Herausforderung: Innerhalb weniger Monate hatten sie den Laden abgewickelt, die Wohnung geleert und das Stadtviertel gewechselt. Das war alles andere als einfach gewesen, aber die fröhlichen Stimmchen der Enkel hatten sie für die Mühen der Veränderung entschädigt.

Diamante sieht in den Augen ihres Mannes Traurigkeit aufblitzen. Pragmatisch mischt sie sich ein: »Fernanda wird bald wieder in Mailand sein, und dann gehen wir sie persönlich beglückwünschen. Was hältst du davon, wenn wir mal vormittags in der Pinakothek bei ihr vorbeischauen? Wir könnten auch die Kinder mitnehmen, dann kann Olga sich ein paar Stunden ausruhen«, sie wendet sich ihrer Tochter zu und sagt: »Du wirkst sehr müde, mein Schatz.«

»Klingt nach einer ausgezeichneten Idee«, antwortet Olga zerstreut. Sie ist mit ihren Gedanken ganz woanders: Am Abend zuvor hat sie mit Luigi gestritten. Es ist nicht das erste Mal. Und der Grund ist immer derselbe: Ihr Mann besteht darauf, dass die Familie nach Dergano umzieht, aber Olga bleibt eisern.

»Die Wohnung ist fertig, modern, groß und hell. Sie wartet nur darauf, eingerichtet und bewohnt zu werden: Du kannst dort alles so gestalten, wie du es willst. Willst du Blümchentapete? Wunderbar, geh einfach ins Kaufhaus La Rinascente und such dir eine aus. Willst du die Wände orange anstreichen? Großartige Idee. Willst du ein Königinnenbett? Kein Problem, wir fahren nach Versailles und holen es uns!« Er hatte auch versucht, sie zum Lachen zu bringen, doch sie blieb hart. Für Argumente war Olga nicht zugänglich. Luigi schaffte es nicht, seine Frau zur Einsicht zu bewegen, so verbarrikadiert war sie in ihre Überzeugungen, die ihm wiederum so oberflächlich erschienen.

»Das ist nicht das Problem«, hatte Olga am Abend zuvor einzuwenden versucht, als sie zum zigsten Mal auf das Thema zu sprechen kamen, während sie in ihr Nachthemd schlüpfte und sich langsam bettfertig machte.

Luigi hatte ihr zugeschaut, wie sie ihre Hausschuhe auszog und sich ins Bett legte, und hatte in entgegenkommendem Ton gefragt: »Dann sag mir doch, was es ist, denn ich verstehe es einfach nicht.«

Olga war wieder aufgestanden und zum Fenster gegangen. »Du weißt, dass ich hier inzwischen meine Bezugspunkte gefunden habe. Endlich geht es mir hier gut, Menschenskind!«, hatte sie etwas lauter werdend geantwortet. »Ich habe keine Lust, alles wieder von vorne anzufangen, ausgerechnet jetzt, wo das Kind bald kommt. Ich mag ein Dummchen sein, aber mir ist einfach nicht danach.« Ihr Blick war dem ihres Mannes ausgewichen. Er griff nach der Tabakdose auf dem Nachttisch. Sie schaute aus dem Fenster, zur Porta Garibaldi, von der sie mittlerweile jedes kleinste Detail kannte. Luigis Hände bewegten sich nervös, die Schritte auf dem Parkettboden wurden schwer und hallten in der Stille des Zimmers wider. »Schau dir deine Eltern an: Sie sind fast sechzig und sind vom Corso Vercelli in die Via Sacchini umgezogen. Es war nicht leicht, aber sie haben es geschafft. Wir haben ihnen geholfen, wir haben sie nicht allein gelassen. Du bist nicht allein: Ich bin hier bei dir«, argumentierte er beharrlich weiter und versuchte, einen ruhigen Tonfall beizubehalten.

Olga hatte nicht geantwortet: Ihr Blick war starr nach draußen gerichtet, während sie langsam ihre Ringe von den Fingern nahm. Schweigen. Sie atmeten geräuschvoll, und Luigi konnte nicht widerstehen, die Tabakdose zu öffnen und sich eine Pfeife zu stopfen. Er zündete sie an, und nachdem er ein wenig daran geschnuppert hatte, brach er, um Gelassenheit bemüht, das Schweigen: »Ich möchte nur, dass du verstehst, wie wichtig es mir ist, euch in meiner Nähe zu haben, vor allem jetzt, wo wir bald noch ein Kind kriegen.« Er streckte seine Hand aus, um über ihren Bauch zu streicheln. »Ich möchte leichter an eurem Alltag teilhaben. Wenn ihr dort leben würdet, könnte ich auf einen Kaffee, zum Mittagessen und zum Nachmittagsimbiss nach Hause kommen und stünde gleichzeitig meinen Arbeitern schnell zur Verfügung, wenn die mich mal unvorhergesehen brauchen. Ich könnte sowohl in der Fabrik als auch in der Familie präsent sein«, wiederholte er mit einem weiteren Zug an seiner Pfeife.

»Nicht jetzt«, war Olgas unumstößliche Antwort.

»Du denkst überhaupt nicht nach!« Luigi hatte die Ruhe verloren. »Olga, ich erkenne dich gar nicht wieder!« Seine Stimme war voller Wut: »Ich dachte, ich hätte eine intelligente und mutige Frau geheiratet, kein verwöhntes Gör!«

Olgas Augen waren aufgeflammt. »Luigi, ich erkenne dich auch nicht wieder: Glaubst du, praktisch erst Mama und dann

Ehefrau zu werden, war so einfach?« Sie drehte sich zu ihrem Mann um und sah ihm fest in die Augen.

»Olga, das ist nur eine Laune, und du weißt, dass mich solche Sturheiten auf die Palme bringen. Nur dass es normalerweise die unserer Kinder sind und nicht die meiner Frau«, insistierte Luigi.

»Eine Laune?«, schrie Olga gekränkt und zündete sich eine Zigarette an, worauf sie den strengen Blick ihres Mannes erntete, der ihr während der gesamten Schwangerschaft das Rauchen verboten hatte. In herausforderndem Ton fuhr sie fort: »Das hier ist eine Laune – ich habe neun Monate widerstanden. Ein Opfer, das mir nicht schwergefallen ist, weil ich es von Herzen gebracht habe. Jetzt wirst auch du etwas opfern!« Dann öffnete sie die Fenster.

Luigi hatte nicht geantwortet und türenschlagend das Zimmer verlassen. »Opfer dich nicht mehr auf. Ich lege mich da drüben schlafen.«

Die Tür war noch nicht ganz zu, da hatten sich ihre Augen schon mit Tränen gefüllt. Sie hatte die Zigarette aus dem Fenster geworfen und sich hingelegt, ohne dass der Schlaf sie beruhigt hätte.

»Es geht nicht um Quantität, sondern um Qualität«, versucht Olga sich zu überzeugen – langsam glaubt sie selbst nicht mehr daran. Sie beobachtet ihren Vater und ihre Mutter, so heiter und im Einklang, und denkt wieder an die Worte ihres Mannes, »Streng, aber ehrlich«, gibt sie nach einer schlaflos verbrachten Nacht zu. Sie wiederholt die Worte, die sie vor vielen Jahren in ihrem Brief an Luigi geschrieben und nachts tausend Male wiedergelesen hatte: ›In der Liebe gibt es keine Opfer‹, denkt sie. Als sie aufsteht, fragt sie: »Könnt ihr noch etwas bleiben? Ich muss noch etwas erledigen.«

Ihre Eltern schauen verdutzt zu, wie sie aufspringt, ihren Mantel anzieht und das Haus verlässt. Ihre Absätze klackern entschieden die Treppenstufen hinunter.

Mit einer Schachtel in der Hand klopft sie am Büro ihres Mannes. »Du wirst doch nicht etwa die Tram genommen haben? In deinen Umständen?«, empfängt Luigi sie.

»Ich bitte dich, schimpf mich nicht schon wieder aus. Ich komme in Frieden«, antwortet sie und reicht ihm das Päckchen.

Luigi lächelt.

»Hier, das ist für dich. Mach es auf.«

»Woher kommt das denn?«, fragt er neugierig.

»Mach es auf.« Ein süßes Lächeln breitet sich auf ihrem Gesicht aus.

Luigi öffnet die Schleife um den kleinen roten Karton und nimmt den Deckel ab: Im Inneren liegt eine Boero-Praline. Luigi schaut zu Olga hoch, die erklärt: »Wir sind wie dieses Boero: eine perfekte Harmonie aus Kakao, Kirsche und Likör. Du bist die Schokoladenkruste: knackig, sicher und stark; ich bin die Kirsche: geschmackvoll, manchmal säuerlich und mit diesem Kern, der im Mund etwas stört.« Luigi lächelt, während Olga wieder ansetzt: »Doch ohne den Likör wären wir nicht perfekt: Erst der Likör verbindet uns untrennbar miteinander und macht uns zu einem vollkommenen Ganzen. Als ich heute Morgen meine Eltern beobachtet habe, habe ich endlich die Bedeutung des Likörs erkannt«, und sie schließt: »Ich bin bereit, hierher umzuziehen.«

»Wirklich?«, fragt Luigi, fasst seine Frau um die Taille und zieht sie in eine feste Umarmung.

»Aber erst nach dem Sommer«, fügt sie in scherzhaftem Ton hinzu.

»In Ordnung«, lenkt er ein. »Danke.«

Luigi nimmt das Gesicht seiner Frau in seine Hände. »Eines Tages werden unsere Boero-Pralinen ein Zeichen hinterlassen, da bin ich mir sicher«, verspricht er und küsst sie leidenschaftlich.

MAILAND, 3. MAI 1930

Rings um sie streiten die Kinder, ziehen an ihrem Kleid und rufen laut nach ihr, aber ihr Blick ist von der Schönheit des kleinen Vittorio eingenommen: so winzige, aber schon so gut geformte Händchen, die Augenbrauen, Ohren, perfekt gezeichnete Augen und Mund. 3540 Gramm Gesundheit und Glück.

›Er ist wirklich ein Engelchen‹, denkt Emilia, als sie ihn das erste Mal im Arm hält, und erinnert sich an ihre eigene Kindheit in den Dolomiten. Mit so kleinen Babys ist sie nicht vertraut: ›Er ist nicht einmal eine Woche alt.‹ Sie spürt eine so tiefe und unerklärliche Freude, wie sie sonst vielleicht nur Mütter fühlen können. »Die Kinder sind auch ein bisschen meine«, sagt sie oft scherzhaft. Der Scherz birgt in sich aber eine tiefere Wahrheit: Im Hause Zaini hat sie viel mehr als nur eine Arbeit gefunden. Sie hat die Zuneigung und Wärme einer Familie kennengelernt, und die sind so stark, dass sie ihr Heimweh nach den Bergen überwinden kann und sogar die Farben und den Duft der Dolomiten vergisst.

Eine Träne der Rührung fließt an ihrer Nase herab; sie versucht sie zu verbergen und trocknet sich schnell mit dem Ärmel ihrer Bluse ab, wobei sie achtgibt, das Baby nicht zu wecken: Vittorio Emanuele ist am 28. April geboren, eine Woche nach Ostern, was in einer Familie, die Schokoladenostereier herstellt, sehr geschätzt wurde. »So ein braver Junge: Er hat schon verstanden, wer im Haus das Sagen hat!«, sagte Papa Luigi im Freudentaumel und umarmte seine von der langen Schwangerschaft und der schwierigen Geburt mitgenommene Frau.

Auf wundersame Weise schläft der Kleine trotz des Lärms, den seine Geschwister beim Spielen mit dem Meccano-Baukasten machen, einfach weiter. »Du bist wirklich ein Engel«, sagt Emilia und legt ihn vorsichtig in seiner Wiege ab. Sie zieht ihm die dünne Decke über den Bauch und ruft dann die Kinder zusammen: »Was haltet ihr davon, wenn wir Noemis Mittagspause ausnutzen und die Kontrolle über die Küche übernehmen. Wir könnten einen Mürbeteig für eine Crostata oder ein paar Plätzchen machen?«

»Ja! Ja!«, kreischen Rosetta und Luisa im Chor und rennen zum Küchentisch, vorfreudig, gleich ihre Hände in den Teig zu stecken.

»Na, dann mal los, Kinderchen«, sagt Emilia, als sie, gefolgt von den kleinen Bäckerlehrlingen, die Küche betritt.

15

MAILAND, 26. FEBRUAR 1931

Ernestinas Mutter ist über den Herd gebeugt und kämpft, kräftig mit einem Holzlöffel rührend, gegen die Klumpen in der Polenta an, als ihre Töchter durch die Haustür kommen. »Hallo, Kinder«, grüßt sie abgelenkt, als sie die schweren Schritte ihrer Tochter erkennt.

»Buongiorno, Signora Ricci.« Die Stimme ist sanft, und diese Schritte sind leicht. »Ah, Marietta, du bist es! Wie geht es dir, meine Liebe?«, empfängt sie sie und hebt den Blick mit einem breiten Lächeln.

»Gut, danke, und Ihnen?«, antwortet die junge Frau und nähert sich dem Herd, um einen neugierigen Blick in den Topf zu werfen.

»Marietta isst mit uns!«, verkündet Ernestina mit entschlossener Miene. »Und anschließend drehen wir eine Runde im Stadtzentrum«, fügt sie etwas leiser hinzu.

»Wenn das kein Problem ist«, mischt sich Marietta ein, die immer Angst hat zu stören. Mittlerweile ist sie hier so gut wie zu Hause, adoptiert von der großen und lauten Nachbarsfamilie, aber jedes Mal ist die junge Frau verschüchtert.

»Marietta, du weißt doch, dass wir dich immer gerne bei uns haben, das steht außer Frage. Was für sechs reicht, reicht auch für sieben. Nicht, dass es bei uns zu wenig Frauen gäbe, aber so zarte Wesen wie dich haben wir hier nicht im Haus. Deine wohlerzogene Art kann meinen wilden Töchtern nur guttun.« Signora Nicoletta rollt mit den Augen, als sie sieht, wie sich Ernestina unbeholfen ein Paar Schuhe mit schwindelerregendem Absatz anzuziehen versucht.

»Was machst du denn da?«, fragt ihre Schwester. »Du hast doch in deinem ganzen Leben noch keine Absätze getragen!«

»Ich muss das lernen«, erklärt Ernestina. »Die Signora Zaini trägt immer welche, und mit solcher Unbeschwertheit, das will ich auch schaffen. Stimmt's, Mariù?«, fragt sie ihre Freundin.

»Ja, seit ich bei der Zaini arbeite, habe ich sie kein einziges Mal in flachen Schuhen gesehen«, antwortet sie. Ihr Blick folgt Ernestinas schwankenden Schritten, und sie merkt an: »Aber sie ist eine Signora!«

»Wir sind auch Signore«, ergreift die junge Frau wieder das Wort und lässt sich, kurz bevor sie zu fallen droht, auf einem Stuhl nieder. Sie beteuert: »Vielleicht sollte ich mir im La Rinascente ein Paar kaufen.« Ihr Blick wandert zu ihrer älteren Schwester, einer jungen Frau mit drahtiger Statur, üppigem Busen und tiefgrünen Augen, die sich für Mode begeistert und immer zu einer Tour durch die großen Läden bereit ist. Ernestina hofft auf ihre Unterstützung und dass sie ihr vorschlägt, sie noch heute Nachmittag zu begleiten.

Die schaut sie an und lächelt. »Schauen wir mal! Aber kaufen lass ich dich keine. Das ist reine Geldverschwendung«, sagt sie.

»Wann würdest du die denn anziehn?«, mischt sich die Mutter ein, die die Mädchen einlädt, sich an den Tisch zu setzen. »Papa ist noch bei der Arbeit«, erklärt sie, stellt den Topf mitten auf den Tisch und fordert Marietta auf, sich als Erste zu bedienen. Alle verstummen, als sie die Polenta probieren, die zusammen mit dem Käse darin im Mund zergeht. Dann bricht Ernestina die Stille. »Vielleicht könnte ja auch ich mal ein Rendezvous ergattern, oder etwa nicht?«, sagt sie schmunzelnd und herausfordernd.

Die Tischgesellschaft schaut sie fragend an: »Wie bitte?«, fragt ihre Mutter und legt die Gabel auf dem Teller ab.

»Hast du uns etwas zu sagen?«, fällt ihre Schwester ein, die sich, ohne eine Antwort abzuwarten, zu Marietta umdreht und fragt: »Weißt du irgendwas davon?«

Marietta weiß: Seit ein paar Wochen hat Ernestina tatsächlich den Kopf in den Wolken. Und auf den Wolken schwebt Dino. Er arbeitet in der Mahl-Abteilung und hat immer eine Ausrede, beim Tisch der Verpackerinnen vorbeizuschauen. Jedes Mal, wenn er im Raum auftaucht, werden die Wangen der Freundin ganz rot, und ihre Stimme verändert sich, erlischt fast. Marietta hat das sofort bemerkt, und einmal hat sie auf dem Heimweg vage gefragt: »Seit wann arbeitet eigentlich dieser Dino bei der Zaini?«

Ernestina hat versucht, ihre Gefühle zu verbergen, aber schon nach wenigen Schritten hat sie ihr anvertraut, dass sie ihn unheimlich attraktiv findet und sich in ihn verliebt hat: »Aufgepasst, Ernestina«, hat ihre Freundin ihr geraten. »Meine Oma sagte immer: Wart ab und lass den Dingen ihren Lauf.« Mariettas Weisheit hat Ernestina von Anfang an fasziniert – leidenschaftlich und feurig, wie sie selbst ist, weiß sie, dass sie sich auf die Ratschläge ihrer Freundin verlassen kann.

Am Tisch ruhen nun alle Blicke auf ihr, warten darauf, etwas zu erfahren, aber Marietta antwortet ausweichend: »Ich weiß von nichts. Und bei der Zaini arbeiten ja vor allem Tuse.« Die Tischgenossinnen sind allerdings nicht überzeugt.

Marietta schaut zu Ernestina hoch, die mit einem Lächeln dankt: »Eine bessere Freundin hätte ich wirklich nicht finden können!«

Nach dem Essen hilft Marietta beim Abräumen, während Ernestinas Mutter und Schwester auf alle möglichen Arten versuchen, ihr irgendwelche Informationen über den geheimnisvollen jungen Mann zu entlocken. Die junge Frau aber hält stand und gibt nichts preis.

»Ich komme nicht mit zu La Rinascente – nicht, dass ich vor deiner Schwester doch noch aus Versehen was ausplaudere«, sagt sie leise, scherzend, als sie sich an der Tür verabschiedet. »Auf Wiedersehen, Signora Ricci, tausend Dank und bis zum nächsten Mal«, grüßt sie mit einem Augenzwinkern.

Die Mutter lächelt. »Was für eine phantastische Tusa. Wer die mal heiratet, hat Glück«, meint sie, als sie sie den Balkon entlanglaufen sieht. Dann dreht sie sich zu Ernestina um. »Meine verliebte Tusa ist natürlich auch schön«, stellt sie schnell klar. »Bis heute Abend wissen wir den Namen bestimmt«, scherzt sie an ihre ältere Tochter gewandt, die sich zum Ausgehen fertig macht.

Olga hält den Griff des Kinderwagens gut fest, als sie durch die Via Conte Verdi läuft. Der Schokoladenduft, der durch die Gassen des Viertels strömt, führt sie zurück nach Hause. Vittorio schläft friedlich, und sie kann ihr Tempo drosseln. Piero und Rosetta sind in der Schule, Luisa mit Emilia im Park. Sie schaut sich um und seufzt. ›Wie dumm von mir, dass ich mich so lange gesträubt habe‹, gibt sie vor sich selbst zu. ›Einen Polsterer wie Antonio hätte ich im Stadtzentrum nie gefunden.‹ Olga ist mit den letzten Details der Wohnungseinrichtung beschäftigt: Bezüge für die Stühle und Tagesdecken für die Kinder besorgen, Luigis Sessel neu aufpolstern lassen. Dergano war eine Offenbarung, und sie hat sich sofort eingewöhnt, fasziniert von der Höflichkeit der Handwerker und der fröhlichen Atmosphäre im ganzen Viertel.

Sie biegt in die Via Abba ein und huscht durch den Seiteneingang der Fabrik, der direkt nach Hause führt.

Die Wohnung liegt im ersten Stock und blickt auf einer Seite zur engen Gasse hin, auf der anderen zur Fabrik. Sie ist perfekt auf die Bedürfnisse einer Familie zugeschnitten: auf einer Seite die Schlafzimmer der Eltern und der Kinder, drei Bäder und ein großes Spielzimmer, auf der anderen die Zimmer für das Personal, die Küche und das Esszimmer. In der Mitte sind die hellen Wohnräume, die den großen Hof überblicken.

Olga lässt den Kinderwagen im Hauseingang stehen und steigt mit dem langsam wach werdenden Vittorio auf dem Arm die Treppen hoch. Noemi öffnet ihr die Tür, und Emilia eilt in den Vorraum. »Signora Olga, hier sind wir. Wir sind auch gerade erst aus dem Park zurückgekommen«, erklärt sie und bezieht sich dabei auf Luisa, die ihr hinterherrennt.

Im selben Moment trifft auch Luigi ein: »Hier bin ich. Ich habe euch hochgehen sehen!« Seine Stimme klingt fröhlich. Seit die Familie umgezogen ist, haben sie jedes Mittagessen zusammen verbracht.

»Weißt du, was ich hier ganz in der Nähe entdeckt habe?«, erzählt Olga, während sie sich einen Teller Pasta auftut. »In der Via Imbonati 17 gibt es einen sehr gut ausgestatteten Laden mit Saatgut. Ich würde unser Zipfelchen Erde gerne etwas einladender gestalten. Was hältst du davon?« Luigi lächelt, während Olga weiterberichtet: »Der Besitzer ist ein sympathischer junger Mann, um die dreißig, der mir sein ganzes Leben erzählt hat. Stell dir vor, er hat sogar D'Annunzio kennengelernt.« Olga schaut auf. »Er ist nach Fiume aufgebrochen, aber nicht um zu kämpfen, sondern nur um den großen Dichter kennenzulernen. Du wirst es nicht glauben, aber am Ende ist es ihm tatsächlich gelungen, dessen Junge für alles zu werden.«

Luigi hört amüsiert zu und fragt: »Und wie ging es aus?«

»Am Ende kam sein Vater: Der hat ihn an den Ohren wieder nach Hause geschleift!«, beendet sie lachend die Erzählung.

Olga so fröhlich zu sehen, macht Luigi sehr glücklich. Sie ist heiter. Innerhalb weniger Wochen hat sie sich in Dergano eingelebt, obwohl sie jederzeit ins Auto steigen und in die Innenstadt hätte fahren können. Luigi hatte nämlich vorausschauend einen Chauffeur angestellt, Ambrogio, einen lustigen und kühnen jungen Mann, immer bereit, seine Uniform anzuziehen und Olga und die Kinder durch die Stadt zu kutschieren. Vorher Mechaniker bei der Isotta Fraschini, war er plötzlich arbeitslos geworden. Als Luigi das von Clelia erfuhr, die mit seiner Frau gesprochen hatte, einer Tusa in der Verpackungsabteilung, hatte er ihn sofort für ein Vorstellungsgespräch angerufen, ihn innerhalb weniger Stunden eingestellt und ihm den alten Bianchi S 4 anvertraut.

Die Kinder himmelten ihn an: Ambrogio hatte immer ein Bonbon in der Tasche, das er ihnen mit einem Augenzwinkern zusteckte, und liebte es, aufs Gas zu treten – sehr zur Freude der Kinder und zum Schrecken von Olga oder Emilia, die vorne auf dem Beifahrersitz saßen. »Ambrogio, ich bitte Sie«, tadelte ihn Olga gutmütig, während Piero und Rosetta auf dem Rücksitz lachten wie verrückt und riefen: »Schneller, schneller!«

»Darf ich dir Ambrogio heute Nachmittag abspenstig machen?«, fragt Luigi scherzhaft, als er nach dem Essen seinen Espresso trinkt.

Olga lächelt: »Sicher.«

»Danke. Ich muss zu einer Verabredung in die Innenstadt«, sagt er, verabschiedet sich mit einem Kuss von seiner Frau und verlässt schnell die Wohnung.

Die Gebäude sind imposant und die Mauern undurchdringlich; massive, dunkle Monolithen ragen über einem reglosen, erstickten Platz auf; die menschlichen Gestalten haben keine Gesichter und sehen aus wie Statuen. Der Oberkörper des Mannes im Vordergrund ist nackt, und sein Blick verliert sich im Nichts, während ein anderer sich abgekämpft an einer Wand abstützt.

Es bleibt keine Luft zum Atmen. ›Wie beklemmend‹, denkt Luigi, als er ein Gemälde von Mario Sironi betrachtet, einem momentan sehr angesagten Maler, dem die Galleria Milano eine Einzelausstellung widmet. Luigi ist durch Zufall dort gelandet: Nach dem Termin im Café Cova ist er die Via Manzoni entlangspaziert und hat hinter dem Grand Hotel et de Milan die Menge vor den Schaufenstern der Galerie gesehen. Also ist er neugierig hineingegangen, um sich umzusehen.

Composizione o I costruttori – Luigi liest den Werktitel und geht näher heran, um den Mann im Hintergrund zu betrachten, der sich mit all seinem Gewicht an die Wand lehnt und einen Arm zum Kopf führt. Die Müdigkeit ist greifbar.

Luigi geht von Gemälde zu Gemälde: alles unwirtliche, mit Einsamkeit durchtränkte urbane Landschaften. ›Dramatisch real‹, denkt er. Irgendetwas zieht ihn an: Er sieht in diesen von der Gegenwart erschlagenen Konstrukteuren sich selbst; er sieht seine Stadt, immer bevölkerter, großartiger und einsamer.

Die letzte Volkszählung hat ergeben, dass Mailand jetzt über eine Million Einwohner hat, überall sind Baustellen, und allerorts wurden innerhalb weniger Monate neue Großprojekte eingeweiht: der Strand in der Sportanlage Lido di Milano, der künstliche Wasserlandeplatz Idroscalo, der Kinosaal des Cinema Odeon und ein Planetarium. Die scheinbare Großartigkeit zerbröckelt vor der Komplexität des Zeitgeschehens.

Die soziale und politische Lage ist angespannt, zugespitzt durch den Börsencrash an der Wall Street 1929, der auf der ganzen Welt eine schwere Wirtschaftskrise ausgelöst hat: Lohnkürzungen, Preisanstiege, Unruhen und Klassenkämpfe. In den Zeitungen liest man jeden Tag von Streiks: in Großbritannien, Spanien, Berlin. In Italien dagegen hat die Faschistische Partei mittlerweile jegliche Form von Auseinandersetzung und Opposition durch eine immer gewalttätigere, repressive Kontrolle geknebelt. Aber die Unruhe bleibt bestehen, wenn auch unterschwellig.

Luigi betrachtet die Stadtlandschaften des Künstlers und denkt an seine Mühe, die Zaini am Laufen zu halten: Die Rohstoffpreise werden immer höher, wie auch die Produktionskosten, aber gleichzeitig kann man die Verkaufspreise für die Verbraucher nicht anheben; die Zölle auf Zucker sind um fast zehn Lire pro Doppelzentner gestiegen, aber es gibt ein Verbot, die Preise zu erhöhen: So kann es sich unmöglich rechnen. Ganz zu schweigen von den Gehältern seiner Angestellten: Jeden Tag erhält Luigi eine Beschwerde, und sosehr er sich auch anstrengt, alle zufriedenzustellen, die Schulden nehmen zu.

›Ich fürchte, dass ich früher oder später gezwungen sein werde, die Zaini zuzumachen‹, sagt er beim Rausgehen zu sich selbst, so bedrückt fühlt er sich von den Bildern an den Wänden ringsum.

Draußen holt er tief Luft und setzt seinen Weg fort. Dabei denkt er an das Schokoladengesetz, über das die Regierung gerade debattiert: Es soll die Herstellung und den Verkauf von Kakao, Konfekt und Bonbons regulieren. ›Ob die auch wissen, was sie tun?‹, fragt sich Luigi, beschleunigt seinen Schritt und zieht die Pfeife aus seiner Manteltasche.

16

MAILAND, 4. APRIL 1931

Draußen vor den Fenstern prasselt laut der Regen. Es ist das erste Unwetter der Saison, das sich schnell in einen gewaltigen Hagelschauer verwandelt.

»Seit heute hat die Schokolade eine Definition.« Luigi hält inne und nimmt ein großes Blatt Papier in die Hand. »Schokolade nennt man«, wiederholt er und setzt zum Lesen die Brille auf, »*ein Produkt, das ausschließlich aus Kakao und Zucker besteht, mit oder ohne Zusatz von Kakaobutter oder Aromen*. Alles andere ist Schokoladenersatz.« Sein Tonfall ist erhaben. Rund um den Tisch in seinem Büro sitzen seine engsten Mitarbeiter und hören konzentriert den Worten ihres Chefs zu: »Seit heute werden Herstellung und Verkauf von Kakao und Schokolade durch ein Gesetz geregelt, das der Senat und die Abgeordnetenkammer gestern verabschiedet haben und das in wenigen Monaten in Kraft tritt.«

Luigi legt das Papier auf den Tisch und fährt mit seiner Ansprache fort, wobei er versucht, sich so klar wie möglich auszudrücken: »Dieses Gesetz legt Mengen und Prozentsätze auf den Punkt genau fest: Die Zuckermenge – und, aufgepasst, unter Zucker wird nur Saccharose verstanden – darf 65 Prozent nicht überschreiten, während der Fettanteil nicht unter 16 Prozent liegen darf. Die Verwendung anderer Zuckerarten als Saccharose wird geduldet, aber nur ein kleiner Anteil, der 5 Prozent nicht überschreiten darf: Sonst wird es als Schokoladenersatz definiert.« Die Blicke rund um den Tisch begegnen sich ratlos, nur

Ines nickt, die, gründlich, wie sie ist, den Text schon mehrmals durchgelesen hat.

»Dürfen wir dann gar keine Haselnüsse, Walnüsse oder Milch mehr verwenden?«, fragt Pietro besorgt.

»Sei unbesorgt, Pietro«, antwortet Zaini, »man darf sie noch verwenden, allerdings unter einer Bedingung: Es müssen einfach alle Zutaten auf dem Etikett aufgelistet sein. Ich gebe euch ein Beispiel: Wenn ich Haselnussschokolade herstellen will, muss auf dem beiliegenden Etikett spezifiziert sein, dass es Haselnussschokolade ist und wie viel Prozent Haselnüsse sie enthält. Und wenn ich Milchschokolade produzieren will? Kein Problem, aber es muss Vollmilch sein! Wenn ich stattdessen Magermilch verwende, muss ich das klar und deutlich ausweisen. Alles klar?«, fragt er und greift nach einem Stift.

»Sollen wir uns über dieses Gesetz etwa freuen?«, fragt Clelia, pragmatisch wie immer. »Das wird jede Menge Schreibkram mit sich bringen!« Das denken alle, aber niemand hatte den Mut, es auszusprechen.

»Dieses Gesetz ist ein wichtiger Meilenstein für die italienische Süßwarenindustrie, weil es besseren Schutz und bessere Kontrolle garantiert.« Er hält kurz inne. »Es ist auch ein Ausgangspunkt: Ab jetzt dürfen wir uns keine Fehler erlauben. Wir müssen als Erste noch strenger, genauer und aufmerksamer sein.«

»Was Signor Zaini sagen will, ist, dass ab jetzt«, mischt Ines sich ein, die sich berufen fühlt, die Worte ihres Chefs zu erklären, »nichts ohne Etikett die Fabrik verlassen darf. Und auf dem Etikett müssen der Name der Firma, der Herstellungsort und die Inhaltsstoffe verzeichnet sein.« Ines versucht es herunterzubrechen und die Kollegen zu beruhigen.

Annalisa und Adalgisa tauschen einen besorgten Blick aus. »Muss wirklich alles ein Etikett haben? Auch die einzelnen Pralinen?«, fragt Annalisa.

»Also«, antwortet wieder Ines, »unter zwanzig Gramm ist es nicht verpflichtend, aber wenn man unverpackte Tafeln auf den Markt bringt, müssen die Informationen direkt in den Schokoladenblock geritzt werden. Das wird ein Spaß!« Sie lächelt Adalgisa zu, als sie an ihre Experimente im Labor denkt.

Rund um den Tisch wird angeregt gesprochen, Prozentsätze und Gewichte werden kalkuliert, Kosten bewertet.

»Es könnte Polizeikontrollen geben, also müssen wir von jetzt an noch achtsamer sein«, sagt Signor Zaini abschließend und stopft seine Pfeife.

»Dottor Zaini«, ergreift Pietro das Wort. »Wissen Sie, was ich denke?«, sagt er und wendet sich dabei an alle Anwesenden: »Wir haben immer alles ordentlich gemacht. Das ganze Verfahren scheint mir zusätzlicher Aufwand. Als hätten wir sonst nichts zu tun!«

Die Tuse rund um den Tisch nicken, während Luigi erwidert: »Das war auch mein erster Gedanke, Pietro, aber denk doch mal an die Wirkung, die so ein Gesetz auf die gesamte italienische Süßwarenindustrie haben kann. Wir sollten uns in jeglicher Hinsicht geschützt fühlen: Dass wir nicht schummeln, wissen wir. Aber wissen wir es bei den anderen?«, fragt er und mustert seine Gesprächspartner. »Wir wissen, dass wir uns an die Auflagen halten und ausgezeichnete Produkte verkaufen, aber viele, vielleicht zu viele, halten sich nicht an die goldenen Regeln, die allen Verbrauchern Sicherheit garantieren. Es stimmt, dass wir – wieder einmal – vor neuen Herausforderungen stehen und weiteren Kontrollen ausgesetzt sind, und vielleicht haben wir ein paar schlaflose Nächte, aber am Ende werden wir zum wiederholten Male die Bestätigung bekommen, dass unser Produkt perfekt ist.«

Luigis Stimme ist überzeugend. Pietro nickt, Adalgisa ist bereit, sich an die Arbeit zu machen, während Clelia auf der Suche nach Ersatzlebensmitteln die Pralinen der Konkurrenz probieren wird! Die Mitarbeiter stehen auf und gehen zurück auf ihre Posten.

Luigi schaut zu, wie sie sein Büro verlassen, und kehrt an seinen Schreibtisch zurück. ›Hoffen wir, dass es wirklich so ist‹, denkt er und offenbart seine eigene Sorge.

»Wer ein Bonbon haben will, bleibe immer brav und still, wer stattdessen einen Mucks sagt, der wird von der Schule gejagt«, mit diesem teils scherzhaften, teils drohenden Spruch gelingt es Signora Decentis, in der Klasse Ruhe und Ordnung zu bewahren. Disziplin ist die Losung, auch in ihrer zweiten Klasse der Grundschule an der Piazza Maciachini. Das Bild des Duce an der Wand hält dazu an, sich jeden Morgen an den Eid zu erinnern, den sie zum Antritt dieser Stelle geleistet hat, und sie spornt auch die Kinder an: »Wie ihr arbeite auch ich pausenlos und ohne Rast. Also lernt schön!«

Lernen war ein Befehl, genauso zwingend wie der römische Gruß, das Gebet und das Singen der Hymne, mit dem sie die Schultage begannen. Pflicht war auch, den weißen Kittel zu tragen, mit großer rosafarbener Schleife um den Hals, sowie Hefte und Textbücher in tadellosem Zustand zu halten.

Von ihren kleinen Bänken aus schreiben die Mädchen ab, was die Lehrerin an die Tafel schreibt: *Ruf uns, Duce.* »Kinder, achtet auf die Ränder und auf die Großschreibung«, sagt die Lehrerin, die durch die Bänke läuft. In der Hand hat sie einen Stab, mit dem sie auf Fehler zeigt. »Maria, pass auf, wann nach dem c ein h kommt, wann nicht. So, wie du es geschrieben hast, spricht man es Duke aus. Korrigier das sofort.« Das Mädchen tunkt die Feder in die Tinte, während die Lehrerin weiterläuft. »Was antworten wir dem Duce?«, fragt sie feierlich.

Ohne nachzudenken, antworten die Mädchen im Chor: »Viva il Duce.«

Rosetta hat fertig abgeschrieben, blickt zur Landkarte Italiens an der Wand und freut sich, die Details des Stiefels zu erkennen: den Absatz, die Spitze und den langen Schaft. Sie versucht, Rom auf der Karte zu lesen. Sie weiß, dass es in der Mitte des Bildes ist, groß und wichtig. Rhea Silvia und die Wölfin, deren Geschichte die Lehrerin schon oft erzählt hat, haben da gelebt: ›Ob Mama und Papa irgendwann mal mit mir und meinen Geschwistern hinfahren?‹, fragt sie sich, als sie die Buchstaben der Stadt erkannt hat. Ein Stab holt sie zurück in die Realität: »Rosetta Zaini! Darf man erfahren, wo du mit deinen Gedanken bist?«

Beim Gebrüll der Lehrerin fährt Rosetta auf und unterdrückt mit Mühe und einem geflüsterten »Entschuldigung, Frau Lehrerin« einen Schmerzensschrei und ihre Tränen. Einige Mitschülerinnen werfen ihr vorwurfsvolle Blicke zu. Das Mädchen neben ihr zwinkert ihr zu, die einzige Andeutung von Beistand, die bei solchen Gelegenheiten zulässig ist, um nicht sofort genauso behandelt zu werden. Es ist Ginetta, ihre beste Freundin.

Das Mädchen hatte sie an ihrem ersten Schultag als Einzige angesprochen und ihr damit ein wenig von dem Kummer genommen, ihre Freundinnen aus der Schule an der Porta Nuova zurückgelassen zu haben. Sie waren erst vor wenigen Tagen in die neue Wohnung umgezogen, und ihre Mutter hatte sie bis zum Schultor begleitet: »Hab einen schönen Tag, Rosetta. Du fühlst dich hier bestimmt wohl, wirst sehen.« Sie hatte sie mit einer festen Umarmung verabschiedet und ihr das Körbchen mit dem Pausenbrot in die Hand gedrückt. Schüchtern hatte Rosetta mit gesenktem Kopf das Klassenzimmer betreten. Die Lehrerin deutete keinerlei Willkommensgruß an, weil sie schon mit dem Klassenbuch beschäftigt war, bevor das Gebet aufgesagt und die Hymne gesungen wurde. Rosetta stand mit ihrem Schulranzen auf dem Rücken da und wartete auf Anweisungen. »Hey, setz dich hier zu mir. Hier ist noch Platz«, rief sie ein Mädchen mit zwei lustigen Zöpfchen. »Ich heiße Ginetta«, stellte sie sich vor. »Rosetta«, antwortete sie und fand sie sofort sympathisch. Seit damals waren sie Freundinnen. Als Rosetta einige Tage später erfuhr, dass ihre Banknachbarin die Tochter von Ambrogio war, wurden sie unzertrennlich, sowohl in der Schule als auch im Hof der Fabrik, wo sie sich nachmittags zum Spielen trafen.

Auf der anderen Seite der Schule sitzt Piero. Das Klassenzimmer ist genauso schlicht und streng wie das seiner Schwester, mit den Porträts des Duce und des Königs an der Wand, aber an den Schulbänken sitzen nur Jungs. Sie tragen einen schwarzen Kittel mit weißem Kragen. Sie sind die *Balilla*, so hat das Regime die Kinder zwischen acht und vierzehn genannt, die gesund, stark, treu und entschlossen erzogen werden sollen. Seit einiger Zeit ist Sport Pflichtfach für alle ab der dritten Klasse: »*Giovinezza, giovinezza, Primavera di bellezza, Della vita nell'asprezza, Il tuo canto squilla e va*, Jugend, Jugend, Frühling der Schönheit, vom Leben in Härte kündet dein weithin schallender Gesang!«, singen sie im Marschschritt zum Schulhof, wo sie Rennen und Staffellauf erwarten.

Piero geht sehr viel lieber runter zum Sportunterricht, obwohl der Lehrer sie ununterbrochen rennen lässt und ihnen keine Ruhepausen gönnt. Das ist besser, als in der Bank zu sitzen, zu lesen und das jetzt für alle einheitliche faschistische Schulbuch auswendig zu lernen. Er schafft es einfach nicht, sich an irgendein geschichtliches Datum des Römischen Reichs zu erinnern, abgesehen von Jesu Geburt. »Wann wurde Julius Cäsar ermordet?«, fragt ihn der Lehrer hartnäckig. »Wann überquerte Hannibal mit seinen Elefanten die Alpen?« Oder: »Wann entstand das Reich?« Nichts: Er bringt Jahrhunderte und Daten durcheinander, vor und nach Christus, da ist nichts zu machen. Piero gibt irgendeine Antwort, irrt sich, spielt es mit einem lustigen Spruch herunter, lächelt und wird dann wieder ernst, in Erwartung des zigsten Verweises.

Zu Hause verzweifelt Olga, in der Schule wird der Lehrer nervös, immer kurz davor, ihn schonungslos zu bestrafen, aber vor den unschuldigen, lächelnden Augen des Jungen hält er sich zurück und bemüht sich, dass die Mitschüler das nicht zu sehr merken, weil sie ihn sonst der Bevorzugung beschuldigen könnten. Dieselben Augen haben aber auch sie schon erobert: Gleich am ersten Tag hat er sich Freunde gemacht, dank des schweren Beutels mit Pralinen, mit dem er in die Klasse kam. »Für jeden eine«, hatte er beschlossen und die Hand in die Körbe im Lager gesteckt, ohne jemanden um Erlaubnis zu bitten.

Als sein Vater das bemerkte, war er wütend geworden. »Willst du dir die Zuneigung deiner Klassenkameraden etwa erkaufen?«, hatte er ihn vorwurfsvoll gefragt, dann aber sofort seine Meinung geändert, weil er die spontane Geste seines Sohns doch verstand. Er klopfte ihm auf die Schulter: »Bravo, unser Piero, wenn du groß bist, vertrauen wir dir die Handelsbeziehungen an!«

Die Idee mit den Pralinen war tatsächlich erfolgreich: Piero hat die Zuneigung seiner Mitschüler erobert, die nun nicht widerstehen können, ihm zu soufflieren, wenn er im Unterricht in Schwierigkeiten ist.

Sicher hat die Tatsache, dass in der Klasse auch Kinder von Arbeitern der Zaini sind, das Einfinden nicht gerade einfacher gemacht, weil er als Sohn des Chefs abgestempelt wurde. Aber dank seines sonnigen, fröhlichen und gutmütigen Wesens ist es Piero gelungen, Freundschaften zu knüpfen und sich spaßige Momente aus einem von Regeln, Hymnen, Verweisen, Gebeten und Abfragen bestimmten Tag herauszuschlagen.

Der Mathelehrer diktiert für zu Hause eine Sachaufgabe: »Um

die Rede des Duce anzuhören, hat einer 30 Kilometer mit dem Fahrrad zurückgelegt. Wie lange hat er dafür gebraucht, wenn er mit einer Geschwindigkeit von 15 Kilometern pro Stunde gefahren ist?« Die Schulglocke läutet. »Das müsst ihr bis morgen lösen. Auf Wiedersehen.« Die Kinder sammeln ihre Hefte zusammen und machen sich fertig. Sie stehen auf, grüßen mit erhobenem rechtem Arm und verlassen den Klassenraum.

Vor dem Schultor steht Ambrogio, der ein Grüppchen Kinder zusammenruft: »Buongiorno, Piero, guten Tag, meine Fräuleins«, grüßt er und versucht, seiner Ginetta ein Küsschen abzuringen. »Emilia ist etwas dazwischengekommen. Ich bringe euch nach Hause!«, verkündet er, öffnet die Wagentür und schlägt den Weg zu ihrer Wohnung ein.

Im Hof vor den Lagern der Zaini ist was los. Ein Getümmel aus Arbeitern und Tuse lacht, fuchtelt mit den Armen und kreischt vergnügt. »Meiner Meinung nach macht man das so«, sagt einer. »Ach Quatsch, bestimmt nicht«, mischt sich ein anderer ein, der das seltsame Ding mustert. »Es kommt aus Amerika«, erklärt Ernestina, die immer über alle Neuigkeiten informiert ist, weil sie in ihrer Freizeit viel in der Stadt unterwegs ist.

»Aus Amerika?«, fragen Livia und Aurelia gleichzeitig.

»So sagt man«, deutet ein anderer an.

Für Ablenkung und so großes Interesse sorgt ein Spielzeug: zwei miteinander verbundene runde Stücke Holz, um deren Mitte ein langer Faden gewickelt ist. Mit einer behänden und schnellen Bewegung geht das Holz auf und ab, und der Faden wird länger oder kürzer. Es ist ein Jojo, ganz frisch in den italienischen Kaufhäusern eingetroffen.

»Ich erkläre es euch, ich war ja bei der Lektion dabei«, mischt sich Emilia lachend ein. Das Kindermädchen nämlich, das im Park von dem geheimnisvollen Spielzeug gehört hatte, war ins

Kaufhaus La Rinascente gefahren, um es für ihre Kinder zu besorgen. Dort war sie auf einen Herrn gestoßen, der extra aus Amerika angereist war, um die Tricks zu erklären, wie man den Faden unendlich in Bewegung hält.

»So hat er das gemacht«, erklärt sie und wickelt den Faden um das Holz. Als sie mit dem Vorbereiten fertig ist, steckt sie einen Finger durch die Schlaufe in der Schnur und schaut sich um, damit alle aufpassen. »Fertig, los!«, ruft sie. Das Stück Holz setzt sich in Bewegung und geht dann harmonisch auf und ab, während die Hand sich um einen konstanten Rhythmus bemüht. Emilia ist zu konzentriert, um die faszinierten Blicke der Menge zu sehen. »Zehn, elf, zwölf«, zählt sie laut. »Dreizehn, vierzehn«, zählt Livia begeistert weiter. Die Schnur wird schlaffer, das Jojo verliert an Spannung und kommt nicht mehr bis zurück zur Hand.

Alle applaudieren, und Emilia macht amüsiert eine Verbeugung, dreht sich um sich selbst und gibt Livia das Spielzeug. »Willst du es mal ausprobieren?«, fragt sie sie.

»Ich glaube, das kann ich nicht«, antwortet die, als sie den seltsamen Mechanismus betrachtet, und reicht es ihrer Nachbarin.

Niemand kriegt es hin, aber alle sind fasziniert und geben es einander zum Ausprobieren weiter.

»Da kommen die Kinder«, sagt Emilia und versucht, sich das Jojo zurückzuholen. »Die schaffen das bestimmt mit links. Piero, Rosetta, kommt mal her.« Sie ruft sie zusammen. »Ginetta, du auch«, fügt sie hinzu, als sie das Mädchen hinter den Geschwistern auftauchen sieht. »Hier, ein Geschenk für euch«, sagt sie und gibt ihnen das Spielzeug. »Und dazu die schwierige Aufgabe, es zu benutzen, möglichst ohne euch damit zu bewerfen.«

»Das ist ja ein Jojo!«, ruft Piero und hüpft ihr vor Freude in den Arm. »Danke!« Auch Rosetta drückt einen Schmatzer auf die Wange des Kindermädchens, worauf Ginetta es ihr nachtut. Piero studiert das Spielzeug sorgfältig und versucht, seine Schwester fernzuhalten, die es am liebsten sofort ausprobieren würde.

Kurz darauf kommt Olga an, die bei so viel Lärm ausruft: »Was ist denn hier los? Gibt es was zu feiern?« Ihr Tonfall soll nicht streng sein, aber die Arbeiter verstummen sofort und entschuldigen sich. »Emilia hat ein Jojo gekauft«, erklärt Rosetta und läuft ihr entgegen.

»Ein was?«, fragt sie, an das Kindermädchen gewandt, von dem sie eine Erklärung erhofft. »Ein dummes Spiel, das uns ganz narrisch macht«, antwortet Emilia und zeigt ihr das Ding. Olga mustert es verständnislos, als Piero es ihr aus der Hand reißt. »Schau mal, Mami, vielleicht habe ich es schon gelernt«, sagt er juchzend, während sein Arm hoch- und runtergeht, in perfektem Einklang mit dem Jojo, das auf- und absteigt.

»Bravissimo«, gratulieren die Tuse, Gesellen und Arbeiter, die langsam wieder auf ihre Posten zurückgehen.

»Was für ein wunderliches Ding«, meint Olga an Emilia gewandt. »Woher kommt das?«

»Ich habe es letzten Sonntag im La Rinascente gesehen und konnte nicht widerstehen«, antwortet sie lächelnd und geht zum Haus.

Olga bleibt noch im Hof und schaut den Kindern zu: Die Schnur hat sich im Knopf von Rosettas Rock verfangen, und Piero hilft ihr, sich zu befreien, reißt allerdings so hektisch an ihr, dass sie sich noch mehr verheddert. »Wie hast du das denn angestellt?«, fragt Piero lachend, während Ginetta zu helfen versucht, indem sie ihr den Rock um die Taille dreht. Die Knoten ziehen sich noch fester zu, und das Jojo bleibt in den Stoff verstrickt, zwischen Knopfloch und Knopf.

›Was für Tollpatsche! Sie wachsen zwar schnell, aber noch sind es Kinder‹, denkt Olga und geht zu ihnen, um alles zu entwirren.

17

MAILAND, OKTOBER 1932

Emilia und die Kinder sind eben erst nach Hause gekommen. Nach einem Nachmittag im Park, wo sie mit Freunden gespielt haben, sind sie ganz erschlagen. Am müdesten von allen ist, ehrlich gesagt, sie selbst, das Kindermädchen, ist sie doch den ganzen Nachmittag den Kindern hinterhergerannt, hat Schaukeln angeschubst, Hüpfkästchen gespielt und überprüft, wie stabil die Zweige der jahrhundertealten Bäume sind, auf denen die Größeren eine Piratenfestung gebaut haben.

»Kinder, macht euch bitte fertig fürs Baden«, fordert sie sie auf, während sie Handschuhe und Mantel auszieht und in die Küche geht. Sie weiß, dass sie zu spät ist: »Entschuldige, Noemi, die Kinder hatten so viel Spaß, und das wollten wir ausnutzen. Bald werden die Tage wieder so kurz, und wir werden viel öfter drinnen bleiben …«

Noemi ist abgelenkt. Sie sitzt am großen Arbeitstisch mitten in der Küche, in der Linken hat sie einen Kartoffelschäler, mit der Rechten blättert sie in einem Buch. *»Das richtige Maß, Gleichgewicht und Harmonie auch in der Küche«*, sie redet lauter, als sie Emilia in der Tür sieht. »Hör zu, Emilia: *Man kann nur erschaudern, liest man die unendliche Reihe von Gerichten, die Bankette vergangener Zeiten ausmachten: Man fragt sich, ob der Magen unserer Vorfahren so aufgebaut war wie der unsere, wenn er solch übertriebene Mengen an Essen aufnehmen konnte, ja, sie gar einforderte, um satt zu werden.*« Und dann: *»Die Schönheit von heute ist* *eine dünne, schlanke Schönheit der Linie: keine Pastagerichte, meine Damen und Fräuleins, wenig Süßes, trinkt nicht während des Essens und haltet euch bloß fern von Bier und Banane.* Heilige Worte«, schließt die Köchin und wiederholt es noch mal, als sie das Buch zuklappt. Es heißt *Quattrova Illustrato*, ein Kochbuch, das erst vor einigen Monaten erschienen ist und schon zum Bezugspunkt aller Köchinnen der Stadt geworden ist: Es gibt keinen respektablen modernen Haushalt, der es nicht gekauft hätte. Wer sich hinter *E. V. Quattrova*, der unter den Rubriken der Zeitschrift *Domus* berühmt gewordenen Unterschrift, verbirgt, weiß man nicht, auch wenn im Haus gemunkelt wird, es handele sich um eine Bekannte von Signora Olga. Für die Köchin im Hause Zaini ist es zum Evangelium geworden.

»Mamma mia, Noemi, mit diesem Quattrova machst du uns noch verrückt: Bis Weihnachten sind wir nur noch dürre Stöckchen. Sag mir lieber, was du zum Abendessen gekocht hast.«

»Was soll ich schon gekocht haben? Ich habe mich inspirieren lassen!«, antwortet sie lächelnd und liest dann weiter laut vor: *»Die einzig vernünftige Art, rituell das Essen zu beginnen, ist nach allen Regeln der Logik und der Hygiene eine gute, warme Suppe, deren Konsistenz variieren kann: von der Flüchtigkeit einer aromatischen Brühe bis hin zur Festigkeit der klassischen Minestrone mit Pasta und Bohnen.«*

Als sie das Wort ›Minestrone‹ hört, trübt sich Emilias Gesicht: »Auf, lass mich dein *Quattrova* durchblättern: Sie wird ja wohl auch eine Nachspeise vorschlagen! Schauen wir mal, wozu sie rät.« Sie blättert das Buch durch: Mandeln in Pudding, moussierte Äpfel, gebratene Pfirsiche, Kastanienpudding, Aprikosensoufflé, Pfirsichtorte, Marmelade … aus Kürbis oder Karotten oder Tomaten. »Tomatenmarmelade?« Emilias Gesicht wird immer blasser und melancholischer: »Kann es sein, dass es hier kein einziges Rezept mit Schokolade gibt? Die Herrschaften werden darüber nicht erfreut sein.« Nach aufmerksamer Suche beschränken sich die Möglichkeiten, was sie mit ihren kleinen Bäckerlehrlingen machen kann, auf Schokoküchlein, Schokoladeneis und Pralinen. »Dann probiere ich die Küchlein«, beschließt sie, »einfach um der geheimnisvollen ›Köchin‹ eine Chance zu geben, die dir den Kopf verdreht, meine liebe Noemi.«

Emilia geht zum Wasserhahn, um sich die Hände zu waschen, bevor sie sich ans Werk macht. Sie will gerade eine Schüssel herausholen, als Noemi entschlossen ihre Hand festhält. »Erst zeigst du mir deine Handfläche«, verkündet sie, »das Buch spricht Klartext: Es gibt gefährliche Hände, die sich unbedingt vom Herd fernhalten sollten. Wenn beispielsweise der Jupiterhügel, der unter dem Zeigefinger, Fältchen hat, bedeutet das, dass die Köchin dazu neigt, das Essen anbrennen zu lassen; wenn er stark ausgeprägt ist, muss man auf das Geschirr aufpassen, das sonst leicht zu Bruch geht.« Noemi holt Luft: »Und das ist noch nicht alles: Falten auf dem Mondhügel, dem unter dem kleinen Finger, deuten klar auf die Gefahr hin, *Wasserhähne offen zu lassen und etwas zu verschütten*. Ganz zu schweigen von dieser *unheilvollen Krümmung* hier, die sogar auf Vergiftung hinweist. Du wirst doch keine zu schmale Hand haben, oder?«

Nur mit Mühe hält Emilia das Lachen zurück, aber auch Noemi scheint amüsiert, während sie aus dem Augenwinkel wirklich versucht, die Hand ihrer Freundin auf Zeichen zu überprüfen. Zum Glück hat sie selbst diese Prüfung schon bestanden: *Die Hand der guten Köchin ist kurz, breit, rein rosafarben und fleischig*, verkündet das *Quattrova*. Noemi hat alles, auch diese seltsame herzförmige Falte ungefähr unter dem Daumen, die ein klares Zeichen für einen friedlichen Charakter sein soll.

Während Noemi zu ihrem kerngesunden Menü zurückkehrt, fängt Emilia – ob nun schlechte oder gute Köchin, in jedem Fall naschhaft – an, mit Rührschüssel und Löffel zu hantieren.

Emilia geht still und flink vor. Wenn sie mit Schokolade arbeitet, verliert sie keine Zeit mit Geplauder, sie wirkt wie in Trance, gedankenverloren. Hat das *Quattrova* einen Tomatenkult, so verspürt Emilia dieselbe Freude bei Schokolade, die für sie therapeutische Kraft hat: Es gibt kein Problem, keine Wut oder Anspannung, die sich nicht mit Kakao lösen ließen.

Auch sie ist eindeutig wie geschaffen für das Haus Zaini: Das Schicksal hat sie hierhergebracht, daran besteht kein Zweifel.

Während sie die Schokolade verarbeitet, entspannt sie sich, und ihre Gedanken verlieren sich in Erinnerungen.

Seit sie denken kann, haben Süßigkeiten und Arbeit in ihrem Leben den Takt angegeben: von den Bonbons ihrer Lehrerin Renata, mit denen in der Schule die Prüfungen gefeiert wurden, bis zum Aufbruch nach Mailand, so weit weg von ihren Dolomiten, wo sie diese Mischung aus Angst und Aufregung nur mit einem Schokobrötchen bezwingen konnte, das ihr die Nachbarin gemacht hatte; von den ersten schlaflosen Nächten im Asilo Notturno, einer chaotischen, dreckigen Herberge, die sie mit Bissen in Schoko-Haselnuss- oder Erdnuss-Frucht-Riegel durchstand, von ihren wenigen Ersparnissen gekauft, bis zur ersten Stelle in einer Osteria im Stadtzentrum: Hier lernte sie die Freuden eines sämigen, gelben Risottos, eines Mailänder Schnitzels und einer cremig weichen Mousse au Chocolat kennen.

Während sie die Form einfettet, fliegen die Gedanken zu ihrer ersten Zeit im Dienst. Das Vertrauen entstand langsam und leise: Die anfängliche Förmlichkeit löste sich nach und nach auf, Monat für Monat, ohne dass dabei Respekt oder gegenseitige Wertschätzung abgenommen hätten. Emilia fühlt sich zu Hause.

Als sie die Küchlein in den Ofen schieben will, erscheinen Piero und Rosetta in der Tür, sauber und in ihre Handtücher gewickelt. »Wir sind fertig, Emilia«, verkündet Piero, laut und fröhlich wie immer. Rosetta taucht hinter dem Rücken ihres Buders auf, als würde sie, im Wissen, etwas Verbotenes zu tun, in seinem Körper Schutz und Schirm suchen.

Emilia betrachtet sie und lächelt. »Fertig wofür?«, fragt sie augenzwinkernd. Sie haben einen sechsten Sinn: Sie tauchen immer im richtigen Moment auf, um Löffel und Schneebesen abzulecken und die Experimente des Kindermädchens vorab zu probieren.

Vor den finster dreinblickenden Augen von Noemi, die mit Zucchini und Möhren beschäftigt ist, gibt Emilia ihnen den Rührlöffel. Da tauchen auch die Kleinsten auf: Luisas Augen leuchten auf, Vittorios kleiner Mund öffnet sich wie ein Schlund. »Dafür, dass du gerade erst zwei Jahre alt geworden bist, sieht dein Mund schon aus wie der von einem Löwen«, meint das Kindermädchen lachend. »Dann habt ihr nachher keinen Hunger mehr«, fügt sie hinzu, kann aber der Versuchung nicht widerstehen, mit einem Löffel die letzten Teigreste auszukratzen und ihn den naschhaften Mündern hinzustrecken. »Auf, gehen wir uns schnell anziehen. Gleich geht es zu Tisch«, drängt sie, »und wie vom Rezept vorgeschrieben, holen wir in zehn Minuten die *Quattrova*-Küchlein aus dem Ofen. Dann müssten sie fertig sein. Ich bin wirklich gespannt.« Sie wirft Noemi, die am Herd zu beschäftigt ist, einen Blick zu und eilt aus der Küche, um den Kindern hinterherzurennen.

Da öffnet sich die Wohnungstür: Signor Luigi und Signora Olga kommen nach Hause. Es ist weder das Quietschen der Tür noch der Klang ihrer Stimmen, die ihr Kommen ankündigen – es ist der Duft, der plötzlich das Zimmer erfüllt. Schokolade und Maiglöckchen. Manch einen mag die bloße Vorstellung erschaudern, aber die Kombination ist perfekt: Der leicht säuerliche Geruch von Ersterem verschmilzt auf unerwartet harmonische Art mit der Frische von Letzterem.

Nach dem Duft die Begrüßung: »Guten Abend, Zaini-Truppe«, ruft der Vater mit volltönender, fröhlicher Stimme.

»Buonasera, Emilia. Alles in Ordnung? Waren die Kinder brav?«, fragt Olga, während sie sich Mantel und Hut auszieht.

Sie trägt ein bordeauxfarbenes Seidenkleid mit Puffärmeln, das ihr bis über die Knie reicht. Die Haare sind zu einem hohen, straffen Dutt hochgesteckt; eine Perlenkette lässt ihr leicht geschminktes Gesicht erstrahlen. Der Lippenstift, in dunklem Rot, unterstreicht ihr Lächeln. Emilia ist jedes Mal ganz verzaubert, wenn sie sie sieht: Sie ist definitiv die eleganteste und feinste Frau, die sie je kennengelernt hat.

Emilia geht ihr entgegen und antwortet: »Alles in Ordnung, Signora Zaini. Die Kinder sind fertig fürs Abendessen. Vittorio, Piero, kommt her. Erzählt mal, wo wir heute Nachmittag waren.«

Vittorio eilt herbei, um Hallo zu sagen; hinter ihm Luisa, die ihren Papa umarmt und an seiner Jacke schnuppert.

»Gut, Kinder, erzählt mal von eurem Tag, bis es Essen gibt. Und dann haben heute Abend auch wir etwas Besonderes zu erzählen, nicht wahr, meine liebe Olga?«, sagt Luigi, während er sich im Sessel niederlässt und seine Pfeife für nach dem Essen stopft.

Die Familie ist wieder beisammen. Die Stimmen werden immer spitzer und lebhafter, Emilia wirft ihnen einen letzten Blick zu und geht.

»Heute waren wir beim Automobilhändler«, ergreift Luigi das Wort.

»Was ist ein Automobilhändler?«, fragt Luisa und setzt sich auf seinen Schoß. Bevor der Vater zum Antworten kommt, hört man von Weitem Pieros Stimme. »Wo Autos verkauft werden«, verkündet er und rennt zum Sessel. »Kaufen wir ein neues Auto?«, fragt er neugierig.

»Genau«, mischt sich Olga ein.

»Unser Bianchi S 4 war zwar bisher ein wunderbarer Reisebegleiter, aber da wir jetzt so viele sind, reicht er nicht mehr, und wir haben ein größeres Auto ausgesucht, in das wir alle bequem reinpassen«, ergreift das Familienoberhaupt wieder das Wort und holt eine etwas verknitterte Broschüre aus seiner Jackentasche.

»Das ist es: ein Lancia Artena. Vier Türen, Ledersitze, drei Fenster und volle sechs Scheinwerfer«, erklärt er beim Aufblättern und zeigt das abgebildete Auto.

Vom Sofa kommt ein weibliches Stimmchen. »Welche Farbe hat es?«, fragt Rosetta, die neben Olga sitzt.

»Ich habe Dunkelgrün ausgesucht, gefällt euch das?«, antwortet ihr Vater. Die Kinder nicken und hüpfen vor Freude herum. »Ein neues Auto! Ein neues Auto!«, rufen sie.

»Wann kommt es an?« Das ist Piero, der sich für die praktischen Fragen interessiert und sich schon auf dem Beifahrersitz sieht, bereit, mit Vollgas loszudüsen.

»In ein paar Wochen, spätestens«, antwortet Luigi fröhlich. »Sobald Signor Curti uns anruft, gehen wir unser Kindchen abholen«, fügt er hinzu und zwickt Luisa, die auf seinem Schoß sitzt.

»Wann sagen wir es denn Ambrogio?«, sagt Olga, erfreut über die Begeisterung der Kinder. »Meinst du, er wird ebenfalls Freudensprünge machen?«, sie lacht und schaut ihren Mann an.

»Zu Tisch!«, schallt Noemis Stimme aus der Küche, sodass alle wieder still werden. Olga, Piero und Rosetta stehen auf und gehen ins Esszimmer, während Emilia im Wohnzimmer auftaucht, um Vittorio zu holen und sich um seine Mahlzeit zu kümmern. Signor Zaini gibt Luisa ein Küsschen, bevor er sie hinstellt und sie zu ihrem Platz begleitet.

Ambrogio trällert beim Polieren der Motorhaube vor sich hin: Seit das neue Automobil in der Garage steht, ist er bester Laune, das bezeugen sein ins Gesicht gedrucktes Lächeln und sein ununterbrochenes Singen. Auch seine Haltung hat sich verändert:

Er scheint irgendwie größer, und die Chauffeursmütze wirkt fast wie aufgenäht, so angegossen sitzt sie.

Er gibt sich dem Artena vollkommen hin: Von Sonnenaufgang bis Sonnenuntergang macht er den Motor an und wieder aus, kontrolliert, putzt und bringt alles in Ordnung, sodass seine Frau schon eifersüchtig ist. Wenn sie den Tisch der Verpackerinnen verlässt, um kurz bei ihm vorbeizuschauen, wird sie mit einem hastigen Küsschen abgespeist. »Inzwischen interessierst du dich mehr für eine Kupplung als für meine Gesellschaft!«, beklagt sie sich gekränkt.

Für alle Tuse ist er nun Bruno, benannt nach dem Helden des Films *Gli uomini, che mascalzoni!*, der Ende des Sommers in Venedig gezeigt worden und seitdem in aller Munde und Dauerbrenner in den städtischen Kinos ist. Bruno ist ein junger, kühner Automechaniker, der sich als Chauffeur ausgibt, um die schöne Mariù zu beeindrucken, die Tochter eines Taxifahrers.

Als Soundtrack läuft in der Garage *Parlami d'amore Mariù*, ein Lied aus dem Film.

»Pass auf, Bruno«, scherzen die Arbeiter der Zaini, wenn sie ihn trällern hören, »vielleicht chauffierst du irgendwann deine Tochter mit ihrem Geliebten herum.« Zur Antwort schickt Ambrogio sie mit einer Geste zum Teufel. »Vielleicht würdest du dann dieses blöde Dauergrinsen in deinen Augen verlieren«, stimmt ein anderer mit ein.

»Ich bitte dich, meine Ginetta mag doch nur ihren Papa«, antwortet Ambrogio scherzhaft und tut selbstsicher. ›Das hoffe ich jedenfalls‹, denkt er bei sich und stellt sich vor, er wäre an der Stelle von Mariùs Vater, der in der Schlussszene als Taxifahrer mit anhört, wie Bruno seiner Tochter im Taxi einen Heiratsantrag macht.

MAILAND, 25. OKTOBER 1932

Der Domplatz ist voller Leute: eine halbe Million Menschen – manch einer nennt noch höhere Zahlen – sind herbeigeeilt, um das zehnjährige Jubiläum des Marsches auf Rom zu feiern. Mussolini steht auf einer erhöhten Bühne, die vor der Domfassade aufgebaut wurde; das Bild des Liktorenbündels prangt auf einer großen Fahne. Es sieht aus, als treibe er da oben auf einer schwarz angemalten Menge, hier und da von weißen Taschentüchern getüpfelt, die mit Verve durch die Luft gewedelt werden.

»Schwarzhemden! Mailänder Volk!« Der Duce zieht die Aufmerksamkeit der Menge auf sich, die augenblicklich verstummt. Mussolini beginnt zu sprechen – immer wieder unterbrochen von stürmischem Applaus, lässt er die Geschichte der Partei und ihre Errungenschaften noch einmal Revue passieren. Sein Arm hebt und senkt sich wie bei einem Dirigenten, der seinem Orchester den Takt angibt; der Zeigefinger ist immer nach oben gerichtet; seine Worte hallen wider: »Nach zehn Jahren das gesamte Volk unter dem Regime zu sehen«, er hält inne und redet dann weiter, »nach zehn Jahren einen neuen Umstand in der Menschheitsgeschichte zu sehen: das italienische Volk als Protagonist seiner eigenen Geschichte.« Die Menge bricht die Stille mit Gekreische und Begeisterungsrufen, dann nimmt Mussolini seine Rede wieder auf: »Aber noch schöner werden die Jahre von morgen«, er erhebt die Stimme, »nie haben wir so sehr wie heute gespürt, dass das Schicksal in unseren Händen liegt und dass es das Meisterwerk unseres unbezwingbaren Willens sein wird.« Die Menge antwortet mit Gejohle und Applaus. Die Arme heben sich zum Zeichen des Beifalls. Unter den Begeisterten ist auch Fausto

Zecchi, der sich einen Tag freigenommen hat, um bei der Feier dabei sein zu können. Sein Blick ist elektrisiert, während er ein Schild hochhält, auf dem in riesigen Lettern steht: GLAUBEN, GEHORCHEN, KÄMPFEN. Seit einiger Zeit gibt dieses Motto seinem Leben den Takt vor und macht es weniger banal. Zum ersten Mal fühlt sich Fausto, seit wenigen Monaten einfacher Arbeiter bei der Zaini, als Teil eines ruhmreichen Unterfangens und ist bereit, Energie und Einsamkeit in die Sache der Faschistischen Partei zu investieren.

Wie die Menschen um ihn herum hängt Fausto an Mussolinis Lippen. ›Dieser Mann wird uns groß und mächtig machen‹, denkt er und reckt den rechten Arm nach oben. Seit er in die Faschistische Partei eingetreten ist, fühlt er eine gewisse Befriedigung. ›Bei der Zaini kann ich eine so steile Karriere vergessen: Da bin ich als Arbeiter eingetreten und werde auch als Arbeiter sterben‹, er lächelt und denkt an seine schnelle Karriere in der faschistischen Ortsgruppe von Dergano namens Paolo Grassigli, wo er kürzlich zum Luftschutzbeauftragten befördert wurde. Das ist für ihn inzwischen zu einer zweiten Arbeit geworden. Zu seinen Aufgaben hier gehört auch das Überwachen und Verbreiten des faschistischen Worts. ›Wenn ich die Fabrik verlasse, werde ich im ganzen Viertel gefürchtet und respektiert‹, denkt er. Dann holt er tief Luft und ruft aus vollem Halse: »Viva il Duce!«

»Viva il Duce«, antwortet die Menge.

»Ich verachte Ruhe und Stillstand, bin begierig darauf, mich neu zu erproben, und sehne mich nach neuen Herausforderungen!«, fährt Mussolini mit seiner Rede fort, begleitet von tosendem Applaus. Die Sonne geht unter, und der Abend bricht herein, die Lichter auf der Piazza Duomo erglimmen: tausend Glühbirnen entlang der Galleria Vittorio Emanuele und der Gebäude rings um den Platz. »Was für ein Schauspiel«, kommentiert die

Menge, der der Mund offen stehen bleibt. Der Schriftzug DUX erscheint auf dem Gebäude gegenüber dem Dom.

Zum wiederholten Mal reckt Fausto den rechten Arm nach oben und ist gerührt.

Am nächsten Tag betritt Clelia Signor Zainis Büro, um eine Ausgabe des *Corriere della Sera* auf seinen Schreibtisch zu legen. Die tägliche Lektüre ist ein Ritual, dem sich ihr Arbeitgeber nur selten entzieht, und er mag es gerne, wenn die Zeitung bei seiner Ankunft schon aufgeschlagen daliegt. Clelia prüft, dass keine noch abzuheftenden Papiere auf dem Tisch geblieben sind. Dann fällt ihr Blick auf die Schlagzeile der ersten Seite: *Das zwanzigste Jahrhundert wird das Jahrhundert des Faschismus sein, das Jahrhundert italienischer Macht.* Sie spürt einen Schauer über ihren Rücken laufen. Das ganzseitige Foto zeigt eine unendliche Menge. ›Ist das möglich?‹, fragt sich Clelia, als sie die Überschrift liest, in der von mehr als einer halben Million die Rede ist. ›Wie kann das sein?‹, denkt sie, als sie das Foto von Mussolini betrachtet. ›Ich weiß nicht warum, aber diese Augen machen mir Angst.‹

Clelia, die Stille und Einsamkeit liebt und daran gewöhnt ist, allein zu leben, verstimmt diese Masse.

»Ich ertrage nur meinen Ruggero«, wiederholt sie oft und meint damit ihren heißgeliebten Hund. »Er bellt nur, wenn es nötig ist, wedelt mit dem Schwanz, wenn er mich sieht, und klaut mir meine Schokolade nicht«, fasst sie ihre Beziehung zusammen.

›Und er plaudert meine Geheimnisse nicht aus‹, sagt sie zu sich selbst und denkt daran, wie oft sie sich laut beklagt und kritisiert, was um sie herum passiert. ›Der Duce, der Duce‹, seufzt sie. ›Was soll das denn für ein Römisches Reich sein? Ich sehe in unserer Zukunft nur einen Krieg aufziehen‹, denkt sie zitternd. ›Na los, an die Arbeit, Clelia, Schluss mit dem Geschwätz‹, kommt sie wieder zu sich. Sie öffnet das Fenster, um frische Luft reinzulassen, und geht schnellen Schrittes hinaus.

»Buongiorno, Clelia«, grüßt Signor Luigi, als er sein Büro betritt. Sein Blick ist ernst und finster. ›Heute ist echt kein guter Tag‹, denkt die Sekretärin, als sie aufschaut und den Gruß erwidert.

Die Zeitung bleibt aufgeschlagen auf dem Tisch liegen, ohne dass der Chef auch nur einen flüchtigen Blick darauf werfen würde. Nachdem er etwas auf ein Blatt Papier gekritzelt hat, lässt er Pietro in sein Büro rufen.

Wenige Minuten später klopft der Vorarbeiter an die Tür. »Komm rein, Pietro, setz dich.«

»Es hieß, Sie wollten mich sprechen?«, fragt Pietro.

»Ja, ich habe dich rufen lassen, weil ich eine Information brauche: Haben wir hier in der Zaini einen gewissen Fausto Zecchi?«

Pietro nickt, kommt aber nicht zum Antworten. »Welche Referenzen haben wir von ihm?«

»Er wurde uns von einem Gesellen vorgestellt, der mit ihm im selben Haus wohnt«, antwortet Pietro, der die heikle Situation versteht. »Der Junge kam vor ein paar Monaten. Er macht seine Arbeit sorgfältig, in der Hinsicht kann ich mich nicht beklagen. Sein Charakter hat mich allerdings noch nicht überzeugt, und er hat sich auch mit den Kollegen nicht angefreundet.« Pietro erzählt weiter, und Luigi hört aufmerksam zu: »Mir ist auch aufgefallen, dass er in letzter Zeit streitsüchtiger ist als sonst, und noch schweigsamer, wenn das möglich ist.«

Luigi nickt. »Das ergibt alles Sinn. Ich habe heute Morgen erfahren, dass er bei der Paolo Grassigli von Dergano zum Luftschutzbeauftragten ernannt wurde«, sagt er in sorgenvollem Ton.

»Ich befürchte, der ist ein Fanatiker und es passiert noch was Unangenehmes.«

»Es war mir wichtig, mit dir darüber zu reden, weil es heißt, die Augen offen zu halten: Gestalten wie dieser Zecchi können unangenehm und schädlich sein.« Sein Blick ist besorgt. »Wir müssen in jedem Fall verhindern, dass er irgendetwas tut, das uns Schaden verursacht«, schließt er.

»Ich werde die Augen offen halten«, beruhigt Pietro ihn und steht auf. Luigi bedankt sich, und während er ihm nachsieht, holt er die Tabakschachtel aus seiner Tasche, um seine Pfeife zu stopfen. »Wenn es dich nicht gäbe …«, sagt er seufzend und betrachtet die Maserung des Wurzelholzes.

18

MAILAND, 23. APRIL 1933

Bunte Buchumschläge bei der Kinderbuchmesse und das Singen der Lockvögel bei der Jagdmesse; dumpfes Brummen Tausender Maschinen, die im Pavillon für Bürobedarf in Betrieb sind, und die Projektion des Films *Von der Pappel zum Papier* im Landwirtschaftspavillon; Verpackungsmaschinen für Zigaretten der Manifattura Tabacchi und eine zukunftsweisende, laute mechanische Vorrichtung für die Sicherheit von Eingangstüren im Pavillon für Erfindungen; neue Alfa-Romeo-Modelle bei der Automesse und modernste kinematographische Apparate im Elektrotechnikpavillon – es ist die XIV. Mustermesse: auch dieses Jahr eine bizarre und geschäftige Aneinanderreihung von Pavillons, Villen, Beeten, Kiosken und Brunnen und ein Strom neugieriger Besucher, die sich mit den seltsamsten Produkten beschäftigen. Manche ruhen sich im Schatten eines Baums aus, manche löschen ihren Durst an einem Trinkbrunnen, manche stehen Schlange, um einem Schauspiel im Teatro della Moda beizuwohnen; die Menge auf der Piazza Italia verläuft sich in den Alleen der Nationen, der Wissenschaften, der Künste und der Arbeit.

Es ist ein warmer, sonniger Sonntag, und sehr viele Leute sind auch von außerhalb Mailands gekommen und tragen zu einer fröhlich lärmenden Atmosphäre bei.

Am Ende der Allee der Landwirtschaft, vor der Straßenbahnhaltestelle, tut sich der Lebensmittelpavillon auf, ein Paradies für Feinschmecker und Genießer. Dieses Jahr ist unter den Ausstellern auch die Zaini: Der Firmenname prangt auf dem Schild über dem Stand und wiederholt sich auf den großen roten Blechdosen auf dem Tresen, voller Bonbons, Konfekt und Pralinen. An der Wand sind Tafeln, Päckchen, Stäbchen und kleine Blöcke ordentlich aufgereiht. Die Tuse, die Signor Luigi für diesen Tag freundlich um ein hübsches Dauerlächeln gebeten hat, stehen in einer Reihe hinter dem Tresen, bereit, Pralinen anzubieten und Interessierten und Neugierigen etwas zu erläutern.

Die Luisella mit Ratafia, der Tropfen Liebe mit Johannisbeergeschmack, die Maruska mit Zitronat, die Eva mit Anislikör, die Königliche mit Kirschgeschmack – Adalgisa zeigt einer jungen Mutter mit zwei Kindern die ganze Bonbonserie: »Wir haben alle möglichen Geschmacksrichtungen: Orange, Zitrone, Minze, Ananas, Kaffee, Erdbeere. Ganz zu schweigen von den verdauungsfördernden Bonbons und vom Konfekt«, und ohne einen Kommentar der Signora und ihrer Kinder abzuwarten, streckt sie ihnen eine Handvoll davon hin, wobei sie auch für den Kleinsten etwas aussucht, der noch nicht bis an den Tresen reicht.

Clelia erklärt einem Herrn gerade besonders ausführlich die allgemeinen Geschäftsbedingungen, während Ines eine Vereinbarung mit einem Handelsvertreter trifft. »Sollte es Reklamationen geben, müssen diese innerhalb von fünf Tagen nach Erhalt der Ware erfolgen«, sagt sie mit klarer Stimme und ergänzt: »Wir haften nicht für Brüche, Schäden, Manipulationen oder Verspätungen, für die das Transportunternehmen verantwortlich ist.«

Der Vertreter nickt. »Natürlich, das sind die üblichen Bedingungen«, lässt er sie verstehen, dass er nicht neu in diesem Geschäft ist.

Daneben führen Livia und Aurelia vor, wie so eine Praline verpackt wird, und stellen großes Geschick unter Beweis. »Wie Sie sehen, reichen wenige Bewegungen, aber die müssen schnell sein, sonst schmilzt die Schokolade«, erklären sie, ohne zu ihrem Publikum aufzublicken. »Die hier werden goldene Ähren genannt«, sagt Livia und nimmt buntes Stanniolpapier in die Hand. »Die Farbe des Papiers ist nicht zufällig«, ergänzt Aurelia und reicht einem Herrn eine Praline, der zum Zeichen des Danks seinen Hut lupft.

Gleich darauf kommt ein untergehaktes Paar vorbei. »Kann ich Ihnen unseren Katalog anbieten?«, spricht eine Tusa sie an. Die Frau bleibt stehen und streckt die Hand aus, während ihr Gefährte gleich darin zu blättern beginnt und kommentiert: »Wie viele Produkte! Und was für phantasievolle Namen.« »Kompliment«, erwidert sie, als sie die Namen der Familienpackungen laut vorliest. »Liebster, was hältst du davon, wenn wir eine hübsche Packung Monte-Rosa-Täfelchen für die Kinder mitnehmen?«, schlägt sie vor und schaut zu den Kisten hinter dem Tresen. Als die Sorte ausgewählt ist, macht Livia die Schachtel zurecht, verpackt sie und gibt das Päckchen mit einem zufriedenen Lächeln in seine Hände.

Die Tage sind intensiv. Es gibt keine Minute Pause, und der Sonntag ist zweifellos am herausforderndsten.

Zehn Tage lang entfernt sich Luigi keine Sekunde von der Messe, um zu kontrollieren, dass alles läuft. Zudem ist es für ihn eine gute Gelegenheit, neue Bekanntschaften zu schließen und Kontakte zu knüpfen, die noch nützlich werden könnten, nicht nur im engeren Kreis seines Gewerbes.

Nie hätte er beispielsweise gedacht, dass er Federico Seneca, den großen Werbefachmann der Perugina, treffen würde, der vor wenigen Monaten nach Mailand gezogen ist. Ein Fabrikbesitzer aus Umbrien, der seine Maschinen auf der Messe ausstellt, hat ihn ihm vorgestellt: »Signor Zaini, vor Ihnen steht der geniale Seneca, künstlerischer Leiter des Werbebüros der Perugina und der Buitoni.«

»Nicht mehr«, korrigiert ihn der Künstler. »Ich habe die Stelle nach mehr als zehn Jahren aufgegeben. Es ist Zeit für neue Abenteuer. Nicht zuletzt das Abenteuer, Vater zu werden«, fügt er lächelnd hinzu.

»Herzlichen Glückwunsch und ein großes Kompliment für Ihre Arbeit«, antwortet Luigi und streckt ihm die Hand hin. »Ihre Schriftrollen in den Baci sind unvergesslich.« Luigi kann eine gewisse Befangenheit nicht verbergen.

»Seneca erzählte mir gerade, dass er an der Werbekampagne der Unica- und Talmone-Schokolade arbeitet«, übernimmt sein Kollege wieder, während er einen Milchschokoladenriegel auspackt.

»Wirklich? Sollte noch irgendeine Idee für die Zaini übrig bleiben, wäre das für uns äußerst interessant«, fällt Luigi mit schüchternem Lächeln ein. Er hofft, dass sein Gesprächspartner geistreich genug ist und die Antwort versteht.

»Kommen Sie mich besuchen. Dann können wir darüber reden«, antwortet Seneca lächelnd. »Mein Studio befindet sich in der Via Bertani, nicht weit vom Arco della Pace.«

Sie verabschieden sich, und Luigi macht sich schnell auf den Weg zu seinem Stand. Das schüchterne Lächeln dehnt sich zu einem immer breiteren und zufriedeneren Lachen aus. ›Wäre das ein Coup, Seneca anzuheuern!‹, denkt er bei sich.

»So viel habe ich in meinem ganzen Leben noch nicht geredet, Olga«, sagt er scherzhaft zu seiner Frau, als er erschöpft und überwältigt nach Hause kommt.

Nun bleiben nur noch wenige Tage bis zum Ende der Messe: Man bereitet sich schon auf den letzten Sonntag vor, vielleicht der besucherstärkste Tag. War er in den ersten Tagen angespannt und aufgeregt, dass irgendetwas schiefgehen könnte, so ist er jetzt entspannt und fühlt sich wohl, vertraut mit den anderen Ausstellern im selben Pavillon: von dem sympathischen Safranverkäufer, dessen Stand gegenüber dem der Zaini ist, über den Vertreter für englische Kekse neben ihm bis zu dem Händler frischer Pasta im anderen Gang. Seine Stimmung ist festlich, getragen von einer Plauderei in der Kellereigenossenschaft, die Soave produziert, ein paar Scherzen mit den Brüdern Cantoni und ihren Wurstwaren und einer Runde zum Kiosk der Compagnia Italiana Frutta Esotica, die während der gesamten Laufzeit dem Publikum jeden Tag eine andere Frucht mit fremdartigem Geschmack angeboten hat. Doch den interessantesten Kontakt verschafft ihm seine Frau, die beschließt, nur einmal zur Messe zu gehen, in Begleitung der Kinder.

Olga läuft durch die Allee der Industrie und hält beim Kiosk der Fernet Branca – eine große Menge in Erwartung. Neugierig schaut Olga durch die Scheibe, als Rosetta und Luisa ihrer Hand entwischen und zu laufen anfangen. »Bleibt stehen! Rosetta, schnapp dir deine Schwester und komm zurück«, ruft sie in strengem Tonfall.

»Man darf keine Sekunde abgelenkt sein, sonst hauen sie gleich ab«, mischt sich lächelnd eine Frau ein, die ihr eigenes Kind fest an der Hand hält. Rosetta und Luisa tauchen wieder bei ihrer Mutter auf. »Wer von euch beiden heißt denn Rosetta?« Die Ältere hebt schüchtern die Hand. »Ich heiße Rosa, und wurde auch Rosetta genannt, bis ich geheiratet habe und dieser kleine Schelm hier geboren wurde«, sagt sie und wirft einen liebevollen Blick auf das Kind, das, als es genannt wird, noch fester ihre Hand drückt.

Die beiden Frauen beginnen zu plaudern, während die Kinder anfangen, Hüpfkästchen zu spielen. »Bald werden wir in die Nähe der Branca-Brennerei ziehen«, sagt die Frau. Olga wirft sofort ein: »Ach ja? Wie lustig, wir wohnen auch seit ein paar Jahren in Dergano, dort in der Nähe.«

»Was für ein Zufall! Ja, mein Mann hat eine Schokoladenfabrik«, sagt die andere wieder.

»Das ist nicht wahr?! Kaum zu glauben: Auch mein Mann hat eine Schokoladenfabrik. Was für ein Zufall!«

Die beiden Frauen brechen in schallendes Lachen aus und stellen sich einander vor: »Olga Zaini.«

»Rosa Levi von der Firma Cima.«

»Die Schokolade, die schmeckt«, antwortet Olga, die sich plötzlich klein fühlt gegenüber dieser großen, gut verankerten Firma mit ihrer langen Geschichte. Sie kann kaum glauben, dass sie bald Nachbarn sein werden. Auf der Mustermesse war die Cima jahrelang die einzige italienische Vertreterin in einem vornehmlich Schweizer Kontext. Je länger ihre Gesprächspartnerin von den Wechselfällen der Fabrik erzählt, desto mehr fühlt sie sich mit ihr verbunden.

»Unsere Fabrik war immer in der Via Vigevano, bei den Navigli, in der Nähe des Hafenbeckens Darsena und des Bahnhofs Porta Genova«, erzählt Signora Cima, während sie die Kinder im Auge behält, »unsere Wohnung dagegen war in der Viale Majno, auf der anderen Seite der Stadt.«

Olga nickt: Die Geschichte kommt ihr bekannt vor. »Seit einiger Zeit schon wollte mein Mann die Fabrik jedoch in ein weniger zentrales und bequemeres Viertel verlegen, und es war ihm wichtig, dass wir mitkommen, unsere Wohnung in der Innenstadt verlassen und in die Nähe der Fabrik ziehen.« Olga lauscht ihren Worten und durchlebt dieselben Gefühle noch mal, die ihr jetzt allerdings so weit weg erscheinen.

»Er sagte, das sei bequemer für alle«, setzt die Frau ihre Erzählung fort. »Vor allem für ihn. Na, jedenfalls, um es kurz zu machen: Es mangelte nicht an Streit und Diskussionen, aber am Ende habe ich mich aufgerafft und seiner Beharrlichkeit nachgegeben.«

»Diese Geschichte habe ich schon mal gehört«, meint Olga lächelnd.

»Stellt ihr schon lange bei der Messe aus?«, fragt Rosa schließlich.

Olga errötet, bevor sie antwortet: »Dieses Jahr ist das erste Mal: Mein Mann hat beschlossen, einen kleinen Stand aufzubauen, weil er das für eine gute Gelegenheit hielt, Sichtbarkeit und Verkäufe zu steigern.« Der Ton ist schüchtern, fast ein Flüstern, das hofft, nicht gehört zu werden.

»Was halten Sie davon, später in unserem Pavillon vorbeizukommen, dann stellen wir uns unsere Ehemänner vor?«, schlägt Rosa vor. »Wer weiß, was aus einer Zusammenarbeit oder einfach nur einer guten Freundschaft entstehen könnte?«

Als Olga von ihrer Begegnung erzählt und ihn einlädt, zusammen zum Pavillon der Cima zu gehen, ist Luigi unentschlossen. »Ich weiß nicht, ob ich mitkommen soll. Signor Levi ist bestimmt nicht scharf darauf, mich kennenzulernen«, meint er und erklärt sich vor dem zweifelnden Blick seiner Frau: »Jedes Mal, wenn ich in den vergangenen Tagen versucht habe, mich ihm zu nähern und mich vorzustellen, habe ich sein absolutes Desinteresse gespürt.«

Olga denkt laut: »Vielleicht ist er durch die ganze Situation hier einfach gestresst. Außerdem können wir nicht nicht hingehen«, schließt sie und nimmt ihn an der Hand, um ihn zum Aufbruch zu bewegen.

Luigi lächelt, und während er ihr die Hand küsst, sagt er: »Na gut, gehen wir.«

Der Cima-Pavillon bleibt gewiss nicht unbemerkt: Ein großer Schriftzug signalisiert erfolgreich seine Präsenz. Innen ist der Raum groß und gut gefüllt: Eine Menge Neugieriger drängt sich, um ein Kaltgetränk auf der Basis von Schokolade zu probieren, die letzte Neuheit, die auf den Markt gebracht wurde. Luigi und Olga bahnen sich einen Weg zu dem Bereich, der den wichtigsten Begegnungen vorbehalten ist.

Signora Rosa kommt ihnen lächelnd entgegen, empfängt sie freundlich und begleitet sie zu ihrem Mann, der auf ein offensichtlich heikles Gespräch konzentriert ist. Sein Mund bewegt sich schnell, ohne irgendein Lächeln anzudeuten. Erst am Ende des Treffens gelingt es Rosa, die Aufmerksamkeit ihres Mannes zu erhaschen. »Liebster«, ruft sie ihn. »Darf ich dir das Ehepaar Zaini vorstellen. Denk nur, sie wohnen in Dergano!«, sagt sie begeistert. Luigi stellt sich vor, während Achille Interesse heuchelnd ein paar Fragen stellt. Sein Blick verliert sich in der Menge, wo er auch die kleinsten Details aufschnappt. Er zeigt sich freundlich, aber kalt, antwortet einsilbig und nickt zerstreut. Nach einem formellen Austausch lädt Signor Levi – mehr, um sie zu verabschieden, als um eine Gelegenheit zum Wiedersehen zu schaffen – sie ein, sich das Projekt der neuen Fabrik anzuschauen, das in wenigen Wochen bei der Triennale präsentiert wird.

»Danke, wir kommen gerne«, nimmt Olga die Einladung an.

Luigi entfernt sich schnell, während Olga noch kurz bei Signora Rosa bleibt und dann ihrem Mann hinterhereilt, der sie auf der Allee erwartet.

»Geben wir ihnen eine zweite Chance«, sagt Olga und bestätigt die Eindrücke ihres Mannes. »Wir haben nichts zu verlieren«, ergänzt sie und fragt sich, was hinter so viel Kälte stecken mag.

»Gefällt es dir?«, fragt Olga ihren Mann und versucht, die Umrisse zu entziffern, die auf ein an der Wand hängendes Blatt gezeichnet sind: drei Quader, parallel zueinander, kompakt, rechteckig. Es ist das Projekt der Schokoladenfabrik, die wenige Meter von der Zaini gebaut werden soll, ausgestellt in einem Saal des Palazzo dell'Arte. Das monumentale Gebäude am Rande des Parco Sempione beherbergt die moderne Design-, Industrie- und Architekturausstellung, die bei ihrer fünften Ausgabe angekommen, zur Triennale geworden und von der Villa Reale in Monza nach Mailand umgezogen ist.

»Das wird die Fabrik, das da das Pförtnerhaus, und hier«, versucht Luigi anhand der Hinweise der Legende zu interpretieren, »im Erdgeschoss werden die Büros sein, im ersten Stock die Wohnung der Familie.« Luigi kann eine gewisse Abneigung nicht verbergen, aber Olga ist es, die sich zu einem unumstößlichen Urteil hinreißen lässt. »Ich könnte da nicht leben. Ohne Vorhänge! Ein Wahnsinn!«, meint sie, als sie die breiten Fensterfronten entlang der Wände betrachtet, die die Grenze zwischen innen und außen fast unmerklich machen.

In dem Moment taucht hinter ihnen Rosa auf. »Buongiorno, Olga! Also, was halten Sie davon? Zu modern?«, fragt sie, die Enttäuschung des Paars erahnend.

Luigi würde gerne zu heucheln versuchen und ein paar Komplimente machen, aber Olga kann nicht lügen: »Wenn ich ehrlich bin, Rosa, ist dieser moderne und rationale Stil nicht nach meinem Geschmack. Ein Haus ist doch keine bewohnbare Maschine, wie es die Architekten von heute wohl gerne hätten.«

»Meine Liebe, ich denke genau wie Sie«, sagt Rosa Levi, etwas leiser, damit die Nebenstehenden sie nicht hören. »Ich hege so meine Zweifel, aber mein Mann hat keine. Er zweifelt nie, um ehrlich zu sein. Er behauptet, ich werde dort wie eine Königin leben und dass die beiden Architekten, die das Projekt entwerfen, sehr viel von ihrer Arbeit verstehen. Es handelt sich um Gio Ponti und Luciano Baldessari, die uns von einem gemeinsamen Freund, dem Kunstkritiker Lamberto Vitali, vorgestellt wurden. Was soll ich sagen? Hoffen wir das Beste«, schließt sie und macht sich Richtung Park auf den Weg, wo die Wohnausstellung aufgebaut ist: fünfundzwanzig temporäre Pavillons, bis ins kleinste Detail designt, bestückt mit Möbeln, Bildern und Kunstwerken, Beleuchtung und Bädern.

»Kommen Sie, drehen wir eine Runde. Ich biete einen alternativen Spaziergang an: zwischen modernen Ferienhäusern und hochfunktionalen Sozialwohnungen.« Vom Künstlerhaus zur Sporthalle für Flieger, vom Verwalterbüro zur Villa für ein junges Ehepaar, überall triumphieren Zweckmäßigkeit, Strenge und Technik. Olga und Luigi gehen in den Gebäuden ein und aus, die auf so perfekte Art eingerichtet sind, als wären sie tatsächlich bewohnt: In der Ateliersvilla für einen Künstler sind die lichthellen Räume voller Skulpturen und Bilder, und man wundert sich, den Maler nicht in Fleisch und Blut mit Pinsel und Farben vor seiner Staffelei hantieren zu sehen.

Der Nachmittag verläuft angenehm, wozu auch die laue Frühlingsluft und die unbeschwerte Atmosphäre beitragen.

Luigi trifft einige Bekannte, mit denen er ein paar Worte wechselt, während die beiden Frauen sich leichterem Gesprächsstoff hingeben: die neue Kollektion im Kaufhaus La Rinascente, der letzte Film mit Greta Garbo, ein Musiktheater im Teatro Trianon.

»Wen haben wir denn da?«, hört er plötzlich hinter sich.

Die Stimme ist schallend und fröhlich. »Manchmal sieht man sich auch weit weg von Dergano.«

Luigi dreht sich um und erkennt Giuseppe Visconti: Er läuft auf einen Stock gestützt, aber seine Haltung und sein Lächeln sind wie eh und je.

»Welche Freude«, antwortet Luigi, ehrlich erfreut über die Begegnung. Seit die Zaini ihre Fabrik eingeweiht hat, haben sie sich nur sporadisch verabredet, aber jedes Mal haben sie sich sehr angenehm unterhalten, zwischen den beiden hat sich eine vertraute, freimütige, warmherzige Beziehung entwickelt.

Der Graf tritt heran, um Olga die Hand zu küssen. Sie errötet und schaut zu Rosa, die den Besitzer der Gi.Vi.Emme erkannt hat.

»Ich möchte Sie eine Essenz probieren lassen«, verkündet er, an die beiden Frauen gewandt. »Mich interessiert Ihre Meinung als elegante, feine Damen«, er überreicht jeder von ihnen ein extravagant geformtes Fläschchen und erklärt: »Es heißt ›Verliebte Hyazinthe‹, und mir gefällt der Gedanke, dass, wer es benutzt, sich in eine duftende Blume verwandelt.«

Die beiden Frauen öffnen das Fläschchen und schnuppern. »Wunderbar«, kommentieren sie im Chor und verreiben einige Tropfen auf Handgelenk und Hals.

»Entschuldigung, aber nun muss ich Sie verlassen und zurück zu meinem Mann«, sagt Rosa und verabschiedet sich von der Gruppe. »Ich rate Ihnen aber, den Tag auf dem Torre Littoria zu vollenden«, sie zeigt auf das Eisengitter, das neben dem Palazzo dell'Arte prangt, »er sieht aus wie ein Mailänder Mini-Eiffelturm. Von da oben hat man wirklich einen atemberaubenden Blick.«

»Wenn Sie nichts dagegen haben, komme ich mit Ihnen nach oben«, schlägt Visconti vor. Luigi und Olga antworten mit Begeisterung, und das Trio macht sich auf zu der Schlange, die darauf wartet, in dem futuristischen Aufzug Platz zu nehmen.

Beim Hochfahren erscheint die Stadt still, sauber und ordentlich. Der Ausblick ist beeindruckend: vom Torre del Filarete des Castello Sforzesco bis zum Dom, von der Via Dante bis zum Arco della Pace. Kirchtürme ragen empor, Straßen schlängeln sich, Häuserblöcke zeichnen sich ab, und man nimmt die Vitalität einer ständig wachsenden Metropole wahr. Die fernen, aber gut erkennbaren Alpen rahmen das Ganze.

Der eigene Blick scheint fast den der Madonnina zu kreuzen, die etwas weiter oben ihren Schutz verspricht.

»Was für ein Spektakel!«, urteilt Visconti begeistert, während Luigi seine Frau um die Taille fasst und schweigend die Stadt betrachtet.

»Drei von fünf Zylindern haben plötzlich blockiert«, erklärt Dino Pietro, der herbeigeeilt ist, um zu sehen, wo das Problem liegt.

»Ach, die Adriana. Sie lässt langsam nach«, kommentiert der Fabrikvorsteher, der jede Maschine so gut kennt, dass er sie beim Namen nennt. Adriana ist eine Raffiniermaschine, Modell Battaggion, die anlässlich der Eröffnung der neuen Fabrik in Dergano erworben wurde und nun das Ende ihrer Karriere erreicht hat. »Adriana, streng dich bitte noch einmal an«, sagt er an die Maschine gewandt. Während der junge Arbeiter hartnäckig versucht, einen blockierten Zylinder wieder zu lösen, verschwindet Pietro hinter der riesigen Maschine und legt Hand an Walzen, Bänder und Griffe. Ab und zu ruft er eine Anweisung: »Dino, versuch mal den Hebel bei dir unten rechts zu bewegen.« Nichts. »Dann versuch den Zylinder da oben zu drehen.« Nichts.

Dann hört man ein *Tock*, und der Mechanismus setzt sich wieder in Gang. »Hurra!«, ruft Dino, der zum untersten Zylinder geht, um nachzusehen, ob die Schokomasse problemlos herauskommt.

»Gut gemacht, Adriana«, antwortet Pietro und gibt der Raffiniermaschine einen ordentlichen Klaps. »Gelöste Probleme sind mir die liebsten«, sagt der Fabrikvorsteher und schaut der Maschine noch eine Weile bei der Arbeit zu. »Warten wir noch einen Augenblick, bevor wir uns zu früh freuen und sie gleich wieder hängenbleibt.« Die beiden stehen vor dem Apparat und starren auf die Bewegung der Zylinder, die sich still drehen.

»Also, wann heiratest du Ernestina endlich?«, fragt Pietro und gibt dem jungen Arbeiter einen Klaps auf die Schulter. »Das wird doch nicht so lange dauern wie das Werben um sie?«, fragt er augenzwinkernd. Dino lächelt: In der Fabrik wurden sie aufgezogen, weil alle schon gemerkt hatten, dass es zwischen den beiden gefunkt hatte, doch bis zur ersten Verabredung vergingen mehr als zwölf Monate. Ein Jahr voll sehnsüchtiger Blicke.

»Ich verspreche dir, dass ich sie fragen werde, aber immer mit der Ruhe«, versichert er. Pietro bricht in ein Lachen voller Zuneigung aus. Dino war berüchtigt für wohlüberlegte Entscheidungen.

Da kommt Fausto an ihnen vorbei, der sie mit strengem Blick und sicherem Schritt beobachtet, dabei vergisst er, dass Pietro sein Vorgesetzter ist.

»Zecchi, wohin des Wegs?«, fragt Pietro, um ihn wieder auf seinen Platz zu verweisen. Fausto hält abrupt an, hebt den Arm. »Ins Lager, um etwas zu kontrollieren«, antwortet er in aggressivem Tonfall.

»Kommen Sie, kommen Sie her, dann können Sie zusammen mit Dino kontrollieren, dass diese Raffiniermaschine schön brav bleibt.«

Pietro verabschiedet sich von ihnen, lässt sie aber nicht aus den Augen, während sie ein paar Worte wechseln. ›Worüber sie wohl reden?‹, denkt er im Gehen. ›Der Signor Luigi hat recht: Dieser Fausto da gefällt mir nicht.‹

»Emilia, das macht echt Spaß.« Rosettas und Luisas Hände tauchen ins Mehl und kneten eifrig den Teig. Zucker, Butter und Eier verbinden sich schnell, während der Teig an den Händen kleben bleibt und nach und nach immer gelber und fester wird.

Emilia kennt diese Freude sehr gut, für sie ist das Backen ein kleines Ritual, von den bemehlten Händen bis zum roh genaschten Teigkügelchen.

»Sehr gute Arbeit, Kinder«, sagt sie und nimmt ein Nudelholz.

Heute Nachmittag sind sie die Küchenchefs, da sie mal wieder von Noemis Nickerchen profitieren.

»Das will ich machen!«, ruft Luisa und reißt ihr das Nudelholz aus der Hand.

»Nein, ich, ich bin die Ältere«, antwortet ihre Schwester.

»Kein Streit!«, hebt Emilia die Stimme und macht die Schublade im Tisch auf, um nach einem zweiten Nudelholz zu suchen. »Hier, so habt ihr jede eins«, sagt sie, während sie den Teig in zwei Teile teilt. »Solange ihr den Teig ausrollt, wiege ich die Zutaten für die Creme ab«, erklärt sie und schüttet 125 Gramm Kakaopulver und ein bisschen Vanille in eine Schüssel. Der Schokoladenduft mischt sich mit dem des Mürbeteigs und lässt Piero völlig die Konzentration verlieren. Er sitzt an einem Ende des Tisches und schreibt einen Aufsatz für die Schule. »Darf ich hinterher den Rührlöffel ablecken?«, fragt der Junge mit mitleiderregender Stimme. »Wenn du den Aufsatz fertig schreibst, ja«, verspricht das Kindermädchen und rollt mit den Augen. Inzwischen ist er in der Mittelstufe, und sein gutmütiges Lächeln reicht nicht mehr aus, um die Sympathien der Lehrer und ausreichende Noten zu erlangen – es hat aber geholfen, sich schnell in der neuen Schule im Stadtzentrum einzuleben und neue Freunde zu finden, die genauso fußball- und radsportbegeistert sind wie er.

Der Kuchen nimmt Form an und ist bereit, gebacken zu werden. Emilia schaltet den Ofen an und betrachtet den Küchentisch. »Sieht aus wie ein Schlachtfeld«, meint sie lachend. »Wenn Noemi jetzt reinkommt, bringt sie uns um. Auf, helft mir, alles sauber zu machen, aber nicht ablecken«, präzisiert sie, als sie sieht, dass die Mädchen Schüssel und Löffel mit der Zunge sauber machen, unterstützt von Piero, der gerade sein Heft in Sicherheit gebracht hat, um bei dem Unterfangen zu helfen. Beim Ablecken der Creme, die noch am Holzlöffel hängt, ist er endlich konzentriert.

›Was für eine Mannschaft‹, denkt das Kindermädchen und öffnet den Wasserhahn, um das Geschirr zu spülen. »Na los, Emilia, du hast wenige Minuten Zeit, um diesen Ort wieder in eine Küche zu verwandeln«, sagt sie laut und greift nach einem Schwamm.

19

MAILAND, 6. OKTOBER 1934

»Schwarzhemden von Mailand! Kameraden!«, zieht Mussolini die Aufmerksamkeit der Arbeitermassen, die den gesamten Domplatz füllen, auf sich. Die Stimme ist kräftig und der Applaus stürmisch. »Um euch herum sind in diesem Moment Millionen und Abermillionen von Italienern. Und auch jenseits der Meere und jenseits der Berge hören noch Menschen zu.« Alle Radiosendungen wurden unterbrochen, um den Worten des Duce Raum zu geben.

Fausto steht mitten auf der Piazza von Dergano. Er hebt als Bitte um Ruhe einen Arm, damit alle aufmerksam zuhören. »Ich bitte euch um einige Minuten eurer Aufmerksamkeit«, sagt Mussolini, und Fausto nickt dazu. Auch durch das Radio ist die Stille feierlich. Der Duce ergreift wieder das Wort und singt ein Loblied auf die soziale Gerechtigkeit: Er verspricht garantierte Arbeitsplätze, gleichen Lohn und anständige Wohnungen. »Nur so kann Italien sich ohne Unterlass weiterentwickeln und verbessern.« Fausto hört zu. Seine Augen sind starr auf den Apparat gerichtet, als könnte er den Duce durchs Radio sehen. Er war so oft bei den Versammlungen, dass er die Pausen und Gesten kennt: den sicheren und durchdringenden Blick, den erhobenen Zeigefinger, wenn er allerhöchste Aufmerksamkeit will, bis zum römischen Gruß als Abschluss, unter dem Gejohle des Publikums im Rausch. »Wenn das vorige Jahrhundert das der Macht des Kapitals war, ist dieses zwanzigste Jahrhundert das der Macht und des Ruhms der Arbeit.« Mussolini beschließt seine Rede, und der Platz bricht in Beifallsstürme aus: »Viva il Duce!«

»Dux, Dux.«

Fausto sucht irgendeinen Kameraden, um einen komplizenhaften Blick auszutauschen, er schaut sich um und erkennt einige Kollegen von der Zaini.

»Heilige Worte«, sagt er, als er zu Giovanni geht, mit dem er schon öfter zu zweit an den Maschinen stand.

»Heilig mag sein, aber derweil esse ich zu Hause nur alle Jubeljahre Fleisch«, antwortet der Arbeiter gedankenverloren. »Der Duce redet von sozialer Gerechtigkeit, aber wo ist sie?«, fährt er lauter werdend fort.

Aus dem Konzept gebracht, erwidert Fausto: »Meinst du das ernst, Giovanni?«, und mit plötzlich ernstem Blick setzt er nach: »Was redest du denn da? Merkst du nicht, was er schon alles getan hat und weiterhin auch für dich tut?«

Sein Gesichtsausdruck ist wütend geworden, aber Giovanni bleibt hartnäckig: »Er spricht von garantierten Arbeitsplätzen? Gut, dann hör mal zu, was ausgerechnet heute Morgen passiert ist. Das hat mir mein Vater erzählt, bevor er aus dem Haus gegangen ist: Sein Kollege ist ab heute arbeitslos. Mit Frau und drei Kindern. Und warum das alles? Weil das Unternehmen in der Krise ist.« Fausto reagiert nicht, hört ihm aber bestürzt zu. »Das ist doch zum Mäusemelken«, beschließt der Kollege das Gespräch, der einen Arm hochreckt und weggeht, ohne eine Antwort abzuwarten.

»Der spinnt doch«, kommentiert Fausto laut und schaut sich um. ›Vielleicht sollte ich ihn der Partei melden. Solche Stimmungen dürfen nicht geduldet werden‹, denkt er nach, als er sich auf den Weg zum Sitz der Ortsgruppe macht, wo ihn eine Versammlung erwartet. Seit er zum Luftschutzbeauftragten ernannt wurde, will er die Partei nicht enttäuschen und führt seine Aufgaben streng und genau aus. »Ich behalte ihn im Auge!«, beschließt er, während er sein Parteiabzeichen fest in der Hand hält.

»Signor Torri, wo sollen wir es hinstellen?« Die Stimme des Lieferanten zieht die Aufmerksamkeit der Familie Zaini auf sich, die ganz hingerissen auf den gerade angelieferten riesigen Karton starrt. Das Radio. Nonno Vittorio konnte nicht widerstehen, er hat es auf Raten gekauft und seiner Tochter und seinem Schwiegersohn geschenkt.

»Ich weiß nicht«, antwortet er. »Was meint ihr, wo wir es hinstellen sollen?«, fragt er die anderen. Luigi will es im Wohnzimmer, aber Olga widerspricht, es nehme zu viel Platz ein, Noemi hofft, dass sie es in die Küche stellen, und die Kinder, dass es in ihr Schlafzimmer kommt. Als er sieht, wie die Spediteure nervös werden, schlägt Vittorio schließlich das Esszimmer vor. »So kann man es sowohl aus dem Wohnzimmer als auch aus der Küche hören, und alle sind glücklich, Erwachsene und Kinder, Personal, Freunde und Hausherren«, meint er.

Sofort wird das Radio Teil der Familie, eine fast reale und lebendige Präsenz. Die Kinder reden mit ihm, als könnte es sie tatsächlich hören, eingreifen und auf ihre Fragen antworten. »Komm schon, erzähl uns, was Saladin passiert«, fordert Luisa, nachdem eine aufregende Erzählung über die Abenteuer des ägyptischen Sultans vorgelesen wurde. »Noch ein Kinderlied, noch eins!«, fleht Vittorio und fummelt an den metallenen Knöpfen herum.

Auch die Erwachsenen sind der Faszination erlegen und betrachten es fast wie eine Person aus Fleisch und Blut. »Bald müsste es uns verraten, ob fürs Wochenende schönes oder schlechtes Wetter vorhergesagt ist, dann entscheiden wir, ob wir an den See fahren«, meint Olga, während sie auf die Wetternachrichten wartet. Noemi dagegen sieht darin eine Kollegin, eine Art Hilfsköchin. »Empfiehl mir heute ein machbares Rezept, nicht so was wie den unmöglichen Braten von letzter Woche«, raunzt sie es streng an. »Die Hälfte der Zutaten ist nicht aufzutreiben.«

Innerhalb weniger Wochen zieht das Radio aller Aufmerksamkeit auf sich, und die häusliche Routine passt sich dem Programm des faschistischen öffentlichen Rundfunks EIAR an. Jede Sendezeit hat ihr Publikum, von der Guten-Morgen-Sendung bis zur Komödie oder Oper am Abend.

Noemi stellt sich als Erste darauf ein: Gegen zehn, wenn das Haus leer ist, setzt sie sich mit Papier und Stift hin und hört konzentriert zu. Sie macht ein paar krakelige Notizen, während sie der gewandten Frauenstimme lauscht, die jeden Tag ein Rezept vorstellt: Durch ihre Hinweise sind die Gerichte auf dem Tisch seit einiger Zeit sehr abwechslungsreich und schmackhaft, Noemi hat schon ein Ofenhähnchen zubereitet, nach dem sich alle die Lippen leckten, und ein Artischockenrisotto, für das Signora Zaini großes Lob übrighatte.

Wenn das Programm mit den Rezepten zu Ende ist, fängt das Musikprogramm an, und die Sonaten, Balladen und Schlager leisten der Köchin am Herd Gesellschaft.

Noemi trällert beim Zwiebelschneiden. Ihre Stimme klingt schief, ist aber hoch. Und wenn der Rhythmus tobender wird, können die Beine nicht widerstehen, sondern trommeln zum Klang der fröhlichen Musik auf den Boden. »Seit es da ist«, sagt Emilia mit Bezug auf das Radio, »bist du nicht mehr dieselbe.«

»Komm schon, Emilia, sei nicht eifersüchtig. Wenn du mich zum Tanzen ausführst, könnte ich mich für ein paar Stunden von meiner Begleitung trennen«, antwortet Noemi und neckt Emilia, die sich als Einzige im Haus dem neuen Mitbewohner gegenüber skeptisch zeigt.

»Jetzt, wo es da ist, braucht ihr kein Kindermädchen mehr«, scherzt sie mit den Kindern, wenn die um fünf, gleich nach dem

Nachmittagsimbiss, nicht fragen, ob sie zum Spielen raus auf den Hof dürfen, sondern das Radio anmachen wollen. Ob es Kinderreime oder Episoden irgendeines aufregenden Abenteuers sind, alle vier setzen sich – trotz der Altersunterschiede – auf den Boden und starren in religiöser Andacht das Gerät an.

Um acht Uhr abends kündigt ein Vogelzwitschern die Radionachrichten an: Das ist der Moment von Signor Zaini. »Ruhe bitte«, sagt er, dreht das Radio lauter und nimmt im Sessel Platz.

Nach den Berichten des Regimes über die tagesaktuellen politischen Geschehnisse gibt es zum Abschluss des Tages ein Schauspiel: Theater oder Orchester kommen in die heimischen vier Wände.

Manchmal nimmt eine große Menge um das Radio Platz: und zwar Donnerstagabend, wenn die neue Folge von *Die vier Musketiere* gesendet wird, und Sonntagnachmittag, wenn die Fußballberichterstattung läuft. Im ersten Falle sind es vor allem die Frauen: Noemi, Elisa, Olga – häufig bleiben zu dieser Gelegenheit auch Diamante und Annette – und Emilia. Selbst sie kann der faszinierenden Stimme von Nunzio Filogamo und der Parodie der Musketiere nicht widerstehen.

Beim Fußball dagegen sind es die Männer. Hier ist es die leidenschaftliche und drängende Stimme von Nicolò Carosio, die den Zuhörern am Radio das Gefühl gibt, selbst am Spielfeldrand zu stehen. Mittendrin sitzt immer Piero, der große Sportsfreund: ob Fußball, Radsport oder Pferde, jeder Wettbewerb hält ihn voller Adrenalin an das Gerät gefesselt, wobei er hofft, eines Tages mit seinem Vater zu einem Spiel ins Stadion zu gehen.

Die Familie Zaini hat gerade fertig zu Abend gegessen. »Komm, Piero, begleite mich auf eine Runde durch die Fabrik, wir kontrollieren, ob alles in Ordnung ist«, schlägt Luigi vor, während er seine Serviette auf den Tisch legt. Er ist noch nicht vom Tisch aufgestanden, da hat Piero schon die Schuhe an und ist bereit für den abendlichen Ortstermin, einen seiner liebsten Momente. Er liebt es, allein mit seinem Vater runterzugehen und den Ausführungen über jede einzelne Maschine und deren Geheimnisse zu lauschen.

Luigi nimmt die Schlüssel und steckt sie sich in die Tasche, während Piero seine Hand festhält, glücklich, dass er weiterhin der Einzige unter den Geschwistern bleibt, dem es gestattet ist, mitzukommen. Schon ins Gespräch vertieft, gehen sie die Treppen hinunter.

Die Runde ist immer die gleiche: Vom Lager, das sich genau unter der Wohnung befindet, geht es durch den Hof in den Raum, der dem Putzen gewidmet ist, »wo die Kakaobohnen ausgewählt werden«, wiederholt Luigi mechanisch, und dann zur Rösterei. Von hier weiter zum Mahlen, wo die Mühlen mit ihrer ganzen Großartigkeit in der Mitte thronen, und dann zum Mischen, »wo die Kakaomasse mit dem Zucker vermengt wird«, wiederholt Piero.

Nach dem Raum mit den Raffiniermaschinen betreten Luigi und sein Sohn ihren Lieblingsraum: der mit den Conchen, die die Schokolade vollkommen machen. »Wie gerne ich doch in einen dieser Tröge hineinspringen würde«, sagt Piero verträumt. »Kannst du dir ein Schwimmbecken mit Schokolade vorstellen?«, scherzt sein Vater und muss lachen.

»Früher oder später tun wir es«, verspricht Luigi zum Spaß, nimmt ihn an der Hand und führt ihn zurück in die Mitte des Raums, um die Runde fortzusetzen. Er löscht die Lichter, und weiter geht es in den Modellierraum.

Piero nähert sich den Maschinen, auf der Jagd nach irgendeinem Überbleibsel, das Annalisas prüfendem Blick entwischt ist: Er wird nicht enttäuscht, denn er findet immer eine schon modellierte, vergessene Praline, die er sich gierig in den Mund stecken kann. Während er sich die schmecken lässt, rennt er zwischen den Tischen der Verpackerinnen herum und beobachtet, wie sein Vater in den ersten Stock hochsteigt, um zu prüfen, ob die Bürofenster geschlossen sind.

»Alles in Ordnung?«, fragt sein Vater jedes Mal am Ende der Runde. »Können wir zumachen und in die Heia gehen?« Die Frage gehört zum Ritual wie der Abschiedsgruß vor dem Zuschließen und Wiederhochgehen. »Gute Nacht, belle Tuse«, rufen die beiden Zainis einstimmig und wenden sich dabei an die Maschinen, die nach jahrelanger Aktivität mittlerweile eine eigene Seele haben.

Lieber Papa, im Haus gibt es seit Neustem einen aufdringlichen neuen Mitbewohner: das Radio. Emilia hat sich in ihr Zimmer zurückgezogen, sich an ihren kleinen Schreibtisch gesetzt und Stift und Papier zur Hand genommen. Sie nutzt die freie Zeit, um einen Brief an ihre Familie zu schreiben. Der Füller bewegt sich schnell über das Blatt: *Es ist eine Stimme, die alles weiß und nie schweigt.* Emilia ist sich sicher, dass ihr Vater beim Lesen ihren Groll gegen den neuen Gast spüren und mit Mama lauthals darüber lachen wird, und erzählt weiter: *Es wird morgens angeschaltet und redet unentwegt weiter bis zum Abend. Worüber?, wirst du dich fragen. Über alles: von Hähnchen bis Gewitter, Swing bis Operette, Wettrennen bis Fußballspiele – nichts bleibt unerforscht und in Schweigen gehüllt.* Das Kindermädchen hält inne und schreibt dann weiter: *Und stell dir vor, es erzählt auch wunderschöne Märchen, von denen sich die Kinder stundenlang hinreißen lassen und die ihnen sehr viel besser gefallen als meine.* Sie ärgert sich so, dass sie ihr Schreiben unterbricht. Nachdem sie noch weitere Neuigkeiten erzählt und einige Monate Leben zusammengefasst hat, kommt sie auf das Radio zurück und schreibt abschließend: *Ich denke, du kannst dir vorstellen, wie taub man wird, wenn man je-*

manden den ganzen Tag reden hört. Sie lächelt, weil sie an ihre Mutter denkt, die mit Sicherheit nicht die Gabe der Schweigsamkeit hat, und ihr widmet sie ihren letzten Gedanken: *Grüß mir die Mama und gib ihr einen dicken Kuss von mir. Es umarmt dich, deine Emilia.* Das Kindermädchen schließt den Umschlag und schreibt die Adresse drauf. In der Ferne hört sie Pieros Freudenschreie. »Irgendwer muss ein Tor geschossen haben!«, meint sie und rollt mit den Augen, dann öffnet sie die Tür, um ins Esszimmer zurückzugehen und jemanden einzusammeln, den sie zum Spielen in den Park begleiten kann.

Während Emilia ihren Unwillen gegenüber dem Radio nicht verhehlen kann, sind Noemi, die Kinder und die Männer des Hauses süchtig danach. Olga ist vielleicht die Einzige, die eine gesunde Beziehung zu diesem modernen Gerät hat: Sie wählt gezielt, was sie sich anhören will, macht es zu der vorgesehenen Uhrzeit an und nach der Sendung wieder aus, um zu ihren Aktivitäten in der Stille ihres Zimmers zurückzukehren, das einzige Zimmer im Haus, das ihr absolute Ruhe garantiert, sodass sie sich in die Lektüre von Romanen oder Modezeitschriften vertiefen kann. Manchmal vergnügt sie sich auch mit Zeichnen oder studiert ein Schnittmuster. Sie blättert in der Zeitschrift *La Massaia*, und ein Artikel über Sommeroberteile zieht ihre Aufmerksamkeit an: ein gehäkeltes Spitzentop, »perfekt für den Sommer«. In dem Artikel werden sehr detailliert alle Schritte erklärt. ›Klingt einfach‹, denkt Olga und versucht, den Anweisungen zu folgen, Fäden, Ösen, Doppelmaschen, Kettenstich, *mit drei Luftmaschen wenden, den Faden über die Häkelnadel legen und dreimal durch die nächste Masche führen.* ›Das ist nichts für mich‹, denkt Olga schnaubend. ›Aber meine Schneiderin kann das bestimmt umsetzen‹, fällt ihr ein, und sie überlegt, wann sie diese Woche auf einen Sprung in der Schneiderei nicht weit von zu Hause vorbeischauen könnte, wo Signora Maria mit dem Können einer großen Designerin jegliches Modell kopiert. »Wozu brauchst du Ambrogio eigentlich noch, wo du nun sogar ein Designermoden-Atelier in Dergano hast?«, hatte Luigi scherzhaft gesagt, als Olga ihm von ihrer Entdeckung erzählte.

Olga markiert die Seite und klappt die Zeitschrift zu, dann geht sie ins Wohnzimmer zurück, in der Hoffnung, dass das Spiel zu Ende ist und sie ihren Ehemann schnappen und sich von ihm zu einem Spaziergang im Zentrum ausführen lassen kann.

20

MAILAND, ANFANG MÄRZ 1935

Es ist früher Nachmittag und Luigi mit der Korrespondenz beschäftigt. Im Büro ist nur Franco, der sich mit Kostenvoranschlägen und Rechnungen herumschlägt. Es waren sehr intensive und anstrengende Monate. Seit der Mustermesse hat die Arbeit kontinuierlich zugenommen, und sie mussten neue Arbeiter einstellen. Die Zaini hat das neue Jahr mit hundertdreißig Arbeitern und fünfzehn Verwaltungsangestellten begonnen.

Trotz des Wachstums ist die Stimmung in der Fabrik gedrückt. Sosehr sich Luigi auch von Übellaunigkeiten und Streits fernzuhalten versucht, machen die immer strengeren Gesetze und das immer schnellere Arbeitstempo seine Angestellten angespannter und nervöser.

Seine Tage enden nie, und oft schafft er es nicht einmal, zum Mittagessen hoch zu seiner Familie zu gehen. Meist ist es jetzt Olga, die für einen kurzen Plausch oder Gruß herunterkommt und ihren Mann von der Arbeit ablenkt. »Guten Tag, Liebster«, sagt sie beim Reinkommen, »heute Morgen habe ich dich nicht einmal aus dem Bett aufstehen gehört!« Sie geht zu ihm und gibt ihm einen Kuss. »Ja, diese Tage sind schrecklich«, antwortet er, worauf seine Frau wieder das Wort ergreift: »Ich habe mit Annetta gesprochen, und die hat vorgeschlagen, dass wir mal mit den Freunden aus Cunardo Mittag essen gehen. Was hältst du von nächstem Samstag?« Olga befürchtet die zigste Absage und die übliche Rechtfertigung, die auch tatsächlich sogleich kommt:

»Meine Liebste, Samstag habe ich einen Termin in der Fabrik, bei dem ich anwesend sein muss. Es tut mir leid, ich weiß, dass ich große Opfer von dir verlange, aber es ist zum Besten unserer Familie.« Olgas Blick wird traurig, und Luigi steht auf und geht zu ihr, um sie in den Arm zu nehmen. »Nach Ostern mache ich mit dir eine kleine Reise, vielleicht nach Florenz, da willst du doch schon lange hin!«, tröstet er sie. »In Ordnung«, antwortet sie resigniert. Leider weiß sie, dass es keinen Verhandlungsspielraum gibt: Im Leben eines Chocolatiers sind Ostern und Weihnachten unumstößliche Fristen, die den Familienkalender bestimmen.

»Auf Wiedersehen«, sagt sie beim Rausgehen und versucht, ihre Enttäuschung hinter einem gezwungenen Lächeln zu verbergen, das von ihrem Mann jedoch gar nicht wahrgenommen wird. Seine Aufmerksamkeit ist schon auf einen Umschlag von der Präfektur gefallen, der auf seinem Schreibtisch liegt. »Luigi Zaini – Zaini Fabbrica di cioccolato caramelle e affini – Via Imbonati 59. Ja, das bin ich«, meint er mit einem Seufzer. Auf diesen Brief wartet er schon seit Wochen: Im Dezember hatte er beschlossen, einen offiziellen Antrag auf Erteilung des königlichen Patents zu stellen, eine begehrte Auszeichnung, die den verdienstvollsten und repräsentativsten Firmen des Reichs verliehen wird. Dafür brauchte er zunächst ein positives Gutachten des Innenministeriums. Anschließend war das strengere Urteil des Ministeriums für Unternehmen erforderlich, das wiederum die Stellungnahme des Provinzrats für Unternehmenswirtschaft einholen würde.

Luigi hatte gezögert, aus Angst, dass es nach hinten losgehen könnte. »Wenn sie etwas finden, was nicht in Ordnung ist? Wenn sie herausfinden, dass sich jemand beschwert hat, ohne dass ich überhaupt etwas davon mitbekommen habe?«, fragte er seinen Schwiegervater, der mittlerweile Seite an Seite mit ihm arbeitet.

»Ein Versuch kann nicht schaden«, antwortete der. »Eine Auszeichnung des Königshauses zu bekommen, wäre jedenfalls ein schöner Erfolg.«

Schließlich hatte Luigi sich überwunden, und nun hatte er endlich eine Antwort. *Es wird um Erscheinen in der Präfektur gebeten zwecks Abholung einer Sie betreffenden wichtigen Mitteilung.* Luigi liest es noch mal, wobei er jedes einzelne Wort deutlich ausspricht. ›Das könnte eine gute Ausrede sein, zu feiern und meine Olga endlich zum Essen auszuführen‹, denkt er. ›Vielleicht verzeiht sie mir dann meine Abwesenheiten und meine langen Abende im Büro.‹ Luigi nimmt Stift und Papier und schreibt eine Notiz für Clelia, die er um den Gefallen bittet, einen Tisch bei Giannino zu reservieren, einer geschichtsträchtigen toskanischen Trattoria in der Nähe der Piazza Cinque Giornate und schon seit dem Ende des 19. Jahrhunderts Bezugspunkt der Mailänder, »mit Privatsphäre bitte«, unterstreicht er. Dann schreibt er noch eine Nachricht an seine Frau, mit der er sich um acht direkt im Restaurant verabredet.

Luigi zieht Mantel und Hut an und geht raus. Ambrogio kontrolliert am Auto gerade den Ölstand, als er seinen Arbeitgeber näher kommen sieht. »Entschuldigen Sie, Ambrogio, macht der Motor Probleme?«, fragt er. »Sie müssten mich ins Zentrum fahren, zum Corso Monforte.«

»Sicher, Signor Zaini. Ich habe nur einen prüfenden Blick geworfen, dieses kleine Juwel macht keine Probleme«, antwortet er, schließt die Motorhaube des Lancia Artena wieder und rückt sich die Chauffeursmütze auf dem Kopf zurecht.

Luigi öffnet die Wagentür und steigt ein, während Ambrogio sich hinters Lenkrad setzt, den Motor anlässt und vom Gelände auf die Via Imbonati fährt. Am Piazzale Maciachini biegt er in die Viale Marche ein. Durch die Autoscheiben gesehen, wimmelt die Stadt vor Leben und Baustellen. An der Piazza Carbonari entsteht gerade ein ganzes Viertel für Journalisten, das Luigi neugierig betrachtet. ›Die Stadt breitet sich aus wie ein Ölfleck, sie wird wirklich zu einer Metropole‹, denkt er.

»Diese kleine Villa ist gerade fertig geworden«, meint Ambrogio, der fast jeden Tag durch das Maggiolina-Viertel fährt und dessen Entwicklung und Neuheiten kennt. Er zeigt auf ein zweistöckiges Haus mit großem Grundstück ringsum, das bestimmt mal ein wunderschöner Garten wird.

»Wie geht es Ginetta?«, fragt Luigi, der heute in Plauderlaune ist.

»Ginetta geht es gut, Signor Zaini. Das haben wir vor allem Ihnen und Ihrer Frau zu verdanken, die sie ankleidet und unterhält, als gehöre sie zur Familie. Denken Sie nur, kürzlich kam sie mit einem Kleidchen von Rosetta an. Richtig elegant. Im ersten Augenblick schien sie mir so schön wie die Mariù im Film, und ich sah mich nicht mehr in der Rolle des reizenden Bruno, sondern in der des Taxifahrer-Vaters, der für seine Schichten früh aufstehen und sich mit den Launen seiner Tochter herumschlagen muss!« Luigi bricht in schallendes Lachen aus, während das Auto durch die Unterführung am Hauptbahnhof fährt und dann in den Corso Buenos Aires einbiegt.

Im Corso Monforte vor der Präfektur angekommen, steigt Luigi aus.

»Soll ich auf Sie warten, Signor Luigi?«, fragt Ambrogio.

»Fahren Sie ruhig«, antwortet er, »ich mache dann noch ein paar Erledigungen im Zentrum und treffe jemanden.«

Er geht durch das eindrucksvolle Tor und befindet sich in einem großen Innenhof mit Säulengang. Als er sich auf den Weg zum Sekretariat macht, sieht er von Weitem einen Mann mit dunklem Mantel und einem ledernen Aktenkoffer in der Hand, der mit sicherem Schritt läuft. Es ist Achille Levi, der Besitzer der Cima.

Die beiden grüßen sich freundlich. »Sind Sie wegen des königlichen Patents hier?«, fragt Levi. Luigi nickt. Achille erwidert: »Ich auch. Ich habe gerade den Brief geöffnet. Es wurde mir unter der Bedingung zugestanden, dass die Bauarbeiten so schnell wie möglich beendet werden und dass ich den Namen ändere, was ich übrigens schon getan habe: Jetzt sind wir die Italcima«, schließt er stolz. Sein Ton ist freundlich und sein Gesichtsausdruck entspannt, aber Luigi kann ein gewisses Unwohlsein und seine Eile, sich zu verabschieden, nicht verbergen: »Ich freue mich für Sie. Nun muss ich weiter, nicht dass das Amt vor meiner Nase schließt.«

»Kommen Sie uns doch in den nächsten Tagen mal besuchen«, antwortet der andere und führt zum Zeichen des Grußes eine Hand an den Hut.

»Sehr gern«, verspricht er und streckt ihm die Hand hin.

Luigi entfernt sich und denkt, dass seine Frau vielleicht recht hatte, als sie sagte, er könne sich mit seinen ersten Eindrücken auf der Messe geirrt haben. »Vielleicht hat ihn der Erhalt des königlichen Patents milder gestimmt«, mutmaßt er, als er die Tür zum Amt öffnet.

Wenige Minuten später ist Luigi wieder im Innenhof, mit dem Brief in der Hand. Er will ihn gerade öffnen, aber dann überlegt er es sich anders und beschließt, beim Abendessen zusammen mit Olga von der Entscheidung zu erfahren. Er steckt den Umschlag in sein Jackett, tritt aus dem Tor und läuft nach rechts Richtung Corso Littorio.

Olga betritt atemlos die Wohnung, als Noemi ihr entgegenkommt und ihr einen Umschlag überreicht. »Den hat Clelia eben hier abgegeben«, erklärt sie.

»Danke, Noemi.« Olga öffnet den Umschlag und liest die Nachricht ihres Mannes. »Bei Giannino um acht. Was für eine romantische und geheimnisvolle Einladung«, meint sie lächelnd. ›Ausgezeichnete Wahl‹, denkt sie, als sie in ihr Zimmer geht, um sich für die Verabredung fertig zu machen. Sie liebt es, bei Giannino zu essen, einer Trattoria, die sie vor Jahren zufällig entdeckt hatten und die authentisch geblieben ist. Am Eingangstresen, wo der Wirt seine Gäste immer mit einem breiten Lächeln empfängt, scheint die Zeit stillzustehen. Sobald man am Tisch sitzt, bleibt als einziges Problem die Qual der Wahl aus der Speisekarte, denn alle Gerichte des Kochs sind sensationell. Was den Wein angeht, besteht dagegen kein Zweifel: Chianti.

Sie kann sich nicht zwischen einem Rock mit Jäckchen aus blauer Seide und einem roten Satinkleid entscheiden, beide frisch aus der Schneiderei abgeholt. Sie hängen auf ihren Bügeln an der Schranktür, und Olga betrachtet sie, während sie ihr Haar langsam mit einer weichen Bürste streichelt. Schließlich wählt Luisa für ihre Mama. Das Mädchen, das bald zehn wird und allmählich erste weibliche Anwandlungen zeigt, mustert sie aufmerksam und fragt dann unvermittelt: »Ist es für ein Rendezvous mit Papa?«

»Ich denke schon«, antwortet sie lächelnd.

»Dann Rot«, urteilt sie und rennt aus dem Zimmer.

Olga zieht sich sehr feine, durchsichtige Strümpfe und ein Mieder an, dann schlüpft sie in das Kleid.

Einen Hauch roten Lippenstift, etwas Parfüm, und sie ist fertig. Sie holt den Mantel aus dem Schrank und verlässt das Zimmer. Sie verabschiedet sich von Emilia und den Kindern und eilt aus der Tür.

Als sie die Trattoria betritt, sitzt Luigi schon am Tisch und nippt an einem Glas Wein.

Sobald er sie sieht, kommt er ihr sofort entgegen. »Sie sind wunderschön, Signora Zaini«, empfängt er sie und nimmt sie an der Hand.

»Wem verdanken wir diese höchst angenehme Einladung, Signor Zaini? Ich habe mich sehr darüber gefreut«, antwortet sie, während sie ihren Mantel ablegt, ihn einem Kellner anvertraut und ihrem Mann gegenüber Platz nimmt.

Noch ist das Restaurant nicht voll.

»Heute Nachmittag habe ich die Antwort vom Ministerium zu meinem Antrag auf das königliche Patent abgeholt. Ich habe sie noch nicht geöffnet, weil ich das mit dir zusammen machen wollte«, erklärt er mit einer Stimme, die seine Nervosität durchscheinen lässt.

Er holt den Brief aus der Tasche. »Mach ihn auf, Luigi, worauf wartest du?«, antwortet seine Frau aufgeregt.

Er öffnet den Umschlag – und wird käseweiß.

»Das ist nicht möglich«, Luigis Stimme ist nur ein Flüstern. Olga nimmt ihm den Brief aus der Hand und liest halblaut: *»Trotz des vorschriftsgemäß sittlichen Verhaltens des Eigentümers und der tadellosen Führung der Firma, die nie Anlass zu Beschwerden aufgrund nicht eingehaltener Arbeitsgesetze gegeben hat, zeichnet sich das Unternehmen nicht durch besondere Güte und Vollkommenheit des Produkts aus. Folglich wird es nicht für angebracht gehalten, das Patent zu erteilen.«*

»Das ist nicht möglich«, wiederholt Olga verblüfft. »Da muss ein Fehler passiert sein«, sagt sie, auf der Suche nach einer Erklärung. Sie hat Luigi noch nicht in die Augen geschaut, da steht er schon abrupt auf und geht zur Tür. Olga eilt ihm hinterher: »Luigi, bleib stehen!«

Der Schritt ihres Mannes ist nervös, und auf ihren hohen Absätzen kommt Olga ihm kaum hinterher. »Bleib stehen, Luigi. Warte auf mich.«

Nach ein paar Schritten hält ihr Mann an. Seine Augen sind voller Tränen. Olga umarmt ihn, ohne ein Wort zu sagen.

»Hast du gehört, was sie schreiben? Unsere Produkte sollen

weder gut noch vollkommen sein! Bei all der Verausgabung, all den Opfern, die ich mir selbst und euch allen abverlange … *zeichnet sich das Unternehmen nicht aus*«, sagt er, den Inhalt des Schreibens wiedergebend.

Olga schaut ihm in die Augen, hält sein Gesicht in ihren Händen: »Luigi, hör mir zu. Das Leben ist voller Prüfungen: Manche besteht man, andere nicht. Von allen lernt man etwas.« Ihr Mann antwortet nicht. »Wir bekommen kein königliches Patent, na und?«, fährt Olga fort. »Wir werden weiter so arbeiten, wie wir es immer gemacht haben, und du wirst sehen, dass sich unsere Opfer auszahlen werden.«

Nach und nach beruhigt Luigi sich, und Olga schlägt vor, ein paar Schritte zu gehen. Sie laufen durch die Via Spartaco. »Was ist an der Cima-Schokolade besser als an unserer?«, bricht Luigi das Schweigen.

»Was hat die Cima denn jetzt damit zu tun?«, fragt Olga.

Luigi erzählt ihr von der Begegnung in der Präfektur. »Dass Signor Levi das Patent bekommen hat und wir nicht, kann ich einfach nicht akzeptieren«, gibt er zu, ohne seinen Neid und seine Wut zu verbergen.

»Vielleicht hat die Cima einen besser strukturierten Markt als wir, oder, wer weiß, vielleicht ist ihre Schokolade wirklich vollkommen?« Olga versucht das Ganze zu entdramatisieren. Sie spazieren Arm in Arm, und Gasse für Gasse wird die Atmosphäre heiterer. Mailand bei Nacht ist spektakulär, die Stille lässt die Gebäude noch eindrucksvoller und großartiger erscheinen. Von den verschlungenen Frauenkörpern, die sich um den Obelisken des Denkmals für den Fünf-Tage-Aufstand von Mailand winden, bis zu den rundlichen Bogengängen der Rotonda della Besana, von den Skulpturen, die den Marsch auf Rom darstellen, oben an der Fassade des kürzlich eingeweihten Gebäudes der faschistischen Gewerkschaften, bis zum riesigen Krater der Baustelle für den Justizpalast vertraut Luigi Olga Schritt für Schritt Ängste und Nöte an. »Manchmal fühle ich mich nicht geeignet«, sagt er und drückt ihre Hand. »Ich fühle mich nicht auf der Höhe, nicht gut genug vorbereitet oder in der Lage, dieses Unternehmen weiter voranzubringen.« Der Händedruck wird stärker, und Olga hört ihm zu, ohne den Fluss seiner Worte zu unterbrechen.

»Ungeeignet als Vater, als Ehemann und als Unternehmer. Du hast recht: Ich muss lernen, mich an unseren Kindern, an dir und unserer Wohnung zu erfreuen. Ich will mehr Zeit mit euch verbringen, denn Arbeit ist nicht das ganze Leben.«

Auf jede seiner Ängste reagiert seine Frau mit einem liebevollen Wort oder einer noch festeren Umarmung. Als sie auf der Piazza San Babila sind, halten sie ein Taxi an und lassen sich nach Hause fahren.

»Trotz der offensichtlichen Anlaufschwierigkeiten danke ich dir für diesen Abend«, meint Olga, als sie die Haustür erreichen.

Luigi lächelt. »Tatsächlich hatte ich ihn mir anders vorgestellt, aber du schaffst es, jeden Augenblick meines Lebens zu etwas Besonderem zu machen. Danke«, flüstert er ihr ins Ohr, als er die Wohnungstür öffnet.

21

MAILAND, 2. AUGUST 1935

Liebe Noemi, ich schreibe dir in einem der seltenen ruhigen Momente. Die Kinder spielen Karten und rennen mal nicht herum. Noemi liest einen Brief von Emilia. *In der Luft von Cunardo muss etwas Aufputschendes sein, denn die Kinder halten nie inne, und ich muss ständig jemandem hinterherrennen: mal Vittorio, der in alle Gebirgsbäche springt und immer umgezogen oder abgetrocknet werden muss, mal Luisa, die ständig mit anderen Mädchen im Wald unterwegs ist, mal Rosetta, die sich von dem schüchternen Mädchen in Mailand hier sofort in ein höchst lebhaftes junges Fräulein verwandelt hat. Seit ein paar Tagen ist sie mit der Organisation ihrer Geburtstagsfeier beschäftigt, sie wird dieses Jahr ja schon dreizehn! Meine liebe Noemi, wir werden alt.* Die Köchin verzieht das Gesicht und fächelt sich mit dem Briefpapier Luft zu, dann liest sie weiter: *Signora Olga hat ihr versprochen, dass sie mit ihr zum Lago di Ghirla fährt. Zum Glück ist Piero noch nicht von seinem Ferienheim zurück.* Noemi hält inne und sagt zu sich selbst: ›Diesen Schlingel sehe ich zuerst.‹ Er müsste nämlich in ein paar Tagen aus Cesenatico zurückkommen. »*A lù ghe pensaroo mì*, um den werd ich mich kümmern«, sagt sie und bindet sich die Haare zusammen, »den kriege ich wieder auf die Reihe, bevor ich ihn nach Cunardo schicke – wer weiß, was der arme Kerl in den letzten Wochen gegessen hat!« Sie hatte schon immer eine Schwäche für den Jungen, der ihr von klein auf in der Küche half und lustige Geschichten erzählte, die sie zum Lachen brachten.

Und wie läuft es bei dir? Was hast du mir zu erzählen?

»Hier kommt man um vor Hitze«, antwortet die Köchin laut, als hätte sie ihre Freundin vor sich, fächelt sich Luft zu und reißt auf der Suche nach einem Hauch Luft die Fenster auf.

Es ist noch früh am Morgen, aber schon seit ein paar Tagen ist die Hitze so tropisch, dass Noemi Elisas Vorschlag angenommen hat, übermorgen zum Lido di Milano zu gehen. »Los, Noemi, komm mit. Du wirst Spaß haben: Da gibt es Schwimmbecken, Wellen, Strände, Sonnenschirme und Sprungbretter. Ich bin sicher, dass es dir gefallen wird!«, hatte das junge Mädchen sie angefleht. »Es gibt sogar Live-Musik, und wenn wir Glück haben, fordert uns jemand zum Tanzen auf«, hatte sie abschließend gescherzt und ihr zugezwinkert. Der Gedanke, sich vor Hunderten von Leuten im Badeanzug zu zeigen, macht Noemi verlegen, aber die Versuchung, in ein riesiges Becken mit kaltem Wasser zu tauchen, lockt sie so sehr, dass sie nachgibt. »Du musst mir aber versprechen, dass wir niemanden von der Zaini treffen«, hatte sie mit erhobenem Kochlöffel ausgerufen, worauf die junge Frau mit einem liebevollen Schulterklopfen aus der Küche geflohen war.

Noemi und Elisa sind nicht die Einzigen, die von Stränden, Abkühlung und Entspannung träumen. Rund um die Kakaoröstmaschinen gibt es keinen Arbeiter, der nicht gerne in die Rolle seiner Kinder schlüpfen würde, die zu ihren Ferienheimen aufgebrochen sind, und keine Tusa, die nicht von den heißbegehrten preisgünstigen Sommerzügen reden würde – nur die Penati hat es geschafft, Fahrkarten zu ergattern, und fährt jetzt für eine Woche nach Bari, was den Neid der ganzen Abteilung hervorruft.

»Wie bist du da rangekommen? Die waren doch sofort vergriffen!«, fragt eine Kollegin.

»Ich hatte Glück. Gerade stand ich zufällig vor der Anzeigetafel am Hauptbahnhof, als der Fahrkartenschalter geöffnet hat und ich, ohne lange zu überlegen, für meine Familie gebucht habe«, antwortet sie. »Wir fahren nächsten Sonntag um Mitternacht los und kommen nach genau einer Woche wieder«, fügt sie zufrieden hinzu, schon in Vorfreude auf das Meer im Süden.

Durch die Schwüle ist auch in den Büros der Zaini der Takt seit einigen Tagen langsamer geworden. »Hier herrscht Ferienstimmung«, meint Luigi gutmütig, als er eintritt und seine Sekretärin in einer Frauenzeitschrift lesen sieht. Von einem abgebildeten Badeanzug hingerissen, springt Clelia vor Schreck auf und bittet unbeholfen um Entschuldigung. »Entschuldigen Sie, Signor Zaini, die Hitze steigt mir zu Kopf«, brummt sie und wird vor Verlegenheit rot.

»Machen Sie sich keine Sorgen! Im Gegenteil, wissen Sie was?«, ruft Luigi, auch an Ines und Franco gewandt, die über ihre Schreibtische gebeugt sind. »Heute Nachmittag schließen wir früher.« Auf dem Gesicht von allen dreien erscheint ein strahlendes Lächeln, bevor sie sich wieder ihren Aufgaben zuwenden, jetzt schneller, um ein paar Minuten zu gewinnen. Luigi ist der Erste, der rasch fertig werden will, um zu seiner Familie nach Cunardo zu fahren.

Seit dem Rückschlag mit dem Patent hat er versucht, seine Energie besser zu verteilen. Dank der Unterstützung aller Mitarbeiter hat er die Qualität seiner Produkte nie in Frage gestellt, sondern stets versucht, die Produktpalette zu erweitern. Adalgisa hat sich ins Zeug gelegt und zügig neue Rezepte auf der Basis von Schokolade, Mandeln und Walnüssen ausgearbeitet; Ines hat sich auf eine neue, knackigere Werbekampagne konzentriert und es geschafft, einen Termin mit Seneca auszumachen, um sich von ihm beraten zu lassen; Pietro hat sorgfältig alle Maschinen überprüft, um sicherzustellen, dass sie auf voller Leistung laufen. Olga und die Kinder schließlich haben ihrem Vater mit etwas Mühe beigebracht, Aufgaben zu delegieren, und ihm gezeigt, wie wichtig es ist, sich Zeitfenster für sie freizuschaufeln.

Im Sitz der faschistischen Ortsgruppe wiederholt Fausto die fein abgestimmte Zeremonie zu Ehren des Vize-Podestà, der zu einem offiziellen Besuch nach Dergano kommt. Es herrscht hektisches Treiben, das keine Pausen kennt. In tadelloser Uniform kontrolliert Fausto Trikolore-Flaggen und platziert die Liktorenbündel im geschmückten Versammlungssaal. Er versichert sich, dass alle Balilla ihre Tücher ordnungsgemäß tragen und die Haare der jungen Italienerinnen gut zusammengebunden sind und unter dem Knopf der Strickmütze feststecken. Seine Aufregung verbirgt er, indem er mit seinen Händen eine kleine Heiligenstatue der Madonna mit dem Knüppel umklammert. Es ist seine erste Veranstaltung als Ortsgruppenleiter der Paolo Grassigli. »Ich versichere Euch, dass ich in diese Verpflichtung den ganzen feurigen Herzschlag der faschistischen Leidenschaft legen werde, die mich bewegt«, hatte er vor wenigen Wochen, als er das Amt antrat, feierlich geschworen.

Der Platz ist voller Menschen.

Kaum sieht die Menge den Vize-Podestà, in Begleitung des kommunalen Rats, fängt sie an, Fahnen und Banner zu schwingen. Die Gruppe schreitet mit zum Gruß erhobenem Arm voran und betritt den Sitz der Ortsgruppe. Nach den offiziellen Begrüßungen ergreift Fausto das Wort: »Ich danke Euer Ehren, dass Ihr unsere Einladung angenommen habt, das Stadtviertel zu besuchen und unsere bescheidenen Anliegen anzuhören.« Sein Tonfall ist erhaben, als er einige kritische Punkte anspricht. »Holprige Straßen, Funktionsstörungen bei der Kanalisation und fehlendes Trinkwasser sind die drängendsten Probleme«, fährt er fort, den Blick starr auf das an der Wand am Ende des Saals befestigte Liktorenbündel gerichtet. »Darüber hinaus möchte ich noch ein weiteres Problem hervorheben, auf das man von den Bewohnern des Viertels häufig angesprochen wird«, schließt er, wobei er seinen Fez zurechtrückt und den Blick auf den Vize-

Podestà richtet: »Der Oberleitungsbus von Dergano nach Loreto ist eine wichtige Verbindung ins Stadtzentrum, aber eine Fahrkarte dafür kostet sehr viel mehr als eine für die Tram, wodurch er für den Großteil der Bewohner unerschwinglich ist. Zum Abschluss wird ein formaler Antrag auf Erleichterung der Verkehrsanbindung gestellt.«

Der Vize-Podestà nickt und versichert, dass er sich persönlich und mit höchster Dringlichkeit um die Weiterentwicklung des Kanalisationsbetriebs und Trinkwassers kümmern und die Kosten für Fahrten mit dem Oberlandbus denen der Tram angleichen werde.

Fausto atmet wieder. Er starrt nun nicht mehr das Liktorenbündel an, sondern sucht nach dem zustimmenden Blick einer bestimmten Person: Livia schaut ihn gedankenverloren und verliebt an. Alle Warnungen ihrer Kolleginnen, denen die grobe Art des Arbeiters und seine inquisitorischen Blicke noch nie gefallen haben, haben nichts genutzt. Livia fühlt sich trotzdem weiter zu ihm hingezogen, und als Fausto sie einlud, nahm sie die Einladung gerne an, und seitdem ist auch auf ihrer Zaini-Schürze ein faschistisches Parteiabzeichen aufgetaucht, das sie mit unbedarftem Stolz trägt.

Der Vize-Podestà verabschiedet sich und geht, Fausto entspannt sich, als er die lobenden Kommentare seiner Parteigenossen hört. »Ausgezeichnete Arbeit«, beteuert der Basisgruppenführer, gefolgt vom lokalen Parteisekretär: »Wir sind stolz auf die Arbeit, die Ihr heute geleistet habt, und auf die Ergebnisse.«

»Wir setzen den Marsch fort, um unserer Märtyrer und des Duce immer würdiger zu werden«, antwortet Fausto hochtrabend, hebt den rechten Arm und schlägt zum Abschied die Hacken zusammen. Dann geht er zu Livia, um sie zum Feiern in ein Restaurant auszuführen.

22

MAILAND, 2. OKTOBER 1935

Das Meer ist glatt und der Himmel tiefblau. Ein Tretboot voller lärmender Jugendlicher nähert sich dem Ufer. Sie erkennt Piero, der ihr seltsame Zeichen gibt, auf die sie mit einem Winken antwortet. Neben ihr ausgestreckt liegt eine ihr unbekannte Frau in einem wunderschönen geblümten Bikini. ›Irgendwann kann ich endlich auch so was tragen‹, denkt sie, rückt ihren Strohhut zurecht und steckt ihre Füße in den feinen Sand, wo es kühler ist. Als sie ihren Namen hört, dreht sie sich ruckartig zu dem Sonnenschirm ganz hinten im Strandbad um und sucht nach dem Kindermädchen.

»Luisa, Luisa.« Die Stimme kommt immer näher, wird lauter und deutlich. »Luisa, mein Schatz, es ist Aufstehzeit.« Alles war nur ein Traum: Die Ferien sind zu Ende, und heute fängt in Mailand die Schule wieder an.

Emilia streicht ihr durch das zerzauste Haar und sagt sanft: »Wir versuchen uns diesen harten Tag zu versüßen, aber jetzt wird es wirklich Zeit, dass du aus dem Bett kommst und dich für die Schule fertig machst.« Seufzend schlägt sie die Decke zurück und holt Zizi hervor, ein schon ziemlich zerfetztes Stoffkaninchen, das Luisa immer noch beim Einschlafen hilft, obwohl sie jetzt in die fünfte Klasse kommt.

»Ich habe gerade so schön geträumt, Emilia!«, jammert das Mädchen und reibt sich die Augen. »Wir waren am Meer, und neben mir lag eine Frau.« Sie gähnt und erzählt weiter: »Aber die

Frau kannte ich gar nicht, ich hatte sie noch nie gesehen, sie trug einen Bikini …«

»Bikini hin, Bikini her«, unterbricht Emilia sie lachend und gibt ihr einen Klaps auf den Po, um sie zum Waschen ins Bad zu schicken.

Piero und Rosetta sind schon aus dem Haus: Die Mittelschulen sind in der Innenstadt, und Ambrogio fährt sie mit dem Auto hin. Vittorio dagegen, immer noch das Nesthäkchen im Haus, reckt und streckt Arme und Beine, begibt sich faul auf den Teppich zum Spielen und wartet darauf, dass er zum Frühstück gerufen wird.

In der Küche herrscht bereits hektisches Treiben: Noemi bereitet Teig für eine Quiche vor.

Die Milch ist schon in die Schalen gegossen und die Marmeladenbrote auf den Tellern angerichtet.

»Guten Morgen, Noemi«, grüßt Luisa gähnend.

»Guten Morgen, meine Liebe, was machst du denn für ein niedergeschlagenes Gesicht? Freust du dich nicht, deine Freundinnen wiederzusehen?«, fragt sie und reicht ihr eine Schale Milch. Luisa tunkt das Brot hinein und antwortet: »Doch, schon, auf sie ja, sehr sogar«, und nach einem Bissen wird ihr Tonfall lebhafter: »Wer weiß, ob wir noch im selben Klassenzimmer sind und ob wir neue Mitschülerinnen haben?«

Ihre Mutter taucht auf. »Heute hast du sogar zweifachen Begleitschutz auf dem Weg zur Schule: Papa und mich«, kündigt sie mit fröhlicher Stimme an, während sie sich an den Tisch setzt, um noch eine Tasse Tee zu trinken.

Da kommt auch Vittorio hereingerannt, der schweigend seine gierigen Händchen nach einer Scheibe Brot ausstreckt. »Er hat immer den größten Hunger von allen«, meint Olga an Emilia gewandt, die ihm mit einem Kittel hinterhereilt.

»Na gut, machen wir uns fertig«, sagt sie schließlich wieder zu

Luisa, »wir können ja nicht gleich am ersten Schultag zu spät kommen.«

Das Mädchen steht auf und rennt ins Bad, um sich die Zähne zu putzen und ihre Schuluniform anzuziehen. Sie schlüpft in ihre Jacke, und schon in der Tür, ruft sie: »Papa, wir gehen!« Emilia lächelt und geht zu ihr, um die Schleife am Hals in Ordnung zu bringen und ihr eine Praline in die Tasche zu stecken. »Das brauchst du heute«, flüstert sie ihr ins Ohr.

»Bis später«, verabschiedet sie sich und huscht zurück in die Küche, um nach Vittorio zu sehen und ihn von Brot und Keksen fernzuhalten. Es ist Zeit, rauszugehen.

Um 8:20 Uhr sind sie schon vor der Schule. Während sie darauf warten, dass die Schulglocke läutet und die Schultore geöffnet werden, rufen alle wild und laut durcheinander, und die Atmosphäre ist ausgesprochen fröhlich. »Wie schön, euch wiederzusehen!«, »Bist du aber gewachsen!«, »Wie waren die Ferien?«, »Habt ihr euch ein wenig erholt?«, »Wir sind mit dem Sommerzug gereist«, »Ich habe eine kleine Schwester bekommen!«. In wenigen Sätzen versuchen sie die Monate der Abwesenheit zusammenzufassen.

Luisa sieht einige Mädchen aus ihrer Klasse, denen sie zuwinkt. Sie löst die Hände aus denen ihrer Eltern, gibt ihnen zum Abschied noch einen lauten Schmatzer auf die Wangen und geht zu ihren Freundinnen.

Wenige Minuten später bilden sich vor den Toren zwei ordentliche Reihen: eine schwarze und eine weiße, je nach Schuluniform. Die Schüler und die Schülerinnen stellen sich jeweils zu dritt auf dem Bürgersteig auf. Beim Schellen der Glocke werden die Tore weit geöffnet, und es beginnt der geordnete Einzug. Mit militärischem Schritt und die Hände zum römischen Gruß erhoben, marschieren die Kinder in ihre Klassenräume, um je nach Alter ihren Schultag mit Vorlesen, Rechnen an der Tafel, Geschichtsunterricht über das Risorgimento oder naturwissenschaftlichen Experimenten zu beginnen.

Um drei Uhr nachmittags rufen Sirenen und Sturm läutende Kirchenglocken die Italiener zusammen, die ihre Tätigkeiten unterbrechen, um auf die Piazza zu rennen oder ein Radio einzuschalten. Italien hält inne: »Es ist nicht nur eine Armee, die sich ihrem Ziel zuwendet, sondern ein ganzes Volk aus vierundvierzig Millionen Seelen, dem man versucht die schwärzeste aller Ungerechtigkeiten anzutun: nämlich uns ein wenig Platz an der Sonne zu nehmen«, ruft der Duce und verkündet die militärische Mobilmachung: »Mit Äthiopien hatten wir vierzig Jahre Geduld! Jetzt reicht es!«

Auch im Hause Zaini starren alle den Apparat an, ohne zu atmen: Diese weit entfernte Invasion dröhnt durchs Radio, kommt näher, bis in die eigenen vier Wände.

Zum ersten Mal ist der Krieg greifbar. Es herrscht tiefe Stille. Jeder ist in seiner eigenen Welt verloren. Noemi trocknet sich mit dem Geschirrtuch eine Träne, während Emilias Gedanken zu ihren Eltern fliegen. ›Vielleicht bleibt der Krieg da oben in den Bergen weit weg‹, versucht sie sich zu trösten und ein plötzliches Heimweh zu überwinden. Elisa fegt sofort weiter die Wohnung, als wollte sie vergessen, was sie gerade gehört hat. Vittorio und Diamante durchleben bei der Erwähnung der Niederlage von Adua erneut die chaotischen Tage von damals: Genau in jenen Tagen, als die Massen auf der Piazza den Rücktritt der Regierung forderten, wurden sie Eltern ihrer Erstgeborenen Annetta.

Luigi dagegen erinnert sich an die Ankündigung des Eintritts in den Krieg von 1915 und die Einberufung, die auch ihn betraf, damals noch unter dreißig. Olga vergräbt das Gesicht in den Armen ihres Mannes und versucht so, die Sorge in ihren Augen zu verbergen.

Luisa bricht in untröstliches Schluchzen aus, eher von der Anspannung bedrückt, die sie umgibt, als dass ihr die Lage wirklich bewusst wäre.

Piero und Rosetta kommen atemlos ins Haus: »Habt ihr gehört? Italien ist im Krieg«, ruft Piero noch im Vorraum, als er sich die Mütze abnimmt. »Wir werden sie schlagen!«, ruft der Junge mit enthusiastischem Tonfall, wird aber sofort vom eiskalten Blick seines Vaters zum Schweigen gebracht, der ihn streng ansieht.

Der Einzige, der unbeirrt weiterspielt, ist Vittorio: Er klebt gerade ein paar Bildchen der *Vier Musketiere* ein und blättert energisch im Album. Luigi beobachtet ihn und bricht das Schweigen, indem er das Thema wechselt. »Wisst ihr eigentlich, dass Signora Spagnoli von der Perugina vor ein paar Tagen dahingeschieden ist? Das habe ich heute erst erfahren. Sie ist in Paris gestorben.«

Olga schaut auf. »Wirklich?«, fragt sie und bekreuzigt sich. »Möge sie in Frieden ruhen.« Nach einer Pause überlegt sie: »Die Signora Spagnoli hatte immer einen gewissen Vorsprung – anscheinend auch beim Sterben. Wahrscheinlich hat sie sich einen sehr guten Zeitpunkt ausgesucht. So muss sie die Schrecken nicht miterleben, die uns bevorstehen.« Luigi nickt, er küsst sie auf die Stirn und geht runter in die Fabrik.

Er muss mit seinen Angestellten reden.

Als er die Fabrik betritt, herrscht großer Aufruhr: Eine seltsame Begeisterung weht durch die Luft.

»Signor Zaini, sind Sie bereit, Afrika mit Ihren Pralinen zu erobern?«, fragt ein Maschinist. Luigi antwortet nicht, wirft ihm aber einen Blick zu, der ihn sofort zum Schweigen bringt. »Signor Zaini, was geschieht nun?«, fragt ihn eine junge Frau mit besorgter Stimme, während sie eine Packung verschließt, die bis zum Abend verschickt sein muss. Fausto steht mitten in einer Schar Arbeiter: Wie immer schwingt er Reden. Seit er zum Ortsgruppenleiter befördert wurde, redet er nur noch vom Imperium, Kolonien, Krieg, vergiftet damit die Atmosphäre in der Firma und weckt nicht wenig Sorge in Luigi.

»Signor Zecchi, jetzt rede ich, wenn Sie nichts dagegen haben!«, sagt er in einem Ton, der keine Widerrede zulässt. Fausto macht eine altmodische Verbeugung und verstummt, wobei er die Hand seiner Tusa drückt.

Mit Mühe versammelt Luigi die Arbeiter und bittet um Ruhe: »Wie ihr wahrscheinlich schon wisst, haben sich die italienischen Truppen in den vergangenen Wochen in Eritrea an der Grenze in Stellung gebracht und heute Äthiopien überfallen. Der Krieg hat offiziell begonnen, und er betrifft uns auch aus der Ferne.« Irgendjemand in der Menge ruft: »Viva!« Luigi reagiert: »O weh, ein Krieg ist nie Grund zur Freude, der bringt immer Schmerz und Tod. Wir haben keinen Grund zum Jubeln, denn unser Schicksal ist nicht sicher vorgeschrieben.«

Die Tuse nicken, manch eine von ihnen kann ein Tränchen nicht zurückhalten. Adalgisa und Annalisa tauschen besorgte Blicke aus.

Luigi sieht ihnen in die Augen, als er beruhigend sagt: »Was ich euch heute versichern kann, ist, dass bei der Zaini alles so weitergeht, wie es immer war, ohne Rast und ohne Furcht.« Jemand seufzt. »Ihr könnt so weiterarbeiten, wie ihr es immer gemacht habt«, schließt Luigi.

»Oder ihr könnt in den Krieg ziehen und euch euren Platz an der Sonne erobern«, ruft Fausto mit lauter Stimme, damit alle ihn hören. »Nach Afrika aufbrechen heißt, die Eroberung des Imperiums als Protagonist mitzuerleben«, fährt er fort.

Livias schaut besorgt zu ihm auf. »Was sagst du denn da?«, fragt sie.

»Ich breche bald auf«, verkündet er vor allen, »auf Wiedersehen, Signor Zaini.« Er macht noch eine Verbeugung. »Warum sollte ich hierbleiben und Zylinder rotieren lassen, wenn ich mein Glück machen, ein reicher und glücklicher Grundbesitzer werden kann?«

»Und ich?«, fragt Livia bestürzt, und ihre Augen sind schon voller Tränen. »An mich denkst du nicht?«, fragt sie und vergisst dabei die ganzen Leute um sie herum.

»Livia, du bist ein hübsches Mädchen, aber genauso dumm wie alle anderen«, sagt er verächtlich. »Ich habe ein Recht auf sehr viel mehr als eine Verpackerin.«

Livia läuft schluchzend davon, gefolgt von Annalisa und Aurelia. Luigi ist betroffen. Am liebsten würde er das Wort ergreifen, laut werden, schreien. Die Vernunft hält ihn zurück. »Viel Glück. Da ist die Tür. Leben Sie wohl«, sagt er und macht sich auf den Weg zu seinem Büro.

23

MAILAND, MAI 1936

Hülsenfrüchte, Stracchino-Käse, Tomaten und Milch liegen auf dem Küchentisch. Noemi mustert sie und grübelt, wie sie daraus ein Abendessen kochen könnte. Sie schaltet das Radio ein: Es läuft das Programm *Ratschläge zum häuslichen Wirtschaften in Zeiten von Sanktionen*. ›Vielleicht bekomme ich da eine Anregung‹, denkt sie.

Seit infolge des Angriffs auf Äthiopien vom Völkerbund Sanktionen gegen Italien verhängt wurden, ist Noemi keine Köchin mehr, sondern eine Strategin. Schlichtheit und Genügsamkeit sind die vorherrschenden Prinzipien. Seit November mahnt die Regierung, Gewohnheiten zu ändern, »wenig zu essen und alles zu verwerten«, bestimmten Verbrauch einzustellen, die italienische Produktion anzuregen und die ausländische zu boykottieren: Das ist Autarkie.

Statt Fleisch soll es lieber Fisch geben, statt Butter Öl, statt Nudeln Reis, statt Kaffee Zichorie, statt Weißbrot Vollkornbrot. So kann Italien der ganzen Welt zeigen, dass es vollständig autark ist, trotz Verboten und Sanktionen.

Osterien, Restaurants und Kantinen wird auferlegt, Tischgästen nicht mehr als ein Fleischgericht zu servieren; Rostbratereien und Bratstuben dürfen dienstags kein Fleisch zum Mitnehmen verkaufen, und Metzgereien dürfen mittwochs nur Geflügel oder Wild über den Ladentisch gehen lassen.

Von der Hausfrau wird bescheidenes, sparsames Kochen verlangt. »Höchst nahrhaft, bei minimalen Ausgaben«, wiederholt Noemi, während sie auf der Suche nach einem Holzbrett und einer Pfanne den Schrank öffnet. »Und nichts verschwenden«, in dieser Hinsicht war Noemi schon immer autark, schon als Kind. »Ich hab es bestimmt nicht nötig, dass mir dieser Hanswurst erklärt, wie ich mich am Herd verhalten soll«, erhitzt sie sich, wenn sie an den Duce und die immer strengere Diktatur denkt.

Brot bleibt die letzte Gewissheit, das gibt es zu jeder Mahlzeit, vom Frühstück, in Milch getunkt, bis zum Abendessen, wo es mit Suppe oder Brühe getränkt wird.

Inzwischen ist sie die Königin der Genügsamkeit: Irgendwo hat sie gelesen, dass man mit 32 Cent den Tagesbedarf eines Erwachsenen von tausend Kalorien abdecken kann. »Wie soll man von so wenig leben?«, fragt sie sich. »Polenta mit Olivenöl!« ist mittlerweile ihr Motto geworden. »Öl kostet halb so viel wie Butter, ist aber genauso nahrhaft.«

»Ich hab's!«, ruft sie zufrieden. »Für heute Abend mache ich Gemüsefrikadellen mit Tomatensoße.« Auch für dieses Essen ist gesorgt. Zum Glück sind die Zainis nicht sehr anspruchsvoll und beschweren sich kaum wegen des Essens. Die Strengste ist immer Emilia: Seit einiger Zeit kommt sie nur noch selten in die Küche und wirkt demotiviert. »Hey, Emilia, meine Liebe, du wirst doch wohl nicht die Lust verloren haben, deine Schokoladenrezepte auszuprobieren?«, hat sie sie eines Abends gefragt, als sie sie Trübsal blasen sah.

»Aber, Noemi, wie soll das ohne Butter gehen? Soll ich etwa mit Margarine als Ersatz backen?«, hatte sie mit angewidertem Gesicht geantwortet.

Die Zaini-Kinder bewegen sich in der Fabrik sicher zwischen Maschinen, Tischen und Paletten. Sie kennen jeden hintersten Winkel, jedes Versteck und jeden geheimen Durchgang, sodass, wenn sie ihre Mitschüler zum Räuber-und-Gendarm-Spielen einladen, stundenlang kein Gewinner ausgerufen werden kann, weil ihre Verstecke unauffindbar sind.

Nur ein Raum ist strengstens verboten: Papas Büro. Hier kommt man nur mit ausdrücklicher Erlaubnis rein, und wenn die erteilt wird, ist die Freude riesig. Sich auf Papas Stuhl zu setzen und so zu tun, als würde sie arbeiten, ist für Luisa eins der höchsten Vergnügen: Sie vergisst ihre elf Jahre, fühlt sich groß und spielt, eine erwachsene Frau zu sein, so elegant wie Mama und so beschäftigt wie Papa.

Seit einiger Zeit ist im Büro neben Luigis Schreibtisch noch ein weiterer aufgetaucht: Der ist für Nonno Vittorio, der, seit er die Drogerie zugemacht hat, seinem Schwiegersohn beim Führen der Firma hilft.

Luigi hat sogar beschlossen, ihn offiziell zum Prokuristen zu ernennen. »Ich brauche jemanden, der alles an meiner Stelle tun kann«, hatte er ihm auf dem Weg zum Notar erklärt, »jemanden, der mich bei Bedarf überall ersetzen kann, vom Abholen eines Pakets bei der Post bis zur Unterschrift unter einen Arbeitsvertrag oder eine Kündigung, und in den ich – unnötig, das zu sagen – vollstes Vertrauen habe.« Nach einer Kunstpause hatte Luigi hinzugefügt: »Und dieser Jemand bist du, Vittorio.«

»Luigi, du bist für mich wie ein Sohn. Ich fühle mich geehrt und nehme die Aufgabe an, in der Hoffnung, dass ich sie auch erfüllen kann«, hatte sein Schwiegervater gerührt geantwortet.

Luigi ist wegen eines Termins unterwegs, und Luisa verliert sich im Ausfüllen imaginärer Schuldscheine, Aufsetzen verquerer Verträge und in Telefonaten mit unsichtbaren Freunden am anderen Ende der Welt. Nonno Vittorio spielt mit, und dank seiner Einwürfe scheint die Fiktion Wirklichkeit zu werden. Die Stunden vergehen wie im Flug.

Gegen 18:30 Uhr kommt Nonna Diamante, die sie zum

Abendessen ruft. Der Traum ist aus, und Luisa wird wieder zum Kind. Sie steigt vom Stuhl runter, nimmt ihre Nonna an der Hand, die beim Rausgehen einen Blick auf ihren noch mit irgendeinem Problem befassten Mann wirft, und sagt: »Arbeiten tut dir gut, mein Liebster!« Und dann, an ihre Enkelin gewandt: »Der Opa wirkt um Jahrzehnte jünger!« Luisa lächelt, als sie daran denkt, dass sie gerne schon zwanzig Jahre älter wäre.

BRUNATE, SOMMER 1936

Vittorio klammert sich an das Bein des Kindermädchens: Sosehr ihm die Seilbahn gefallen hat, als er sie steil und schnell den Berg herunterkommen sah, so unsicher und zaudernd fühlt er sich jetzt, wo er drin sitzt. Mit einem metallischen Zischen schließen sich die Türen, und die Seilbahn setzt sich in Bewegung. Die Hände umklammern Emilias Bein noch fester. »Du musst keine Angst haben, Vittorio, dieses Gefährt hier funktioniert bestens«, beruhigt sie ihn mit sanfter Stimme und nimmt ihn in den Arm. »Stell dir vor, du wärst in einem Raumschiff auf dem Weg zu einem fernen Planeten. Sieh nur, wie sich die Erde entfernt«, sagt sie und zeigt auf die Stadt Como, die immer kleiner wird.

Während Vittorio sich ablenkt, indem er versucht, Häuser und Kirchtürme zu erkennen, schnattern seine Schwestern angeregt. Sie pressen ihre Gesichter an die Scheibe und schauen hoch zu den eindrucksvollen Villen am Berghang. »Schau mal, die da mit dem Türmchen«, sagt Rosetta. »Ich würde gerne in der dahinten wohnen, siehst du die?«, antwortet Luisa und zeigt auf ein Haus mit romantischer Terrasse senkrecht über dem See. Beide sind wegen des Urlaubs ganz aufgeregt und reden schon seit Wochen von nichts anderem mehr, zur Verstimmung der Großeltern, die den Sommer dieses Jahr allein in Cunardo verbringen. »Was soll an Brunate denn so besonders sein?«, hatte Diamante sie leicht eingeschnappt gefragt. »Wenn ihr da seid, erklärt ihr mir das in einem hübschen Brief!«

Nonno Vittorio war mit seiner üblichen Weisheit dazwischengegangen und hatte versucht, seine Frau zu beruhigen. »Dieses Jahr genießen wir die Stille und den Frieden. Und nächstes Jahr kommen sie wieder mit nach Cunardo, du wirst sehen, letztlich fühlt man sich zu Hause doch am wohlsten«, sagte er und streichelte ihre Wange in dem Wissen, dass seine Frau wirklich unendliche Sehnsucht nach ihren lärmenden Enkeln haben würde. Nicht einmal Annetta würde ihnen Gesellschaft leisten, da sie beschlossen hatte, sich den anderen anzuschließen. »Vielleicht findest du ja einen Mann, Tante«, hatte Piero scherzhaft bemerkt.

Still denkt Annetta wieder an die Worte ihres Neffen, während sie den Kragen ihrer Bluse unter der Weste richtet. »Das wäre ein starkes Stück, wo ich doch gerade vierzig geworden bin.« Sie versucht, den Gedanken zu verscheuchen, aber irgendwo tief in ihrem Inneren hofft sie vielleicht wirklich darauf.

Olga ist am aufgeregtesten von allen. Es war nicht einfach, Luigi von der sommerlichen Routine abzubringen. Von allen Argumenten, die sie angeführt hatte – Abwechslung, Mondänität, Komfort –, hatte nur eins eingeschlagen: die Wanderungen. Olga hatte die Wanderkarten so genau studiert, dass sie ihm für jeden Tag eine andere Route versprechen konnte: an einem Tag zum Monte Boletto, an einem anderen zum Faro Voltiano, dem 29 Meter hohen Leuchtturm, einen Vormittag hoch auf den Hügel und einen Abend über die steilen Kopfsteinpflastergässchen runter zum See für einen Aperitif in Como.

»In Ordnung, du hast gewonnen«, hatte Luigi nachgegeben. »Du hast meine Schwäche gefunden, du kennst mich zu gut«, hatte er gesagt, ihre Hände genommen und sie zum Kuss an seinen Mund geführt. Schon der Gedanke an lange Wanderungen an unbekannten Orten verbesserte seine Laune und ließ ihn, wenn auch nur für kurze Augenblicke, Sorgen und Unruhe vergessen, die in der Fabrik inzwischen ständig an der Tagesordnung waren.

Der Winter war hart: Mit der Autarkie war die Arbeit noch anstrengender geworden.

Jeden Morgen warteten auf Luigis Tisch neue Probleme auf ihre Lösung: die Kontrolle der Maschinen, die Arbeitsmoral der Angestellten, die immer müder und hungriger wurden, die schwierige Beschaffung der Rohstoffe, die immer komplexeren Prozeduren. Die Sanktionen betrafen jetzt auch den Kakao: Seit Sommeranfang unterlag er gesetzlichen Einfuhrbeschränkungen. Luigi war wirklich urlaubsreif.

Als sie aus der Seilbahn ausgestiegen sind, führt Olga die Truppe zu ihrer Unterkunft. Das Hotel Bellavista ist nicht weit, es ist eins der ersten Gebäude an dem Weg, den die berühmten, im Sommer besonders strahlenden Villen säumen. Die Kinder rennen und halten vor dem Eisentor an, auf dem das Hotelschild prangt. »Buonasera, Signora Zaini. Herzlich willkommen. Ihr Gepäck wurde schon auf die Zimmer gebracht«, empfängt sie der junge Mann am Tresen und übergibt ihnen die Schlüssel. »Das Abendessen wird um acht auf der Terrasse serviert.«

Olga geht hoch ins Zimmer und reißt das Fenster auf. Sie schließt die Augen und atmet tief ein. Als sie die Augen wieder öffnet, bewundert sie das Panorama und meint, den Monte Rosa zu erkennen. ›Das wird ein schöner Urlaub‹, denkt sie, nimmt ihren Hut ab und überprüft den Sitz ihrer Hochsteckfrisur. Luigi wird in ein paar Tagen nachkommen, zusammen mit Piero, der dann aus dem Ferienheim zurück ist.

»Morgen kundschaften wir den Faro Voltiano schon mal aus. Mir wurde gesagt, dass man innen mit einer Wendeltreppe bis nach oben gelangt«, schlägt Olga vor, darum bemüht, dass am Tisch wieder Ruhe einkehrt. Die Kinder sind überdreht. »Ohne Piero?«, fragt Vittorio, der ihn sehnlichst erwartet.

»Mit dem gehen wir noch mal hin, sobald er da ist, keine Sorge«, versichert seine Mama. Dann dreht sie sich zu Luisa und Rosetta um, die sich gegenseitig Bänder aus der Hand reißen. »Hört auf zu streiten. Sagt mir lieber, ob ihr wisst, wer Alessandro Volta war.«

Mit einem heftigen Ruck bringt sich Luisa in den Besitz des Bands und antwortet gelangweilt: »Natürlich, Mama: Das ist der Erfinder der elektrischen Batterie. Das haben wir dieses Jahr stundenlang in der Schule durchgenommen.« Dann schaut sie zu Rosetta, die ihr die Zunge rausstreckt und leise »Klugscheißerin« zischt, bevor sie zur Gabel greift und anfängt zu essen.

Die Tage vergehen wie im Flug. Bei ihrer Ankunft werden Luigi und Piero von der Begeisterung ihrer Familie und der fröhlichen Atmosphäre des Ortes mitgerissen. Olga schafft es sogar, Luigi zu einem sehr eleganten Ball im Grand Hotel zu schleppen.

Annetta hat zwar keinen Mann gefunden, aber endlich ihr bordeauxfarbenes Seidenkleid anziehen können, das sie sich hat schneidern lassen und das für die Veranstaltungen, die sie sonst besucht, definitiv zu elegant ist.

Derweil rast die große Geschichte zu ihren Füßen, unterhalb der Seilbahn nur so dahin: Ein Krieg ist gerade erst zu Ende, und ein neuer steht vor der Tür. Am 5. Mai sind die Italiener, angeführt von Badoglio, in Addis Abeba einmarschiert, als neue Herrscher Äthiopiens, während in Spanien zwischen dem 17. und 19. Juli einige Armeeoffiziere unter der Führung von General Franco gegen die republikanische Regierung geputscht haben. Der spanische Bürgerkrieg hat begonnen. »Die ersten Italiener brechen auf, um die Aufständischen zu unterstützen«, meint Luigi, als er die Nachrichten in der Zeitung liest. Olga sitzt neben ihm auf der Terrasse. Plötzlich ist ihr kalt, und sie macht ihre Strickjacke zu. »Der Krieg kommt immer näher«, antwortet sie mit trauriger und angsterfüllter Stimme.

24

MAILAND, 20. OKTOBER 1936

»Man muss auf die Fische zugehen und ihnen in die Augen schauen: Wenn uns dann sein Blick so gut gefällt wie der eines ehrlichen Menschen, vertrauen wir ihm und wenden uns ihm offenen Herzens zu«, diese Anweisung hatte Noemi in einer Zeitschrift gelesen und sich den Seezungen und Barschen an den Ständen bei der Porta Ticinese entsprechend genähert. Einige Fischverkäufer hatten sich nämlich der zigsten Propaganda-Initiative zur Autarkie angeschlossen: An bestimmten Tagen verkauften sie Fisch verschiedener Qualität, mehr oder weniger hochwertig, ›zu Ausnahmepreisen‹. Noemi hatte die Gelegenheit nicht verpasst: Sie war im Morgengrauen aufgewacht und hatte trotz der ersten Kälte und der ersten, noch schüchternen Nebelschwaden die Stadt durchquert.

Versunken in die Gedanken, wie sie ihr ausgezeichnetes Beutegut zubereiten soll, trifft sie auf dem Rückweg auf Clelia, die mit einem Stapel Pakete aus der Fabrik kommt.

»Buongiorno, Noemi«, grüßt sie und bleibt ruckartig stehen, »ich eile zur Post. Aber du bist ja auch ganz schön beladen. Warst du einkaufen?« Noemi nickt zufrieden und öffnet ihren Beutel, um dessen Inhalt zu zeigen. Clelia schaut hinein und ruft: »Was für phantastische Kolosse! Zu wievielt esst ihr davon?«, fragt sie neugierig. Clelia lebt allein und ist keine großen Essensrationen gewohnt. Außerdem ist sie eine sehr schlechte Köchin – zum Glück begnügt sich Ruggero genau wie sie mit einfachen Gerichten. »Ich wüsste nicht mal, wie man die putzt«, fügt sie hinzu und sieht erwartungsvoll zur Köchin auf. Doch Noemi hat keine Lust auf eine längere Plauderei und erklärt kurz angebunden: »Man braucht sie nur zu putzen und in den Ofen zu schieben«, und um Freundlichkeit bemüht ergänzt sie: »Nächstes Mal sage ich der Signora Zaini, dass sie dir eine Portion zum Probieren mitbringen soll.«

Clelia bedankt sich und sagt beim Weggehen laut: »Zum Glück sind Pralinen immer sofort zum Verzehr bereit!«

Noemi verdreht die Augen und antwortet für sich: ›So viele Naschkatzen um mich herum: Die haben sich wohl gegen mich verschworen!‹

Noemi legt die Fische ins Waschbecken und schaltet das Radio ein. Das macht sie mittlerweile automatisch. Während sie den Sender sucht, erinnert sie sich daran, dass Signora Olga das neue Kochbuch von Quattrova mitgebracht hat, frisch aus dem Druck und diesen Sommer in die Buchhandlungen gekommen. Sie findet es auf dem Beistelltisch und betrachtet den Buchumschlag. »1014 Rezepte!«, ruft sie begeistert, bevor sie es aufschlägt. »Mal sehen, ob es ein Kapitel zu Fisch gibt.« Im Buch findet sich viel Neues: ein Kapitel über Reisaufläufe, eins über Hühnchen, eins über Käse und sogar eins über koloniale Gerichte. Und dann ist da auch ein Kakaokapitel. ›Das ist neu‹, denkt sie, während sie die Einleitung liest: *»Wenn ihr die Koffer zugemacht habt, die euch in die Einsamkeit eures Ferienhauses begleiten werden, versichert euch, dass ihr die wichtigsten Dinge nicht vergessen habt.«* Noemi rollt mit den Augen, als sie weiterliest: *»Ein großes Glas Kakaopulver, Manna vom Himmel, unerschöpflicher Bronn, Quell unendlicher Gaumenfreuden.«*

»Ein großes Glas Kakaopulver?« Noemi verdreht die Augen und liest weiter: *»Ich übertreibe nicht, denkt an den Segen, dreißig*

Kilometer von der nächsten Ortschaft entfernt jeden Tag eins dieser bezaubernden Rezepte zu kosten: Schokopudding, Torta Marchesa, Mandelkuchen, Gebäck, Reispudding mit Kakao und schließlich einen Likör.«

»Das kann doch nicht wahr sein. Was ist mit Signora Quattrova passiert?«, fragt sie laut. Da kommt Emilia mit Luisa im Schlepptau in die Küche.

»Was machst du denn für ein Gesicht, Noemi? Hast du ein Gespenst gesehen?«, fragt das Kindermädchen erschrocken und nimmt ihr das Kochbuch aus der Hand. »Ah, die berühmte Köchin, die meinen Händen misstraut hat. Was sagt sie denn noch so?«, fragt sie und mustert das dicke Buch: »Die muss aber viel Gemüse gefunden haben!« Sie kann ein breites Lächeln nicht unterdrücken, ruft Luisa zu sich und sucht das Inhaltsverzeichnis.

»Was denn für Gemüse!«, platzt Noemi heraus. »Die Quattrova hat zu tief in die Flasche geguckt«, sagt sie und zeigt ihr die Seite zum Kakao.

Emilia lacht laut auf: »Viva la Quattrova! Ich schwöre, dass ich sie nicht kennengelernt habe und keine Möglichkeit hatte, sie zu den Sünden der Völlerei zu verführen. Aber lass mal sehen.« Emilia blättert das Buch durch und liest lachend für Luisa laut vor: »Hör mal, was hier steht: *Welches Kind hatte keine schwere Kindheit, verbittert vom Verbot, die Küche zu betreten?* Sie redet von dir, mein Schatz.« Luisa lacht, während Emilia fortfährt: *»Die traditionell meist schlecht gelaunte Köchin«*, Emilia hält inne und zeigt auf Noemi, *»die große Gefahr weiterer Flecken auf der weißen Schürze, die Unordnung, die ein kleiner Wildfang überall schafft, haben Kindern aller Zeiten und Orte fast immer untersagt, die Schwelle zur Küche zu übertreten.«* Emilia und Luisa prusten los und stecken damit auch die Köchin an, die kapitulierend die Hände hebt.

»Luisa, das ist unser Moment: Sogar die Signora Quattrova

hat sich befreit und ist auf unserer Seite: Hol eine Schüssel und eine Backform«, spornt sie das Mädchen an, während sie nach einem Rezept sucht. »Gefunden!«, frohlockt Emilia. »Das wird auch dir gefallen«, sagt sie an Noemi gewandt, »ein autarker Kuchen. Die Quattrova sagt, sie will an den Butter- und Eiermengen sparen, die man sonst so krampfhaft nutzt.« Dann zählt sie, an Luisa gewandt, die Zutaten auf: »Wir brauchen 200 Gramm Mehl, 250 Gramm Zucker, 100 Gramm Kakao und 250 Milliliter Milch.« Luisa sucht die Zutaten zusammen, wiegt sie ab und richtet sie auf dem Tisch an. »So – alles bereit. Machen wir uns an die Arbeit!« Das Mädchen verrührt die Zutaten, Emilia fettet die Backform ein und bestreut sie mit Mehl, während Noemi abrückt und ihre Fische aus dem Waschbecken holt. Sie schaut ihnen in die Augen: »Schaut mich an, Jungs«, sagt sie und geht dann den Ofen anschalten, wobei sie ein Auge auf die beiden Hilfsköchinnen wirft, die einen Finger in die Schüssel gesteckt und mit genüsslichem Gemurmel den Teig probiert haben.

Adalgisa legt ein kleines Päckchen auf den Tisch des Labors. Darin sind zwanzig verschiedene Samen. Sie zieht die Handschuhe aus, knöpft ihre Jacke auf, dann öffnet sie das Paket und mustert den Inhalt. »Hoffentlich gibt es eine Anleitung«, seufzt sie und sucht darin nach irgendeinem Heftchen. Vor der Arbeit ist sie nämlich den sogenannten und hoch angepriesenen autarken Garten abholen gegangen. Diese Antisanktionspakete werden kostenlos verteilt. Jedes soll den jährlichen Gemüsebedarf einer fünfköpfigen Familie decken und gesunde, abwechslungsreiche Kost ›gemäß den Regimevorgaben‹ garantieren, wie es auf den in der Stadt verteilten Werbeschriften zu lesen ist.

Während sie neugierig im Tütchen wühlt, kommt Marietta rein. Als sie Adalgisa so konzentriert sieht, fragt sie: »Machst du ein neues Experiment?«

Adalgisa schnellt hoch und lässt vor Schreck fast die Samen aus der Packung rieseln. »Auf gewisse Weise vielleicht schon«, antwortet sie lächelnd. Als sie sieht, dass die Tusa verständnislos die Stirn runzelt, erklärt sie: »Ich habe das Antisanktionspaket abgeholt, und das stellt mich auf eine viel größere Probe als meine Experimente im Labor!« Sie lachen.

»Ach komm schon, Adalgisa. Du bist doch die Königin der Manscherei, du bekommst bestimmt einen spektakulären Gemüsegarten, wirst sehen. Wo pflanzt du den eigentlich an?«, fragt sie in dem Wissen, dass Adalgisa genau wie sie selbst in einer *Casa di ringhiera* wohnt, wo es Grün und Platz höchstens in ihren Träumen gibt.

»Das weiß ich tatsächlich noch nicht, ich werde wohl den Innenbalkon bestücken«, überlegt sie.

Marietta nickt. »Und was ist in dem Tütchen da?«, fragt sie, weil sie darüber nachdenkt, auch für sich eins zu holen und es auszuprobieren.

»Kartoffeln, Bohnen, Trockenerbsen, Kichererbsen, Karotten, Tomaten und Zucchini. Jeden Abend eine Suppe ist gesichert«, antwortet Adalgisa. »Auch weil wir nur zu dritt sind, nicht zu fünft, aber mein Ferruccio isst für drei!«

Marietta lächelt und verabschiedet sich mit der Bitte, auf dem Laufenden gehalten zu werden, ob alles wächst und gedeiht. »Sag mir, wenn du einen geeigneten Ort findest, dann hole ich mir vielleicht auch eins«, kündigt sie an, als sie das Labor verlässt und wieder an ihre Arbeit geht.

25

MAILAND, 30. MAI 1937

Piero hängt schon seit Tagen vor dem Radio herum, um die Berichterstattung vom Giro d'Italia zu verfolgen. Ein Notizbuch in der Hand, verzeichnet er Etappe für Etappe Zeiten, Kilometer und das aktuelle Klassement und mutmaßt, wer wohl gewinnen wird. Noemi, die beim Kochen zwangsläufig mit zuhören muss, schmunzelt, wie akribisch und konzentriert Piero plötzlich ist. Schließlich entwickelt auch sie eine Leidenschaft für den Radsport. Sobald der Reporter atemloser berichtet, rührt sie schneller im Topf, als wollte sie mit dem Tempo der Radrennfahrer mithalten.

Der Giro d'Italia hat am 8. Mai an der Mailänder Arena begonnen, mit 93 Teilnehmern. Nach dem Startsignal sind die Champions den Naviglio Grande entlanggefahren und dann weiter Richtung Turin, dem Zielpunkt der ersten Etappe. Beim Zuhören träumt Piero davon, eines Tages ein Bianchi-Rad zu besitzen, mit dem er durch die Stadt flitzen kann.

Noemi hält zu Gino Bartali, der, soweit sie es verstanden hat, trotz anfänglicher Gesundheitsprobleme der Favorit ist. »Was für ein Pech! Ausgerechnet da musste er stürzen«, kommentiert sie. Inzwischen fühlt sie sich schon als Radsportexpertin. Bei jedem Ort, durch den die Fahrer kommen, seufzt sie auf. »Wie lang ist dieser Stiefel nur?«, fragt sie Piero, der mit seinen Prognosen beschäftigt ist. Genua, Livorno, Arezzo, Rom, Neapel, Pescara, Campobasso, Forlì, Meran, Vittorio Veneto. »Sie fahren auch durch deine Dolomiten«, informiert sie eines Nachmittags Emilia, die desinteressiert ein paar Schüsseln spült. »Vielleicht gehen deine Eltern ja hin, um sie vorbeifahren zu sehen?«, fragt sie neugierig. »Ich werde sie fragen«, verspricht Emilia, nicht sonderlich überzeugt.

Nach über dreitausend Kilometern steht den noch im Rennen verbliebenen Champions die letzte Etappe von Como nach Mailand bevor. Nachmittags werden sie im Velodrom ankommen, wo ein großes Abschlussfest stattfindet. Piero wird dort sein. Sein Vater hat nämlich versprochen, mit ihm hinzugehen.

Der Vormittag vergeht im Schneckentempo. Piero tigert nervös durch die Wohnung, aber in Gedanken ist er schon im Velodrom. Endlich ruft ihn sein Vater: »Bist du so weit, Piero?« Da ist der Junge schon in der Tür, Notizheft und Stift unter dem Arm. »Wozu brauchst du denn das?«, fragt Luigi lächelnd, mit wissendem Blick.

»Ich will versuchen, ein Autogramm zu bekommen«, antwortet er, wie aus der Pistole geschossen.

»Lass dir auch für mich eins geben«, ruft es aus der Küche. Das war Noemi, die zur Tür kommt.

Das Vigorelli – wie das Velodrom in der Stadt genannt wird, in Erinnerung an einen Rennfahrer, der sich stark für dessen Realisierung eingesetzt hat – ragt vor den Augen des Jungen auf. Es wurde anlässlich der Faschistischen Spiele von 1935 eingeweiht und ist ein Meisterwerk der Moderne. Beim Betreten bleibt Piero der Mund offen stehen. Durchs Radio kann man den Duft der Holzbahn nicht riechen, nicht die atemberaubende Neigung sehen und die enormen Menschenmassen, die schweigend auf die Ankunft der Rennfahrer warten.

»Wie aufregend«, sagt er und sieht seinen Vater mit leuchtenden Augen an.

Kurz nach fünf kommen die Rennfahrer wie Pfeile hereingeschossen: Die Reifen gleiten über die Holzlatten, und die Rufe der Fans begleiten die letzten Tritte in die Pedale. »Sieger ist, erneut, Gino Bartali!«, wird über das Mikrophon verkündet.

»Er hat es geschafft!«, ruft Piero und reißt die Arme hoch, während der Mann im Rosa Trikot langsamer wird und sich vom Beifall von den Tribünen berieseln lässt.

Abends bei Tisch hört man nur Pieros Stimme, der den anderen haarklein von seinem Tag erzählt, als wäre er selbst Radioreporter. Es ist unmöglich, ihn zu unterbrechen, und Luisa, Rosetta und Vittorio hören ihm bewundernd zu, so aufgeregt haben sie ihn noch nie gesehen. »Und das Autogramm?«, fragt Olga, die vom Tisch aufsteht.

»Tada!«, antwortet Piero und zieht zwei Zettel aus der Tasche. »Eins für mich und eins für Noemi.«

»Ich fasse es nicht«, ruft die Köchin aus der Küche, »du hast es wirklich geschafft!«

Noemi umarmt Piero, während Vittorio sich an seinen Papa wendet: »Als Nächstes musst du mich mitnehmen.«

Luigi schaut ihn neugierig an und fragt: »Und wohin soll ich dich mitnehmen, mein kleiner Racker?«

»Zum Pferderennen!«, antwortet der entschlossen.

»In Ordnung. Ich gehe mit dir hin, wenn du morgens nicht mehr weinst, wenn es heißt, zur Schule zu gehen, obwohl sie ja schon in wenigen Wochen vorbei ist«, sagt er, schaut ihm dabei in die Augen und zieht ihm liebevoll die Ohren lang.

Vittorio verzieht das Gesicht und verlässt den Raum. Olga geht zu ihrem Mann und fragt: »Meinst du, damit könnten wir diese Heulanfälle endlich loswerden?«

Der kleine Vittorio geht jetzt nämlich in die erste Klasse, scheint aber absolut allergisch gegen die Schule zu sein. Als Einziger der Zaini-Kinder will er dort unter keinen Umständen hin. Sie haben schon alles versucht: Olga hat ihn mit Liebe überschüttet, Emilia hat ihm Pralinen zugesteckt, Noemi hat ihm Leckereien in seine Brotbox gepackt, Luigi ist laut geworden, die Geschwister haben ihn aufgezogen. Es hat alles nichts genützt: jeden Morgen das gleiche Gejammer. Die Lehrerin wird immer ungeduldiger, die Eltern immer ratloser.

Vittorio sitzt auf dem Teppich in seinem Zimmer und spielt vertieft den Berichterstatter eines Wettrennens. »Die Pferde sind auf ihren Startpositionen.« An der Startlinie stehen sieben Holzpferde. Es herrscht höchste Konzentration, und die Stimme des blutjungen Kommentators schwillt an: »Großartiger Endspurt. Mousson heftet sich an Amerinas Fersen, aber der hält stand. Da kommt Donatello II, der unaufhaltsame Donatello II, der zum Flug ansetzt und das Rennen gewinnt!« Vittorios Händchen bewegen die Pferde bis ins Ziel, und er bricht in Jubelschreie aus.

Es ist eine innige Leidenschaft: Sosehr er die Schule hasst, so sehr liebt er Pferde. ›Warum verstehen sie nicht, dass ich so glücklich wäre, wenn ich reiten könnte, dass ich sogar freiwillig zur Schule gehen würde?‹, jammert er bei sich und denkt an den neusten Stockhieb, den er sich eingeheimst hat. ›Nur Opa ist auf meiner Seite‹, denkt er wütend, während er die Pferde für eine zweite Runde zurück auf die Bahn setzt. »Nun fordern sich der absolute Champion Luigi Visconti di Modrone und Franck Turner heraus: Wer wird wohl das Rennen machen? Die Pferde sind aufgewärmt, die *Gentlemen riders* konzentriert – auf die Plätze, fertig, los.« Als Vittorio weiterspielt und er die Figuren seiner unbesiegbaren Pferde über den Teppich bewegt, verfliegt jeglicher Groll. Dabei vergisst er auch, dass er versprochen hat zu büffeln und dass er bis morgen noch ein Gedicht auswendig lernen muss.

MAILAND, 15. JUNI 1937

In der Fabrik herrscht tiefe Stille. Das Morgenlicht sickert durch die großen Fensterscheiben und strahlt die Maschinen an. Luigi geht langsam und schaut sich um. Das ist ihm der liebste Moment des Tages, wenn noch niemand da ist und die Maschinen noch nicht in Betrieb sind, als würden auch sie ihre Pause genießen. Überall weht starker Kakaoduft durch die Luft, der sich von Raum zu Raum verwandelt und immer süßer wird. Luigi streichelt eine riesige Rührmaschine. »Vielleicht hast du es verdient, bald in Pension zu gehen, altes Haus.« Sie verrührt seit fünfundzwanzig Jahren Zucker und Kakao und bekommt langsam technische Probleme, sodass die Arbeiter immer mehr Zeit für ihre Instandhaltung aufbringen müssen. »Was haben wir nicht alles zusammen erlebt«, sagt er und denkt an die ersten Jahre in der Via De Cristoforis. Er kontrolliert einen Bolzen, steckt die Hand ins Getriebe und spornt sie an: »Ein bisschen musst du noch durchhalten, meine treue Gefährtin. Gerade ist nicht der richtige Zeitpunkt für große Ausgaben.« Dann nähert er sich einem Rohr und flüstert ihr zu: »Ich bin auch müde. Aber jetzt kann ich nicht aufgeben. Lass uns beide noch ein wenig durchhalten, danach verspreche ich dir einen Urlaub!«

Luigi gibt ihr einen ordentlichen Klaps, sodass das Gehäuse dröhnt, und macht sich auf den Weg in sein Büro.

Clelia ist noch nicht da. Luigi nutzt die Zeit, um ein paar Briefe zu beantworten, die schon seit Tagen auf seinem Schreibtisch liegen, bevor die nächste Ladung durchzusehender Korrespondenz kommt.

Er spürt ein neues Stechen im Kopf, spitzer und schmerzhafter als die vorigen, das ihn dazu zwingt, seine Arbeit zu unterbrechen. Er lehnt sich in seinen Schreibtischstuhl und atmet tief ein. Seit einiger Zeit quälen ihn zwar sporadische, aber heftige Kopfschmerzen. Meist lässt das Stechen jedoch nach kurzer Zeit nach, weshalb er ihm bisher keine große Bedeutung beigemessen hat.

»Alles in Ordnung, Signor Zaini?«, fragt Clelia besorgt, als sie das Büro betritt. »Soll ich Ihnen ein Glas Wasser bringen?«

»Wissen Sie, was mir guttäte, Clelia? Ein ordentlicher Kaffee«, antwortet Luigi und widmet sich wieder den Briefen.

»Sicher. Kommt sofort.« Clelia verlässt schnell den Raum und geht in der Bar gegenüber der Fabrik einen Kaffee holen.

In der Tür trifft sie auf Emilia, die mit einer Einkaufstüte zurückkommt. »Was machst du denn für ein nachdenkliches Gesicht, Clelia? Was ist los?«, fragt die.

»Ich mache mir große Sorgen um Signor Luigi. Irgendetwas stimmt nicht mit ihm. Er ist irgendwie langsamer und müder als sonst. In letzter Zeit finde ich ihn oft eingeschlafen auf seinem Stuhl. Das ist früher nie vorgekommen.«

»Auf dem Stuhl eingeschlafen? Ach komm schon, Clelia, selbst die Unsterblichen sind mal müde!«, scherzt Emilia. »Bei all seinen Sorgen würde ich mich nicht mit einem Nickerchen begnügen: Ich würde gleich Winterschlaf halten!«

Verärgert antwortet Clelia: »Mach dich nicht über mich lustig, Emilia. Ich kenne den Signor Zaini so gut wie meinen Ruggero. Wenn Ruggero nicht mit dem Schwanz wedelt, sobald ich komme, heißt das, es geht ihm nicht gut«, sagt sie, ohne zu wissen, ob das Kindermädchen ihr noch zuhört.

»Du wirst doch den Signor Zaini nicht mit einem Hund vergleichen wollen?!«, erwidert Emilia lachend.

Clelia hat genug: »Ich gehe. Niemand will auf mich hören. Schert euch doch alle zum Teufel.«

Emilia tut es leid, dass sie nicht verständnisvoller reagiert hat.

Sie läuft ihr nach: »Entschuldigung, Clelia, du hast recht. Aber meiner Meinung nach musst du dir keine Sorgen machen. Du wirst sehen, dass er einfach nur müde ist. Aber ich verspreche dir in jedem Fall, dass ich zu Hause ein Auge auf ihn haben werde, in Ordnung?« Clelia antwortet wortlos mit ihren von Traurigkeit verschleierten Augen und betritt die Bar, um den Kaffee zu bestellen.

Emilia liest gerade eine Geschichte aus dem *Corriere dei Piccoli* vor, der einzigen Zeitschrift, auf die sich alle vier Kinder einigen können. Unglaublicherweise sitzen sie alle in religiöser Andacht um das Kindermädchen herum. Für jedes Alter gibt es eine eigene Seite: Rätsel für Piero, Mode für Rosetta, Fortsetzungsgeschichten für Luisa und Comics für Vittorio. *»Am Monatsende sieht Archibald, was es für seine Frau alles auszugeben galt. Traurig denkt er: ›So viel Geld! Fraglich, wer das lang aushält …‹*«, Emilia versucht dem Kapitel über die Abenteuer von Petronilla den passenden Rhythmus zu geben: *»Er wagt nichts zu sagen, aber er schreibt: ‚Liebstes Weib, bloß strenges Haushalten uns bleibt …‹*«

»Lass mich mal gucken«, unterbricht Vittorio sie und drängelt sich zwischen seine Geschwister, um einen Blick auf die Bilder zu werfen und die Heldin zu suchen, mit ihrem riesigen Zinken und den unordentlich zum Zopf gebundenen Locken. »Petronilla will Lasagne machen und holt das Nudelholz raus«, erklärt Emilia, den Kinderreim paraphrasierend, »und geht dann raus auf den Markt.« Emilia zeigt auf das Bild am Ende der Seite. »Als ihr Mann nach Hause kommt und das Nudelholz auf dem Tisch sieht, ist er verzweifelt, weil er denkt, seine Frau wäre von seinem Brief so gekränkt, dass sie ihm eins überziehen will …« Vittorio bricht in schallendes Gelächter aus.

»Passt bei Noemi gut auf, die hat oft ein Nudelholz in der Hand«, scherzt Piero, während er dem Kindermädchen die Zeitschrift aus der Hand nimmt, um die Seite mit den Rätseln zu suchen.

»Tonio fragt Gianni: Welche drei Dinge bleiben immer in Gebrauch?« Die Kinder rufen aufs Geratewohl irgendwelche Wörter, bis Emilia sie unterbricht: »Die Lösung erfahren wir dann im nächsten Heft. Jetzt schauen wir uns mal die Modeseiten an, damit auch Rosetta auf ihre Kosten kommt.«

Piero verzieht enttäuscht das Gesicht und steht auf, während Rosetta sich auf die Strandmode konzentriert und meint: »Mir gefällt der weiße Rock da mit den Trägern. Wenn ich ihn Mama zeige, kann die Signora Maria das Modell vielleicht für mich nachnähen.«

Als sie Signora Olga mit finsterem Gesicht ins Wohnzimmer kommen sieht, löst sich Emilia aus Vittorios Umklammerung, steht auf und geht ihr entgegen: »Signora Olga, kommt Signor Zaini heute Abend nicht zum Essen?«

Olga ist abgelenkt und macht nur eine verneinende Geste, ohne den Mund aufzutun.

»Ist alles in Ordnung?«, fragt Emilia besorgt.

»Der arme Luigi muss heute Abend zu einem Termin, mit anderen Fabrikbesitzern aus der Süßwarenindustrie ins Commercio an der Piazza del Duomo. Er war nur ganz kurz hier, hat sich eilig umgezogen und ist gleich wieder los – Ambrogio hat mit laufendem Motor unten auf ihn gewartet. Ich glaube, er war sehr spät dran. Seit ein paar Tagen wirkt er unheimlich müde«, sagt Olga, in ihre Gedanken versunken.

Emilia fallen Clelias Worte wieder ein: ›Hat diese alte Füchsin am Ende doch allen Grund dazu, sich zu sorgen?‹

»Signora Olga, ich muss Ihnen erzählen, dass ich heute Morgen die Signora Clelia getroffen habe, und auch die meinte, dass er in letzter Zeit sehr erschöpft wirkt. Sie schien mir sehr besorgt um den Signor Zaini.«

Olga nickt und wendet ihren Blick einem Buch zu, das ihr Mann gerade liest. Es liegt seit Wochen unangerührt auf dem Tischchen. »Er hat keine Zeit mehr für irgendwas, nicht einmal zum Bücherlesen. Clelia hat recht. Signor Zaini ist urlaubsreif.«

»Das scheint mir eine ausgezeichnete Idee. Wenn Sie ein paar Tage zu zweit wegfahren wollen, wissen Sie ja, dass Sie die Kinder bei mir lassen können. Sie werden sehen, dass wir gut klarkommen.«

»Danke, Emilia«, antwortet sie. »Was würden wir nur ohne Sie machen?« Sie seufzt. »Wir werden sehen, es täte uns bestimmt gut, aber es scheint gerade nicht unbedingt die passende Zeit für Urlaube.« Hinter ihrem trübseligen Blick scheint eine tiefe Unruhe durch.

Während Olga und die Kinder am Tisch sitzen, klopft jemand energisch an die Haustür.

»Wer mag das um diese Uhrzeit sein? Gehen Sie bitte aufmachen, Elisa?«

Ambrogio eilt herein: »Signora Olga, der Signor Luigi ist im Krankenhaus.«

»Im Krankenhaus? Wie ist das möglich? Was ist passiert?« Die Fragen purzeln nur so aus ihr heraus.

Ambrogio ist ganz aufgewühlt. »Ich habe ihn zur Piazza del Duomo gefahren. Er ist aus dem Auto ausgestiegen. Ich wollte gerade wieder losfahren, als ich ihn bewusstlos zu Boden sinken sehe«, erzählt er, »jemand muss das Rote Kreuz gerufen haben, denn in kürzester Zeit kam ein Rettungswagen und hat ihn ins Krankenhaus gebracht.«

Luisas Schluchzen unterbricht die Stille.

Olga steht vom Tisch auf. »Bringen Sie mich sofort dorthin, Ambrogio«, sagt sie und legt ihre Serviette unter den Tellerrand. »Macht euch keine Sorgen, Kinder. Ich gehe Papa abholen.« Die

Worte sind nicht nur an die Kinder gerichtet, sondern auch an sie selbst, sie will überzeugend und ruhig klingen, auch wenn sie irgendwo in ihrem Unterbewusstsein weiß, dass diesmal nicht alles gut wird. Dann schlüpft sie in einen leichten Mantel, nimmt ihre Handtasche und eilt aus der Wohnung.

Atemlos betritt Olga das Wartezimmer im Krankenhaus und lässt sich auf einen Stuhl sinken. Sie atmet einmal tief durch, sucht in ihrer Handtasche ein Taschentuch und schaut sich um: Es sind nur wenige Leute da, und allen steht dieselbe Sorge ins Gesicht geschrieben wie ihr. Niemand spricht, aber alle schauen sich nervös um und warten darauf, aufgerufen zu werden, um die neusten Untersuchungsergebnisse zu erfahren.

Die Stille ist angespannt. Hin und wieder wird sie von der Stimme einer Krankenpflegerin unterbrochen, die den Namen eines Patienten ruft, und vom Quietschen des Stuhls, wenn die betreffende Person aufsteht.

Luigis Name fällt nie. Langsam leert sich der Raum, und die Unruhe steigt. Olga rutscht nervös auf ihrem Stuhl herum, überschlägt die Beine und stellt sie wieder nebeneinander, öffnet und schließt mechanisch ihre Handtasche. Schließlich ist nur noch sie da. ›Warum werde ich nicht aufgerufen?‹, denkt sie und fängt an, im Zimmer auf und ab zu gehen.

Es ist tiefste Nacht, als Olga endlich aufgerufen wird. Der Arzt hat es eilig: »Ihr Mann wurde eingewiesen und wird morgen früh einigen Untersuchungen unterzogen. Erst dann können wir eine Diagnose stellen und die wirksamste Therapie einleiten.«

Olga versucht, Erklärungen zu bekommen, wird aber abgewimmelt. Sie ist zu müde, um darauf zu bestehen, und verlässt das Krankenhaus besorgter, als sie es betreten hat.

Als sie nach Hause kommt, schlafen die Kinder schon. Emilia, Noemi und Elisa dagegen trinken in der Küche Tee und warten auf Neuigkeiten. Als sie die Tür hören, rennen sie ihr entgegen. Olgas Gesicht ist angespannt, müde und traurig. »Ich konnte Luigi nicht sehen, weil sie mich nicht auf die Station gelassen haben. Mir wurde gesagt, er sei wach und bei Bewusstsein. Morgen müssen sie ein paar Untersuchungen machen«, fasst sie in wenigen Worten zusammen. »Waren die Kinder ruhig?«, fragt sie Emilia, die antwortet: »Sie haben ein bisschen gebraucht zum Einschlafen, aber am Ende hat die Müdigkeit gesiegt.«

»Gut. Jetzt entschuldigt mich, ich ziehe mich zurück. Morgen breche ich früh auf – wenn ich die Kinder nicht mehr sehen sollte, versucht bitte, sie zu beruhigen.« Olga ist schon auf dem Weg in ihr Zimmer, dreht sich aber noch mal um. »Danke, Emilia, dass wir uns auch jetzt auf Sie verlassen können«, sagt sie, an das Kindermädchen gewandt, das schweigt und als Zeichen der Anerkennung eine leichte Verbeugung macht, bis die Hausherrin im Flur verschwindet.

Die Nacht vergeht quälend langsam. Olga wälzt sich im Bett und kann nicht einschlafen. ›Es wird schon nichts sein‹, redet sie sich ständig gut zu.

Am nächsten Morgen verlässt sie noch im Dunkeln das Haus. Auch Ambrogio hat kein Auge zugetan und stand schon vor Sonnenaufgang mit dem Auto vor der Tür, bereit, den Motor anzulassen und die Signora ins Krankenhaus zu fahren.

Nach Stunden im Wartezimmer kann Olga am frühen Nachmittag endlich ins Zimmer ihres Manns. Sie stellt einen Stuhl ans Bett, setzt sich und streckt eine Hand nach dem Laken aus.

Luigi schläft, aber als er den Maiglöckchenduft seiner Frau riecht, schlägt er die Augen auf. »Olga. Ich habe dir einen gehörigen Schrecken eingejagt. Entschuldige«, flüstert er.

»Mein Schatz«, sagt sie und streichelt ihm über Gesicht und Hände. »Geht es dir gut?«, fragt sie und streicht sein Laken glatt.

»Wurdest du untersucht? Ich habe noch keinen Arzt getroffen, den ich hätte fragen können. Haben sie dir gesagt, was los ist?« Die Fragen überschlagen sich.

»Ja«, antwortet er knapp mit angespanntem Gesichtsausdruck. Seine traurigen Augen nehmen die schlechten Nachrichten vorweg.

»Olga, ich werde nicht ewig leben. Das haben sie mir gesagt.«

Sie hört zu und versucht sich zuversichtlich zu zeigen: »Ja, na gut. Das tut niemand von uns.«

Er präzisiert: »Dann sagen wir, ich werde noch ein bisschen weniger ewig leben als die anderen.«

»Mach keine Witze, Luigi.« Eine Träne rollt ihr über die Wange.

Olga schaut ihm in die Augen und erkennt diese Bestimmtheit und Ernsthaftigkeit, derentwegen sie sich vor vielen Jahren in ihn verliebt hat. Sie hat den Eindruck, auf seiner Stirn eine neue Falte zu erkennen, die gestern noch nicht da war.

»Hör mir zu, Olga. Die Krankheit ist nicht heilbar, aber heute geht es mir gut, und so lange ich kann, werde ich so leben, wie ich immer gelebt habe: mit dir, unseren Kindern und der Zaini.« Luigis Stimme ist leise, fast nur ein Flüstern, aber er spricht schnell, und Olga kann ihm kaum folgen.

»Du bist zu rational«, klagt sie und nähert ihren Mund dem Gesicht ihres Mannes.

»Das habe ich lange gelernt. Ich muss rational sein, weil ich dich liebe und nicht verlieren will, was wir all die Jahre zusammen aufgebaut haben. Überleg mal, wie weit wir es zusammen gebracht haben. Erinnerst du dich an unser Hochzeitsversprechen?« Seine Frau nickt, ohne auch nur einen Ton von sich zu geben, während Luigi fortfährt: »Ich will, dass unsere Liebe ewig ist und im Herzen unserer Familie bleibt.« Nun strömen die Tränen zahlreich, und Luigi trocknet sie ihr mit der Hand.

»Du musst mir eins versprechen. Genieße mit mir die Tage, die uns noch gemeinsam bleiben. Versprich mir, dass du weiter so stark und fröhlich sein wirst wie bisher, das wird mir Kraft geben. Wir machen so weiter wie immer, die Zaini ist mein Schicksal und mein Leben, genauso wie du und unsere Kinder.«

Luigi hält inne, und Olga schaut ihm in die Augen. Dann redet er weiter: »Ich will nicht, dass es in der Firma bekannt wird. Ich würde es hassen, wenn ich in den Augen der anderen schon tot bin. Versprichst du mir das?«

»Ja«, antwortet Olga. Ihre Stimme ist nur ein Hauch, aber ehrlich und aufrichtig. »Wenn du dich von Stärke und Fröhlichkeit ernähren musst, um unsterblich zu werden, verspreche ich, dass ich jeden Tag stärker und fröhlicher werde. Das werde ich schaffen – für dich, für uns, für unsere Kinder und unsere Pralinen.« Ein Lächeln tritt zwischen den Tränen hervor.

Nach einem langen und intensiven Schweigen redet Luigi weiter: »Die Ärzte haben gesagt, dass ich in ein paar Tagen wieder nach Hause kann. Dann muss ich bestimmte Medikamente nehmen, und dann … wir werden sehen.«

Der Sommer ist unglaublich unbeschwert: Luigi fühlt sich gut. Die Medikamente scheinen anzuschlagen und schenken ihm glückliche Urlaubstage in Cunardo, bestehend aus langen Schachpartien und kurzen Spaziergängen. Die Kinder haben schnell verstanden, wie schwer ihr Vater erkrankt ist, und sind anschmiegsam und liebevoll zu ihm. Als sie ihn so guter Laune und unbeschwert sehen, bilden sie sich ein, sie könnten ihn mit Küssen und Streicheleien heilen.

Auch Noemi wird zum ersten Mal mit in die Ferien genommen. Luigi hat das ausdrücklich so bestimmt. »Die scheußlichen Gerichte von Eugenia esse ich nicht.« Über die Launen ihres Mannes schmunzelnd, hat Olga genickt und die Reise auch für

Noemi organisiert. Stolz hat die Köchin ihr Bestes gegeben und köstliche Leckerbissen zubereitet, vor denen auch Eugenia kapitulierend die Hände heben musste.

Als sie Ende September wieder nach Mailand zurückkehren, verschlechtert sich Luigis Gesundheitszustand, und er wird immer schwächer.

Je müder ihr Mann wird, desto wackerer hält sich Olga: Sie verbringt die Tage mit Lernen, macht sich mit Rechnungen, Verträgen, Arbeitsprozessen und Maschinen vertraut. Sie wirkt unermüdlich und voller Energie.

Wenn ihr Mann die Kraft dazu hat, gehen sie gemeinsam runter ins Büro, und er zeigt ihr die Buchhaltung und die Dokumente. Um den Rest kümmert sich Vittorio, der jeder Bitte zuvorkommt.

Am 6. Dezember wacht Luigi gut gelaunt auf: Zum ersten Mal in seinem Leben hat er Lust, seinen Geburtstag zu feiern. ›Vielleicht, weil ich weiß, dass es der letzte sein wird‹, denkt er bitter.

Er hat Noemi gebeten, ein leckeres Hühnchen nach Jägerart zu machen, eins der Lieblingsgerichte der Kinder.

Olga ist ausgegangen, und er nutzt das, um Emilia zu rufen und sie zu beauftragen, den Tisch mit den Kristallgläsern und Porzellantellern zu decken. »Ich will, dass alles perfekt ist«, sagt er.

»Sicher, Signor Luigi. Es wird ein erstklassiges Abendessen!« In Anbetracht seiner Fröhlichkeit geht Emilia ermutigt aus dem Zimmer. Olga kommt am späten Nachmittag nach Hause zurück. Sie zieht ihren Mantel aus und sucht nach ihrem Mann.

»Er sitzt im Wohnzimmer, im Sessel«, erklärt Emilia mit heiterer Stimme. Olga geht mit einem Päckchen in der Hand zu ihm: »Herzlichen Glückwunsch zum Geburtstag!«

Die Schachtel ist klein und leicht. Luigi öffnet sie. »Eine Pfeife von Savinelli!«

»Du ahnst nicht, wie lange ich im Laden war, um Signor Savinelli von deinen Stärken und Schwächen, deinem Lieblingstabak und deiner Art zu rauchen zu erzählen. Im Grunde kann man sagen, diese Pfeife ist ein Porträt von dir. Das bist du«, sagt sie lächelnd mit Blick auf den kunstfertigen Gegenstand in dunkler Farbe, mit glattem, bauchigem Kopf, geschwungenem Holm für wahre Kenner und geradem Mundstück. »Und das ist dein Tabak: Zitrus. Signor Savinelli rät dazu, ihn in kleinen Prisen einzufüllen, nicht zu stark zusammenzupressen und dann in langsamen, kurzen, rhythmischen Zügen zu rauchen. Er erwartet dich zu einem Gespräch!«, schließt sie mit breitem Lächeln.

»Auf, gehen wir, die Kinder wollen mit uns anstoßen«, sagt Luigi, nimmt die Hand seiner Frau und führt sie für einen Handkuss an seinen Mund.

Die Wochen vergehen. Manchmal fühlt Luigi sich gut, manchmal weniger. Jeder Tag ist unvorhersehbar.

»Wie geht es Luigi heute?«, fragt Diamante ihre Tochter, als sie in die Wohnung kommt. Inzwischen ist Olgas Mutter ständig da. Was sie früher als störend empfunden und als Eindringen in ihren Alltag gesehen hätte, ist jetzt eine wertvolle Stütze für sie, die ihr Kraft gibt, weiterzumachen. »Vielleicht wird er versuchen aufzustehen«, antwortet Olga und nippt an einer Tasse Tee.

Diamante geht zur Speisekammer und holt ein Tablett, um Frühstück für ihren Schwiegersohn vorzubereiten.

»Mach dir darum keine Sorgen, Mama. Das mache ich gleich«, sagt Olga und lädt sie ein, sich neben sie zu setzen. Dann nimmt sie ihre Hand und bricht verzweifelt in Tränen aus, bevor sie etwas sagen kann. »Ich habe Angst«, flüstert sie zwischen den Schluchzern.

Diamante umarmt sie, und in dieser Umarmung fühlt sich die Tochter beschützt und sicher. Nach und nach wird sie ruhiger und ihr Atem wieder gleichmäßiger. Sie trocknet sich die Tränen, lächelt mit Blick auf ihr nasses Kleid und sagt: »Danke.«

»Dafür sind Mütter da«, antwortet Diamante mit zuckersüßem Ton. »Vergiss das nicht«, fügt sie lächelnd hinzu, bevor sie aufsteht und wieder tätig wird.

Nach wenigen Tagen spitzt sich die Lage zu, und Olga versucht, jeden gemeinsamen Moment zu genießen.

Oft legt sie abends im Bett ihren Kopf auf die Schulter ihres Mannes.

Luigi redet nur sehr wenig, das Schweigen ist lang, und Olga lauscht den oft keuchenden Atemzügen. Sie entspannt sich erst, wenn sie regelmäßig klingen. Sie erzählt ihm, was in der Zaini passiert, hält ihn bei allem auf dem Laufenden, und er hört zu, nickt aber manchmal dabei ein.

»Olga.« Die Stimme ist matt.

»Olga«, wiederholt er.

»Brauchst du etwas? Ich bin hier.«

»Eine letzte Sache: die unsere Kinder betrifft. Reichst du mir die Pfeife? Ich will sie in der Hand halten. Ich rauche nicht, aber ich will sie anschauen.« Die Stimme ist schwach.

»Versprichst du mir, dass du auch ohne mich nach Florenz fährst?«

Olga ist kurz davor, ihm zu sagen, dass jetzt nicht der Moment für solche dummen, oberflächlichen Gedanken ist, aber sie versteht, dass der Zeitpunkt des Abschieds gekommen ist. »Ja, ich fahre mit unseren Kindern hin, und wir werden uns köstlich amüsieren.«

Ein schwaches Lächeln erscheint auf Luigis Gesicht, und gleich darauf fällt ihm die Pfeife aus der Hand.

Olga hört kein Atmen mehr. Sie dreht sich um, streichelt ihm übers Gesicht und umklammert mit einer Hand die Pfeife. »Lebewohl, Luigi«, sagt sie, schließt seine Augen und nähert sich ihm für eine letzte Umarmung.

ZWEITER TEIL

Von Liebe und Abschieden

1938 – 1946

1

MAILAND, FRÜHLING 1939

»Buongiorno, Ines. Buongiorno, Clelia.« Olga begrüßt ihre Mitarbeiterinnen, betritt die Büros und geht mit energischen Schritten zu ihrem Schreibtisch. Es ist noch der von Luigi. Obwohl er vor mittlerweile über einem Jahr verstorben ist, hat sie im Büro nichts umgestellt. Die Dokumente stapeln sich in die Höhe, die Papiere verrutschen und überlagern sich. Das macht Clelia verrückt, die jeden Tag der akribischen Ordnung von Signor Zaini nachtrauert. In der Schublade liegt noch immer eine Schachtel von seinem Pfeifentabak. Olga öffnet sie oft und schnuppert daran, um die beruhigende Präsenz ihres Mannes zu spüren. Er fehlt ihr noch immer schrecklich, und sie lernt allmählich, mit einem Knoten tiefer Melancholie zu leben, der keine Anstalten macht, sich zu lösen.

»Buongiorno, Signora Olga«, grüßt Clelia, die mit einem Tablett ankommt: Zeitung, Kaffee und Praline. Auch die morgendlichen Rituale haben sich nicht geändert. Die Sekretärin musste nur die angebotenen Pralinen anpassen. Gefiel Luigi die Abwechslung, seinen Kaffee immer mit einer anderen Praline zu trinken, will Olga nur Boero-Pralinen. So ist Clelia gezwungen, sich in einer Reihe von Konditoreien im Zentrum damit einzudecken. Trotz Adalgisas Experimenten wurden Boeri-Pralinen noch nicht in die Produktpalette der Zaini aufgenommen. »Ein wenig Likör am Morgen kann mir nur helfen, die Herausforderungen des Tages in Angriff zu nehmen«, hat Olga ihrem Vater geantwortet, der diese Tradition brechen wollte, aus Sorge, der Likör könnte ihr schaden.

»Buongiorno, Papa.« Olga geht zum Schreibtisch ihres Vaters, der immer als Erster in der Fabrik ankommt, und drückt ihm einen Kuss auf die Wange. »Ist mit der Kakaolieferung von heute Morgen alles in Ordnung?«, fragt sie ihn.

»Ja, meine Liebe. Ein Teil ist im Lager und ein Teil schon in den Reinigungsmaschinen«, antwortet er. »Ich habe alles persönlich überwacht.« Seit Luigis Tod unterstützt Vittorio seine Tochter mit Begeisterung und Hingabe. Er tut alles, um ihr die Last der Verantwortung, die nun auf ihren Schultern liegt, ein Stück weit zu erleichtern und ihr das Gefühl zu geben, nicht allein zu sein. Trotz seiner fast siebzig Jahre ist er unermüdlich und seine Gegenwart für Olga unentbehrlich und beruhigend.

»Wunderbar. Tausend Dank«, sagt sie und macht sich daran, einen neuen Vertrag für Zuckerlieferungen zu studieren.

Olga ist besorgt: Seit einiger Zeit mangelt es an Rohstoffen, und auch Zucker, der für eine Süßwarenfabrik fundamental ist, wird langsam knapp und kostet immer mehr.

Der Handel wird immer reduzierter, und der Export ist mittlerweile minimal.

»Was würde Luigi tun, wenn er noch am Leben wäre?«, fragt sie sich und versucht, neue Auflagen und Sanktionen zu entschlüsseln. »Er würde die Ärmel hochkrempeln«, antwortet sie sich laut selbst.

Vittorio schaut zu seiner so hartnäckigen und zähen Tochter auf und schlägt ihr lächelnd vor: »Vielleicht brauchst du noch ein Boero?«

Olga dreht sich wieder zu ihm um und bricht in ein befreiendes Lachen aus, in dem sich die tiefe Nervosität entlädt, die sie schon seit Monaten nicht mehr loslässt.

Emilias Schritte hallen in der leeren Wohnung wider. Signora Olga ist im Büro, während die Kinder früh aus dem Haus sind, um in ihre jeweiligen Schulen zu gehen: Piero zur Oberschule, Rosetta ins Gymnasium, Luisa ins dritte Jahr der Mittelschule und Vittorio ins vierte Grundschuljahr. Sie werden immer größer, und Emilia muss ihnen nicht mehr hinterherrennen, damit sie ihren Schlafanzug anziehen, oder sie im Bett zudecken, aber ihre Anwesenheit wird nicht in Frage gestellt. Sie ist Teil der Familie, und niemand käme auf die Idee, sie wegzuschicken.

In den Augen der Kinder altert sie nicht. »Wenn ich mal Kinder habe, Emilia, wirst du dann deren Kindermädchen?«, fragt Luisa, die von großer Liebe und einer Märchenhochzeit träumt.

Emilia hat noch nicht geantwortet, da mischt sich schon Piero ein, der scherzhaft droht: »Stellt euch schön hinten an, Schwesterchen: Ich bin der Älteste und heirate als Erster, und Emilia kommt mit mir und meiner zukünftigen Frau in die Flitterwochen.«

»Oh nein, mein lieber Piero, in die Flitterwochen komme ich nicht mit!«, widerspricht das Kindermädchen lachend.

Rosetta seufzt erleichtert auf, und Vittorio, der noch immer Knuddeleien und Gutenachtgeschichten genießt, klammert sich an Emilias Bein und umarmt sie stürmisch und voller Zuneigung.

Niemand im Hause Zaini kommt auf den Gedanken, dass Emilia vielleicht gerne in ihre Berge zurückkehren, sich verlieben und eine eigene Familie gründen würde, und um ehrlich zu sein, ist das auch für sie selbst inzwischen eine weit abgerückte Vorstellung. Nur der Wunsch, ihre Familie zu besuchen, die sie, seit sie im Hause Zaini ist, nur bei wenigen Stippvisiten wiedergesehen hat, ist seit einiger Zeit stärker geworden.

Sie hat einen Korb mit Kleidungsstücken in der Hand, die ausgebessert, gebügelt und zurück in die Schränke geräumt werden müssen. Luisa wächst so schnell, dass ihre Rocksäume ständig verlängert werden müssen. ›Zum Glück spart die Schneiderin nicht an Stoff, sodass immer genug da ist, was man noch auslassen kann‹, denkt sie, als sie sich an den Esszimmertisch setzt, um mit der Arbeit zu beginnen. Aus der Küche hört sie ein Schluchzen.

Sie steht auf, und in der Küchentür angekommen, sieht sie Noemi am Fenster stehen. Sie hält einen Brief in der Hand, aber ihre tränennassen Augen schauen nach oben, über den Schornstein der Fabrik hinweg. Als sie Emilia sieht, reicht sie ihr wortlos das Blatt Papier. Emilia liest: *Liebes Kind, wundern Sie sich nicht, wenn es dem Kinderheim nach so vielen Jahren gelungen ist, Sie ausfindig zu machen. Der Asilo Mariuccia erinnert sich immer noch mit besonderer Zuneigung an Sie, und die Zeit hat die guten Erinnerungen an Sie kein bisschen verblassen lassen. Wie geht es Ihnen, liebes Kind? Wir sprechen häufig von Ihnen. Wenn Sie wüssten, wie viel Trost es uns spendet, ›unsere‹ Töchter so gut untergekommen zu wissen! Schreiben Sie uns doch mal einen ausführlichen Brief oder kommen Sie in den nächsten Tagen auf einen Besuch vorbei. Alles Gute und seien Sie umarmt.*

Noemi trocknet sich die Tränen. »Sie erinnern sich noch an mich, nach so vielen Jahren.«

Emilia umarmt sie, und sie schweigen eine Weile gemeinsam.

»Danke«, sagt Noemi, löst sich aus der Umarmung und trocknet ihre Tränen mit einem Küchentuch. »Was habe ich im Heim anderes getan als nur meine Pflicht, dass sie sich nach so langer Zeit noch an mich erinnern?«, fragt sie und schaut Emilia sichtlich gerührt an.

»Wenn du möchtest, komme ich mit«, sagt die flüsternd, »sobald du dich danach fühlst.« Emilia kann sich das Gefühlschaos in dieser immer so kontrollierten Frau vorstellen und weiß, dass sie nicht viel tun kann, außer ihre bescheidene Unterstützung anzubieten.

»Danke«, antwortet Noemi. Mehr sagt sie nicht, sondern zündet schweigend den Herd an und macht sich daran, das Mittagessen vorzubereiten.

Ein paar Wochen später stehen Emilia und Noemi vor dem Altenheim für Musiker. Von der Mitte des Platzes mustert Giuseppe Verdi sie mit freundlicher Miene. Nicht weit von hier steht die kleine Villa des Asilo Mariuccia.

»Bist du bereit?«, fragt Emilia ihre Freundin.

»Danke – ohne dich hätte ich mich nie getraut herzukommen.«

Emilia hakt sich bei Noemi unter, und sie spazieren los zur Via Monte Rosa. Noemi klingelt.

»Diesen Teil hier gab es damals noch nicht«, meint sie und betrachtet einen Gebäudeflügel zur Rechten, der dem ursprünglichen Gebäude ähnelt, aber sichtbar jünger ist. Das Tor öffnet sich, und unter dem Vordach erscheint eine Mariuccina. »Buongiorno, ich bin Noemi Butti«, stellt Noemi sich laut und deutlich vor, und mit Blick auf die Kleidung des Mädchens erklärt sie: »Ich war auch mal eine Mariuccina und wollte auf einen Gruß vorbeischauen.«

Das Mädchen lächelt: »Sicher, komm rein. Ich sage Tante Angioletta Bescheid.«

»Geh nur. Ich bleibe hier und warte auf dich. Ich bewege mich nicht von der Stelle«, verspricht Emilia und lädt Noemi ein, die Schwelle zu übertreten.

Mit unsicheren Schritten steigt Noemi die Stufen hoch. Im Vorraum schweift ihr Blick zwischen dem Kamin, den beiden schweren Holzstühlen, dem Pfeiler und dem großen Tisch in der Mitte des Raums umher. ›Es hat sich nichts verändert‹, denkt sie. Da hört sie von Weitem ihren Namen: »Unsere Noemi, welche Freude, dass du hier bist!« Die Schritte sind langsam, aber die Stimme ist unverwechselbar: Es ist Tante Angioletta. Noemi geht ihr entgegen und umarmt sie zärtlich. Vor Rührung bringt sie kein Wort heraus.

»Warum bin ich nicht früher vorbeigekommen?«, fragt sie nach langem Schweigen und streichelt der älteren Frau über den Rücken.

»Aber heute bist du doch hier, Noemi. Mach dir keinen Kummer. Wie bin ich glücklich, dich wiederzusehen!«, antwortet Tante Angioletta freiheraus, und es kommt Noemi vor, als hätten sie sich erst gestern gesehen. Dann lädt sie sie ein, eine Tour durch den Asilo zu machen: »Komm und schau dir an, was sich verändert hat.« Angioletta stützt sich auf den Arm ihrer Ziehtochter und macht sich auf den Weg zum Speisesaal. Dabei erzählt sie: »Alle Dekorationen stammen von dem großen Mentessi, erinnerst du dich?« Noemi nickt. Sie nennen ihn auch den Malerpoeten. Als guter Freund der Familie Majno war der Mentessi oft im Asilo. Großzügig, wie er war, machte er nie einen Rückzieher, ob es um Zeichen- oder Malkurse ging oder darum, eine Wand oder Decke zu verzieren. »Siehst du die Buchstaben A und M an den Wänden?« Noemi nickt. »Sie wurden von deinen Gefährtinnen gezeichnet. Was hatte der Maestro doch für eine Geduld, schließlich waren nicht alle kunstbegabt, geschweige denn diszipliniert. Nur er konnte dafür sorgen, dass sie lange genug konzentriert blieben, und am Ende war es ein Erfolg.«

Noemi lächelt. Ihr kommen die Zeichenstunden wieder in den Sinn. »Das will ich meinen! Auch ich war wirklich tollpatschig«, sagt sie lachend.

»Aber wenn ich mich richtig erinnere, mochtest du den Gemüsegarten?«, sagt Angioletta und läuft weiter durchs Haus, jetzt Richtung Garten.

»Ach, Tante, daran erinnern Sie sich noch? Wie ist das möglich?« Noemi ist sprachlos. ›Diese Frau ist wirklich einzigartig‹, denkt sie gerührt.

»Komm. Du wirst stolz auf uns sein. Zurzeit ist der Gemüsegarten zweifellos der gepflegteste und kostbarste Bereich, angesichts der Zeiten, in denen wir gerade leben.« Einige Mariuccine rupfen gebückt Unkraut und prüfen die ersten Sprösslinge. »Schau mal, Tante, der Mangold ist fast reif, und auch der Spinat wächst gut«, ruft ein Mädchen glücklich, das eine kleine Schippe in der Hand hält.

Der Rundgang endet im Lesesaal. Hier hören die Mädchen gerade einer älteren Mariuccina zu, die eine Geschichte vorliest. Noemi hat die damalige Leiterin des Asilo mit ihren Märchen und Erzählungen wieder vor Augen. »Ich erinnere mich noch, wie ich Signorina Alberti zugehört habe.« Noemi wird von ihren Erinnerungen mitgerissen. »Der Klang ihrer Stimme war ganz sanft, trotz ihrer so strengen schwarzen Kleidung.« Sie lächelt, als sie an ihre unangekündigten Zimmerkontrollen denkt. »Es war, als könnte sie meine Gedanken lesen. Hier ist die Zeit stehen geblieben«, sagt sie schließlich und drückt den Arm der Tante.

»Schön wär's, Noemi, aber leider stimmt das nicht. Die schweren Zeiten sind auch hier angekommen. Auch in diesen vier Wänden fehlt es an allem. Uns bleibt nur das Wissen, dass wir für einige Gutes tun.« Angiolettas Stimme füllt sich mit Trauer: »Auch bei uns greifen die Rassengesetze, und wir dürfen nur rein arische Mädchen aufnehmen.« Ihre Stimme wird zu einem Flüstern. »Unsere arme Vorsitzende, Elda, die Frau von Signor Dino, kriegen wir praktisch nicht mehr zu Gesicht: Ihre Familie hat jüdische Wurzeln, und trotz der Bemühungen von Signor Dino ist sie praktisch gezwungen, zu Hause zu bleiben, um nicht zu sehr ins Auge zu stechen. Sie war es aber, die euch alle kontaktieren wollte, um zu erfahren, was aus den Mariuccine geworden ist und wie es euch ergangen ist, seitdem ihr unsere kleine Villa hinter euch gelassen habt. Ihr ist es also zu verdanken, dass ich jetzt, wo ich euch wiedersehe, eine neue Jugend erlebe«, folgert sie. »Apropos. Ich habe zu viel geredet – erzähl mir von dir! Wo lebst du jetzt? Was arbeitest du? Bist du glücklich?«

Noemi seufzt und fasst um die zwanzig Jahre Leben zusammen: »Alles, was ich heute bin, habe ich dem Asilo zu verdanken, Tante: Ich lebe als Köchin in einem Haushalt anständiger Leute, die Schokolade herstellen. Der Hausherr ist leider vor ein paar Monaten gestorben, und die Signora ist immer damit beschäftigt, die Fabrik am Laufen zu halten. An Kindern fehlt es nicht, und die sind immer hungrig, ich habe also viel zu tun. Aber ich kann nicht klagen, denn sie haben mich immer gut behandelt.«

Angioletta hört zu und nickt zufrieden: »Du weißt gar nicht, wie froh mich diese Worte machen. Danke, dass du hergekommen bist.« Angioletta umarmt Noemi ein letztes Mal, bevor sie sich verabschieden.

»Vergiss den Asilo Mariuccia nicht.«

»Das werde ich nicht, versprochen.« Noemi verlässt den Raum und läuft zum Eingangstor. Sie schaut hoch: Emilia hat sich nicht von der Stelle bewegt. Sie sitzt immer noch auf dem Mäuerchen am Gatter. Noemi lächelt ihr zu, reißt zum Zeichen der Freude die Arme in die Luft und rennt ihr entgegen.

Rosetta betrachtet sich im Spiegel der Schneiderin. Sie trägt ein knielanges Baumwollkleid in schön leuchtendem Gelb. »Endlich ein Kleid für junge Damen«, seufzt sie glücklich. Es gefällt ihr sehr, und auch Olga und die Schneiderin nicken zufrieden.

Es ist noch nicht perfekt, aber der Schnitt wird für gut befunden. »Ich nehme hier noch ein paar Zentimeter weg«, sagt die Schneiderin und piekt ein paar Stecknadeln an den Schulterteilen rein, »und dann mache ich die Abnäher in der Taille noch etwas enger«, fügt sie hinzu und markiert die vorgesehenen Änderungen mit Schneiderkreide.

»In einer Woche ist es fertig, Signora Zaini«, sagt sie schließlich zu Olga. Sie vereinbaren die Abholung, bedanken sich und verlassen die Schneiderei. In der Via Montenapoleone ist viel los, und Olga schlägt den Weg Richtung Via Manzoni ein. Rosetta kann ein Lächeln nicht verbergen, das ihr Gesicht strahlen lässt, sodass Olga, die ihr die Haube richtet, scherzt: »Wenn ich gewusst hätte, wie glücklich dich so ein Kleid macht, hätte ich dich früher hergebracht!« Olga kennt dieses Gefühl sehr gut: Sie weiß, wie sicher und wohl sich ein Mädchen fühlen kann, wenn es sich so elegant gekleidet sieht. »In deinem Alter war ich auch so – nur dass die Mode damals sehr viel strenger und steifer war.« Lachend fügt sie hinzu: »Denk nur, damals waren Röcke modern, die an den Knöcheln so eng waren, dass man ganz kleine Schritte machen musste, um nicht zu stolpern. Sonst fiel man hin und musste heimlaufen und sich umziehen.« Rosetta stellt sich die Szene vor, macht sie nach und lacht laut auf.

Olga lächelt und beschließt, die gute Laune der Tochter auszunutzen, um ihr einen kurzen Besuch in der Pinakothek von Brera vorzuschlagen, wo ihre Bekannte Fernanda Wittgens gerade ein neu erworbenes Kunstwerk ausgestellt hat: Das *Abendmahl in Emmaus* von Caravaggio. Sie hätte vorschlagen können, was sie wollte, Rosetta hätte in jedem Fall begeistert zugestimmt.

Mit sicherem Schritt tritt sie durch das Eingangstor der Accademia, gefolgt von Rosetta, die Mühe hat, mitzukommen, so entzückt ist sie von der Erhabenheit des Ortes. Sie steigen die Stufen der großen Treppe hoch und betreten die imposanten Säle der Pinakothek. Als sie durch die Räume spazieren, bleibt dem Mädchen vor den außergewöhnlichen Gemälden der Mund offen stehen. Sie bewundert sie nur flüchtig, nimmt sich aber vor, zu ihnen zurückzukehren.

Endlich bleibt ihre Mutter stehen.

Vor dunklem Hintergrund fällt weiches Licht von links ein und beleuchtet einige Details in den Gesichtern der dargestellten Figuren: die Falten auf der Stirn des Wirts und der alten Frau, den in sich gekehrten Blick und die gespannte Hand von Jesus, das Tischtuch, auf dem wenige karge Gerichte stehen.

»Sieht aus wie eine echte Tafel«, meint Rosetta und zeigt auf die beiden Brote und die Kräuter in der Mitte des Tisches.

»Du hast recht. Es ist wirklich ein Meisterwerk«, antwortet Olga und erklärt: »Caravaggio ist ja auch als Meister des Realismus bekannt. Mit nur wenigen Farben, wenigen Pinselstrichen und einem einzigen Lichtstrahl fängt er eine realistische, lebendige Welt ein.«

»Es ist wunderschön, Mama, aber wenn ich diese Tafel und diese traurigen Gesichter noch eine Minute länger anschaue, breche ich in Tränen aus«, sagt Rosetta. »Und dann musst du mich noch mal zur Schneiderin bringen, damit mein Lächeln zurückkommt!«, scherzt sie.

»Oh nein, dann lass uns lieber schnell hier weg«, antwortet Olga und nimmt sie an der Hand. »Suchen wir etwas Fröhlicheres«, schlägt sie vor und betritt den nächsten Ausstellungsraum.

Vittorio rennt die Via Imbonati entlang. Er tut so, als würde er galoppieren. Hinter ihm spazieren Emilia und Luisa, die zwangsläufig schneller werden und in einen nervösen Trab verfallen. »Der bringt mich noch um«, meint Emilia, als sie ihm hinterherhetzt. »Vittorio, warte bitte auf mich!«, ruft das Kindermädchen, das nicht mithalten kann.

Als Vittorio an eine Kreuzung kommt, hält er vor einem Laden und betrachtet das Schaufenster: Sohlen, Leder, Hämmer, Zangen und Gürtelzangen liegen unordentlich auf einem Tisch verteilt, während Angelo, der Schuster, mit einem Tuch energisch einen abgenutzten Schuh mit Schuhcreme einreibt, damit er wieder ansehnlich wird. Er schaut auf und deutet dem kleinen Zaini einen Gruß an.

Als er den Gruß erwidert, bemerkt Vittorio das Schild an der Eingangstür, auf dem steht: ARISCHES GESCHÄFT. KEIN ZUTRITT FÜR JUDEN UND HUNDE. »Warum denn?«, fragt er arglos das Kindermädchen, das ihn eingeholt hat. ›Warum?‹, denkt Emilia keuchend und kommt langsam wieder zu Atem.

Sie weiß nicht, was sie antworten soll.

Seit einiger Zeit ist der Begriff der Rasse in den Alltag aller eingedrungen. Seit im vorigen Sommer das Manifest der rassistischen Wissenschaftler erschienen ist, begegnen einem in Zeitschriften und Gesprächen ständig die Begriffe ›arisch‹ und ›jüdisch‹. Von einem Tag auf den anderen haben die Italiener erkannt, dass sie Arier sind und eine Rasse rein zu halten haben; die Juden dagegen mussten feststellen, dass sie im eigenen Land zu Fremden geworden sind und Zielscheibe einer immer schriller werdenden antisemitischen Kampagne.

›Wie erkläre ich ihm das?‹, denkt Emilia bei sich. ›Wie soll ich ihm all das Schreckliche erklären, das gerade passiert?‹ Ein Gesetz hat nämlich festgesetzt, dass alle Jüdinnen und Juden, die sich nach 1919 in Italien niedergelassen haben, ihre Ortschaft verlassen und sich bei der Generaldirektion für Demographie und Rasse melden müssen. Jüdische Schulkinder und Studierende sowie jüdisches Lehrpersonal werden aus Schulen und Universitäten ausgeschlossen. Juden dürfen keine Bürger arischer Rasse mehr heiraten, nicht mehr als Vormund nichtjüdischer Minderjähriger fungieren oder Hausangestellte arischer Rasse haben. Sie dürfen keine für die Verteidigung der Nation relevanten Fabriken besitzen oder leiten, nicht mehr als hundert Angestellte haben und keinen Grundbesitz im Wert von mehr als fünfzigtausend Lire oder Gebäude im Wert von mehr als zwanzigtausend Lire. Darüber hinaus dürfen sie nicht mehr in Banken, Versicherungen, im öffentlichen Dienst oder Stadtwerken, halbstaatlichen Einrichtungen, der zivilen oder militärischen Verwaltung und der Nationalen Faschistischen Partei arbeiten.

Wenn Emilia Schilder wie das beim Schuster in den Schaufenstern sieht, kann sie ein Unwohlsein nicht verbergen. »Warum dürfen hier keine Juden rein?«, hakt Vittorio nach. »Warum Hunde und Juden?« Ein Schauer läuft ihr über den Rücken.

Sie bleibt noch eine Weile still, bevor sie das Wort ergreift: »Das ist mein Gebot, dass ihr euch untereinander liebt, wie ich euch liebe«, antwortet sie und drückt fest Luisas und Vittorios Hand. »Das sind nicht meine Worte, sondern die von Jesus«, fügt sie hinzu und versucht zu lächeln, doch das Lächeln erlischt in einem traurigen Seufzer. »Die habe ich erst gestern vor dem Einschlafen wieder gelesen. Ich mache, was er sagt. Was haltet ihr davon?«, fragt sie, in der Hoffnung, dass ihnen das als Erklärung reicht.

Luisa erahnt die Schwierigkeiten des Kindermädchens und nickt, während Vittorio hartnäckig bleibt und beim Beobachten des Schusters Angelo, der jetzt mit einem Hammer auf die Sohle eines Stiefels haut, meint: »Was für ein Pech, wenn man nicht bei Angelo reinkann, um sich die Schuhe reparieren zu lassen, aber mein Mitschüler Guido hat Glück, dass er nicht mehr in die Schule darf. Jetzt kann er den ganzen Tag zu Hause bleiben und spielen!«

Emilia schnellt zu ihm herum: Ein eisiger Blick bringt Vittorio zum Schweigen. Er versteht den Grund dafür nicht, während das Kindermädchen an ihm zieht und ihn zwingt, weiterzugehen, nach Hause: »Und jetzt werden gleich Hausaufgaben gemacht, du Bengel!«

MAILAND, SEPTEMBER 1939

Marietta nestelt an ihrem Halstuch und schaut sich trällernd um. »Muss ich mir dieses Liedchen den ganzen Abend lang anhören?«, fragt Ernestina lachend. Sie kommen gerade aus dem Kino und laufen Richtung Piazza del Duomo. Es ist ein lauer Spätsommerabend und die Stimmung heiter. Das ist das Verdienst von Vittorio De Sica und Assia Noris und ihrem jüngsten Film, der vor Kurzem bei den Filmfestspielen in Venedig gezeigt wurde und nun endlich in den Mailänder Kinosälen läuft. »Sie sind einfach ein wunderschönes Paar«, sagt Ernestina und drückt Dinos Arm, der meint: »Am Ende heiraten sie noch wirklich! Nach so vielen gemeinsamen Filmen.«

Ernestina lächelt und beobachtet Marietta, die vor ihr läuft. Mal geht sie ganz schnell, dann wieder macht sie lange Pausen; ihr Arm bewegt sich nervös zwischen ihrer Manteltasche und dem Ärmel ihres Begleiters; ihre Stimme ist mal ein unverständliches Flüstern, dann wieder so laut, dass man sie auch vom nächsten Häuserblock aus hören könnte. Ernestina kennt ihre Freundin gut und merkt, dass die sich gerade Hals über Kopf verliebt. Sie dreht sich zu ihrem Mann um und zwinkert ihm verschmitzt zu. Dino hat hier nämlich Amor gespielt. Er hat Giovanni in einer Freizeitorganisation kennengelernt, und sie haben sich sofort angefreundet, begünstigt von einer gemeinsamen Leidenschaft für Radsport. Giovanni arbeitet bei der Pirelli und ist ein heiterer, sportlicher junger Mann. Dino hat ihn zu einem Fest mitgebracht und ihm Marietta vorgestellt. Das ist erst ein paar Wochen her, und nun sind sie heftig am Flirten. Ernestina ist ein bisschen neidisch auf diese Blicke und ersten Annäherungen. »Erinnerst du dich noch, als du mir dauernd so geschmeichelt hast?«, scherzt sie und streichelt ihren Bauch. Der kleine Fasoni soll im Dezember zur Welt kommen, und Ernestina fühlt sich noch nicht bereit dazu, Mutter zu werden. »Du wirst bestimmt eine phantastische Mutter«, sagt Marietta immer wieder. »Und ich kann es kaum erwarten, Tante zu werden.« Ernestina ist für sie wirklich wie eine Schwester, und Marietta hat ein wenig gelitten, als ihre Freundin die Nachbarschaft verlassen hat, um ihr neues Leben als Ehefrau in einer kleinen Wohnung in Greco zu beginnen.

Dino nimmt die Melodie aus dem Film wieder auf und sagt etwas lauter: »Wer mag nur die lächelnde Blonde sein, von der das Lied spricht?« Giovanni dreht sich um und errötet. Marietta, blond und lächelnd, versteht die Anspielung, holt ihn aber aus der Verlegenheit, indem sie einige Szenen aus dem Film kommentiert: wie hässlich sich der Personalchef aufgeführt habe, wie ehrlich die Freundschaft zwischen Lauretta und Emilia war, wie lebhaft es in den Kaufhäusern zuging. »Wir könnten auch mal einen Ausflug in den Schnee organisieren!«, schlägt sie den anderen vor, wie die Protagonistin des Films. Ernestina wirft ein: »Während ihr glücklich in den Bergen weilt, werde ich mich mit diesem Rotzlöffel hier herumschlagen, der mich ständig tritt. Das muss ein Junge sein«, wendet sie sich an den zukünftigen Papa. Über den Corso Vittorio Emanuele erreichen sie die Piazza del Duomo und laufen am Dom entlang. Unter den Bogengängen zur Rechten sieht man die Schaufenster des Kaufhauses La Rinascente. Die beiden Tuse können nicht widerstehen und treten näher, um sie zu bewundern: Jedes Fenster ist eine Zurschaustellung von Eleganz und Raffinesse, eine Verlockung zum Kauf. Auf einem Tisch ein Tonservice von Richard Ginori in leuchtendem Seladon; eine Reihe Lenci-Puppen, lange Rayon-Stoffbahnen in tausend Farbtönen und unendlichen Kombinationen; die neusten Modelle der Olivetti-Schreibmaschinen und

Necchi-Nähmaschinen; Borsalino-Hüte und Abendkleider aus der Schneiderei Pirovano.

Die beiden Tuse bewundern, seufzen, träumen. »Was für ein herrliches Kleid«, kommentiert Ernestina.

»Und das grüne Hütchen da mit der blauen Schleife!«, ergänzt die andere und geht zum nächsten Schaufenster.

Die beiden Männer schauen sich an und stimmen gleichzeitig das Lied *Mille lire al mese* an, dabei begleiten sie jeden Vers über die tausend Lire im Monat mit übertriebenen Gesten. Ernestina lacht laut los.

Marietta nimmt Giovannis Arm, und alle vier spazieren, den Refrain singend, weiter.

Sie sind unbeschwert, der gerade in Europa ausgebrochene Krieg scheint noch weit weg und – so heißt es in den Zeitungen – von kurzer Dauer. Nach Monaten politischer Spannungen haben die deutschen Truppen am ersten September Polen überfallen, dessen Alliierte England und Frankreich daraufhin Deutschland den Krieg erklärt haben. Noch weiß man nicht, dass das, was nach Hitlers Plänen ein Blitzkrieg sein soll, stattdessen die ganze Welt einbeziehen und sie die kommenden Jahre versehren wird.

2

MAILAND, 11. JUNI 1940

Kleidung und Matratzen, Sessel und Stoffe, Maschinen und Lastwagen, ein Alfa Romeo und eine Micky Maus – die Seite mit den Kleinanzeigen im *Corriere della Sera* ist voller Inserate. Manche kaufen gebrauchte Schuhe, andere verkaufen Brillanten; jemand bietet Lieferungen von Stoffen oder dunkelblauer Farbe an, sehr geeignet zur Verdunklung der Fenster, ein anderer möblierte Zimmer oder mit allem Luxus ausgestattete Villen; es gibt Tandems, Fernlaster und Limousinen, Herde, Betten und Klaviere. Privatlehrerinnen, Ingenieure, Stenotypistinnen und Angestellte verfassen knappe Arbeitsgesuche, und renommierte Firmen suchen dringend Vertreter, Handelsreisende, Lagerarbeiter und Buchhalter. Auch Heiratsanzeigen fehlen nicht: von einem vermögenden Witwer, einem aus dem öffentlichen Dienst kurz vor der Rente, einem jugendlich aussehenden, vierunddreißigjährigen, seriösen Fräulein.

Nonno Vittorio überfliegt gerade die Anzeigen, als Clelia mit einem Tablett und einem Tässchen Espresso in der Tür erscheint. Das tägliche Ritual beschränkt sich mittlerweile auf ein hauchdünnes Porzellantässchen: darin Muckefuck, eine bittere Mischung aus Zichorie, die kein unwiderstehliches Aroma mehr verströmt. Kaffee wurde als Erstes rationiert. Auch die Zuckerdose ist verschwunden. Man braucht sich gar nicht erst der Illusion hinzugeben, das Getränk versüßen zu können. Zucker gibt es nur wenig, und der wird nicht verschwendet.

Vittorios Gesicht ist von dunklen Augenringen gezeichnet und sein Blick zerstreut. Clelia stellt schweigend das Tablett ab und geht wieder raus. Niemand hat heute Lust zu plaudern. Italien ist im Krieg.

Vor wenigen Stunden erst wurde Frankreich und Großbritannien der Krieg erklärt, aber schon werden die Straßen Mailands für den Krieg ausgestattet.

Schwere Sandsäcke sind unter den Bögen an der Piazza del Duomo und am Corso Littorio aufgetaucht, um Schutzwälle für den Fall eines Luftangriffs zu schaffen; Mannschaften von Arbeitern der Veneranda Fabbrica del Duomo stehen auf Hebebrücken und bauen fieberhaft ein Kirchenfenster nach dem anderen aus, lassen sie herab und transportieren sie an einen sicheren Ort. Am Dom werden sie durch weiße Stoffbahnen ersetzt. Auch die Madonnina wird durch ein graugrünes Tuch geschützt, um ihr funkelndes Leuchten zu unterdrücken, das aktuell gefährlich Aufmerksamkeit auf sie lenken könnte.

Die Anordnungen des Präfekten sind präzise, unumstößlich und werden in den Tageszeitungen genau erklärt: Vorstellungen im Freien werden ausgesetzt, Häuser und Wohnungen müssen verdunkelt und Schaufenster und Straßen dürfen nachts nicht mehr beleuchtet werden. Fahrten mit dem Auto und Räumungsaktionen aus der Stadt werden reguliert. Im Falle eines Flugalarms gelten klare Anweisungen: Das Signal sind Sirenen, unterbrochen von einigen Sekunden Stille. Von sechs Uhr morgens bis Mitternacht müssen alle Haustüren unverschlossen bleiben und dürfen während des Alarms lediglich angelehnt werden. Bürgersteige und Fahrbahnen sind frei zu halten, und Geschäfte müssen die Rollläden herunterlassen. Das Ende des Alarms wird durch einen durchgehenden Sirenenton von zwei Minuten Dauer sowie das Heulen von Polizeisirenen bekannt gegeben.

»Noch ein Krieg«, seufzt Vittorio, schlägt die Zeitung zu und legt die Brille auf den Tisch. Er schließt die Augen. »Wie viel Schreckliches sollen meine alten, müden Augen denn noch sehen?«, fragt er sich laut. Vittorio ist vor Kurzem siebzig geworden. Abgesehen von seiner zunehmend getrübten Sicht sind Gesundheit und Geist nach wie vor unerschütterlich. Er bleibt eine starke Schulter für seine Tochter und eine unverzichtbare Stütze für die Zaini.

»Papa« – das ist die Stimme von Olga, die mit energischem Schritt das Büro betritt. Hinter ihr kommt Diamante herein, gepackt von einer unkontrollierbaren Aufregung. »Vittorio, bitte, sag du auch was«, sagt sie, als sie mit schweren Schritten ins Zimmer kommt. Vittorio öffnet die Augen und schaut sie fragend an: »Was ist los?«

»Ich finde, deine Tochter ist leichtsinnig«, urteilt seine Frau und erklärt: »Sie zieht die Möglichkeit, wegzugehen, nicht einmal in Erwägung und zwingt ihre Kinder dazu, in einer Stadt im Krieg zu leben. Alle verlassen Mailand, aber Olga beharrt darauf, hierzubleiben.« Diamante bleibt stehen und holt Luft.

Sie will gerade wieder anfangen, aber Olga unterbricht sie: »Mama.« Die Stimme ist resolut. »Mama, wie oft soll ich es dir noch sagen? Ich kann hier nicht weg. Ich habe zu viel Verantwortung für meine Arbeiter, die Tuse und die Zaini.« Olga schaut Zustimmung heischend zu ihrem Vater.

»Diamante, Olga, beruhigt euch!«, mischt sich Vittorio ein. Er setzt seine Brille wieder auf und erhebt sich, um zu seiner Frau zu gehen.

»Vittorio, du verstehst es nicht: Wie könnte ich meinen Enkeln wünschen, dass ihre Tage von Alarmen, panischem Rennen in den Keller und Verdunklung bestimmt sind? Und für wer weiß wie lange.« Vittorio legt seiner Frau, die in Tränen ausbricht, den Arm um den Rücken. »Ich verstehe nicht, warum sie nicht nach Cunardo gehen will«, sagt sie schließlich unter Seufzern.

Vittorio umarmt sie und wendet sich Olga zu, die eine Zigarette hervorholt und ruhiger wieder zu reden anfängt: »Cunardo ist zu weit weg, das habe ich dir schon gesagt, von da könnte ich nicht jeden Tag hierherpendeln.« Olga zündet die Zigarette mit einem Streichholz an und nimmt einen tiefen Zug; dann schaut sie aus dem Fenster und sagt: »Ich kann nicht. Luigi hätte es nicht getan.« Ihre Worte sind voller Trauer, erlauben aber keine Widerrede.

Vittorio bricht schließlich das Schweigen: »Wir müssen zusammenhalten und ruhig bleiben, einen Schritt nach dem anderen tun«, sagt er pragmatisch. »Zusammen werden wir auch diese Herausforderung durchstehen.«

Diamante löst sich aus der Umarmung ihres Mannes, trocknet sich die Tränen und geht mit den Augen rollend zu ihrer Tochter und drückt sie an sich: »Du bist wirklich die Tochter deines Vaters: stark und entschlossen!«

Olga lächelt und drückt sie zärtlich, bevor sie den Kragen ihres Kleides in Ordnung bringt. »Und jetzt an die Arbeit«, verkündet sie und geht zum Schreibtisch. Diamante schaut ihrem Mann und ihrer Tochter noch ein paar Minuten zu, wie sie konzentriert einige Papiere lesen, dann zieht sie sich leise zurück.

Piero schlendert durch das Lager der Fabrik und beobachtet ein paar Gesellen, die Kisten verschließen und auf einen abfahrbereiten Laster laden. Er deutet einen Gruß an und geht in den Conchierraum. Er könnte mit geschlossenen Augen von einer Maschine zur anderen und von einer Abteilung zur anderen gehen, so gut kennt er jeden Winkel dieser Räumlichkeiten. Er ist im Schatten der Kakaoröstmaschine aufgewachsen, unter den Tischen der Verpackerinnen und zwischen den Waagen und Spachteln im Labor. Jeden Tag eine Erzählung, eine Lektion, ein Experiment, ein Lachen, die Verbindung mit der Zaini wurde

Tag für Tag stärker und hat sein Schicksal besiegelt. Jetzt ist der Zeitpunkt gekommen, seinen Beitrag zu leisten, ist das Schuljahr doch bald zu Ende, und die langen Sommerferien stehen vor der Tür. Er schließt gerade sein vorletztes Jahr auf dem Gymnasium ab. Die Lust zum Lernen ist ihm nie gekommen, aber sein sonniges Gemüt war ihm weiter eine große Hilfe und hat ihm ausreichende Noten und Versetzungen gesichert.

»Es kommt mir vor, als wäre es erst gestern gewesen, dass du die Tuse mit deinen Späßchen verrückt gemacht hast«, meint Pietro, der ihn bei seinem Ortstermin begleitet.

Während Außenminister Ciano sich zur Botschaft von Frankreich und Großbritannien aufmachte, um die Kriegserklärung zu übergeben, und Mussolini sich auf seine Ansprache an die Italiener vorbereitete, bereitete man sich im Hause Zaini auf die Feier zu Pieros achtzehntem Geburtstag vor. Bald würde er die Kerzen auf dem obligatorischen Schokoladensoufflé von Emilia auspusten, das sie inzwischen perfekt zubereiten konnte, sofern die Zutaten vorrätig waren.

Piero folgt dem Fabrikvorsteher, der von Maschine zu Maschine geht und ihm die kompliziertesten Mechanismen zeigt. »Die klemmt immer hier«, erklärt er, bückt sich und streckt die Hand zu einem unter den Walzen versteckten Getriebe aus. Piero bückt sich ebenfalls und versucht, sich die Handgriffe einzuprägen. »Was würden wir nur ohne dich machen!«, meint er mit Zuneigung in der Stimme.

»Mein liebster Piero«, antwortet Pietro mit einem Seufzer, »früher oder später müsst ihr ohne mich klarkommen.« Er geht zu einer anderen Maschine. »Ich bin müde. Ich bin ja nicht mehr so jung wie du. Ich habe den Signor Zaini kennengelernt, als wir noch in der Via De Cristoforis waren, vor zwanzig Jahren! Ich kann nicht sagen, was in den nächsten Monaten geschehen wird, aber ich weiß, dass hier mindestens zwei Leute Bescheid wissen müssen. Auf, komm, ich zeig dir das Battaggion-Monster: Diese Maschine zum Laufen zu bringen, ist am kompliziertesten. Sie ist wie eine Frau«, meint er augenzwinkernd, »du musst sie erobern!«

Piero lächelt. »Was denn für Frauen, Pietro. Jetzt ist keine Zeit für Frauen«, sagt er, steht wieder auf und wischt seine Hände an einem Lappen ab.

Es gibt viel zu bereden, und der Vormittag rast nur so dahin. Piero beobachtet, hört zu, lernt.

Er denkt wieder an seinen Vater und die vielen Male, die sie zusammen ihre abendliche Runde gedreht haben, um zu schauen, ob alles in Ordnung ist. Wenn er die Augen schließt, kommt es ihm fast so vor, als könnte er seinen Duft riechen. Da hört er Annalisas Stimme aus der Modellierabteilung, die ihren Tuse zuruft, sie sollen sich konzentrieren und nicht schwatzen.

»Buongiorno, Piero«, grüßt sie, als sie ihn hereinkommen sieht.

»Buongiorno, Annalisa«, antwortet er und bringt seine Manschetten in Ordnung.

»Der Zucker ist aus«, verkündet Annalisa beklommen und richtet ihre Haube. Sie wendet sich an Pietro und fragt: »Was mischen wir denn jetzt?«

Pieros Blick ist besorgt, und er mustert das Gesicht des Fabrikvorstehers in Erwartung eines Lösungsvorschlags.

Doch die Antwort enttäuscht ihn. »Wir haben nichts mehr«, meint der Fabrikvorsteher mit einem Seufzer. Dann fügt er hinzu: »Die Zuckerquote ist gesetzlich festgelegt, für diesen Monat können wir keinen mehr bestellen.«

»Wir müssen über eine Alternative nachdenken«, sagt Pietro und haut mit der Faust gegen die Mischmaschine.

»Ich hätte vielleicht eine Idee«, mischt sich Piero ein. »Komm mal mit«, sagt er und fasst den Fabrikvorsteher am Arm. Pietro folgt dem Jungen, und gemeinsam verlassen sie eilig den Raum.

Selbst am Abend wird die Stadt noch von der warmen Junisonne angestrahlt. Adalgisa ist eben von der Arbeit nach Hause gekommen und prüft die Fenster ihrer kleinen Wohnung: Die der beiden Schlafzimmer gehen zur Straße hinaus, während Küche und Wohnzimmer auf den Innenhof der *Casa di ringhiera* schauen. Die letzte Anordnung des Präfekten legt die Pflicht zur Verdunklung der Stadt, die bisher nur für die öffentliche Beleuchtung galt, nun auch für alle Privathäuser fest. »Ach, wenn wir doch Rollläden hätten!«, seufzt Adalgisa, während sie die Fenster ausmisst. Ihr Haus hat nämlich Klappläden, die ein diffuses Licht durchlassen. Das muss schnellstmöglich behoben werden, sonst gibt es saftige Strafen.

»Die habe ich heute aufgetrieben«, sagt ihr Mann und reicht ihr zwei große schwarze Stoffbahnen. »Sehr gut, zeig mal, ob die passen.« Adalgisa steigt auf einen Stuhl und bittet ihren Sohn um Hilfe.

»Leider sind sie zu kurz«, meint sie.

»Ich kann dir zwei dicke Pappen geben«, mischt sich Ferruccio ein, der nicht erst auf die Antwort seiner Mama wartet, sondern gleich in sein Zimmer läuft, um sie zu suchen.

»Danke, gute Idee«, antwortet sie und steigt vom Stuhl.

Adalgisa schaut aus dem Fenster: Die Sonne ist untergegangen, und die Stadt liegt nun im Dunkeln. Das Leuchtschild, das bis vor wenigen Tagen einen Aperitif bewarb, ist ausgeschaltet; die Rollläden der Geschäfte sind heruntergelassen; es fahren kaum Autos, und die wenigen nur im Schritttempo mit schwachem Licht; Scheinwerfer und Rücklichter sind von einem schwarzen Schirm verdeckt, versehen mit einem winzigen Spalt, der das Licht in einem klitzekleinen Strahl bündelt. Die einzigen, die man gut sieht, sind die Blaulichter der Rettungswagen.

»Carlo«, sagt sie, an ihren Mann gewandt, »und jetzt? Was wird geschehen?«

Carlo ist bei der Bank angestellt, und im Büro herrschte heute große Aufregung. »In der Bank sind alle bester Laune. Alle sind überzeugt, dass es ein Blitzkrieg wird.« In seiner Stimme schwingt eine gewisse Ratlosigkeit mit, die er vor seiner Frau zu verbergen versucht. »Hast du die Rede des Duce gehört? Er behauptet weiterhin, dass wir gewinnen werden«, fügt er wenig überzeugt hinzu, »und abgesehen von Mussolinis Worten, bei denen ich nicht weiß, ob ich daran glauben soll, werden wir, die Familie Rubini, so weitermachen wie bisher, ohne die Flügel hängen zu lassen.« Ein schüchternes Lächeln breitet sich auf seinem Gesicht aus.

»Ohne die Flügel hängen zu lassen?!«, wiederholt seine Frau. »Du machst es dir leicht, weil du nicht mit Gewürzen und Aromen zu tun hast, die es auf dem Markt nicht mehr gibt. Im Labor wissen wir nicht mehr, was wir uns noch ausdenken sollen.« Seine Frau lässt weiter Dampf ab: »Es sagt sich so leicht, ›Experimentiere‹, wenn wir noch nicht einmal Zucker haben ... welche neuen Geschmacksrichtungen soll ich ausprobieren? Zichorienkonfekt etwa?«

Carlo hört ihr zu. Er weiß, dass er sie nicht unterbrechen darf. »Ach, hatten wir damals Spaß, als wir zu Zeiten von Signor Luigi noch alle möglichen Geschmäcker greifbar hatten, von Ingwer über Knoblauch bis zu den exotischsten Gewürzen. Jetzt bleibt mir nur noch Unkraut.«

Adalgisa hält inne und denkt nach: »Warte mal, vielleicht ist mir gerade eine Idee gekommen!«

Sie rennt ins Zimmer und kommt mit vielen Zeitungsausschnitten zurück. »Wie konnte ich die nur vergessen!?«, ruft sie mit nun wieder lebhafter, fröhlicher Stimme. »Petronilla!«, verkündet sie feierlich. »Das ist die Lösung!« Ihr Mann sieht sie verständnislos an. »Petronilla ist eine schnelle und sympathische Köchin. Modern. Ihre Rezepte sind einfach und perfekt für Hausfrauen, die arbeiten, Familie haben, aber bei Tisch eine gute Figur abgeben wollen. Stell dir vor, sie kriegt sogar einen Schokokuchen ohne Schokolade hin!« Sie wühlt ungeduldig die Zettel durch. »Phantastisch! Schau mal hier: Rhabarber, Lorbeer, Walnüsse«, sagt sie zufrieden, als sie die Zeitungsausschnitte auf dem Tisch verstreut.

»Hier sind sie, Mama«, verkündet Ferruccio, der mit zwei Pappen ins Zimmer kommt.

»Ah«, meint sie entmutigt, »ich hatte den Krieg gerade fast wieder vergessen.«

»Meine Liebe«, wirft ihr Mann ein, »lass uns diese Verdunklungsaktion abschließen, dann kannst du anschließend wieder zu deiner Petronilla zurück, ich zum Giro d'Italia und Ferruccio zu seinen Büchern!« Er gibt seinem Sohn einen liebevollen Klaps auf die Schulter.

Adalgisa nimmt einen Stift und steigt auf den Stuhl, während ihr Sohn die Pappe an das Fenster hält und ihr Mann aus einiger Entfernung kontrolliert, dass kein Winkelchen des Fensters unbedeckt bleibt.

Von dort oben betrachtet Adalgisa ihre Familie und wird ganz gerührt. ›Wir haben ja uns, zusammen halten wir es auch in dieser Höhle gut aus‹, denkt sie, wischt eine Träne weg und versichert sich, dass die gesamte Scheibe verdunkelt ist.

3

OLTREPO, 19. JUNI 1940

Der Zaini-Schriftzug rast durch die Hügel südlich des Flusses Po. Ambrogio, tadellos in seiner Chauffeursuniform, sitzt am Steuer des Firmenlasters. Seit einiger Zeit ist er nicht nur Fahrer der Familie, sondern steuert auch den sperrigen Transporter, zuständig für die Lieferungen.

Mit dem linken Fuß bedient er die Kupplung, und als der zweite Gang eingelegt ist, tritt er mit dem rechten aufs Gaspedal, während die Arme, fest am Lenker, sich ineinander verschlingen, um die Kurve zu schneiden. Und immer so weiter, Kurve um Kurve, wie ein Tanz.

Der Fahrstil ist sportlich. Der Fahrer hat längst vergessen, was der Grund für diesen ungewöhnlichen Ausflug war. »Ambrogio, bitte, einen Unfall können wir jetzt wirklich nicht gebrauchen, dann verlieren wir noch unsere kostbare Ladung«, meint Piero auf dem Beifahrersitz. »Fahr bitte langsamer.« Der Tonfall lässt eine gewisse Unruhe durchscheinen. Bis jetzt ist alles glattgegangen, aber Piero hat Sorge, dass doch noch etwas passiert. Erst wenn sie wieder im Hof der Fabrik sind, wird er sich entspannen können.

Es war nicht einfach gewesen, den Plan auszuarbeiten.

Der Fabrikvorsteher konnte nur staunen, als die Idee aus Piero herausgesprudelt war. Konzentriert und mit aufmerksamem Blick lauschte er den Ausführungen des Jungen und antwortete: »Lass mich eine Nacht drüber schlafen. Die Nacht bringt Rat.«

Als er ihn weggehen sah, rief Piero ihm noch hinterher: »Wir haben keine Alternative!«

Am nächsten Tag hatte Pietro den jungen Zaini rufen lassen und ihn gebeten, ihn zum Eisenwarenladen an der Piazza von Dergano zu begleiten. Nach ein paar Schritten und einem prüfenden Blick, um sicherzugehen, dass niemand in der Nähe war, brach er das Schweigen. »Mein Junge«, sagte er leise und in sich gekehrt, »nie hätte ich gedacht, dass es so weit kommen würde, aber, na gut, probieren wir es.« Piero lächelte zufrieden, als der Fabrikvorsteher fortfuhr: »Ich war die ganze Nacht wach. Vielleicht können wir es so machen.« Der Mann hatte seinen Plan erläutert, und Piero nickte zustimmend.

Über eines waren sich beide einig: Olga durfte davon nichts erfahren. Ines allerdings würden sie mit einbeziehen müssen: Nur sie hatte die Kontakte aller Zuckerrübenanbieter. Da sie ihre schüchterne und ängstliche Art kannten, fürchteten sie, sie könnte ihr Geheimnis preisgeben oder unabsichtlich einen Schlamassel anrichten. Doch sie hatten keine andere Wahl.

Wie vorausgesehen, fing Ines an zu zittern, kaum hatten sie ihr den Plan erläutert. »Wie soll ich das vor Signora Olga geheim halten? Sie vertraut mir.«

»Ich weiß, Ines«, versuchte Pietro sie zu beruhigen, »es wird nur dieses eine Mal sein. Nächsten Monat werden wir bestimmt besser mit unserer Zuckerration haushalten.«

Piero sah ihr tief in die Augen. »Wir schauen mal, wie es beim ersten Mal läuft. Wenn alles überstanden ist, sagen wir es Mami«, sagte er lächelnd.

»Na gut, ich helfe euch«, stimmte Ines zu. »Aber«, sie hielt inne und sah Piero durchdringend an, »aber aufgepasst, Junge, das ist kein Räuber-und-Gendarm-Spiel.« Piero umarmte sie und rannte dann in die Garage, um auch Ambrogio für die ›Zuckerbande‹ anzuheuern, wie er die Operation ironisch genannt hatte.

Ambrogios Reaktion fiel ganz anders aus. Er stimmte sofort zu: »Sag Bescheid, wann ich bereit sein soll, und ich schmeiße den Motor an.«

»Denk dran: Schweigen ist Gold«, hatte Piero ihn mit einem Händedruck verabschiedet, bevor er in den Maschinenraum ging, um den Fabrikvorsteher auf den neusten Stand zu bringen.

Für die arme Ines waren die nächsten Tage die Hölle: Mit gesenktem Blick und schnellen Schritten hatte sie ihre Nervosität und Clelias bohrenden Blick unter Kontrolle bekommen. »Ines, Ines, was ist denn los mit dir?«, fragte Letztere sie mehrmals im Mailänder Dialekt, erhielt jedoch nur ein schüchternes Lächeln und ein schuldbewusstes Schweigen zur Antwort.

»Dein Problem«, hatte die Sekretärin schließlich gesagt und sich in ein beleidigtes Schweigen gehüllt.

Dank ihrer pedantischen Ordnung hatte Ines schnell ein paar für den Fall geeignete Kontakte gefunden. Sie war alle Hersteller durchgegangen, an die sich die Firma in den vergangenen Jahren gewandt hatte, hatte geprüft, ob sie noch aktiv sind, und sie auf sehr vage, informelle Art kontaktiert. Schließlich hatte sie drei Adressen markiert und sie dem Fabrikvorsteher gegeben. »Je seltener ich Olga sehe, umso besser«, lautete ihr Motto in jenen Tagen.

Ambrogio und Piero brachen im Morgengrauen auf.

Der Kofferraum war voller Pakete: jedes mit Lieferschein, auf dem Absender und Adresse genau verzeichnet waren, sodass im Falle einer Kontrolle durch die Faschisten alles nach einer regulären Auslieferung aussah. Ines war übergenau gewesen.

Die Kartons waren leer, bereit, mit Zucker gefüllt zu werden.

Alles läuft glatt, und schon bei der ersten Adresse, die Ines ihnen gegeben hat, gelingt das Vorhaben.

Ein wortloser Händedruck bestätigt das gute Gelingen des ersten Teils der Mission.

Mit der wertvollen Ladung wählt Ambrogio den Weg über Nebenstraßen, um Kontrollpunkte zu vermeiden.

Der Laster fährt mit gleichmäßiger Geschwindigkeit, und die beiden wollen gerade erleichtert aufseufzen, als Ambrogio am Ende einer geraden Strecke ein Militärfahrzeug erspäht. Mit der Reflexhaftigkeit eines wahren Rennfahrers biegt er in ein Seitensträßchen ein, fährt einige hundert Meter und macht dann im Schatten einer Buche den Motor aus.

»Und jetzt?«, fragt Piero, weiß im Gesicht.

»Was tun?«, fragt der Fahrer zurück.

Pieros Beine zittern: »Ruhig Blut. Denken wir mal scharf nach.«

Die beiden schweigen eine Weile. Man hört nur ihren keuchenden Atem, der nach und nach wieder gleichmäßiger wird.

»Lass uns warten.«

»Es könnte Stunden dauern«, meint Piero, der sich eine Zigarette anzündet und auch seinem Gefährten eine anbietet.

»Haben wir eine andere Wahl?«, fragt Ambrogio. »Früher oder später werden sie wegfahren«, ergänzt er seelenruhig.

»Ich steige aus und schaue nach, ob diese Straße hier irgendwo hinführt«, sagt Piero und öffnet die Wagentür.

»In Ordnung. Ich halte hier die Stellung.«

Nach etwa zehn Minuten ist Piero schon zurück: »Nichts. Die Straße endet an einem verlassenen Bauernhof.«

»Schlimmstenfalls schlafen wir heute Nacht da drin.« Nach Beginn der Ausgangssperre können sie nicht mehr in die Stadt fahren, ohne die Lieferung zu gefährden.

»Wie aufgeregt Pietro und Ines wohl sind?«, sagt Piero. »Ich habe Ines quasi vor Augen. Sie hat sich bestimmt heute krankgemeldet, nur um nicht aufzufliegen. Sie wird das reinste Nervenbündel sein.« Der junge Mann muss lachen. Er versucht es zu unterdrücken, aber es ist ansteckend: Ambrogio prustet ebenfalls los.

Stunden vergehen, aber der Laster ist immer noch an seinem Platz, und in der Ferne hört man die durchdringenden Stimmen der Soldaten.

Schließlich hört Ambrogio, wie Motoren angelassen werden, und sieht die Soldaten einsteigen. »Sie brechen auf«, sagt er.

»Wir warten noch ein paar Minuten, dann fahren wir weiter.«

Ambrogio sitzt wieder am Steuer. Er fährt sicher, aber spürbar nervös. Jede Kurve ist ein Seufzer und jede gerade Strecke ein unterdrückter Atemzug. Je tiefer die Sonne sinkt und je schwächer das Licht wird, desto mehr strengen sich Pieros Augen an, auch das kleinste Anzeichen von Gefahr zu erkennen. Bei jedem zurückgelegten Kilometer nimmt die Hoffnung wieder zu.

Wenige Minuten vor der Ausgangssperre biegt der Zaini-Laster in die Via Imbonati ein und fährt auf den Fabrikhof. Da warten Pietro und Ines auf sie, beide ganz bleich im Gesicht. »Endlich!«, empfangen die beiden sie im Chor.

Als sie Pieros Lächeln sieht, kehrt schnell wieder Farbe in Ines' Gesicht zurück. Derweil öffnet Pietro die Ladeklappe des Lasters und hebt vorsichtig einen Karton an. »Ihr habt es geschafft!«, ruft er, als er das Gewicht spürt.

»Großartig! Jetzt erzählt aber mal!« Der Fabrikvorsteher entspannt sich und hört den aufgeregten Worten der beiden zu, die, voller Adrenalin, gleichzeitig drauflosreden.

Ines ist noch zu erregt, um zuzuhören. Sie mustert sie, und als sie sicher ist, dass sie wirklich wohlbehalten zurück sind, schöpft sie langsam wieder Kraft. »Heute Nacht kann ich endlich wieder ruhig schlafen«, meint sie. »Entschuldigt, aber ich gehe schnell nach Hause. Es wäre wirklich der Gipfel, wenn sie mich ausgerechnet heute Abend anhalten, weil ich die Ausgangssperre missachte.«

Ines macht sich eilig auf den Weg. Piero holt sie ein: »Danke, Ines! Ohne deine Hilfe hätten wir das alles nicht geschafft!«

Sie schaut ihm in die Augen und antwortet gerührt: »Piero, mein Lieber. Ich hänge so an meiner Arbeit, dass ich einen Mut in mir entdeckt habe, von dem ich gar nicht wusste, dass ich ihn besitze.« Im Weggehen sagt sie noch: »Aber nicht, dass das jetzt einreißt. Das macht mein Herz nicht mit.«

Der Raum der Verpackerinnen war seit jeher der lauteste. Die Zungen der Tuse waren schon immer genauso flink wie ihre Hände. Rund um den Tisch entbrannten aus dem Geplauder lebhafte Diskussionen, und jede mischte sich ein, von Einwurf zu Einwurf lauter werdend. Nur die frisch eingestellten Frauen blieben still, konzentriert auf ihre Arbeit, aus Angst, Fehler zu machen. Doch schon bald wurden sie von den Gesprächen der anderen mitgerissen. Nur an der Lautstärke konnte man Neulinge von Veteraninnen unterscheiden.

Unter den Veteraninnen waren auch Aurelia und Livia. Ihre Hände bewegten sich mittlerweile sicher, nach all den Jahren in der Fabrik. Jedes Mal, wenn sie einen neuen Schwung Tuse aufnahmen, dachten sie wieder an ihre ersten Arbeitstage. »Weißt du noch, als wir versucht haben, einen Block Schokolade in das Papier für die Bonbons einzuschlagen?«, sagte Aurelia lächelnd.

»Zum Totlachen!«, antwortete Livia und erzählte weiter: »Erinnerst du dich noch an die Standpauke von Annalisa?«

»Wir waren zwei Quälgeister«, sagte Aurelia an die neuen, noch verschüchterten Tuse gewandt, um sie aufzumuntern. »Ihr werdet sehen: In ein paar Tagen birgt für euch kein Block Schokolade mehr irgendwelche Geheimnisse!«, versicherten sie ihnen, während sie geduldig die Arbeitsschritte wiederholten.

Seit einiger Zeit herrscht am Tisch jedoch tiefes Schweigen. Keine hat mehr Lust zu reden. Die Gesichter sind düster, die Blicke melancholisch und die Bewegungen wirken träge.

Manche mussten ihre Ehemänner verabschieden, die an die

Front geschickt wurden, andere haben Freunde oder Familienangehörige aufbrechen sehen; einige sind allein geblieben, einige haben Hunger. Alle sind besorgt. Sie sprechen es nicht offen aus, aber gemeinsam hier um den Tisch zu sitzen, spendet ihnen Trost.

»Solange wir etwas zum Einwickeln haben, sind wir noch im Rennen!«, ruft Aurelia und bricht damit die Stille. Dabei wedelt sie mit den Lebensmittelkarten, mit denen sie alle schnell vertraut wurden. Von Zucker und Kaffee, die als Erste geregelt wurden, hat sich die Rationierung auf andere Lebensmittel ausgeweitet. Ab dem 1. Juli werden auch Eis und Süßigkeiten betroffen sein, die dann nur noch an drei Tagen pro Woche verkauft werden dürfen, außerdem soll der Verkauf von Kaffee an Privatleute und Gaststätten eingestellt werden.

»Kaffee wird bald nur noch eine entfernte Erinnerung sein«, meint Livia und schaut ihre Nachbarin an, die schüchtern das Wort ergreift: »Zum Glück können meine Nasenlöcher mir noch die Illusion verschaffen, ich hätte welchen unter der Nase und würde das Aroma riechen!« Livia lächelt und antwortet: »Du hast recht. Ein Hoch auf die kreativen Nasenlöcher!«

»Wenn man bedenkt, dass ich als Kind immer Kaffee zum Frühstück bekam«, schaltet sich Aurelia ein, die sonst meist schweigt, heute aber in Plauderlaune ist. »Abwechselnd mit heißer Schokolade«, fügt sie lächelnd hinzu.

»Kaffee und Schokolade? Wo bist du denn aufgewachsen? Im Schlaraffenland?«, fragt eine Tusa.

»Ich bin bei den Stelline aufgewachsen«, antwortet sie.

»Bei den Stelline?«

»Ja. Das ist ein barmherziger Ort der Benediktinerinnen von Santa Maria della Stella«, antwortet sie. Die Tuse unterbrechen ihre Arbeit und sehen sie fragend an. »Was meinst du damit?«, fragt eine junge Frau mit fast durchsichtiger Haut und drückt damit die Neugier aller anderen aus.

»Es ist eine Einrichtung, die arme, aber gesunde und tugendhafte Mädchen aufnimmt und ausbildet«, antwortet sie. Die Tuse schauen jetzt noch neugieriger, und Aurelia fängt an zu erzählen: »Ich wurde in eine große Familie hineingeboren, die Letzte von acht Geschwistern. Für eine Bauernfamilie waren das entschieden zu viele. Deshalb haben meine Eltern, als ich sechs war, für mich um einen Platz bei den Stelline gebeten.«

Aurelia schaut Livia an, der sie als Einziger schon von ihrer Vergangenheit erzählt hat, und fährt fort: »Es gab nicht unendlich viele Plätze, aber wegen meiner vielen Geschwister und meines jungen Alters hatte ich zum Glück Vorrang, und sie haben mich aufgenommen. Ich erinnere mich noch genau an meinen ersten Tag dort: wie das große Eingangstor des Palazzo am Corso Magenta hinter mir ins Schloss fiel und meine Mama, mein Papa und meine lärmenden Geschwister draußen zurückblieben. Was habe ich in der Nacht geweint!« Bei der Erinnerung an ihre Tage als Stellina lächelt Aurelia. »Danach wurde es deutlich besser, obwohl es ein praktisch klösterliches Leben ist, eingeschlossen in große Säle, Kreuzgänge und einen wunderschönen Garten. Es war tatsächlich ein Kloster, bevor es zum Kinderheim wurde.« Die Tusa wird ganz gerührt, als sie an ihre Gefährtinnen von damals denkt. »Sie nannten uns Leidensschwestern. Ich habe sie nie mehr wiedergesehen, aber ich erinnere mich an alle noch ganz genau, so viele Tage haben wir vom Frühstück bis zum Abendgebet zusammen verbracht. Wir haben alles geteilt: Geschenkpäckchen, Essen, Unterwäsche. Stellt euch mal vor«, ergänzt sie, »wir haben sogar zusammen Weihnachten gefeiert, weil man nur am zweiten Weihnachtsfeiertag nach Hause durfte, und auch da nur für ein paar Stunden.« Die Tuse sehen sich überrascht an.

»Aber ihnen habe ich es zu verdanken, dass ich nicht vor Hunger gestorben bin und dass ich jetzt lesen, rechnen und nähen kann. Für mich war es eine großartige Chance, und dafür muss ich meinen Eltern danken: Sie wären zufrieden, mich heute hier zu sehen.« Aurelia trocknet sich eine Träne, als sie an ihre bei einem Unfall verstorbenen Eltern denkt. »Und beim Thema Kaffee fällt mir außerdem unsere Tracht ein, ein sehr tristes Schürzchen und ein Umhang in einer seltsamen Farbe, so beige, kaffeefarben … ich würde sagen, caffèlatte!« Die Stimme klingt jetzt wieder fröhlich, und auf den Gesichtern der Tuse, die sich langsam wieder ans Verpacken machen und abwechselnd nach Worten des Trostes und der Zuneigung suchen, ist so manches Lächeln zu erahnen.

»Mädels«, schaltet sich Annalisa ein, die sich dazugesetzt hat, um den Geschichten der Tuse zuzuhören, »wir müssen zusammenhalten. Hört auf mich. In der Gemeinschaft liegt die Kraft, das galt noch nie so sehr wie jetzt.« Sie versucht, allen dabei in die Augen zu sehen, um jeder von ihnen ein wenig von dem Mut einzuflößen, auf den auch sie hofft. »Versuchen wir, einander so gut zu helfen, wie wir eben können, und ihr wisst, dass ihr um diesen Tisch hier immer einen sicheren Unterschlupf findet. Uns erwarten dunkle Zeiten, aber vielleicht können wir gemeinsam auch diesen schlimmen Krieg überstehen.« Zum Abschluss sagt Annalisa: »Und jetzt rennt schnell nach Hause und schließt gut die Fenster.«

Annalisa versiegelt die letzte Tafel Schokolade und legt sie in den Karton.

»Bis morgen«, sagt sie zum Abschied. Alle Tuse stehen auf, ziehen in der Umkleide Schürze und Haube aus, machen sich auf den Heimweg und hoffen auf einen tiefen Schlaf.

4

MAILAND, 23. MÄRZ 1941

Man gewöhnt sich an alles. Auch an den Krieg. Zum Jahrestag der Entstehung der faschistischen Kampfbünde Fasci di Combattimento rufen die Schwarzhemden zum zigsten Mal »Vinceremo«, wir werden siegen, noch immer vom Blitzkrieg überzeugt.

In Mailand geht das Leben weiter, trotz Ausgangssperre, Verdunklung, Sirenen und Verboten. In der Scala spielen sie die *Aida*, in der Fußballarena trifft der AS Ambrosiana auf Novara, und im Teatro Gerolamo steht ein Marionettentheater auf dem Programm; im Velodrom Vigorelli wird weiter in die Pedale getreten und im Hippodrom weiter galoppiert; in der Sporthalle des Gruppo Mussolini diskutiert man über das Boxfinale der Coppa Leonardi und beim Hippodrom Trotto in San Siro über den Premio di Primavera: Es ist ein Frühlingssonntag wie viele andere.

Weit weg von der Front arrangieren sich die Mailänder. Sie gewöhnen sich an die Lanital-Pullover, die Rayon-Socken und die Cafioc-Kleider aus Hanfflocken. Die Mode passt sich an: Die Röcke werden mit dem Wachstum der jungen Mädchen nach und nach immer kürzer; Lederschuhe verschwinden von der Bildfläche, ebenso wie Westen unter Männerjacketts und die Ärmel der Damenblusen.

In der Küche ist Verschwendung verboten, und die Hausfrauen gewöhnen sich an besonnenes Einkaufen unter Einhaltung der immer strengeren Regeln, die täglich erlassen und detailliert in den Tageszeitungen erläutert werden. Die Essenskarten werden zu einer kostbaren Tauschwährung und mit Bedacht verwaltet. Fleisch wird immer seltener und teurer und kann nur von Samstag bis Montag gekauft werden. Seit ein paar Tagen muss man sich dafür außerdem beim Metzger seines Vertrauens auf eine Liste schreiben, mit Vorname, Nachname und Kartennummer, wodurch man sich an diesen Verkäufer bindet, ohne aber sicher sein zu können, dass man die Ware wirklich erhält. Süße Kekse und frisches Gebäck sind verboten, damit die Herstellung von Zwieback für die Soldaten intensiviert werden kann; Speiseeis ist nur als Fruchteis ohne Milchprodukte erlaubt; Pasta kauft man mit Bons, sie ist ebenfalls rationiert: nicht mehr als zwei Kilo pro Kopf im Monat.

Eine Propagandakampagne bewirbt seit einiger Zeit die Kriegsgärten. Die Gemeinde hat weiträumige städtische Gebiete der Kriegslandwirtschaft gewidmet, und die faschistische Freizeitorganisation der Provinz leitet und koordiniert die dortigen Arbeiten. Auf der Piazza della Scala wird geerntet, vor dem Dom gedroschen, im Parco Sempione gesät, jedes kleinste Zipfelchen Erde urbar gemacht. Aus Blumenbeeten werden Gemüsebeete: Die Blumen weichen Kartoffeln, Spinat, Kohlrabi und Tomaten.

Auch ein Teil im Hinterhof der Zaini wird zum Gemüsegarten.

Noemi hat das initiiert: Nachdem die Köchin so viel im Radio davon gehört und Signora Zaini um Erlaubnis gebeten hat, stellt sie einen Antrag auf die entsprechenden Karten, um die Samen zu ermäßigten Preisen zu bekommen, und geht zusammen mit Emilia zur faschistischen Freizeitorganisation. Von dort kehren sie mit einer Tüte Saatgut und einer Anleitung für Kleingärtner zurück. »Es hieß, wenn wir den Hinweisen genau folgen, könnte unser Beet uns bis zu vier oder sogar fünf Erzeugnisse sicherstellen, eines nach dem anderen«, verkündet Noemi und wedelt mit dem Heftchen vor den neugierigen Augen der Tuse, die eine kleine Pause machen, um von dem kühnen Projekt zu erfahren. »Wir werden immer frisches Gemüse und einen vollen Bauch haben«, folgert sie. Die Tuse hören zu und tauschen interessierte Blicke aus. ›Das könnte ich auch bei uns im Hof ausprobieren‹, denken manche.

Das Projekt bezieht Gesellen, Arbeiter und Tuse mit ein: Es wird zur Gemeinschaftsunternehmung, weil alle etwas dazu beitragen, Zeit, Aufmerksamkeit und Arbeit investieren. Ambrogio gräbt das Stück Hof um, die Lagerarbeiter helfen, die Erde urbar und weicher zu machen. Nicht ohne Mühe gelingt es ihnen schließlich, tiefe Furchen zu graben, bereit für die Saat. »Chef«, sagen sie scherzhaft zu Noemi, »schau mal: sieht aus wie ein richtiges Feld.« Die Köchin mustert es und lächelt zufrieden, während sie die Hände in die Tütchen mit den verschiedenen Samen steckt. Sie hat einen großen Strohhut auf dem Kopf, und ihre Schürze ist voll Schlamm, aber sie ist unermüdlich und gibt sich fachmännisch. »Kohlrabi verträgt sich gut mit Spinat und Karotten mit Petersilie«, erklärt sie Ambrogio, der auch ohne seine Chauffeursmütze und mit schwerem Spaten in der Hand tadellos aussieht, und Adalgisa, die der Versuchung nicht widerstehen kann, ein paar schmackhafte Kräuter vorzuschlagen. »Würdest du mir vielleicht ein wenig Minze säen, Noemi?«, fragt sie lächelnd. »Die könnte mir für meine Rezepte nützlich sein. Ich wollte welche auf meinem Innenbalkon pflanzen, aber es hat nicht geklappt.«

»Dieses ständige Gerede von Süßigkeiten«, brummelt die gesundheitsfanatische Köchin. »Aber hier«, bleibt Adalgisa hartnäckig und zeigt auf eine Ecke am Rand des kleinen Gemüsegartens, »stört es doch keine einzige Rübe.«

»Wir schauen mal. Minze ist jedenfalls weniger nützlich als Kartoffeln«, sagt die Köchin und räumt eine Harke beiseite.

»Ich sehe so viele Kartoffeln, überall in der Stadt«, meint die

Tusa. »Die wachsen in jedem Beet zwischen hier und meinem Zuhause.«

»Sie machen satt«, erwidert Noemi, »und wachsen schnell.«

Schnaubend steht Adalgisa auf, und während sie mit gesenktem Kopf zurück in ihr Labor geht, schließt Emilia zu ihr auf und flüstert ihr zu: »Mach dir keine Sorgen. Ich kümmere mich drum. Sobald Noemi kurz abgelenkt ist, werde ich Minze pflanzen.« Sie zwinkert ihr zu. »Aber zu einer Bedingung: Du holst mich und lässt mich kosten, wenn du mit Minzschokolade experimentierst.« Adalgisa lächelt und antwortet mit einer komplizenhaften Geste.

Emilia und die Kinder dagegen sind für die Bewässerung zuständig: Jeden Abend geht abwechselnd einer von ihnen nach dem Essen runter. Sie gießen, jäten Unkraut, kontrollieren, wie alles wächst.

Piero hat eine Leidenschaft für Unkraut. Er bleibt stundenlang gebückt, um die guten Blättchen zu prüfen und die schädlichen auszurupfen. »Das entspannt mich«, erklärt er dem Kindermädchen, das ihn lächelnd beobachtet. ›Wie mein Söhnchen doch wächst! Jetzt ist er schon ein Mann!‹, denkt sie sich. Luisa ist jedes Mal ganz aufgeregt, wenn sie sieht, dass ein Pflänzchen von einem auf den anderen Tag gewachsen ist. »Noemi hat recht: Wir werden immer was zu essen haben«, sagt sie begeistert. Ginetta und Rosetta dagegen verlieren sich in Gequatsche, während sie die Gießkannen füllen.

Auch bei Emilia vertreibt die Gartenarbeit die Sorgen. »Wenn man sich um die Pflänzchen kümmert, vergisst man sogar den Krieg«, sagt sie zu ihrer Freundin, die antwortet: »Weißt du, dass wir, wenn alles gut geht, zu Ostern Salat haben sollten?«

»Fehlen nur noch gekochte Eier«, meint Emilia.

»Du hast recht! Eier!« Noemi hat eine Idee: »Vielleicht kriegen wir auch die! Warum halten wir hier im Hof keine Hühner?«

Emilia schaut sie an und erwidert: »Was du alles kannst, meine liebe Noemi.«

Die lächelt und entfernt sich mit entschlossenem Schritt, bereit, Signora Olga aufzusuchen und ihr das zigste Projekt vorzuschlagen.

Olga bekreuzigt sich, verneigt sich und wendet dem Altar den Rücken zu, um zum Ausgang zu laufen. Vittorio steht neben ihr, er macht die Gesten seiner Mutter nach und streckt den Arm nach ihrer Hand aus. Sie gehen hinaus, grüßen den ein oder anderen Angestellten, der auch zur Messe gekommen ist, und machen sich auf den Heimweg. Vittorio wird bald elf. Er ist noch immer ein anschmiegsames Kind, kann aber schon entschlossen und hartnäckig sein. »Du bist wirklich ein Sturkopf«, neckt Olga ihn, als sie zum hundertsten Mal seine Bitte gehört hat. »Ich habe nur einen Wunsch«, insistiert er, »ein Pferd. Bitte, Mama.« In der Hoffnung, so überzeugend wie möglich zu sein, wird sein Ton flehend.

»Vittorio, wir können es uns im Moment nicht leisten, uns auch noch um ein Pferd zu kümmern«, versucht seine Mutter ihn zu überzeugen.

»Ich würde mich darum kümmern«, bleibt Vittorio hartnäckig. »Ich und Emilia«, korrigiert er sich, weil er weiß, dass er die Unterstützung des Kindermädchens hat, das schon seit seiner Geburt eine Schwäche für ihn hat.

»Wir schauen mal«, zögert Olga und macht größere Schritte, so als könnte sie den Wunsch ihres Sohns auf dem Kirchplatz zurücklassen. Sie gehen schweigend und mit gesenkten Köpfen, jeder in seine eigenen Gedanken versunken: Vittorio sucht nach einem überzeugenden Argument, seine Mutter wiederum danach, wie sie ihn davon abbringen kann.

Sie bemerken die Frau nicht, die ihnen auf dem Bürgersteig

mit Einkaufstüten beladen entgegenkommt. Olga stößt sie aus Versehen an. »Entschuldigen Sie«, sagt sie und schaut auf. »Signora Levi«, grüßt sie, als sie unter einem Schleier aus Trauer und Melancholie das Gesicht der Frau erkennt, die sie vor vielen Jahren auf der Mustermesse kennengelernt hat.

»Signora Zaini«, antwortet diese schüchtern und knöpft ihre Jacke zu, um den fadenscheinigen Stoff ihrer Bluse zu verbergen. Als Olga sie ansieht, spürt sie einen Stich im Herzen und denkt darüber nach, wie uns das Leben zu plötzlichen und unerwarteten Veränderungen zwingt.

»Wie geht es Ihnen?«, fragt Olga zugewandt.

»Wie es uns geht?«, wiederholt die Frau und versucht, ihre Gedanken zu ordnen.

»Wenn Sie möchten, begleiten wir Sie ein Stück, so können wir kurz plaudern«, schlägt Olga vor, die Signora Levis Verlegenheit spürt und Vittorio einlädt, die schweren Einkaufstüten für sie zu tragen.

»Signora Zaini«, ihre Stimme ist nur ein Flüstern, und Olga muss näher treten, um besser zu hören, »wie Sie sich vorstellen können, leben wir seit Erlass der Rassengesetze nicht mehr unbeschwert.« Rosa schaut in den Himmel und fährt fort: »Der Nachname Levi macht uns in diesen Zeiten etwas Ärger. Dabei ist Achille Atheist. Er war nie praktizierender Jude. Wie Sie sich vorstellen können, ist mein Mann sehr besorgt. Ich erkenne ihn nicht wieder: Er lebt im Schatten der Maschinen, zwischen Raffiniermaschinen und Conchen, und in der Angst, dass die Lage kippt.«

Olga hört Rosa Levi zu, die sich offensichtlich mal Luft machen muss.

Während sie die Straße entlanggehen, wird ihre Stimme lauter: »Mein Mann hat sich, wie es die Gesetze vorschreiben, bei der Volkszählung registrieren lassen. Für den Moment haben wir für das Verbot, dass Juden keine Firmen mit mehr als hundert Angestellten haben dürfen, eine Lösung gefunden: Formal sind mein Sohn Angelo und ich Besitzer der Italcima. Aber wird das reichen?« Die Frage bleibt in der Luft hängen. Olga hört zu, findet aber keine tröstenden Worte. Nach einer Weile setzt Rosa wieder an: »Zum Glück arbeiten wir fast auf Hochtouren, so gut es der Krieg zulässt, aber wie lange noch?«

»Ich kann mir nur vorstellen, wie es Ihnen geht, und verstehe Ihre Sorgen. Ich weiß nicht, ob Sie das Wissen tröstet, dass auch die Zaini durch den Krieg solche Unwägbarkeiten und schwierigen Zeiten durchlebt.«

Vittorio läuft ein paar Schritte vor ihnen. Vor der Italcima bleibt er stehen und betrachtet das moderne, rationale Gebäude. »Und stellen Sie sich vor, wie viel mich die Vorhänge gekostet haben, um alle Fenster unserer Wohnung zu verdunkeln«, sagt Rosa Levi mit Blick auf das riesige und sehr helle Fensterband, das über alle Fassaden läuft. Die beiden Frauen müssen unwillkürlich lachen.

Olga verabschiedet sich: »Signora Rosa, wenn Sie etwas brauchen, können Sie auf uns zählen. Wenn wir etwas für Sie tun können, klopfen Sie jederzeit bei uns an.«

»Danke, ich werde mich daran erinnern«, antwortet Rosa. Sie drückt ihr die Hand und wendet sich dann Vittorio zu. »Danke, mein Junge, du warst ein richtiger Gentleman«, sagt sie zu ihm, streicht ihm über den Kopf und nimmt ihm die Einkaufstüten aus den Händen.

Mit gesenktem Kopf betritt sie den Hof der Fabrik, während Olga die Hand ihres Sohns festhält und sich mit ihm auf den Weg nach Hause macht, wo sie eine fröhlich lärmende Tafel erwartet. Trotz des Kindergeschreis denkt Olga mit Sorgen an das Schicksal der Familie Levi.

Nach nur wenigen Tagen klopft jemand an die Tür des Hauses Zaini. Es ist ein großer Herr mit aufrechter Haltung, tadellos gekleidet, wäre da nicht der Fettfleck auf dem Revers des Jacketts. In der Hand hält er eine Karte, die er Olga wortlos überreicht. Sie öffnet sie zögernd und beginnt zu lesen: *Liebe Olga, es tut mir leid, dass ich sofort von Ihrem Angebot Gebrauch machen muss, aber ich hatte keine andere Wahl. Wie Sie sich vorstellen können, ist unser Firmensitz nicht sicher, wir sind den Kontrollen der OVRA zu sehr ausgesetzt. Ich hoffe, dass Sie etwas für ihn tun können. Ihre Rosa.* Olga schaut zu dem Mann auf und überlegt, was die Organisation zur Überwachung und Bekämpfung des Antifaschismus OVRA von ihm wollen könnte. »Was führt Sie zu mir?« Der Tonfall der Hausherrin ist freundlich, aber misstrauisch.

»Signora Zaini, ich bin auf dem Weg, Mailand zu verlassen, weil die OVRA mich wegen meiner antifaschistischen Ideen sucht. Zuvor muss ich jedoch noch eine Nachricht schicken und kann das nicht direkt tun, weil sie dann sicher abgefangen würde und das Gelingen einer Mission in Gefahr brächte, die nicht nur mich, sondern unser ganzes Land betrifft.« Olga hört aufmerksam zu, ohne genau zu verstehen, worauf sich ihr Gesprächspartner bezieht. Was er sagt, klingt sehr geheimnisvoll, aber sie traut seinem ehrlichen und offenen Blick.

»Das hier ist die Nachricht«, sagt er und streckt ihr einen kleinen Umschlag hin. »Und das ist die Adresse«, fügt er hinzu und gibt ihr einen Zettel.

»Eine letzte Sache: Wenn es Ihnen gelungen ist, gehen Sie bitte bei der Pförtnerin des Hauses hier nebenan vorbei und sagen ›Sokrates studiert‹; wenn es Ihnen hingegen nicht gelungen ist, müssten Sie sagen: ›Sokrates schläft‹.«

Olga hat nicht viel verstanden, nickt aber. Sie schließt die Tür wieder und geht zurück ins Wohnzimmer, bis sie zum Abendessen gerufen wird. Sie versinkt im Sessel, und ihre Gedanken verstricken sich ineinander. In einer Hand hält sie den Brief in einem winzigen Umschlag und in der anderen den Zettel mit einer Adresse nicht weit von ihrem Zuhause. Sie betrachtet beides und weiß nicht, was sie tun soll.

Bei Tisch ist sie abgelenkt. Die Kinder reden, aber sie hört ihnen nicht zu. Noemi fragt sie etwas wegen des Menüs für die Woche, aber sie antwortet nur sehr vage. Nur Emilia ahnt, dass die Signora andere Sorgen hat als sonst, derentwegen sie gedankenverloren am Fenster steht.

Sie wartet, bis alle in ihren Schlafzimmern sind, und geht dann zurück ins Wohnzimmer. Langsam nähert sie sich Signora Zaini. »Kann ich irgendetwas tun?«, fragt sie sie schüchtern.

Olga hält sich zuerst zurück, aber dann merkt sie, dass sie verrückt wird, wenn sie sich nicht irgendjemandem anvertraut, und Emilia ist die Richtige dafür: ›Praktisch veranlagt, wie sie ist, kann sie mir vielleicht einen klugen Rat geben.‹

Die Worte sprudeln aus Olga heraus, als wäre sie ein Fluss im Hochwasser. Emilia hört zu. »Die Mission sollte zu Ende geführt werden«, meint sie, ohne zu zögern. Dann denken sie gemeinsam bis tief in die Nacht darüber nach und wägen verschiedene Möglichkeiten gegeneinander ab. »Die Nachricht muss versteckt überbracht werden«, wiederholt Emilia zum hundertsten Mal, »aber wie?«

»Niemandem darf etwas auffallen, das hat er ganz klar gesagt«, erklärt die Signora erneut.

»Vielleicht in einem Kuchen?«, überlegt Emilia.

»Ein Kuchen!«, jubelt Olga. »Emilia, Sie sind ein Genie.«

»Wenn Sie mir eine hübsche Tafel dunkle Schokolade besorgen, kümmere ich mich um den Rest«, versichert das Kindermädchen.

Die beiden Frauen wünschen einander eine gute Nacht und ziehen sich in ihre Zimmer zurück.

Am nächsten Tag sind gleich zwei Menschen im Haus in Gedanken versunken: Olga und Emilia sind nervös, und jedes Wort wird von einem wissenden Blick begleitet, auch wenn sie sich bemühen, dass weder die Kinder noch Noemi ihre Aufregung bemerken. »Wenn die uns erwischt, sind wir geliefert«, flüstert Emilia scherzhaft, als sie die schon ausgepackte Schokolade unter ihrer Schürze versteckt.

Emilia nutzt die Ruhepause der Köchin und die Abwesenheit der Kinder, die sie zum Spielen in den Hof geschickt hat, um ihr übliches Soufflé zuzubereiten. »So schnell war ich noch nie«, beglückwünscht sie sich selbst, als sie den Kuchen in den Ofen schiebt.

›Hoffentlich kommt Noemi nicht genau jetzt zurück‹, murmelt sie und reißt die Fenster auf. ›Zu so was bin ich gezwungen: Statt den Duft so lange wie möglich hier drin zu behalten, muss ich versuchen, ihn so schnell wie möglich zu vertreiben‹, denkt sie schnuppernd.

Die Nachricht ist gut in den Kuchenteig eingeknetet.

»Erster Teil der Mission erfüllt«, flüstert sie Olga zu. »Der Kuchen ist im Schrank in meinem Zimmer. Wenn Sie mir zuzwinkern, eile ich ihn holen, um die Operation zu Ende zu bringen.«

»Alles in Ordnung, Mama?«, fragt Piero, der bemerkt, dass sie seit zwei Tagen seltsam drauf ist.

»Ja, alles in Ordnung. Heute Abend machen Emilia und ich einen Spaziergang.« Piero schaut sie überrascht an, denkt aber nicht weiter drüber nach – heute Abend ist das Spiel.

Die beiden Frauen verlassen das Haus. Emilia trägt das Päckchen mit dem Kuchen. Vor der Tür tauschen sie einen komplizenhaften Blick: Ein zustimmendes Nicken gibt den Startschuss für ihre geheimnisvolle Mission. Sie biegen rechts ein und machen sich auf den Weg zu der angegebenen Adresse. Die Stille wird nur von ihren nervösen Schritten unterbrochen. Sie reden nicht. Jede wiederholt im Kopf die Anweisungen. Die Angaben sind klar: Das Haustor wird aussehen, als wäre es geschlossen, aber der linke Flügel der Eingangstür wird von einem Ziegelstein auf dem Boden offen gehalten; sobald sie drin sind, finden sie zu Füßen der kleinen Madonnenstatue in der Mitte des Hofs einen Schlüssel, mit dem sie die Tür unter dem Hauseingang öffnen sollen. Dort steht ein Tisch, auf dem sie den Kuchen abstellen können.

Emilia soll vor dem Tor Schmiere stehen, während Olga reingehen und die Übergabe machen wird. Darauf haben sie sich nach stundenlangem Hin und Her schließlich geeinigt.

Erst im Dunkeln kommen sie zurück nach Hause. Sie haben es geschafft. Endlich löst sich die Anspannung. »Trinken wir noch einen Tee?«, fragt Olga und vergisst, dass sie die Hausherrin ist und sich an ihre Angestellte wendet.

Etwas an ihrer Beziehung hat sich verschoben. Olga mustert das Kindermädchen und sieht sie mit neuen Augen, noch persönlicher und zugewandter, die eine neue Vertrautheit offenbaren.

»Sokrates studiert«, sagt Olga lachend und hebt ihre Tasse, als wollte sie damit anstoßen.

»Sokrates studiert«, wiederholt Emilia, die sich nicht zurückhalten kann und in ein schallendes, mitreißendes Lachen ausbricht, dem auch Olga sich nicht entziehen kann. Ein Blickwechsel verwandelt den gegenseitigen Respekt, der immer schon da war, in einen Bund. Diese Nacht werden sie nie vergessen.

An den Tischen der Verpackerinnen herrscht ausgelassene Stimmung. Livia, Aurelia und die junge Vittoria, die vor wenigen Wochen angestellt wurde, singen und stampfen und ahmen das berühmte Trio Lescano nach, das im Radio und in den Theatersälen Furore macht. Es ist Livias Geburtstag: der dreißigste. »Danke«, sagt sie, als sie ein Geschenk auspackt: ein Paar Schuhe mit Korksohle, blauem Obermaterial und orangen Schnürsenkeln.

»Den Stoff habe ich gehäkelt«, erklärt Aurelia, die sie auf jede Masche aufmerksam macht, »mit Hilfe meiner Nachbarin.«

Livia zieht ihre Stiefel aus und die neuen Schuhe an, als Clelia auftaucht. »Livia«, sagt sie, »die Signora Olga will dich in ihrem Büro sehen.«

Livia wird blass, zieht sich die Stiefel wieder an und fragt: »In ihrem Büro?« Ihre Stimme klingt besorgt. »Warum?«, sie schaut Clelia fragend an. Die antwortet nicht, sondern geht, ohne auf sie zu warten, zurück an ihre Arbeit. Livia streicht ihre Schürze glatt, wirft ihren Freundinnen einen Blick zu und beschleunigt ihren Schritt, um die Sekretärin einzuholen.

›Ich habe nichts Schlimmes getan‹, denkt sie und versucht sich zu beruhigen. ›Das ist jetzt nicht der richtige Moment, um arbeitslos zu werden‹, fügt sie unruhig hinzu.

Livia klopft an die Tür.

»Herein.«

»Buongiorno, Signora Zaini«, grüßt die Tusa mit zitternder Stimme und bleibt in der Tür stehen. Die Hände gleiten über ihre Schürze. Es ist das erste Mal seit Signor Zainis Tod, dass sie das Direktionsbüro betritt: Alles sieht noch genauso aus wie damals. Für einen Moment kommt es ihr so vor, als könnte sie den starken Schokoladenduft riechen, der den Chef immer begleitete. Für einen Augenblick spürt sie sogar seine Anwesenheit – eine Illusion.

Olgas Stimme holt sie zurück in die Wirklichkeit. »Buongiorno, Signorina Colombo«, sagt sie. Livia setzt sich auf die vordere Stuhlkante dem Schreibtisch gegenüber. Der Tonfall der Signora ist ruhig, aber die junge Frau ist angespannt. ›Sie glaubt doch hoffentlich nicht, ich hätte Kontakt zu Faschisten, wie Fausto?‹, denkt sie besorgt. ›Das fehlte gerade noch, dass ich wegen diesem Dummkopf meine Arbeit verliere.‹

Unruhig schaut sie hoch und wartet darauf, dass Signora Zaini weiterredet.

»Ich habe Sie rufen lassen, um Ihnen meine Glückwünsche auszusprechen«, verkündet Olga mit einem Lächeln. Livia seufzt erleichtert auf und setzt sich bequemer hin. »Danke«, antwortet sie und errötet.

»Ich weiß, dass es ein runder Geburtstag ist und er auch in Kriegszeiten gebührend gefeiert werden sollte«, fügt sie hinzu und reicht ihr einen kleinen Umschlag.

Der Umschlag bleibt auf dem Tisch liegen, und Livia antwortet verlegen: »Das wäre doch nicht nötig gewesen, Signora Zaini.«

»Ich weiß, dass Sie gerne tanzen. Und ich habe gehört, dass in ein paar Tagen ein schöner Swing-Abend im Trianon im Zentrum stattfindet. Ich würde mich freuen, wenn Sie hingehen und sich ein wenig amüsieren, vielleicht mit einer Kollegin«, erklärt sie, eine Zigarette in der Hand. »Man muss in diesen Zeiten auch mal abschalten und unbeschwert sein«, fügt sie hinzu und zündet die Zigarette an.

»Danke«, antwortet Livia. Die Tusa streckt langsam die Hand aus, nimmt den Umschlag und steckt ihn in die Tasche ihrer Schürze. Sie würde gerne etwas sagen, aber die Worte bleiben ihr im Hals stecken. So bleibt sie stumm und betrachtet diese so elegante und stolze, sanfte und feinfühlige Frau. Das Haar ist in einem Dutt zusammengebunden, der zwei große Ohrringe zur Schau stellt sowie den langen, mit einer dünnen Perlenkette geschmückten Hals.

Eine Hand bewegt sich sanft im Takt der Züge an der Zigarette, die andere sortiert einige Papiere von einem Stapel auf einen anderen. »So viele Probleme«, sagt sie seufzend. »Wenn doch

Luigi noch hier wäre. Zusammen wären sie vielleicht einfacher zu lösen. Aber vielleicht ist es besser für ihn: Sein zu gutes Herz hätte so viel Grausamkeit nicht ausgehalten. Entschuldigen Sie, Livia, heute sind schlimme Gedanken verboten. Also, sind wir uns einig: Tanzen Sie auch für mich mit! Nochmals herzliche Glückwünsche und noch einen guten Arbeitstag!«

»Danke, Signora Olga, im Namen aller Tuse möchte ich Sie wissen lassen, dass Sie immer auf uns zählen können.« Die Worte strömen nur so aus ihr heraus.

Livia geht raus, und Olga bleibt allein mit ihren Gedanken, die schon seit einiger Zeit nicht mehr unbeschwert sind.

›Kann ich es schaffen, all diesen Menschen in der Zukunft noch eine Arbeitsstelle zu sichern?‹, fragt sie sich und drückt die Zigarette in einem Aschenbecher voller Zigarettenstummel aus. Sie denkt an Livias letzten Satz und ist gerührt, als ihr das große Geschenk bewusst wird, das die Angestellten ihr mit ihrer ehrlichen und tiefen Zuneigung machen. Ein Lächeln erscheint auf ihrem Gesicht und kann noch einmal die Melancholie vertreiben.

Jemand klopft an die Tür: Es ist Adalgisa. In der Hand trägt sie ein Tablett, und ihr Gesicht strahlt: »Was bringen Sie mir denn für gute Neuigkeiten? Warum sprühen Ihre Augen so vor Freude?!«, fragt sie, als sie sie eintreten sieht.

»Genau, Signora Zaini. Vielleicht habe ich etwas mehr als Verdauliches, sagen wir, etwas sehr Leckeres, was Sie probieren sollten!«

Olga lächelt und meint: »Tatsächlich ist es in diesen Zeiten nicht so einfach, sich etwas Leckeres auszudenken.« Sie betrachtet die kleinen Schokotropfen in einer Schale. »Die sehen verlockend aus, darf ich?«, fragt sie und streckt die Hand aus.

Adalgisa nickt und nimmt selbst auch eine. »Mal sehen, ob Sie die magische Zutat erkennen?«, fragt sie, als sie sie sich in den Mund steckt. »Minze ist es nicht. Für die muss ich noch warten, dass Noemis Garten welche für mich wachsen lässt!«, fügt sie in ironischem Tonfall hinzu.

»Rhabarber?«, vermutet Olga.

»Genau! In winzigen Mengen, aber ich finde, er passt göttlich dazu. Was halten Sie davon?« Die Stimme klingt begeistert.

»Mir schmeckt's. Vielleicht könnte man sogar noch etwas mehr verwenden«, schlägt die Signora vor, nimmt noch ein Stück und ruft auch Clelia, die wahre Expertin.

»Mmmh, nicht schlecht«, kommentiert die Sekretärin, »ich finde auch, dass man es mit noch ein bisschen mehr Rhabarber probieren könnte.«

»In Ordnung, danke. Heute Nachmittag arbeite ich daran«, versichert Adalgisa und nimmt das Tablett wieder mit.

»Ich kann die nächste Verkostung kaum erwarten«, sagt Clelia, grüßt und geht zurück an ihren Platz.

5

MAILAND, 29. MÄRZ 1942

Am Himmel von Mailand verkünden die ersten Schwalben den Frühling. An den Zweigen der Bäume sieht man kleine Knospen, und eine schüchterne Sonne wärmt die vom langen und eisigen Winter mitgenommenen Seelen der Mailänder.

Die Tage werden länger, aber die Verdunklungspflicht wird ausgeweitet: von 20:30 Uhr bis 6:30 Uhr. Es bleibt ein Kriegsfrühling, bestimmt von Verboten und Rationierung. Weit entfernt geht der Krieg weiter, an dem immer mehr Nationen beteiligt sind: Die Rote Armee arbeitet weiter an einer großen Gegenoffensive und rückt nach Westen vor. Drei Monate zuvor hat die Kaiserliche Japanische Marine die US-Pazifikflotte in Pearl Harbor angegriffen. Der Krieg ist zu einem Weltkrieg geworden.

Jeden Tag wird eine neue Maßnahme verkündet: die Kürzung von Personenzügen und die Abschaffung der ersten Klasse sowie der Speisewagen und Schlafwagen, die Reduzierung der Brotrationen, die Kampagne für das Sammeln von Kupfer an verschiedenen Orten der Stadt und die Ausgabe neuer Lebensmittelkarten.

Letztere zu verwalten, ist inzwischen zu einer Arbeit geworden, die Genauigkeit und Geduld erfordert. Noemi sortiert sie nach den verschiedenen Kategorien: Karten für Brot, Karten für ›Suppeneinlagen‹ (mit denen man Pasta oder Reis kaufen kann, auf denen aber auch Marken für Zucker, Schweineschmalz und

Kernseife sind) und Mehrzweckkarten. Sie zählt sie immer wieder durch und bewahrt sie in einer abgeschlossenen Schublade im Küchenschrank auf. Jede abgerissene Lebensmittelmarke ist wohlüberlegt. Am kostbarsten sind die für Brot, das mittlerweile rar ist.

Emilia kümmert sich stattdessen um die Karten für Kleidung, Schuhe und Wäsche. Für jedes Alter und Geschlecht gibt es eine eigene Farbe: Lila für Frauen, Grün für Jungen, Rot für Mädchen, Braun für Piero, der inzwischen ein Mann ist.

›Ob sie ohne mich klarkommen?‹, fragt sie sich, als sie einen Rock für Luisa, die für diese schwierigen Zeiten zu schnell wächst, anpasst.

Emilia reist bald ab. Wenige ungrammatische Zeilen ihrer Mutter haben sie dazu gebracht, für ein paar Wochen nach Hause zu fahren. Ihr Vater hat eine üble Lungenentzündung und fragt nach ihr.

Eine Träne rinnt über ihre Wange. ›Warum bin ich nicht schon früher hingefahren?‹, wirft sie sich vor, während sie die wenigen benötigten Kleider in den kleinen Koffer packt. ›Warum musste erst etwas Schlimmes passieren?‹

Ihre Familie ist für Emilia mittlerweile in diesen vier Wänden hier zwischen der Via Abba und der Via Imbonati. Nach fast zwanzig Jahren ist Mailand ihre Stadt, die sie auch in diesen schweren Zeiten liebt. Sie braucht nicht einmal mehr die Schachtel mit den Süßigkeiten, um melancholische Momente zu überwinden. Das Heimweh ist zusammen mit den Pralinen verschwunden, die sogar im Hause Zaini zu einem Luxus geworden sind.

Signora Olga war sehr verständnisvoll. »Fahr nur, Emilia. Wir schaffen das schon«, hatte sie ihr gesagt. »Bleib, so lange du es für nötig hältst, aber pass bitte gut auf dich auf. Und ich möchte dir das hier geben«, hatte sie hinzugefügt und ihr einen Umschlag gereicht, »das könnte dir noch nützen. Und auch ich wäre dann beruhigter.« Dann hatte sie sie auf eine Weise umarmt, die Emilia tief berührte.

»Ach, fast hätte ich es vergessen: Bring das deinen Eltern mit.« Olga gab ihr eine Schachtel Blockschokolade. »Unsere Soldaten werden ein Päckchen weniger davon bekommen«, sagte sie mit einem Augenzwinkern.

Für den Bruchteil einer Sekunde leuchteten Emilias Augen auf. Ihre seit Monaten gezügelte Naschhaftigkeit war wiedererwacht, und der unverwechselbare Duft hatte die Geschmacksknospen geweckt, die inzwischen an fade Kost gewöhnt waren.

Emilia versteckt die Schokolade zwischen der Kleidung und schließt den Koffer, als Luisa an ihre Zimmertür klopft. »Hier bin ich. Du hattest nach mir gesucht?«, fragt das Mädchen lächelnd.

»Ja! Komm rein, dann probieren wir den Rock an, ob noch was zu ändern ist. Ich möchte ihn vor heute Abend fertig kriegen.«

Luisa zieht sich aus, schlüpft in den Rock, und Emilia prüft die Länge der beiden Abnäher in der Taille.

›Ich würde sagen, das sieht gut aus. Nur hier muss ich noch kurz was nähen‹, sagt sie zu sich selbst und markiert die Stellen mit zwei Stecknadeln.

»Emilia«, flüstert Luisa, »ich muss dir was sagen, aber die Mama darf es nicht wissen.«

»Oh, Mamma mia.« Die Hand mit der Stecknadel bleibt in der Luft stehen, und Emilia schaut dem jungen Mädchen ins Gesicht.

»Ist was passiert, Luisa?«, fragt sie und steht auf. »Luisa?«, setzt sie nach. Das Mädchen schaut scheinheilig.

»Ich bin verliebt«, antwortet sie in einem Atemzug.

»Mamma mia, ausgerechnet heute, wo ich gleich abreise? Wer ist es denn?«

»Ein Soldat, ein Verwundeter, den ich im Niguarda-Krankenhaus kennengelernt habe.«

»Luisa«, Emilias Tonfall wird feierlich, »mein Schatz.« Sie bedeutet dem Mädchen, sich auf den Stuhl neben ihrem Bett zu setzen. Emilia beobachtet sie und mustert ihr leicht geschminktes Gesicht: ein Hauch Rouge auf den Wangen und etwas Lippenstift. Die kleine Luisa ist jetzt eine Frau.

»Die Liebe ist etwas Wunderschönes, aber man muss achtsam damit umgehen. Sonst verbrennt man sich.«

»Aber er liebt mich, das hat er mir gesagt!«

»Bestens, wenn er dich liebt, wird er warten. Ich bitte dich, sei nicht leichtsinnig. Komm mal her«, sagt sie in liebevollem Tonfall. »Jetzt erzähle ich dir etwas, was ich noch nie irgendjemandem erzählt habe, nicht einmal deiner Mama – etwas, das ich gerne vergessen würde, aber ich schaffe es nicht, weil es mich jeden Abend beim Schlafengehen quält. Du weißt doch, dass ich, bevor ich zu euch kam, in einer anderen Familie gearbeitet habe, oder?«

Luisa nickt.

»Damals war ich ungefähr so alt wie du jetzt. Und auch ich hatte mich verliebt. Das dachte ich jedenfalls, denn er sagte, er wäre verliebt in mich, und ich dachte, man könne sich nur gegenseitig ineinander verlieben. Er hieß Bruno, bei ihm fühlte ich mich wie eine Königin, ich träumte von einem anderen Leben, bildete mir ein, ich könnte das Leben einer Dame führen, mit Pelzmänteln und eleganten Abendveranstaltungen. Du weißt, wie kreativ die Vorstellungskraft sein kann!«

Luisa hört aufmerksam zu und reibt sich dabei nervös die Hände.

»Aber mein Schicksal war nicht königlich. Mein Schicksal war hier bei euch«, fügt sie mit einem Lächeln hinzu. »Das habe ich gerade noch rechtzeitig gemerkt, oder besser gesagt hat es ein anderer gemerkt und mich rausgeschmissen. Zum Glück hatte ich mich noch auf nichts eingelassen. Luisa, du musst der Liebe Zeit geben, aufzublühen. Nur nichts überstürzen, ja?« Emilia legt dem Mädchen eine Hand auf die Brust und spürt, dass ihr Herz wie wild schlägt.

Luisa nickt. »Wie wäre es, wenn ich auf dich warte?«

»Sehr gut, warte, bis ich zurück bin. Versprichst du mir das? Deine Mutter hat jetzt nicht die Kraft für noch mehr Sorgen.«

»Ich weiß nicht, ob ich dir versprechen kann, dass mein Herz sich beruhigt, aber ich verspreche dir, nichts Leichtsinniges zu tun.«

Emilia nimmt sie in den Arm. »Auf, dann zieh jetzt den Rock wieder aus, damit ich ihn ausbessern und vielleicht noch ein wenig länger machen kann«, sagt sie lächelnd.

Luisa zieht sich aus. »Danke, Emilia. Du wirst mir fehlen.«

»Du mir auch, mein Schatz. Sei anständig.«

Die Wände des Zimmers sind mit einer Blümchentapete in zartem Rosa und Grün tapeziert, passend zum Bettüberwurf, dem Sessel und den Polsterbezügen der Stühle. Luisa liegt auf dem Bett, umarmt ihr Kissen und schaut sich um. Dieses Zimmer hat sie lange mit ihrer Mama geplant, selbst die Stoffe ausgesucht, und als sie es erstmals betreten hat, hat es ihr so gut gefallen. Doch jetzt erscheint ihr alles überladen und kindisch. Jetzt hätte sie gern alles weiß, mit wenigen Möbeln, und zwar aus Stahl und Glas, rational und modern, wie es gerade Mode ist. ›Aber wir sind im Krieg, das ist nicht der richtige Zeitpunkt für so nichtige Gedanken‹, sagt sie zu sich selbst und verschiebt das Thema auf bessere Zeiten. ›Außerdem, wer weiß, vielleicht wohne ich schon bald gar nicht mehr hier, sondern bin mit meinem Giorgio verheiratet‹, redet sie ganz verzückt weiter.

Luisa träumt mit offenen Augen, und ihre Gedanken eilen dahin.

Ihre erste Begegnung ist nicht einmal einen Monat her. Luisa war einem Vorschlag der Nonnen ihrer Schule gefolgt und hatte sich jede Woche zum Sitz des Roten Kreuzes begeben, um die Krankenschwestern zu unterstützen. Die jungen Mädchen zogen Rotkreuzkittel an und wurden dorthin verteilt, wo man sie brauchte: in die Flure, zur Notaufnahme oder zum Rettungswagen. Die Arbeit erforderte Mut und starke Nerven, und Luisa hatte von Anfang an ein Geschick im Umgang mit Verbänden und Spritzen unter Beweis gestellt. Also schickten sie sie nach wenigen Wochen nach Niguarda, wo die Schwerstverletzten lagen, um Ärzte und Chirurgen zu unterstützen. Dort hatte sie Giorgio getroffen. Er war gerade wegen einer schlimmen Verletzung am Bein operiert worden und noch unter Narkose. Luisa musste kontrollieren, ob die Infusion regelmäßig tropfte. Was genau sie so anziehend fand, kann sie nicht sagen, aber sie konnte nicht von ihm weg. Als der junge Mann Stunden später die Augen aufschlug und um Wasser bat, fiel Luisa fast in Ohnmacht: Seine Augen waren leuchtend blau, sein Blick intensiv, die Stimme schwach, aber tief. »Das muss Liebe auf den ersten Blick gewesen sein« – nur so konnte sie sich die Schmetterlinge im Bauch erklären, die so plötzlich aufgetaucht und seitdem nicht mehr verschwunden waren.

Seitdem schlüpfte sie bei jeder Gelegenheit in ihren Rotkreuzkittel, in dem sie sich unwiderstehlich wohl fühlte, und eilte nach Niguarda. Während die Wunde an seinem Bein verheilte, wuchs die Schwärmerei und zauberte dem jungen Mädchen ein verträumtes Grinsen ins Gesicht, das sie nur dank der Sorgen, die alle ständig beschäftigt hielten, verbergen konnte.

Diamante sitzt im Wohnzimmer und ist in die Lektüre der Sonntagsbeilage des *Corriere della sera* vertieft. Jede Rubrik ist ihr eine Einladung, Trägheit, Trauer und Alter zu entfliehen, die immer drohender über ihr schweben.

Alle, die für die Zeitschrift schreiben, haben sich auf die mageren Kriegszeiten eingestellt und wissen sehr gut von den schwierigen Verhältnissen ihrer Leserinnen und Leser. Petronilla ist bei ihren Rezepten immer darauf bedacht, möglichst wenig Butter oder Zucker oder Öl zu verwenden. Das wird schon aus den Titeln klar: Ricotta-Frikadellen und ein Ricotta-Soufflé mit sehr wenig Butter, ein Kartoffel-Omelett mit einem Löffelchen Öl und eine Orangen-Nachspeise ohne Zucker. Doktor Amal behandelt Bauchschmerzen, Entzündungen und kleine Wunden mit leichten Natur- und Hausmitteln, während Monna Lisa mit Hilfe von Titas Skizzen aus der Kleidung des Bruders ein elegantes Nachmittagskleid macht. Sie wendet einen Rayon-Stoff von der leuchtenden auf die matte Seite, um ein Alltagshemd zu schneidern, nimmt die Hütchen ihrer Ururoma und gibt ihnen mit wenigen Handgriffen wieder Pep. Die ›sorgfältige Hausfrau‹ wendet sich an ihre Kolleginnen mit ihren immer »offenen Augen und wachem Geist« und lehrt, wie man aus den weichen Außenschalen von Walnüssen Tinte herstellt, Essen auf wundersame Weise mit Kartoffelstärke andickt und laufmaschenanfällige Strümpfe so lange wie möglich halten lässt. Heute erklärt sie, wie man das Problem quietschender Türen löst, ohne dafür Fett oder Öl zu verschwenden. Diamante fällt die Badezimmertür ein, und sie ruft Noemi, die aus der Küche angelaufen kommt. »Brauchen Sie etwas, Signora Diamante?«, fragt sie und trocknet sich die Hände an einem Küchentuch ab.

»Haben wir zufällig einen Bleistift?«, fragt Diamante und nimmt die Brille ab.

»Sicher. Soll ich Ihnen einen bringen?« Weil sie die Leidenschaft der älteren Dame für die Zeitschriftenrubriken kennt, fügt sie lächelnd hinzu: »Was können wir heute in Ordnung bringen?«

Noemi wird nämlich jedes Mal in Diamantes Experimente einbezogen und folgt ihnen geduldig, auch wenn sie selten eine Gelegenheit auslässt, ihre eigene Sicht auf die Dinge einzubringen.

»Hier schreibt die sorgfältige Hausfrau, dass Graphit ein ausgezeichnetes Schmiermittel ist und das Quietschen beheben kann.« Noemi kommt mit zwei Bleistiften zurück. Diamante steht auf, nimmt einen davon, geht zur beschuldigten Tür und macht sich ans Werk. »Man muss hartnäckig sein und ordentlich reiben«, kommentiert sie.

»Aber machen wir dann nicht alles dreckig?«, fragt die Köchin überrascht.

»Nein, nein, das merkt keiner«, versichert die Ältere.

»Lassen Sie mich das machen, Signora Diamante«, sagt Noemi und bedeutet ihr, beiseite zu treten und ihr den Bleistift zu geben. Die Köchin reibt geduldig, das Quietschen verschwindet. »Vielleicht sagt Ihnen Ihre Hausfrau nächste Woche, wie wir den wegkriegen«, lacht Noemi mit Blick auf den großen schwarzen Fleck an der Türangel.

»Hoffentlich sieht Olga ihn bis dahin nicht!«, antwortet Diamante lächelnd und geht zurück ins Wohnzimmer.

»Alle Reiter auf den Sattel!«

Eine Stimme aus dem Lautsprecher ruft die Turnierteilnehmer zum Reitplatz. Nachdem sie gewogen wurden, rücken die Jockeys die Mützen ihres Reitstalls auf dem Kopf zurecht und schwingen sich dann aufs Pferd, bereit, den Aufwärmbereich zu verlassen.

»Pferde auf die Rennbahn!«

Die Vollblüter begeben sich geordnet zu ihren Startboxen, während die Zuschauer auf der Tribüne Platz nehmen. »Lass uns näher zu den Startboxen gehen«, drängt Vittorio und zieht seinen Opa an der Hand hinter sich her, der ihm ohne Widerstand folgt. Er umklammert die Ausgabe der Zeitschrift *Lo Sportivo*, in der Wettkämpfe, Rennstrecken, Pferde sowie die Geburten der edelsten Fohlen minutiös besprochen werden.

Seit sie so oft ins Hippodrom kommen, begeistert auch er sich für Pferderennen. Der wahre Experte ist und bleibt aber sein Enkel, der Rennstrecken, Preise und Reitställe mit fast manischer Genauigkeit unterscheiden kann.

Vittorio macht es sich bequem und schaut zu, wie die Pferde auf Befehl des Starters mit schnellen und harmonischen Bewegungen ihre Plätze einnehmen. Um ihn sind vornehme Damen mit raffinierten Strohhüten oder leichten Schirmchen und Gentlemen in eleganten Anzügen, aber seine Augen sind auf die Startboxen und die hoch konzentrierten *gentlemen riders* gerichtet.

Der Nonno beobachtet seinen Enkel: ›So eine Leidenschaft habe ich selten gesehen‹, denkt er und erinnert sich an Olga, die sich unnachgiebig weigert, ihrem Sohn das Reiten zu erlauben – höchstens hin und wieder, und dann nur in einer kleinen Manege nicht weit von zu Hause.

Auf der Rennbahn ist auch Luigi Visconti di Modrone, der zwischen 1940 und 1941 fast ungeschlagen war und beeindruckende 199 Galopprennen gewonnen hat. In der Szene kennen ihn alle, er ist eine Berühmtheit. »Auch wenn ihm der Carlini seit einiger Zeit alle Rekorde wegzunehmen scheint!«, kommentiert der Großvater und wirft seinem Enkel einen Blick zu, um ihm zu zeigen, dass er etwas gelernt hat.

»Heute rennt auch ein Pferd von seinem Bruder: Coca-Cola ist von Luchino Visconti«, wirft Vittorio ein und zeigt auf das weiße Reitjackett und die grüne Binde und Mütze des Reitstalls. »Es heißt, es wäre sein letztes Rennen«, fügt er hinzu.

»Wirklich? Wieso das? Er ist doch einer der berühmtesten Züchter und Trainer von Vollblütern in ganz Italien, zusammen mit Tesio und dem Dormello-Olgiata-Reitstall, versteht sich«, sagt der Großvater.

»Er interessiert sich jetzt mehr fürs Kino«, antwortet der Junge und gibt sich wissend.

»Dein Vater kannte seinen Vater, wenn ich mich nicht irre«, sagt der Großvater. »Ich erinnere mich, dass er ihn als einen liebenswürdigen und höflichen Mann beschrieben hat, in dessen Gegenwart sich jeder wohlfühlte. Ein wahrer *Gentleman*«, schließt er und lächelt über sein eigenes Wortspiel.

Das Rennen beginnt. Der Preis zur großen Saisoneröffnung.

»Die Pferde sind gestartet. Arco führt, Fortuny ist ihm auf den Fersen. Es folgen Donatello, Maltosio, Rossana, Pantera, Zecca und Coca-Cola.« Die Stimme des Sprechers wird lauter: »Flott geht es in die Kurve. Rossana tritt an die Spitze. Auf der Geraden schließt Arco gleich wieder bis hinter Maltosio auf. Rossana schnellt los, sie fliegt. Leichtfüßig löst sie sich von der Gruppe. Coca-Cola holt auf. Auf den letzten hundert Metern versucht Maltosio vergeblich, sich an Rossana dranzuhängen, die das Rennen gewinnt.«

»Evviva!« Rossana aus dem Mailänder Reitstall De Montel hat gewonnen.

Als das Rennen vorbei ist, geht der Jockey noch mal zur Waage, um sein Gewicht zu kontrollieren.

»Gehen wir näher ran«, fordert Vittorio, der schon aufgestanden ist.

Er verliert sich zwischen den bunten Jacketts der verschiedenen Reitställe und träumt: »Meiner wird blaue Reitjacken und -mützen haben, und die Ärmel in Silbergrau.« Er hat sehr klare Vorstellungen.

»Am Mittwoch ist das Rennen um den Premio Savoia. Kommen wir dann wieder her?«, fragt er seinen Nonno.

Der schaut ihn an und kann nicht Nein sagen. »In Ordnung, ich bringe dich her, aber nur, wenn du dich zu Hause benimmst und schön lernst!«, antwortet er mit einem Hauch gespielter Strenge.

MAILAND, 24. APRIL 1942

Eine Serie von zweiundzwanzig großen Paneelen hängt im Pavillon des faschistischen Handelsverbands an den Wänden: Sie zeigt den Produktkreislauf der rationierten und kontingentierten Lebensmittel. Jede Szene illustriert einen der Schritte – vom Feld des Herstellers bis zur Speisekammer des Konsumenten –, die der Maler mit rhetorischer Feierlichkeit gezeichnet hat.

Olga ist auf der Mustermesse, die schon bald wieder zu Ende sein wird. Seit der Krieg ausgebrochen ist, hat die Zaini dort keinen eigenen Stand mehr. Die Perugina ist die Einzige, die noch ausstellt. Die geschichtsträchtige Firma repräsentiert nun alleine auf internationalem Niveau die italienische Schokoladenindustrie. Wenn es sie (sowie ein paar Likör herstellende Mönche und einige Maschinenhersteller) nicht gäbe, wäre das Wort ›Schokolade‹ ganz aus dem offiziellen Katalog verschwunden.

Olga hat wochenlang gezögert, aber schließlich hat ihr Vater sie überredet, eine Runde zu drehen. »Nur aus Neugier und damit ich mich ein bisschen bewege«, hatte er gesagt. Trotz seines Alters war er ganz gut in Form.

Bei ihnen ist auch der Fabrikvorsteher, der auf Olga seit einiger Zeit im Gegensatz zu Vittorio sehr müde und ausgelaugt wirkt.

Die Blicke verlieren sich in den Einzelheiten des großen Wandgemäldes: Reis, Zucker, Lebensmittelkarten und Lastwagen.

Vor ihnen folgen die Szenen aufeinander wie die Seiten eines Lehrbuchs: Die Waren werden beim Landwirtschaftsministerium gemeldet. Es werden komplizierte Zuweisungspläne erstellt, die dem Bedarf jeder einzelnen Provinz gerecht werden. Diese Pläne werden den Ausgabestellen zugesandt. Die Waren werden verschickt, die Rohstoffe verarbeitet und dann an die Orte des Verbrauchs gebracht. Derweil bestimmen die Kommunen auf Basis der Buchungsscheine und der von den Verbrauchern abgegebenen Lebensmittelmarken die Menge der Waren, die jedem Laden geliefert werden soll, und kommunizieren sie dem Büro für die Verteilung rationierter Güter des Handelsverbands der jeweiligen Provinz. Es werden Abholbons ausgegeben und Abgabelisten, die für jeden Verkäufer detailliert die Warenmenge festlegen. Die Ware gelangt in den Laden, um sie den Verbrauchern unter Vorlage von deren Lebensmittelkarte zu verkaufen.

Olga nimmt alles auf. Der Vergleich mit früheren Ausgaben ist unvermeidlich. »In was für einer Welt leben wir nur?«, meint sie plötzlich und schaut ihren Vater an. Auch Pietros Blick spricht Bände. »Signora Olga, Schluss mit der Melancholie. Lasst uns schnell hier raus und lieber in die Allee der Wissenschaften gehen. Vielleicht finden wir unterwegs auch noch einen Kiosk, wo wir einen Wermut trinken können. Der belebt den Geist!«, ruft er aus.

Pietro läuft schon los, während Olga den Arm ihres Vaters drückt und die beiden Pietro nach draußen folgen. Entlang der Wege wächst in den Beeten nun Getreide statt Blumen, und es hängen weniger Werbeplakate an den Pfeilern. Die Stimmung ist deutlich ernster, trister, und noch bevor es dämmert, sitzt das Trio schon wieder in der Straßenbahn, auf dem Weg zurück nach Dergano.

Am nächsten Tag klopft Pietro an die Bürotür.

»Kommen Sie herein, Pietro«, lädt Olga ihn ein, als sie ihn auf der Türschwelle sieht.

»Ist der Signor Vittorio nicht da?«, fragt er.

»Nein, der bleibt heute zu Hause. Er hat über Kopfschmerzen geklagt«, antwortet sie lächelnd, »vielleicht haben wir es gestern mit dem Wermut übertrieben.« Dann fragt sie: »Was wollten Sie von meinem Vater? Ist irgendetwas nicht in Ordnung?«

»Ich würde gern mit Ihnen reden, Signora Olga.«

»Nur zu, Pietro«, spornt sie ihn an, setzt sich auf den Schreibtisch und lädt ihren Angestellten ein, auf dem Stuhl vor ihr Platz zu nehmen.

Olga zündet sich eine Zigarette an und bietet auch Pietro eine an, der aber aufgewühlt ablehnt.

»Gestern ist mir klar geworden, dass für mich der Moment gekommen ist, zu gehen«, sagt er in einem Atemzug. »Ich bin zu alt und zu erschöpft.« Olga hält inne und legt die Zigarette auf dem Aschenbecher ab, bevor sie zu ihrem Gesprächspartner aufschaut. Sie hat keine Zeit, etwas zu sagen, weil Pietro weiterspricht: »Lassen Sie mich ausreden, Signora Olga.«

Der Tonfall ist sanft, aber entschlossen. Olga unterdrückt eine zornige Geste. »Ich habe lange darüber nachgedacht und verstanden, dass das die richtige Entscheidung ist. Ich liebe diesen Ort, als wäre es mein Zuhause, und ich habe einen Großteil meines Lebens zwischen den Maschinen hier verbracht. Ich kenne jedes einzelne Getriebe. Aber der Zeitpunkt ist gekommen, den Staffelstab zu übergeben.« Pietro hält inne, dann sagt er: »Nie würde ich euch oder der Fabrik Schaden zufügen wollen.«

Olga schweigt, und Pietro fährt fort: »Wie Sie wissen, opfert Piero seit einer Weile seine gesamte Freizeit, um mir zu folgen: Er guckt sich meine Tricks ab, beobachtet, hört zu und lernt. Inzwischen kennt er die Maschinen, die Tuse und die Gesellen und versteht sich mit allen gut. Der Junge ist intelligent und hat Talent«, Pietro lächelt, »und er ist zu jung, um an die Front geschickt zu werden.«

Olga begreift allmählich, worauf der Fabrikvorsteher hinauswill, und fängt wieder an zu rauchen.

»Ich fürchte, dass in Kürze massenhaft junge Leute eingezogen werden, und unser Piero, Jahrgang '22, ist in Gefahr. Und wozu? Für welchen Sieg? Ich sehe nur Tod, Hunger und Verzweiflung. Wir brauchen Piero lebend. Signor Luigi würde wollen, dass er lebt.«

Olga ist gerührt, und die Worte bleiben ihr im Hals stecken. Der Gedanke, ihr Sohn könnte an die Front gehen, erschreckt sie, allein ihn sich in Soldatenuniform mit umgehängtem Gewehr vorzustellen, lässt sie zittern.

»Ich habe lange darüber nachgedacht. Wenn Piero offiziell zum Fabrikvorsteher ernannt wird, kann er nicht eingezogen werden, weil er hier als unverzichtbar gälte. Und ich habe keine Zweifel daran, dass er dieser Rolle gewachsen ist. Es muss ja nicht für immer sein, Pieros Schicksal muss nicht das eines Fabrikvorstehers bleiben, aber im Moment könnte es unsere Rettung sein. Was halten Sie davon?«, fragt er. »Schon seit Tagen mache ich deswegen kein Auge zu.«

Olga trocknet sich eine Träne. »Pietro, dass Sie ein intelligenter Mensch sind, hatte schon mein Mann verstanden, als er sie vor langer Zeit blutjung eingestellt hat, aber Ihre Worte voller Zuneigung erfüllen mein Herz – danke! Ihr Lösungsvorschlag ist genial«, meint sie. »Nur eins macht mir Sorgen. Und zwar sehr.«

»Was denn?«

»Was wird dann aus Ihnen? Sie werden doch nicht von einem auf den anderen Tag verschwinden?«

»Ich werde stets zu Ihren Diensten sein, Signora Olga«, antwortet er aufrichtig. »Bis meine Anwesenheit hier überflüssig wird«, ergänzt er und verabschiedet sich.

Seit Emilia abgereist ist, herrscht im Haus eine seltsam melancholische Stimmung. Das Kindermädchen fehlt allen: Luisa, die niemanden hat, dem sie ihren Liebeskummer anvertrauen kann; Vittorio, der sonst bei Streits mit seinen Geschwistern immer auf ihre kaum verhohlene Unterstützung zählen kann; auch Elisa, die mit großer Selbstverständlichkeit immer um irgendeine Aufgabe erleichtert wird; und Signora Olga, die so tut, als hielte sie alle Fäden der Organisation des Haushalts mit Mittagessen, Terminen, Lebensmittelkarten und kargen Ausgaben trotz der vielen Pflichten in der Fabrik noch in der Hand.

Am meisten aber leidet Noemi. Gewöhnt an tägliche Plaudereien und gutherzige Wortgefechte, ist sie seit Emilias Abreise zu langem Schweigen in der Küche, einsamen Spaziergängen und langen Gesprächen mit den Pflanzen im Gemüsegarten gezwungen, wo sie nun die frischesten Stunden des Tages verbringt. Der Garten trägt allmählich die ersten Früchte, was Noemi sehr glücklich macht. »Gut gemacht, mein Kopfsalat«, gratuliert sie halblaut dem ersten Gemüse, das üppig wächst.

Emilia fehlt auch der Minze sehr, die sie heimlich in einem Winkel des Beets gepflanzt hat und die nur ihrer Fürsorge anvertraut war. Die unverbesserliche Gesundheitsfanatikerin Noemi gießt sie immer nur sehr spärlich. »Ich weiß, dass deine Herrin dir versprochen hat, dich mit Schokolade zu verbinden, aber wir leben nicht in Kuchenzeiten«, sagt sie in ruhigem und resigniertem Ton zu ihr, während sie ihr ein paar Tropfen Wasser schenkt.

Die Nachrichten, die dank sporadischer Postkarten mit vielen Tagen Verspätung aus den Dolomiten bei ihnen ankommen, sind bruchstückhaft und konfus.

»In einer Woche kommt sie zurück!«, ruft Noemi aus der Küche, während Olga mit Luisa und Vittorio am Tisch sitzt. Piero ist noch in der Fabrik, um eine auszuliefernde Ladung zu kontrollieren.

Noch bevor sie irgendetwas sagen, breitet sich auf allen Mündern ein Lächeln aus.

»Juhuu! Sie lebe hoch!«, rufen die Kinder und heben ihre Gläser.

»Sollen wir eine Wiedersehensfeier organisieren?«, schlägt Olga vor. »Was haltet ihr davon?«

»Eine Feier?«, fragt Vittorio.

»Eine Feier!«, antwortet Luisa mit freudestrahlenden Augen.

»Dann müssen wir einen Schokokuchen backen!«, sagt Vittorio, der die Leidenschaften des Kindermädchens kennt.

»Darum kümmere ich mich!«, ruft Olga schwungvoll. Noemi taucht in der Tür auf, einen Salatkopf in der Hand.

»Sie, Signora?«, wirft sie mit überraschtem Gesichtsausdruck ein.

»Du?«, fragt Luisa und macht große Augen.

»Du, Mami?«, echot ihr Bruder.

»Ja, ich!«, antwortet Olga pikiert.

Niemand hat sie je am Herd gesehen, und sie schauen sie neugierig an.

»Meine Freundin Quattrova hat sicherlich ein machbares Rezept für mich«, beschwichtigt Olga lächelnd, als ihr die gigantische Aufgabe bewusst wird, zu der sie sich gerade bereit erklärt hat.

»Vielleicht Petronilla«, fügt Noemi hinzu, bodenständig wie immer. »Nicht, dass ich die lesen würde, aber ihre Kuchen sind die einfachsten, die ich kenne«, meint sie und reicht ihr eine Ausgabe der Sonntagsbeilage des *Corriere*.

»Schon gut.« Olga steht auf. »Ich sehe, dass ihr stark an meinen kulinarischen Fähigkeiten zweifelt. Aber ich werde euch überraschen.« Sie wuschelt Vittorios Haare durch.

»Dann studiere ich das mal«, sagt sie abschließend, steht vom Tisch auf und verlässt mit dem Kochbuch von Quattrova unterm Arm den Raum.

»Gut, Kinder. Wir müssen uns einen Plan B überlegen«, scherzt Noemi und blättert in Petronillas Rezepten.

»Ich kümmere mich um das Kleid«, meint Luisa beim Rausgehen.

»Und ich bereite eine Tabelle für ein Kartenturnier vor«, ergänzt Vittorio.

Noemi lächelt. »Endlich wieder zu Hause, Emilia«, sagt sie und kehrt auf ihren Posten zurück. ›Und zur Überraschung bekommst du sogar einen Kuchen, von der Hausherrin eigenhändig gebacken‹, denkt sie. ›Sofern alles klappt‹, setzt sie nach, als sie in die Küche geht und Signora Olga mit einer Schüssel und einem Löffel hantieren sieht, das Gesicht ganz weiß vom Mehl. ›Wer hätte das gedacht?‹, denkt sie bei sich, unterdrückt ein Lachen und geht zu Olga, um ihr zu helfen und zum ersten Mal in ihrem Leben eine Süßspeise auszuprobieren. »Signora Olga, es könnte eine Katastrophe werden, ist Ihnen das bewusst?«, kommentiert sie und steckt die Hände in den Zucker.

Emilia verstaut den Koffer über dem Sitz, zieht ihren Mantel aus und setzt sich hin. Außer ihr ist das Abteil leer, darum stellt sie auf dem Sitz neben sich einen Beutel ab. Darin sind Schuhe für alle. Sie konnte auf dem Markt nicht widerstehen und hat für alle Frauen des Hauses die traditionellen Filzpantoffeln gekauft, schwarz und verziert. ›Das wird eine Edelweißinvasion in der Stadt‹, denkt sie, als sie zum hundertsten Mal kontrolliert, dass sie auch niemanden vergessen hat.

Der Zug soll in wenigen Minuten abfahren. Sie schaut aus dem Fenster und sucht ein letztes Mal den Blick ihrer Mutter. Sie verscheucht die Tränen mit einem Lächeln, während sie zum Abschied mit dem Arm wedelt. Emilia wirft ihr durch die Scheibe einen letzten Kuss zu.

Ein Pfiff kündigt die Abfahrt an. Die Silhouette ihrer Mutter wird kleiner und verschwimmt. Emilia schaut zu ihren geliebten Bergen auf. ›Ihr werdet mich noch ein Stück begleiten‹, denkt sie mit einem Seufzer, ›dann muss ich auch euch Tschüss sagen.‹ Sie nimmt ihre Mütze ab und legt sie in ihren Schoß, während ihr Blick auf die Spitze des Pizzocco gerichtet ist und dessen majestätischen, wilden Linien folgt.

Es waren Wochen voller Abschiede, von denen einige endgültig waren. Emilias Gedanken schweifen zu ihrem Vater, der mit dem Sterben auf sie gewartet hat.

Gezeichnet von der Krankheit, wie er war, hatte er doch die Stimme seiner Tochter erkannt, kaum war sie ins Haus gekommen. Er hatte die Augen geöffnet und sie gerufen: »Emilia.« Seine Stimme war ein schwaches Flüstern. Die Tochter war an sein Krankenbett geeilt und hatte sich davorgekniet. »Hier bin ich, Papa.«

»Wie mich das freut. Danke«, antwortete er und deutete ein Lächeln an.

»Ich habe dir Schokolade mitgebracht, wie versprochen«, sagte sie und holte den Block Schokolade aus ihrer Tasche, den Signora Olga ihr gegeben hatte. »Versprochen ist versprochen.«

Antonio richtete sich auf dem Kissen leicht auf und schnupperte. »Wenn ich nur den Duft rieche, fühle ich mich schon stärker«, meinte Brunella, die mit einer Kanne heißem Tee ins Zimmer kam.

»Entschuldige, Papa, dass ich so spät komme«, sagte Emilia mit brüchiger Stimme.

»Du musst dich nicht entschuldigen, Emilia«, schaltete sich ihre Mutter ein und goss den Tee in die Tassen. »Dein Leben ist in Mailand, und wir wissen, dass du dort glücklich bist. Deine Heiterkeit strahlt auf uns ab.« Emilia umarmte ihre Mutter fest und setzte sich an den Tisch, um den Tee zu schlürfen.

Ein paar Tage lang wirkte ihr Vater, als wäre er wieder zum Leben erweckt: Er war sogar aus dem Bett aufgestanden, um mit seiner Tochter ein paar Schritte durch den Garten zu gehen.

»Vielleicht ist es ein Wunder«, sagte seine Frau, die sah, wie das Gesicht ihres Mannes wieder Farbe bekam.

»Das ist Emilia zu verdanken«, meinte eine Nachbarin.

»Das ist auch bei einem Onkel von mir passiert: Freude kann heilen«, sagte ein anderer, der sich als Wunderheiler aufspielte. Der Hausarzt, der jeden Abend vorbeikam, hatte jedoch alle auf den Boden der Tatsachen zurückgebracht und erklärt: »Brunella, meine Liebe, mach dir nichts vor. Leider vergisst die Krankheit nicht.«

Und wirklich war ihr Vater nach ein paar Tagen eingeschlafen, seine Hände um Emilias gelegt, und von ihnen gegangen.

»Papa«, hatte Emilia gerufen, als sie spürte, wie sein Händedruck immer schwächer wurde.

»Antonio.« Brunella hatte angefangen zu weinen.

Von jenem Moment an wurde Emilia von den Ereignissen mitgerissen: Umarmungen und Besuche, Rosenkränze und Gebete. Manchmal floh sie aus dem Haus, machte lange Spaziergänge allein. Sobald sie den Kirchturm hinter sich gelassen hatte, stieg sie die Pfade Richtung Pizzocco hoch. Das leuchtende Blau des Himmels und das Edelweiß auf den Felsen erfüllten ihr Herz und ließen Melancholie und Trauer verblassen. Von dort oben war das Leben in Mailand meilenweit entfernt.

Nach ein paar Wochen hatte sie jedoch gespürt, dass der Zeitpunkt gekommen war, nach Mailand zurückzukehren, auch wenn sie ihre Mutter nicht allein lassen wollte, der es mit ihr vor Ort sehr viel besser ging. Sie hatte noch einige Abende vermieden, es anzusprechen, weil sie fürchtete, ihr Kummer zu bereiten. Schließlich hatte ihre Mutter das Thema aufgebracht. »Und du, wann gehst du wieder arbeiten?«, fragte sie sie eines Abends, als sie die Äpfel vom Feuer nahm.

»Möchtest du, dass ich bleibe?«, fragte sie flüsternd.

»Emilia.« Ihre Mutter nahm ihre Hände und schaute ihr tief

in die Augen. »Kinder müssen dort sein, wo es ihnen gut geht, im Wissen, dass die Tür ihres Zuhauses ihnen immer offen steht. Weißt du, was Papa mir all die Jahre gesagt hat, wenn er mich traurig sah, weil du weit weg warst? Er sagte: ›Brunella, Kinder sind der Reichtum der Armen, und das Glück unserer Tochter veredelt unseren Geist.‹ Daher fordere ich dich auf, abzureisen und dein Leben zu leben: Deine Mailänder Familie erwartet dich, da bin ich mir sicher.«

Emilia war in heftiges Schluchzen ausgebrochen und hatte ihre Mutter umarmt, ohne zu antworten.

Am nächsten Tag war sie zum Bahnhof gegangen, um eine Fahrkarte nach Mailand zu kaufen.

Und jetzt sitzt sie also im Zug, allein, aber heiter: »Ihr werdet mir fehlen«, flüstert sie den Dolomiten zu, die sich immer weiter entfernen.

Sie nickt ein, und als sie wieder aufwacht, sieht sie neben sich einen deutschen Soldaten sitzen. Er hat ein großes Hakenkreuz auf dem Arm und mustert sie mit strengem Blick.

»Entschuldigen Sie«, sagt sie, überschlägt ihre Beine, setzt sich wieder ordentlich hin und greift nach dem Beutel voller Pantoffeln für ihre lieben Kinder.

»Heil Hitler«, antwortet er.

Emilia antwortet mit einem kurzen Nicken und dreht sich zum Fenster um. ›Eine harte Rückkehr in die Realität‹, denkt sie, während sie die Poebene draußen vor dem Fenster betrachtet und zu erkennen versucht, wie lange es noch bis zur Ankunft dauert. Sie fühlt sich unwohl.

»Wir sind fast da!«, sagt sie, als sie den imposanten Hauptbahnhof am Horizont sieht, wobei sie eine gewisse Unduldsamkeit durchscheinen lässt.

Der Zug hält an, Emilia sammelt ihre Sachen zusammen und steigt aus.

»Willkommen zurück!«, ruft eine vertraute Stimme.

»Überraschung!«, schreit eine andere.

»Was macht ihr denn hier?«, fragt sie überrascht, als sie Noemi, Luisa, Rosetta, Piero und Ambrogio auf dem Bahnsteig sieht. Ginetta hält einen großen Blumenstrauß in der Hand.

»Wir haben auf dich gewartet!«, antworten sie im Chor.

»Komm! Zu Hause erwartet dich ein Fest zu deinen Ehren«, fügt Noemi hinzu und nimmt ihr den Beutel aus der Hand.

Emilia lächelt verlegen und überlässt gerührt den Koffer Ambrogio. Nacheinander umarmt sie die Kinder, hakt sich dann bei ihrer Freundin unter und läuft los Richtung Bahnhofsausgang.

Luisa hat ihr Versprechen gehalten. Mehr oder weniger: Sie hat ihren faszinierenden Soldaten nicht wiedergesehen, aber ausgiebig mit ihm korrespondiert. Giorgio ist nämlich entlassen worden und nach Hause zurückgekehrt, in ein Dorf hoch über dem Meer, in der Nähe von Neapel, das seinen Erzählungen zufolge das Paradies auf Erden zu sein scheint.

»Hier ist der Himmel wirklich Himmel, nicht so grau und trübselig wie in Mailand. Wenn du hierher zu mir kommst und ihn siehst, kannst du nie mehr darauf verzichten«, schrieb er, während Luisa ihm mit Worten voller Liebe antwortete und sich dabei zu übertriebenen Formulierungen hinreißen ließ: *»Ohne dich lebe ich nicht mehr.«*

»Früher oder später nehme ich den Zug und komme zu dir.«

»Versprich mir, dass wir Hand in Hand um die Welt reisen, sobald dieser verfluchte Krieg zu Ende ist.«

Luisa verbrachte Stunden über den Schreibtisch gebeugt in ihrem Zimmer. »Was lernt sie denn so viel?«, fragte Piero seine Mutter, wenn er sie immer mit Papier und Stift herumlaufen sah. Olga tat so, als sei sie überrascht, und antwortete mit einem Lob für so viel Pflichtbewusstsein, aber sie hatte die Leidenschaften ihrer Tochter schon erahnt und dankte insgeheim dem Himmel, dass der Geliebte so weit weg war. »Die erste Liebe vergisst man nicht, aber es ist nicht unbedingt der richtige«, rief sie laut, wenn sie an ihrem Zimmer vorbeilief.

6

MAILAND, 24. OKTOBER 1942

Seit sie zum zweiten Mal Mutter geworden ist, leidet Ernestina unter Zeit- und Schlafmangel. Die Tage fliegen nur so dahin, und die Nächte sind schlaflos, weil der kleine Umberto ständig an ihrer Brust hängt: sechs Monate alt und unersättlich. »Ich weiß nicht mehr, was ich machen soll«, klagt sie, den Tränen nahe. Durch die verdunkelten Fenster sieht man draußen das erste Morgengrauen. Sanft legt sie den Kleinen in die Mitte des Betts, nah an seinen Vater, der neben ihr schläft.

»Umberto«, seufzt sie. »Mein Schatz«, sie versucht, ihre Stimme milder zu klingen zu lassen, »jetzt erklärt es dir die Mama zum hundertsten Mal.« Sie streichelt ihm den blonden Lockenkopf. »Vielleicht hast du es noch nicht kapiert, aber wir sind im Krieg. Was ist Krieg?, fragst du mich. Kurz gesagt: Krieg ist Hunger. Und das da«, sie zeigt auf ihre Brust, »ist wirklich alles, was ich dir gerade geben kann.«

»Und wenn die Mama nicht schläft, ist das eine Katastrophe«, mischt sich ihr Mann ein und gibt seiner Frau einen Kuss. »Auf, komm, du Schlingel, gehen wir in die Küche und machen dir eine Milch, dann quälst du deine Mama nicht länger und lässt sie und deine Schwester schlafen«, sagt er, geht zum Bettchen am Fuß des Ehebetts und deckt die Kleine noch besser zu, die tief und fest schläft.

Dino nimmt das Baby auf den Arm, steht aus dem Bett auf und geht aus dem Zimmer, während Ernestina ihr Nachthemd zuknöpft, sich umdreht und in kürzester Zeit in tiefen Schlaf fällt.

Am späten Vormittag klopft jemand an die Tür. Es ist Marietta, mit einer Einkaufstasche in der Hand. Sie wohnt nicht mehr im selben Haus, ist aber trotzdem eine Konstante im Leben der Familie Fasoni.

Dino öffnet schwungvoll die Tür, mit Umberto auf dem Arm. »Buongiorno, Marietta«, begrüßt er sie.

»Buongiorno, Dino«, antwortet sie, gibt ihrem Patensohn einen Stupser auf die Nase und nimmt ihn seinem Vater aus dem Arm. Anita kommt angerannt, um sie zu umarmen. »Komm her, meine Hübsche«, sagt sie und bückt sich, um sich von der Kleinen küssen zu lassen und ihr auch einen Kuss auf ihre Pausbacke zu geben.

»Tante Marietta hat euch heute einen hübschen Brokkoli und Kräuter frisch aus meinem kleinen Garten mitgebracht«, sagt sie und legt den Beutel auf dem Tisch ab, »außerdem hat mir Noemi noch zwei frisch gelegte Eier direkt aus dem Hühnerstall der Fabrik mitgegeben.« Marietta hält die Hände des Mädchens zurück, das neugierig versucht, an die Tischplatte zu kommen. »Und für meine Freundin habe ich eine Modezeitschrift dabei«, fügt sie hinzu und schaut sich suchend um. »Schläft sie?«, fragt sie, als sie sie nicht sieht. »Wenn sie überhaupt Zeit findet, darin zu blättern«, meint sie, als sie den Stapel ungeöffneter Zeitschriften auf der Fensterbank sieht. »Arme Ernestina«, sagt sie, und es schwingt etwas Sorge mit.

Seit Ernestina ihr zweites Kind bekommen hat, wirkt sie auf Marietta nervöser und zerstreuter, todmüde und ständig außer Atem. Die wenigen Male, als sie versucht hat, Ernestina davon zu überzeugen, sich Hilfe zu holen, gab es nur Streit.

»Was weißt du schon davon? Du hast ja keine Kinder!«, hatte Ernestina eines Abends zu ihr gesagt. Marietta war gekränkt und beäugte sie den ganzen Abend nur noch schweigend mit kritischem, wütendem Blick.

Ernestina lief hin und her, stand auf, wiegte das Kind in den Schlaf, schmuste, schrie und weinte leise. ›Sie braucht mich‹, hatte sie am Ende des Abends auf dem Heimweg gedacht. Die Blicke, das Schweigen und das von zurückgehaltenen Tränen gezeichnete Gesicht sprachen für sich.

»Kinder habe ich bisher keine, aber eine Freundin, die Hilfe braucht«, hatte sie für sich beschlossen und war noch mal zurückgegangen, um Frieden zu schließen. Und so hatte sie aufgehört, irgendetwas zu verlangen oder zu urteilen, und stattdessen angefangen zu helfen: Mal blieb sie mit irgendeiner Ausrede und kochte, mal brachte sie eine fertige Mahlzeit mit, ein andermal kam sie vorbei, um ein Schlaflied zu singen oder einen Spaziergang vorzuschlagen.

»Heute Abend will dein Freund«, sagt Marietta und bezieht sich auf ihren Geliebten, den ihr Dino vor vielen Jahren vorgestellt und der sich immer noch nicht dazu durchgerungen hat, um ihre Hand anzuhalten, »ins Kino gehen und *Bengasi* anschauen. Der ist bei den Filmfestspielen in Venedig gerade mit der Coppa Mussolini ausgezeichnet worden. Er läuft im Odeon. Aber vorher könnten wir alle zusammen im Zentrum spazieren gehen. Was hältst du davon?«, fragt sie, an Dino gewandt.

»Ich bespreche das mit Ernestina und sag dir dann Bescheid«, antwortet er, »ich hätte Lust, aber ich will sie nicht noch müder machen. Wir könnten uns auch nur dem ersten Teil des Programms anschließen und euch zwei Turteltauben dann allein ins Kino gehen lassen.«

Da erklingt eine glockenhelle Stimme in der Küchentür: »Wir kommen mit!« Das Gesicht wirkt ausgeruht, der Ton heiter. »Ich habe schon seit Monaten nicht mehr so viel geschlafen«, sagt

Ernestina beim Reinkommen, gibt dem kleinen Umberto einen Stups auf die Nase und streichelt Anita, die konzentriert spielt. Als das Kind sie sieht, streckt es die Arme aus, um hochgenommen zu werden. »Schön. Das freut mich«, antwortet ihr Mann und küsst sie auf die Wange.

»So wenig reicht schon?«, fragt Marietta ironisch. »Man braucht also nur ein paar Stunden Schlaf, und schon hat man wieder Energie, gute Laune und Milch?«

»Milch weiß ich nicht«, antwortet ihre Freundin, »aber gute Laune, ja. Es braucht nicht viel, damit die Mama froh und munter ist«, wiederholt sie und schaut ihren Sohn an, in der Hoffnung, klar und überzeugend zu sein.

»Um wie viel Uhr treffen wir uns?«, fragt sie und blättert interessiert in der Zeitschrift auf dem Tisch.

Die beiden Frauen verabreden sich um vier Uhr am Eingang der öffentlichen Gärten. »So haben wir Zeit zum Spazierengehen und können Anita ein paar Tiere im Zoo zeigen, und am besten auch noch ein paar Schaufenster, bevor wir bei der Piazza del Duomo ankommen.«

»Unter der Madonnina«, scherzt Ernestina und erinnert sich an ihr erstes Gespräch vor vielen Jahren.

Die beiden Freundinnen umarmen sich, und Marietta gleitet leise aus der Tür, während sich Ernestina an den Tisch setzt und nach einer Tasse mit heißem Tee greift.

Seit im Juni 1935 der ›Faschistische Samstag‹ eingeführt wurde, an dem per Gesetz alle Angestellten kulturellen, sportlichen, politischen oder paramilitärischen Aktivitäten nachgehen müssen, leert sich die Zaini samstags ab 13 Uhr.

Die Arbeiter beenden schnell ihre Aufgaben; die Tuse ziehen ihre Hauben aus und hängen sie in ihren Spind, während sie die Schürzen zusammenfalten, um sie zum Waschen mit nach Hause zu nehmen; die Gesellen bringen die Lagerlisten auf den neusten Stand. Die Maschinen werden ausgeschaltet, die Schränke abgeschlossen und die Tische von Papier, Schachteln und sonstigen Utensilien befreit.

Clelia und Ines sind die Einzigen, denen die Vorschriften des Faschistischen Samstags egal sind. Sie verlassen das Büro nur selten vor dem späten Nachmittag und konzentrieren sich vor allem auf Abrechnungen und Ausgabeprognosen statt Telefonate und Diskussionen.

Heute ist es die Suche nach Handelsvertretern, die Ines verrückt macht. Nach der ersten Mission der ›Zuckerbande‹ hat sie gemerkt, dass sie sehr viel rühriger und pfiffiger ist, als sie selbst gedacht hätte.

»Das ist eine im Aussterben begriffene Art«, klagt sie, als sie die Tür hinter einem Bewerber schließt. »Hast du den gesehen?«, fragt sie. »Der kommt bestimmt aus dem Zuchthaus. Zum Glück hat er weder Signora Olga noch Piero getroffen, die hätten sich sonst die Haare gerauft.«

Zwar wird nur wenig Schokolade auf den Markt gebracht, weil der Großteil der Produktion ans Heer geliefert wird, aber das wenige ist Geschäften und Läden schwer zu verkaufen.

»Das stimmt, der sah aus, als würde er die Schokolade eher essen, als sie zu verkaufen«, urteilte Clelia, die ihre naschhafte Tradition unterbrochen hat, um ja keinen Kakao zu verschwenden. »Besser gesagt«, korrigiert sich die Sekretärin, »sah er aus wie einer, der die Schokolade klaut und dann auf dem Schwarzmarkt verkauft.«

Clelias Gesicht verfinstert sich, als sie darüber nachdenkt, wie viel sie dafür zahlen würde, eine ganze Tafel Schokolade essen zu können. »Jedenfalls hat er nichts zu bieten«, findet sie sich damit ab und versucht, auf andere Gedanken zu kommen.

Ein leichtes Winseln lenkt sie ab: Es ist Ruggero, der schwanzwedelnd zu ihren Füßen liegt und ihr die Schuhe ableckt. Samstags begleitet er sein Frauchen zur Arbeit. »Auch Ruggero hat seinen faschistischen Samstag«, scherzt Clelia, um die Anwesenheit des Hundes zu rechtfertigen.

Ruggero wedelt weiter glücklich mit dem Schwanz. »Komm, Ruggero«, sagt sie und nimmt ihn hoch. »Willst du dich als Handelsvertreter bewerben?«, fragt sie scherzhaft und nähert seine Schnauze dem Schreibtisch von Ines, die schnell abrückt.

»Ein guter Läufer, treu und ehrlich«, sagt Clelia zur Präsentation ihres Bewerbers.

»Hör auf damit«, antwortet Ines lächelnd im Mailänder Dialekt und beugt sich wieder über ihre Listen.

Plötzlich fängt Ruggero an zu bellen und zappelt nervös unter dem Schreibtisch herum. Bevor Clelia ihm etwas zurufen oder ihn zur Beruhigung streicheln kann, fangen schon die Sirenen an zu heulen.

Die Uhr zeigt 17:57 Uhr.

»Ab in den Keller, Clelia!«, sagt Ines und springt auf. Sie hat sich immer noch nicht an den Alarm gewöhnt und kann ihre Unruhe nicht verbergen. Sie ist bleich im Gesicht und wackelig auf den Beinen, als sie durch die Bürotür in den Flur geht.

Die Zaini hat keinen richtigen Luftschutzbunker, aber die Kellermauern wurden verstärkt und Bänke, Spaten, Trinkwasser, Decken und sonstige nützliche Dinge in den Keller gestellt.

»Komisch, um die Uhrzeit ist sonst nie Alarm«, meint Clelia überrascht. »Los, Ruggero, gehen wir«, spornt sie müde ihren Hund an. Der Abstand zwischen dem Sirenengeheul und dem Bombenhagel ist sehr kurz.

Nach weniger als fünf Minuten ist der Himmel voller feindlicher Flugzeuge, die bereit sind, ihre tödlichen Bomben abzuwerfen. Am Himmel erkennt man englische Fahnen. Gleich geht das Bombardement los. Die beiden Frauen rennen zu den Treppen, die in den Keller führen.

»Clelia! Ines!«

»Kommt!«, die Stimmen von Noemi und Elisa sind nervös.

»Schnell!«, drängt Emilia und macht ihnen Platz auf einer Bank.

»Ich wusste gar nicht, dass ihr noch da oben wart«, sagt Signora Olga.

Ruggero wedelt mit dem Schwanz und rennt zu Luisa, um sich streicheln zu lassen.

Clelia setzt sich, schließt kurz die Augen und seufzt. Als sie die Augen wieder aufschlägt, lässt sie ihren Blick schweifen und zählt im Geiste durch. »Wo sind Piero und Ambrogio?«, fragt sie nervös.

»Die sind außerhalb der Stadt. Hoffe ich jedenfalls«, antwortet Olga und gibt sich ruhiger, als sie ist.

›Sie sind wieder auf Mission‹, denkt Ines leicht besorgt.

Sie haben die öffentlichen Gärten durchquert, um dann die Via Manzoni entlangzugehen. Es war ein wunderschöner Nachmittag voller Gespräche, Lachen und Ruhe. Anita war ganz brav, sprachlos vor den Käfigen im Zoo. Den ganzen Tag über lief sie Hand in Hand mit ihrer geliebten Wahltante.

Marietta schaut ihre Freundin an. »Jetzt erkenne ich dich endlich wieder«, sagt sie und nimmt sie in den Arm.

»Wenn du selbst Kinder hast, wirst du mich verstehen«, antwortet die und zwinkert ihr zu. »Apropos, wann heiratet ihr eigentlich?«, fragt sie freiheraus und dreht ihren Ohrring wieder richtig herum.

»Aber Ernestina«, erwidert Marietta errötend, »das brauchst du mich nicht zu fragen«, sie zeigt auf Giovanni.

Aus dem Kinderwagen hört man ein Brummen. »Oh, Mama,

der kleine Schlingel wacht auf. Die Party ist vorbei«, meint sie lächelnd. »Mein Schatz«, sagt Ernestina und versucht, die Aufmerksamkeit ihres Mannes zu gewinnen, der in eine leidenschaftliche Diskussion vertieft ist, »wir sollten lieber schnell zurück nach Hause, damit ich unsere Saugpumpe stillen kann.«

Als die vier Freunde sich gerade voneinander verabschieden wollen, fangen die Sirenen an zu heulen.

»O Gott.«

»Und jetzt?«

»Wo finden wir Schutz?«, ruft Ernestina.

»Kommt, schnell!«, schreit Giovanni. »Ich glaube, ich habe vorhin, als wir hergekommen sind, Hinweise auf einen Schutzbunker gesehen.«

Sie lassen die Piazza della Scala hinter sich und rennen die Via Manzoni entlang. Als sie eine offene Haustür sehen, laufen sie hinein und gehen die Treppen hinunter. Den Kinderwagen lassen sie im Hof stehen und nehmen Anita auf den Arm, um schneller zu sein.

Sie haben sich noch nicht auf eine der Bänke an den Kellerwänden gesetzt, da hören sie über ihren Köpfen schon das dumpfe Dröhnen der Flugzeuge und kurz darauf den Bombenhagel.

Ernestina keucht, Marietta schaut völlig verängstigt. Umberto und Anita schweigen.

Die Männer versuchen, sich ruhig zu geben. »Wie viel Zeit ist eigentlich zwischen Alarm und Bomben vergangen?«, fragt Giovanni.

»Sollten es nicht eigentlich fünfzehn oder zwanzig Minuten sein?«, erwidert Dino.

Ein älterer Herr, der neben den Frauen sitzt, bestätigt mit Fistelstimme: »Ja, ja, vorschriftsgemäß fünfzehn Minuten.«

Marietta bleibt sitzen, tastet nach ihrer goldenen Halskette und umschließt dann fest den Anhänger mit der Madonnina.

Sie schaut sich um und erkennt in den Gesichtern der Menschen um sie Anzeichen derselben Angst. Die Stille wird von einigen Frauen unterbrochen, die den Rosenkranz beten, während etwas weiter hinten eine Mama versucht, ihre schluchzende Tochter zu beruhigen. Eine ältere Frau streicht mechanisch über ihren schnell übergeworfenen Pelzmantel, während eine andere, elegant gekleidete auf der Suche nach etwas Kostbarem in ihrer Handtasche kramt. Ein Grüppchen Jugendliche scheint kaum bemerkt zu haben, dass sie ihr Spiel unter die Straße verlegt haben, so konzentriert schießen sie mit Kronkorken.

Über ihren Köpfen bricht die Hölle los: Etwa neunzig Lancaster werfen tonnenweise Phosphorbomben ab. Alles, was die berühren, fängt Feuer und sprüht Flammen in alle Richtungen.

Plötzlich wird das Dröhnen der Flugzeuge schwächer: Der letzte Bomber verlässt den Himmel über Mailand. Die Sirenen kündigen das Ende des Bombenalarms an.

Es ist 19:40 Uhr.

Die Ungeduldigeren stehen gleich auf; andere fühlen sich wie festgefroren und bleiben auf der Bank sitzen. Die Beine finden keine Kraft, sich zu rühren, die Augen bleiben zögerlich an kleinen Details hängen, und die Münder bleiben stumm. ›Was werden wir draußen nur vorfinden?‹, fragen sie sich, ohne die Stille zu durchbrechen.

Nach und nach finden alle den Mut und gehen raus auf die Straße.

Marietta hält Giovannis Hand fest und steigt zu Tode erschrocken die Treppen hoch. Ihre Beine zittern. Ihr wird schwarz vor Augen, und sie hält sich nur mit Mühe aufrecht, als sie das Schauspiel vor ihren Augen sieht: Lebhafte Flammen breiten sich durch die plötzlichen Windstöße rasch aus und verschlingen kleine und große Häuser. Überall liegen Trümmer.

In der Via Imbonati machen sich auch Ines und Clelia Mut, den Keller zu verlassen. Draußen schlägt ihnen ein ungewöhnliches Licht und ein unerträglicher Schwefelgestank entgegen, sofort kneifen sie die Augen zusammen und halten sich Taschentücher vor den Mund.

Die Stimmung der Mailänder ist am Boden. Der Krieg ist über ihren Köpfen angekommen und zwingt sie zu neuen Ängsten und einem neuen Alltag, der doch vorher schon von Hunger und Kälte gebeutelt war und von einem immer unsichereren Sieg in immer weiterer Ferne.

7

MAILAND, 14. JANUAR 1943

Auf den Straßen liegt eine dicke weiße Decke. Seit ein paar Tagen fällt reichlich Schnee auf die Stadt und dämpft die Geräusche, nicht aber die Kälte und die Sorgen.

Die Sirenen sind zur Konstante geworden in einem kälteren und traurigeren Winter als üblich, der von Niederlagen und Verlusten geprägt ist. Die Verdunklungspflicht wurde auf 18 Uhr vorverlegt. Der Alarm ertönt meist nachts, reißt aus müdem Schlaf und treibt in panischer Eile in die Luftschutzbunker.

So ist es überall, und das Haus Zaini bildet keine Ausnahme. Innerhalb weniger Minuten sind alle im Eingangsbereich und folgen beim Gang in den Keller einem Protokoll. Jeder hat sich sein eigenes Ritual geschaffen, das er jedes Mal mechanisch vollzieht: Emilia lässt ihre Schuhe unter dem Bett, um nachts schneller reinschlüpfen zu können; Vittorio legt sich ein Spielzeug auf den Nachttisch, nach dem er greift, sobald er den Alarm hört; Luisa schläft mit dem Foto ihres Soldaten unter dem Kissen, und bevor sie aus dem Bett hüpft, führt sie es für einen leidenschaftlichen Gruß an ihren Mund.

Alle kommen mit einem kleinen Gegenstand in den Händen im Keller an, der sorgsam ausgesucht, dann aber blitzschnell ergriffen wurde: irgendetwas Besonderes, das als wesentlich empfunden wird. Für Olga sind es ihre Absätze. Nicht einmal die Bomben haben sie daran gehindert, ihre hohen Schuhe zu tragen. »Muss das sein?«, hatte Piero sie in der ersten Nacht gefragt.

»Ja, mein Schatz«, hatte sie ruhig geantwortet. »Ich beuge mich dem Krieg nicht. Jeder Zentimeter ist eine Bombe, der ich entkommen bin! Außerdem habe ich es deinem Vater versprochen.«

Emilia dagegen vergisst nie, ein Buch mitzunehmen. Das ist ihre Art, die Angst zu besiegen. Manchmal sind es Gedichtsammlungen, manchmal große Klassiker, manchmal Romane. In den ersten Nächten hatte sie den Kopf gebeugt und sich still und konzentriert in die Lektüre vertieft, dann hatte sie angefangen, laut vorzulesen, und alle hörten gespannt zu, weil sie merkten, dass sie in die Erzählung versunken die Angst vergaßen. Nun war es zu einem gemeinsamen Ritual geworden.

Noemi bestätigt ihre Gewohnheiten auch unter der Erde, indem sie immer mit einer Thermoskanne voll heißem Wasser für einen Tee oder eine Brühe ankommt. »Ach, Noemi, was würden wir nur ohne Sie machen«, meint Olga, die Tasse mit einem faden, aber warmen Getränk in der Hand.

Die Einzigen, die sich ruhig und furchtlos zeigen, sind Piero und Vittorio. Sie kommen immer als Letzte runter, fasziniert von den kleinen, ›Pippo‹ genannten Jagdflugzeugen, die im Tiefflug über die Stadt zischen, bevor sie im Dunkel der Nacht ihre Bomben abwerfen.

»Die sehen aus wie Feuerwerk«, meint Vittorio aufgeregt, der das Aufblitzen beobachtet, das zeitweise die Nacht erhellt.

»Kommt!«, ruft Emilia unruhig.

»Wir kommen ja schon«, antwortet Piero, ein Heft in der Hand, in dem er die verschiedenen Modelle der Kriegsflugzeuge und die Flugbahnen notiert und mutmaßt, welche Orte von den Bomben getroffen werden.

Während Piero und Vittorio über die Modelle der feindlichen Jagdbomber diskutieren, schließt Olga die Augen und denkt an Luigi. Sie sieht ihn mit seinem gepflegten Schnauzbart und dem offenen, heiteren Lächeln vor sich, wie er seine Pfeife raucht. Sie seufzt und hofft, dass sein Bild in ihrem Kopf die Angst vertreibt.

›Luigi‹, denkt sie, ›schau nur, was aus uns geworden ist! Gefällt es dir, wie wir deinen Keller eingerichtet haben? Hättest du je gedacht, dass es mal so weit kommen würde?‹ Olga schaut runter auf ihre Pumps aus stahlblauem Seidensatin, reichlich unpassend für diesen Anlass. Sie lächelt: Schon seit einiger Zeit gibt es keine passenden Anlässe mehr für so elegante Schuhe.

Das Leben in der Fabrik hat sich in den letzten Monaten radikal gewandelt. Die Zaini ist für ihre Angestellten eine Art zweites Zuhause geworden, für manche sogar ihr erstes: Einige Familien wurden evakuiert und haben, bis sie eine dauerhafte Lösung finden, in der Fabrik ihr Lager aufgeschlagen.

Ein Teil des Lagers wurde in eine Kantine verwandelt, mit einem langen Holztisch, an dem alle essen können. Olga hat sich ins Zeug gelegt und ist, wenn nötig, auch zum Schwarzmarkt gegangen, damit es immer eine Mahlzeit für alle gibt, leicht, aber warm und in heiterer, liebevoller Atmosphäre.

Signora Zaini hat auch erlaubt, dass die Tuse ihre Kinder mit zur Arbeit bringen. Denn viele Schulen sind zerstört, nicht betretbar oder einfach zu kalt. Viele wurden vorübergehend geschlossen. Der Hof ist so zum Schulhof geworden. Als Aufsicht wurde Ruggero bestimmt, Clelias Hund, der schwanzwedelnd Kinder aller Altersstufen unterhält, die ihm stundenlang Bälle zuwerfen, ihm hinterherrennen und ihn streicheln.

Das Kindergeschrei, das die Hausherren und Kollegen vor einiger Zeit vielleicht noch verärgert hätte, spendet heute Trost und Freude.

»Wir scheinen in der idealen Arbeiterstadt gelandet zu sein«, sagt einer scherzhaft. »Es fehlt nur noch ein Friedhof und eine Kapelle!«, ergänzt ein anderer zynisch.

In der Nacht vom 14. auf den 15. Februar wird Mailand erneut schwer getroffen.

Die Bomben fangen um 22:34 Uhr an zu fallen, und in wenig mehr als einer Stunde zerstören sie das Stadtzentrum: Mehr als viertausend Familien werden obdachlos.

Es muss dringend evakuiert werden, und der Exodus aufs Land nimmt rasant zu. Das Leben in Mailand wird jeden Tag schwieriger: Lebensmittel sind knapp, die Preise steigen, und der Schwarzmarkt wird immer mächtiger. Die müden und hungrigen Arbeiter fangen an zu schreien, verlangen Frieden und Brot und organisieren die ersten Streiks, die unnachsichtig unterdrückt werden. Die Atmosphäre ist düster und trist.

Der Gemüsegarten, den Noemi weiterhin mit großer Leidenschaft und Hingabe pflegt, bekommt nicht einmal mehr die appetitlosesten Mägen satt, während Pieros und Ambrogios Missionen auf der Suche nach Zucker von Mal zu Mal gefährlicher werden.

Olga hält durch, aber die Sicherheit, die sie ausstrahlt, bekommt erste Risse. Das bemerkt Emilia, als sie die Hausherrin ins Büro gehen sieht: An den Füßen trägt sie ein paar Schnürschuhe ohne Absätze.

»Irgendetwas stimmt nicht«, meint sie, als sie in die Küche geht. Noemi spült gerade Geschirr. Eine weitere Aufgabe, die in Kriegszeiten Achtsamkeit und Sorgfalt bedarf: Das Wasser muss heiß sein, darf aber nur sparsam und schnell verbraucht werden. Um nichts zu verschwenden, taucht Noemi zuerst das am wenigsten dreckige Geschirr ein, damit sie das Wasser nicht wechseln muss, dann fügt sie die Spüllauge hinzu und die mit dem Bimsstein zu schrubbenden Töpfe.

»Was sagst du da?«, reagiert die Köchin abgelenkt. »Warum?« setzt sie nach.

»Sie hat ohne Absätze das Haus verlassen«, antwortet Emilia.

Tatsächlich ist Olga unruhig und gedankenverloren. Seit Kriegsbeginn hat sie nie in Frage gestellt, dass sie in der Stadt bleiben müssen, doch jetzt ist sie sich da nicht mehr so sicher. Inzwischen ist die Lage gefährlich, und sie muss schnell eine Lösung finden. Nach Cunardo zu ziehen, wohin schon Annetta mit den Eltern gegangen ist, ist undenkbar. Sie muss ein Haus finden, das näher, bequemer und größer ist, damit sie auch ihre treusten oder bedürftigsten Angestellten aufnehmen kann.

Sie weiß nicht, mit wem sie darüber sprechen soll, und verschließt sich in einem tiefen Schweigen.

8

MAILAND, 30. MÄRZ 1943

Seit sie nach vielen Jahren geheiratet hat, ist es für Marietta eine kleine Reise, von der Arbeit nach Hause zu fahren. Wenn es regnet, muss sie sich damit abfinden, zu laufen und zwei Straßenbahnen zu nehmen, um die Viale Sarca zu erreichen. Sonst steigt die junge Frau auf das grüne Fahrrad, das ihr Mann ihr zur Hochzeit geschenkt hat, und tritt in die Pedale. Es stört sie überhaupt nicht. »Wenn die Schmetterlinge im Bauch weggeflogen sind, wirst du schon noch sehen, wie du dich über die Kilometer beschwerst, die dein Giovanni dich nach Dergano fahren lässt«, necken ihre Kolleginnen sie, wenn sie zusehen, wie sie jeden Morgen die Hose unter dem Kleid auszieht und sich die von der Wollmütze platt gedrückte Frisur richtet.

»Ihr solltet auch Rad fahren, statt mich zu kritisieren, ihr Faulpelze«, antwortet sie in ihrem ruhigen, verträumten Tonfall. »So leide ich nicht unter der Kälte«, fügt sie hinzu und denkt an ihren schönen Giovanni.

Sie leben in einer Einzimmerwohnung nahe der Pirelli, wo Giovanni arbeitet und wo er immer gelebt hat. Angesichts der schwierigen Zeiten haben sie gemeinsam beschlossen, nicht umzuziehen, sondern dort zu bleiben, solange sie noch zu zweit sind. Die Wohnung ist klein, aber sehr gemütlich. »Nur ein Fenster, das man verdunkeln muss, und wir brauchen nur wenig Holz im Ofen, um uns aufzuwärmen«, rechtfertigt Marietta als unverbesserliche Optimistin ihre Wahl gegenüber den Tuse.

Die Füße treten in die Pedale, und schnell erreicht sie die Viale Sarca. Vor der Pirelli zieht eine geheimnisvolle, zusammengedrängte Menge ihre Aufmerksamkeit an, aber sie beschließt, sie nicht weiter zu beachten und direkt nach Hause zu radeln. Erst auf der Höhe der Drogerie fährt sie langsamer und ruft, ohne abzusteigen, nach Signor Arturo, um ihn um ein paar Hände voll Reis zu bitten.

»Geht es Giovanni gut?«, fragt der Drogist, der aus der Tür kommt und ihr ein mageres Tütchen reicht. Sein Laden, der rund um die Uhr geöffnet hat, ist ein Bezugspunkt für das ganze Viertel, nicht nur wegen seiner kostbaren Lebensmittelreserven, sondern auch, weil Signor Curti über alles auf dem Laufenden ist, was in der Stadt passiert, und Unterschlupf, Trost und Neuigkeiten zu bieten hat.

Bei Marietta, die weiß, wie gut der Drogist immer über alles informiert ist, schellen sofort die Alarmglocken. »Ich würde sagen, ja, warum?«, antwortet sie mit einem angespannten Lächeln.

»Ich habe gehört, dass auch bei der Pirelli gestreikt wurde und dass die Polizei gekommen ist«, erklärt er und streckt seinen Arm zum Lenker des Fahrrads aus. »Ab nach Hause! Bestimmt ist Giovanni schon da und kann es dir genauer erzählen.«

Das Lächeln erstirbt ihr im Gesicht, und ohne sich zu verabschieden, strampelt sie kräftig wieder los. Sie lehnt das Fahrrad an die Wand im Hof und nimmt treppauf gleich zwei Stufen auf einmal. Sie reißt die Wohnungstür auf, aber da ist niemand.

›Denk nicht drüber nach, Marietta, und bereite das Abendessen vor‹, versucht sie sich Mut zu machen, während sie einen Topf Wasser auf den Herd stellt. Endlich hört sie Schritte auf dem Treppenabsatz und rennt zur Tür. »Ah, Giovanni«, fällt sie ihm in den Arm. »Was ist denn passiert?«, fragt sie aufgeregt, während sie wieder in die Wohnung geht.

»Dieser Tag wird in die Annalen eingehen«, sagt Giovanni, der die Mütze abnimmt und seine Frau um die Taille fast. Die zuckt zurück. »Von wegen großer Tag«, unterbricht sie ihn. »Soweit ich weiß, hast du riskiert, zu verrecken oder im Gefängnis zu landen«, schimpft sie, während sie zurück an den Herd geht, um die Reissuppe umzurühren. »Weißt du nicht, dass Streiken gesetzlich verboten ist?«, fragt sie nach einer Weile, lauter werdend.

»Nicht erst seit gestern, sondern schon seit Jahren«, fügt sie hinzu. »Seit Jahren.« In ihren Augen bilden sich große Tränen der Wut.

Giovanni geht zu ihr und nimmt sie in den Arm. »Marietta, mein Schatz. Wo ist dein Optimismus geblieben?« Seine Stimme versucht, sanft zu sein: »Die Leute halten es nicht mehr aus. Die Italiener wollen Frieden, Brot, Freiheit.« Sein Tonfall ist ruhig, aber entschlossen.

»Aber Giovanni«, wirft sie ein, fast unter Tränen. »In wenigen Monaten von der Braut zur Witwe«, seufzt sie.

Giovanni lächelt und antwortet: »Oh, Marietta, bitte, denk doch mal nach. Merkst du nicht, in welcher Welt wir leben? Hättest du gerne ein Kind, das im Hunger, im Krieg und in einer Diktatur aufwächst? In einer Welt, in der es verboten ist, seine Meinung zu sagen?«

»Natürlich nicht, was redest du denn da?«, antwortet sie und weicht seinem Blick aus.

»Ich bin es leid, für zwei Kartoffeln und ein Ei pro Woche zu arbeiten«, fährt er fort und gießt sich ein Glas Rotwein ein. »Und so wie ich denken viele bei der Pirelli.«

Auch die Pirelli hat sich nämlich den Streiks angeschlossen, die sich seit Anfang des Monats über den ganzen Stiefel ausbreiten, obwohl das Wort ›Streik‹ nicht auf den Seiten des *Corriere della Sera* auftaucht.

Zuerst haben die Arbeiter bei Fiat die Arme verschränkt. Um

10 Uhr am 5. März, als die übliche Sirene des Probealarms ertönte und die Arbeit in der Fabrik losgehen sollte, haben die Arbeiter keinen Finger gerührt. Und dann schwappte es von Turin nach Genua, von Neapel nach Mailand: die Falck, die Breda, die Borletti, die Magneti Marelli, die Isotta Fraschini. Die Unzufriedenheit kommt ans Licht und ist global. Zum ersten Mal bekommt die starke Front des Faschismus Risse.

»Signor Arturo sagte, er habe die faschistische Polizei kommen sehen, stimmt das?«, fragt Marietta mit hauchdünner Stimme.

»Ja, aber die waren harmlos: Sie haben ein paar Verweise erteilt, haben angedroht, in Zukunft sehr viel unnachsichtiger zu sein, sollte der Streik andauern, aber dann sind sie wieder abgezogen«, antwortet er, ohne dem Urteil großen Wert beizumessen.

Marietta reagiert nicht und verstummt. Sie versteht die Entschlossenheit ihres Mannes nicht und teilt sie vielleicht auch nicht. Für sie waren Regeln immer Regeln, und sie käme nie auf die Idee, sie in Frage zu stellen. Nun stellt der Mensch ihr gegenüber, den sie am meisten auf der Welt liebt, sie nicht nur in Frage, sondern riskiert sogar seine Freiheit für etwas, das in ihren Augen nicht von ihm abhängt: Giovanni wird den Krieg oder den Hunger nicht beenden können, es wird nicht sein Verdienst sein, wenn die Bombardements und das Rennen in die Luftschutzbunker aufhören.

Sie fühlt sich unwohl, wortlos räumt sie die Küche auf und tritt raus auf den Balkon, um einen klareren Kopf zu kriegen, während Giovanni drinnen verbissen eine Ausgabe der *Unità* liest.

Als Marietta am nächsten Morgen in der Via Imbonati ankommt, wird sie von einem großen Aufruhr empfangen. Es ist kurz nach neun, und im Hof herrscht schon große Unruhe: Arbeiter und Tuse diskutieren angeregt. Die Stimmen erheben sich, während die Worte ›Frieden‹, ›Brot‹ und ›Freiheit‹ von Mund zu Mund gehen. Marietta muss nur einen kurzen Blick auf die Menge werfen, um zu verstehen, was das Thema der Diskussion ist. ›Also jetzt auch hier‹, denkt sie und stellt ihr Fahrrad in einer Ecke des Lagers ab.

»Die Leute halten diesen sinnlosen und falschen Krieg nicht länger aus und müssen das sagen, sie müssen es auf den Plätzen herausschreien – und es müssen viele sein, um den Mut dazu zu finden«, ruft Vittoria, die sich mit stolz erhobenem Blick umschaut. In der Hand hat sie ein Flugblatt, auf dem große rote Buchstaben zu erkennen sind: FRAUEN, JUGEND, MAILÄNDER.

Als Adalgisa das Flugblatt sieht und erkennt, dass es im Untergrund gedruckt wurde, wirft sie sich auf sie und reißt ihr das Manifest aus der Hand. »Bist du verrückt, Vittoria?«, ruft sie. »Solche Flugblätter darfst du niemandem zeigen! Weißt du, was passiert, wenn die Polizei sie findet?« Sie starrt die junge Verpackerin an und setzt, ohne eine Antwort abzuwarten, nach: »Wenn sie es bei dir finden, landest du sofort vor Gericht und wirst blitzschnell verurteilt.« Vittoria scheint den Ernst der Lage nicht zu verstehen, und Adalgisa redet beharrlich weiter auf sie ein: »Vielleicht bist du zu jung, um es zu realisieren, aber vertrau einer alten Kollegin, die es gut mit dir meint.« Dann versucht sie, sie in einen abgeschiedeneren Winkel zu ziehen.

»Du musst aufpassen«, wiederholt sie. »Du darfst niemandem trauen. Weißt du, dass überall Spitzel sind?«, fragt sie, schaut sich um und tauscht einen einvernehmlichen Blick mit Marietta, die am Rand stehen geblieben ist. »Bist du wirklich bereit, für so ein paar Zettel dein Leben aufs Spiel zu setzen? Du hast allen Grund der Welt, und niemand hasst diese Lage mehr als ich – diese Partei, die meinen Mann, der immer in der Bank gearbeitet und den Krieg gehasst hat, gezwungen hat, eine Uniform anzuziehen und an die Front zu ziehen, ohne jegliche Vorbereitung, wo er sein Leben riskiert und das seiner Familie aufs Spiel setzt.« Die junge Frau hört nicht zu.

»Meine Eltern haben mich nicht ohne Grund Vittoria genannt. Ich muss mutig leben«, wiederholt sie fast mechanisch, wobei sie nervös mit den Schnüren ihrer Schürze spielt.

»Klar, es braucht Mut, aber auch Klugheit«, sagt Adalgisa wütend und reißt ihr das Flugblatt aus der Hand.

Marietta beobachtet die Szene, während sie mit den Augen nach Ernestina sucht. Die erblickt sie hinter dem Hof und macht sich schnellen Schrittes auf den Weg zu ihr. Die Augenringe im Gesicht ihrer Freundin sind die Bestätigung einer weiteren schlaflosen Nacht. »Was ist denn hier los?«, fragt sie.

»Sag nicht, du hast noch nichts von den Streiks gehört?«, mischt sich ein Geselle ein, der in der Nähe steht. Ringsum wird der Ton immer aufgeregter.

»Streik!«, ruft einer.

»Brot«, antwortet eine Tusa.

»Frieden«, erwidert eine andere.

Aus der Wohnung hört Olga die Rufe im Hof. ›Wie sollte ich ihnen unrecht geben?‹, denkt sie und zündet sich eine Zigarette an. Sie hört dem Unmut zu und erkennt einzelne Stimmen: die klare von Adalgisa und die glockenhelle von Vittoria, die schwache von Ernestina und die lauten der Gesellen, die versuchen, die anderen zu übertönen. Eine ungewöhnliche Trägheit hat sie erfasst, und trotz der Uhrzeit ist sie immer noch im Nachthemd.

Sie geht ans Fenster und beobachtet ihre Angestellten, an die sie ein tiefes Verantwortungsgefühl bindet, als wären sie Teil der Familie. Ihre Gedanken schweifen zu ihrer Familie, die durch das Schicksal erweitert worden ist, und zu ihren Kindern. Rosetta und Luisa sind auf dem Land bei Freunden in der Brianza, während Vittorio in Erba ist, in der Villa Amalia, in die seine Schule, das Istituto Gonzaga, vorübergehend den Unterricht verlegt hat. Zu Hause geblieben ist Piero, der inzwischen alle Prozesse der Firma beherrscht und mit dem Olga, seit ihr Vater nach Cunardo gegangen ist, jede Entscheidung bespricht. ›Mittlerweile könnte ich im Büro nicht mehr auf ihn verzichten‹, denkt sie und inhaliert einen Mundvoll Rauch.

Ihre Beziehung wird immer enger und intensiver: Es reicht ein Blick, um einander zu verstehen. Darin offenbart sich ein unmittelbarer Einklang, der sie als Allererstes verblüfft, wenn sie daran denkt, dass Piero genau genommen gar nicht ihr Sohn ist.

Ihre größte Angst ist, dass der junge Mann, der bald einundzwanzig wird, angesichts der immer schwierigeren militärischen Lage doch noch eingezogen wird und sie es nicht mehr schafft, seine unabdingbar notwendige Anwesenheit in der Fabrik zu beweisen.

Jemand klopft an die Zimmertür. »Herein«, sagt Olga und knotet den Gürtel ihres Morgenrocks zu.

»Mami«, grüßt sie der junge Mann, als er über die Schwelle tritt, und weil sie noch im Nachthemd ist, fragt er: »Ziehst du dich nicht an? Geht es dir nicht gut?« Seine Stimme klingt besorgt.

»Heute bin ich faul«, rechtfertigt sie sich. »Aber jetzt mache ich mich fertig.«

Piero setzt sich auf den Sessel am Fußende des Bettes. »Hast du schon gesehen? Unten herrscht großer Aufruhr. Wie gehen wir damit um?«, fragt der Junge.

»Was sollen wir schon machen? Arbeiten«, antwortet sie in ruhigem und festem Ton. »Ich verstehe sie, aber leider kann ich nicht zumachen. Ich fühle mich für sie und ihre Familien verantwortlich. Wenn die Zaini schließt, kann ich die Löhne nicht mehr bezahlen. Ich werde sie darum bitten müssen, die Zähne zusammenzubeißen und weiterzumachen.« Sie schaut sich im

Spiegel an und greift nach einer Haarklammer, um die Haare zusammenzubinden.

Piero nickt still: Er bewundert die Entschlossenheit seiner Mutter, die zugleich sanft und entschieden sein kann. Er reicht ihr eine Haarnadel und gibt ihr einen Kuss, bevor er das Zimmer verlässt. Als er in der Tür ist, ruft Olga ihn noch mal: »Leider ist es manchmal nötig, Kompromisse zu machen.« Piero nickt noch einmal und geht weg, während Olga den Schrank öffnet und ein nüchtern elegantes Kostüm herausholt.

Ines sitzt an ihrem Schreibtisch. Als ihre Kollegen die Fabrik betreten und angefangen haben zu diskutieren, war sie schon im Büro. Sie kommt immer als Erste. Aber auch für sie ist es kein normaler Arbeitstag. Sie hat Stift und Papier in der Hand und konzentriert sich aufs Schreiben: *»An den Duce. Wir alle wollen Frieden. Wenn Ihr den Krieg wollt, führt ihn für Euch, ohne unsere Häuser zu zerstören, die wir mit so vielen Opfern aufgebaut haben. Hört auf Euer Gewissen und beendet den Krieg. Wir wollen Frieden. Ihre Ines Rigotti«*

»Ich zeige Gesicht«, meint sie, als sie den Brief zuklebt. Ihre Hände zittern und lassen ihr altes Wesen durchscheinen, schüchtern und unsicher. Doch zum ersten Mal in ihrem Leben hat sie keine Zweifel. »Im Lichte der Öffentlichkeit«, sagt sie bei sich, während sie den Umschlag zusammenfaltet und in die Tasche ihres Kleids steckt. Am Abend will sie ihn direkt *»zu Händen von Benito Mussolini«* schicken.

»Und jetzt an die Arbeit«, spornt sie sich an, während sie vom Stuhl aufsteht und zu dem großen Holzschrank geht, der an einer Wand des Raums hervorsticht. Sie öffnet die Schranktüren und zieht zwei große Holztafeln heraus. Sie lehnt sie an die Wand und vergleicht die Farben: »Sehr genau«, kommentiert sie laut, »Ambrogio hat gute Arbeit geleistet.«

Signora Diamante hatte sie auf die Idee gebracht. Als sie eines Tages im Büro vorbeikam, erwähnte sie einen alten Schrank mit doppeltem Boden im Haus ihrer Großeltern, und scherzhaft sagte sie zu ihrem Mann: »Der wäre perfekt gewesen, um die Spirituosen zu verstecken, die bei uns irgendwie zu verdampfen scheinen!« Ihr Mann lachte, und Olga, die von einer Rechnung aufschaute, fragte: »Und wo ist dieser Zauberschrank abgeblieben, Mama?«

›Ein Schrank mit doppeltem Boden!‹ Ines' Blick hatte sich aufgehellt. ›Das wäre auch hier eine gute Idee‹, hatte sie bei sich gedacht, schon konzentriert darauf, die Umsetzung zu planen.

»Für euren Zucker«, erklärte sie nachmittags Ambrogio mit sicherer Stimme, dem sie sich anvertraute. Inzwischen war er der Referent für geheime Speditionen, die immer häufiger, aber auch immer riskanter wurden. Nicht nur die Beschaffung von Rohstoffen war gefährlich, auch das Einlagern, schließlich war die Fabrik jetzt stark frequentiert, wo sie für viele Arbeiter auch ein vorübergehendes Zuhause geworden war. Piero hatte daher entschieden, den Zucker möglichst sofort zu verbrauchen und den aufzubewahrenden Anteil stark zu beschränken, weil der sonst geklaut oder geplündert werden oder einer Razzia zum Opfer fallen könnte.

Als Ambrogio Ines' Vorschlag hörte, war er sofort begeistert. »Ines, du bist ein Genie!«, rief er aus. Er hatte sich zwei große Sperrholzplatten besorgt, sie zugeschnitten, eine kleine Tür mit unsichtbarem Schloss eingebaut, sie dann angestrichen und ins Büro gebracht. Ines bewundert sie und studiert den Mechanismus und die Organisation, bevor sie Ordner zur Seite rückt und auf dem Tisch oder auf dem Boden an der Wand entlang abstellt: Jeder Ordner ist ein Kapitel der Geschichte der Zaini, von den Anfängen in der Via De Cristoforis bis zu den jüngsten Katalogen und Produkten.

Sie verliert sich in Erinnerungen, als sie Schritte näher kommen hört.

Sie hat sich noch nicht umgedreht, da spürt sie schon zwei Augen auf sich gerichtet: Sie weiß nicht, wessen, aber ihre Arme fangen an zu zittern. ›Wenn es die Signora Olga ist, haue ich ab‹, ist ihr einziger und unmittelbarer Gedanke.

Sie stellt den letzten schweren Ordner auf dem Boden ab und dreht sich langsam um, wobei sie über eine plausible Ausrede nachdenkt.

Zwei weit aufgerissene Augen schauen bestürzt die auf dem Boden verteilten Ordner an.

»Was ist denn hier los?!«, ruft Clelia erschrocken.

Die Stimme hallt in dem unordentlichen Zimmer wider.

»Alles in Ordnung, Ines?«

»Ich mach sauber«, versucht sich die junge Frau mit brüchiger Stimme zu rechtfertigen.

Clelia kennt sie schon zu lange und versteht sofort, dass sie etwas zu verbergen hat.

»Du baust also ausgerechnet heute, wo unten die Hölle los ist, einen Schrank für den Frühjahrsputz auseinander, wo Ostern doch erst in drei Wochen ist?« Ines zögert.

»Ines«, wiederholt Clelia, »was ist hier los?«

Ines seufzt. Sie setzt sich auf einen Ordnerstapel und fängt an zu erzählen. Clelia hört zu und mustert sie. Sie erkennt ihre Ines kaum wieder, die immer so genau und ordentlich, schüchtern und unsicher war.

Während der Erzählung lebt Clelia allmählich wieder auf und schaut ihre Kollegin mit neuen Augen an: ›Wie viel Mut hinter diesem gesenkten Blick und diesen zitternden Händen steckt!‹, denkt sie mit Stolz.

Ines hält inne. Sie fürchtet eine Standpauke.

»Na komm schon, lass uns alles schnell wieder zusammenbauen. Gib mir mal die Bretter, dann bauen wir die wieder ein und bringen alles in Ordnung, bevor Signorino Piero oder die Signora Olga kommen.«

Ines lächelt und steht auf. »Danke«, sagt sie. Clelia und sie tauschen einen einvernehmlichen Blick und machen sich an die Arbeit.

9

MAILAND, 21. JUNI 1943

Endlich ist der Sommer da, der in Kriegszeiten noch sehnsüchtiger erwartet wird als sonst. Die Wärme macht das Leben einfacher: Sie heizt die vom Winter noch feuchten Räume auf, man braucht nur leichte Kleidung, und der Appetit nimmt ab. Emilias Lust auf Schokolade aber besänftigt er nicht, und genauso wenig Olgas Wunsch, tadellos, elegant und nach der Mode gekleidet zu sein, auch wenn jetzt Strenge und Schlichtheit angesagt sind.

Seit die Kinder zu Jugendlichen geworden sind, kann Emilia immer besser mit Nadel und Faden umgehen. Gerade studiert sie ein Schnittmuster.

Vor ein paar Tagen nämlich kam Signora Olga mit zwei Metern reinster Seide, cremefarben mit blauen Punkten, die sie bei Galtrucco gekauft hatte. »Ich war unvernünftig, aber fühl mal, wie weich die ist«, erklärte sie Emilia mit verträumter Stimme und hielt sich den Stoff an die Wange. Olgas Augen leuchteten. Als Emilia sie so betrachtete, fiel ihr auf, dass sie ihre Chefin noch nie unordentlich gesehen hat, nicht einmal in den schwierigsten Momenten, wie etwa bei den plötzlichen Luftangriffen.

Emilia wurde die Aufgabe zuteil, ein Kleid mit »Sonnenbad-Oberteil« zu nähen, wie es auf der Seite der Zeitschrift *La Bellezza* genannt wird, die sie vor sich hat. Am Rücken lässt sich ein Umhang am Halsausschnitt zuknöpfen, aber wenn man ihn über den Kopf zieht, verwandelt er sich in eine Kapuze, die vor der Sonne schützt. Das Bild liegt vor ihren Augen. ›Ob ich das hinkriege?‹, denkt Emilia beim Durchblättern der Zeitschrift, die Olga seit Jahren abonniert hat, das einzige Laster, neben dem Rauchen, auf das sie nie verzichtet hat.

»Die Schlichtheit unserer Kleidung ist nicht länger eine abstrakte Formel, eine Haltung. Sie ist wahr geworden. Authentische Schlichtheit, erprobt durch Unannehmlichkeiten, Verzicht und die Disziplin des Lebens im Krieg«, liest sie im Editorial.

Auch die Mode passt sich an: die Exzentrizität weicht der Anmut, die Ästhetik der Zweckmäßigkeit. Die Kleidungsstücke sind austauschbar. Farbspiele und kleine Tricks ermöglichen vielseitige Kombinationen für verschiedene Situationen. Ein Gürtel wird zum Turban, eine Haube zum Schal, Kleider mit Ausschnitt ergänzt man mit einem abnehmbaren Bolero über den Schultern, sodass sie sowohl am Meer als auch für das Stadtleben perfekt sind.

Emilia blättert: Lippenstiftwerbung, Tipps für schnelle Frisuren, Gardenia-Puder von der Gi.Vi.Emme, eine Stoffhandtasche von Pirovano. Auf jeder Seite ein bewundernswerter Versuch, dem Krieg, den Bomben und der Verzweiflung zu entkommen.

Emilia nimmt Maßband und Schneiderkreide, um die Maße auf dem Stoff zu markieren. Das ist der heikelste Part, vor dem sie sich am meisten fürchtet. »Wenn ich jetzt etwas falsch mache, bin ich geliefert«, sagt sie laut, »konzentrier dich, Emilia!«

Noemi dagegen muss sich nicht erst anspornen, denn sie ist schon ganz konzentriert und weiß, wohin mit ihren Händen: zehn Zucchini, zehn Zucchiniblüten, fünf Paprika und drei Fenchel sind das Beutegut des Tages und prangen vor ihr auf dem Tisch. Sie schaut sie aufmerksam an, mustert sie, wiegt sie und schickt sich dann an, sie zu waschen und zuzubereiten. Die Hände bewegen sich schnell von einem Gemüse zum anderen. Die Risse an den Fingern lassen eine geradezu manische Hingabe an den Gemüsegarten erahnen, die weder Stundenpläne noch Muskelschmerzen kennt. Juni ist der arbeitsreichste und ergiebigste Monat: Jeden Morgen beschenkt der Garten sie mit etwas Neuem. Das ist sicher. Der Sommer wurde auch im kleinen Gemüsegarten der Zaini sehnlich erwartet, der plötzlich so üppig wuchert, dass er im ganzen Viertel berühmt ist.

Mittlerweile bestimmt er den Tagesrhythmus der Köchin: Schon im Morgengrauen ist sie über jenes Zipfelchen Erde im Hof der Fabrik gebeugt, um Unkraut zu jäten und zu gießen, zu ernten und zu säen, und abends nutzt sie trotz Ausgangssperre die Stille, um runterzugehen und einen prüfenden Blick zu werfen. Nach dem Wälzen vieler Handbücher ist sie so kompetent wie eine echte Bäuerin. Wenn sie gut gelaunt ist, teilt sie Ratschläge an die vorbeikommenden Gesellen oder die Tuse aus. In letzter Zeit kommt das jedoch nur noch selten vor: Meist schnaubt sie nur, jammert und hüllt sich in abwesendes Schweigen. Das überrascht die Tuse, die sie bisher immer als barsch, aber großzügig und witzig erlebt haben. Auch Emilia erkennt sie nicht wieder: Seit sie aus ihrem Dorf zurückgekehrt ist, wirkt Noemi auf sie seltsam unduldsam und abweisend. In der Küche ist wieder Stille eingekehrt: Das Radio, das, seit es ins Haus kam, immer die Küchenarbeiten begleitet hat, bleibt tagelang ausgeschaltet.

Noemi lehnt alle Vorschläge ihrer Freundin ab, geht ihr aus dem Weg und verschwindet auf mysteriöse Weise. Emilia hat versucht, dem nachzugehen und sie zum Reden zu bringen, steht aber immer vor einer undurchdringlichen Mauer.

Doch das Kindermädchen lässt nicht locker. ›Irgendwann wird sie nachgeben‹, denkt sie, während sie aus dem Augenwinkel beobachtet, wie sie die Zucchini in einen Topf mit kochendem Wasser gibt.

Plötzlich klingelt es an der Tür.

Noemi zuckt zusammen, fast unmerklich, aber Emilia fällt es auf.

»Erwartest du jemanden?«, fragt sie misstrauisch.

»Ich?«, antwortet Noemi, ohne sich umzudrehen, aber mit dem Arm macht sie eine verneinende Geste.

Das Kindermädchen legt den Stoff auf den Tisch, nimmt die Brille ab und steht auf, um zur Tür zu gehen.

»Ist Signora Olga im Haus?«, hört Emilia, als sie die Tür aufmacht. Die Stimme ist schwach, und die Hände sind nervös. »Entschuldigen Sie die Störung«, fügt sie hinzu und gibt damit zu verstehen, dass es nicht anders ging und der Grund für das Kommen heikel und dringend ist.

»Kommen Sie doch herein, Signora Rosa«, antwortet Emilia, die sie hinter dem müden und mitgenommenen Gesicht erkennt. »Signora Olga ist im Büro, aber wir informieren sie umgehend über Ihren Besuch«, fügt sie hinzu, weil sie die Verlegenheit der Frau versteht, die schnell in die Wohnung schlüpft.

Emilia zeigt ihr, wo das Wohnzimmer ist. Rosa betritt es mit leichtem Schritt und setzt sich auf die Kante eines Stuhls. Emilia kann nicht anders, als das weiß-blau karierte Taftkleid und den Strohhut mit ebensolchem Band zu bemerken. ›Wie elegant‹, denkt sie, als sie ein Glas Wasser holen geht, das sie ihr anbieten will, bevor sie die Hausherrin benachrichtigt.

Rosa nimmt den Hut ab und legt ihn auf einen Stuhl, wodurch ihr vernachlässigtes Gesicht zum Vorschein kommt: Dass sie nicht geschminkt ist, lässt die Augenringe und tiefen Stirnfalten noch deutlicher hervortreten.

»Ich danke Ihnen«, murmelt Rosa schüchtern, als Emilia das Tablett auf dem Tisch abstellt und aus dem Zimmer huscht.

Nach wenigen Minuten kündigt der unverwechselbare Klang der Absätze, die in schnellem Takt die Treppen hochsteigen, Olgas Kommen an. Rosa springt auf, und Olga empfängt sie mit einem herzlichen Willkommen.

»Es tut mir leid, Ihnen Umstände zu machen, aber es handelt sich um ein dringendes und heikles Anliegen«, sagt sie und schaut zur Hausherrin auf, die, Rosas Bitte zuvorkommend, die Tür schließt, bevor sie sie einlädt, sich aufs Sofa zu setzen.

Rosas Gestalt verliert sich zwischen den Kissen, und Olga rückt einen Stuhl heran, um sich ihr gegenüberzusetzen.

»Schießen Sie los. Wie kann ich Ihnen helfen?«, fragt sie und nimmt ihre zitternden Hände.

»Ich reise bald ab und wollte mich von Ihnen verabschieden. Ich habe beschlossen, meinem Mann hinterherzufahren. Mein Bruder hat mit einem Kompagnon die Leitung der Firma übernommen und wird sich weiter um die Italcima kümmern. Ich möchte nicht länger hierbleiben, getrennt von Achille.« Ihre Stimme wird schwächer, schließlich sagt sie: »Mein Sohn Angelo und ich reisen morgen ab.«

Rosa senkt den Blick. Dem Zittern ihrer Hände entnimmt Olga, dass ihr Gegenüber noch etwas zu sagen hat. Es reicht ein Wink mit den Augen, um ihr die Kraft zum Weiterreden zu geben. »Achille hat einen sehr engen Freund«, setzt sie an, dann schaut sie wieder ihre Gesprächspartnerin an und fährt fort: »Leider ist es für ihn zu gefährlich, hierzubleiben, und er will versuchen, in die Schweiz zu gehen und dort auf Rettung für sich, seine junge Frau, die Kinder und seine leider schwer kranke Mutter zu hoffen. Er hat ein wunderschönes Haus in Varese, das er natürlich nicht mitnehmen kann. Dabei ist es das Einzige, was er hat. Daher würde er es gerne so schnell wie möglich verkaufen, um liquide zu sein und auf eine glückliche Zukunft weit weg von hier zu hoffen.« Rosa unterbricht sich, dann rechtfertigt sie sich: »Entschuldige, dass ich gekommen bin, aber ich dachte, dass du vielleicht jemanden kennen könntest, der an einem solchen

Kauf interessiert wäre. Ich hoffe, ich bin nicht zu aufdringlich«, schließt sie und duzt sie dabei erstmals. Sie reicht ihr ein Blatt Papier mit dem Namen des Freundes und der Adresse der Villa.

Olga schaut sie an und erkennt durch die Augenringe die Energie wieder, die sie vor vielen Jahren auf der Mustermesse so angezogen hatte, als sie sich zum ersten Mal begegnet sind.

Damals hatte Olga sich ihr gegenüber klein und ungenügend gefühlt. Heute scheint sich die Lage verkehrt zu haben. ›Ach, das bittere Schicksal!‹, denkt sie.

»Mach dir keine Sorgen. Ich kümmere mich darum. Viel Glück und gute Reise.«

Die beiden Frauen umarmen sich, dann greift Rosa nach ihrem Hut und verlässt schweigend das Zimmer.

Olga begleitet sie zur Tür und sieht ihr noch nach, als sie die Treppe hinuntergeht. Sie weiß, was zu tun ist. Endlich hat sie einen klaren Plan.

10

VARESE, 7. JULI 1943

Der Lancia Artena fährt am Palazzo Estense vorbei, biegt nach rechts ab und weiter hoch zum Castello di Masnago. Nach ein paar Kreuzungen wird er langsamer. Ambrogio ist am Steuer und lenkt sicher den Wagen, obwohl schon länger Ausgangssperre herrscht. Er konzentriert sich auf die Straße und erinnert sich angestrengt Schritt für Schritt an die Wegbeschreibung. Der Weg wurde ihm vor ein paar Tagen nur flüchtig beschrieben, aber weil er verstand, wie heikel die Mission war, deren Protagonistin diesmal Signora Olga ist, hat er ihn selbst noch mal aufmerksam studiert.

Nach wenigen Metern erkennt er das gusseiserne Gitter, das ihm detailliert beschrieben wurde, und er fährt auf die Schotterstraße. Nach einem kurzen Stück hält er. Die Scheinwerfer leuchten ein großes Backsteinhaus an. Olga schaut durch die Scheibe und sieht große, hohe Fenster und zwei mächtige Steinlöwen am Fuße der Treppe, die zu einem imposanten Eingang führt. Ambrogio schaltet den Motor aus, und die Nacht nimmt wieder die Bühne ein. Ohne auf den Chauffeur zu warten, öffnet Olga die Wagentür. Ein süßer Lindenduft steigt ihr in die Nase und löst die momentane Anspannung etwas. Sie schließt die Augen, um den Duft zu genießen, während sich ein Mann nähert und ihr eine Taschenlampe hinhält. »Kommen Sie, folgen Sie mir«, sagt er, ohne sich vorzustellen oder sie willkommen zu heißen. Trotzdem ist seine Art freundlich, und er reicht ihr die

Hand, um ihr die Treppe hochzuhelfen. Der geheimnisvolle Begleiter bewegt sich ohne Anzeichen eines Zögerns von einem Zimmer zum nächsten und offenbart dabei eine große Vertrautheit mit den Möbeln, Treppen und Fluren. Mit geschickten Bewegungen legt er die Hände auf die Geländer und die Zimmerschlüssel. ›Wie lange er wohl schon hier lebt?‹, denkt Olga, die ihm folgt. In seiner vertrauten Haltung erkennt sie den Hausherrn.

Die Stille wird nur von der Aufzählung der Zimmer unterbrochen, die Stockwerk für Stockwerk aufeinander folgen: vom unterirdischen Keller, der als Luftschutzkeller ausgestattet ist, zu den riesigen, mit modernsten Geräten ausgestatteten Küchen, von den Wohnzimmern im Hochparterre bis zu den auf ersten Stock und Dachgeschoss verteilten Schlafzimmern.

Die gemachten Betten, Wassergläser auf den Nachttischen, Zahnbürsten auf den Ablagen im Bad, Töpfe im Waschbecken und auf den Sessellehnen liegengelassenen Zeitschriften sind ein klares Indiz für das hektische Ende des Alltagslebens. Olga spürt einen Stich im Magen, als sie an die Familie denkt, die gezwungen ist, alles hinter sich zu lassen, für eine ungewisse Zukunft. Am liebsten würde sie ins Auto steigen und zurück nach Hause fahren, dem einzigen Ort, an dem sie sich unbewusst in Sicherheit fühlt, trotz der Bombardements und Alarme. Doch da sagt der Mann, der sie durchs Haus führt: »Gefällt Ihnen irgendetwas nicht?« Die Frage klingt fast besorgt, als sähe der Mann für einen Augenblick seine Rettung entschwinden.

»Nein, nein, alles bestens«, versichert Olga ihm und sucht in ihrer Handtasche nach einem Umschlag. Hinten im Zimmer sieht sie eine Frau mit Neugeborenem im Arm vorbeilaufen, die ihre Aufmerksamkeit auf sich zieht: Das Baby weint, und die junge Mutter wiegt es nervös und versucht es zum Schlafen zu bringen. Der Mann kommt ihr zuvor und erklärt: »Das ist meine

Schwiegertochter. Michele ist vor vierzig Tagen geboren worden und hat ständig Hunger.«

Olga seufzt, dann fragt sie plötzlich: »Werden sie mit Ihnen aufbrechen?« »Notgedrungen«, antwortet der Mann und wird dann vertraulicher: »Es wird eine abenteuerliche Reise, aber wir können nicht länger warten. Er hat ein anderes Leben verdient.« Er wirft einen besorgten Blick auf seinen Enkel, bevor er die Besichtigungstour durch die Villa wieder aufnimmt und hinaus in den Garten geht.

Olga folgt ihm. Der Lindenduft steigt ihr wieder in die Nase und versüßt die Stimmung.

»Dahinten ist der Tennisplatz«, fährt der Hausherr mechanisch fort.

»Alles bestens«, macht Olga es kurz, die sich schrecklich unwohl fühlt, und überreicht ihm einen dicken Umschlag.

»Danke«, antwortet der Mann, und Olga erklärt: »Den Rest lasse ich Ihnen in den nächsten Tagen zukommen, zusammen mit den nötigen Dokumenten, um den Kauf formell abzuschließen.«

Olga holt eine Zigarette aus ihrer Handtasche und bietet sie dem Mann an, der ablehnt. »Kann ich irgendetwas für Sie tun?«, fragt sie.

Der Mann betrachtet das Haus eine ganze Weile, schließlich schaut er Olga an und antwortet: »Ich danke Ihnen, und ich weiß, dass Sie sich genauso liebevoll um das Haus kümmern werden, wie wir es all die Jahre getan haben.« Olga nickt versichernd, bleibt aber still. Der Mann fährt fort: »Um eines würde ich Sie allerdings bitten, wenn das möglich ist. Ich möchte Ihnen dieses Foto anvertrauen. Das sind wir alle, die ganze Familie Orefici posiert hier vor dem Haus. Hier waren wir glücklich.« Er betrachtet das Bild, das im Dunkeln nur zu erahnen ist, und ergänzt: »Das Haus vertraue ich Ihnen an, aber ich hoffe, dass ich dieses Andenken an ein Leben voller Freude und Lächeln eines Tages wieder in den Händen halten kann.« Olga nimmt es in die Hand. Im Dunkeln erkennt sie nichts, aber sie hält es wie ein Versprechen an ihr Herz. Ein Händedruck besiegelt die Abmachung.

»Wann brechen Sie auf?«, fragt sie, als sie die Wagentür öffnet.

»Sobald die Passierscheine fertig sind«, antwortet er. »Das ist hoffentlich nur noch eine Frage von Tagen«, fügt er hinzu und zeigt seine überkreuzten Finger.

»Viel Glück!«, ruft sie aus, als sie sich auf dem Autositz niederlässt.

Als das Auto wieder losfährt, wirft Olga noch einen letzten Blick auf die schlanke und elegante Gestalt des Hausherrn, der stehen gelieben ist und wartet, bis das Auto die Allee verlässt.

11

VARESE, 28. JULI 1943

Die Sonne steht noch hoch, als Olga die Wagentür öffnet und aus dem Auto steigt. Sie atmet tief ein: Der Lindenduft ist dem nach frisch gemähtem Gras gewichen, verstärkt durch das gerade abgezogene Gewitter. Sie schaut sich um und geht die Stufen zum Eingang hoch.

Schüchtern bewegt sie sich durch die Räume des Hauses, in dem sie sich noch wie ein Gast fühlt. Sie wollte keine Möbel umräumen oder sonst wie die Aufteilung der Zimmer verändern. Hier und da ist eine Schachtel Pralinen aufgetaucht, die einzige und unvermeidliche persönliche Note. Olga will nicht indiskret sein und hat Emilia und Elisa genaue Anweisungen gegeben, die das Haus seit ein paar Tagen in Ordnung bringen und für die bevorstehenden Evakuierungen ausstatten.

Am Ende hat auch sie der Notwendigkeit nachgegeben, die Stadt zu verlassen.

Ihr Körper versinkt im Kissen eines roten Samtsessels, sie schlägt den *Corriere della Sera* auf und widmet sich der Zeitungslektüre. Die letzten Tage waren intensiv. Es gibt Situationen, in denen die Geschichte plötzlich zu rasen scheint, und Olga hat den Eindruck, gerade einen dieser Momente zu erleben: Samstagnacht hat Mussolini seinen Rücktritt eingereicht, der König hat das Kommando über die Streitkräfte übernommen, und Badoglio wurde zum neuen Regierungschef ernannt. In der Nacht hat niemand geschlafen: Gepackt von Euphorie und der Illusion, dass nun bald Frieden wird, sind die Mailänder auf die Straßen gerannt. Aufzüge sind durch die Straßen gezogen und haben überall die Plätze gefüllt, auf den Balkons flatterten Fahnen, VIVA L'ITALIA LIBERA-Schriftzüge überzogen die Mauern, es lebe das freie Italien, und die faschistischen Insignien wurden entfernt, allen voran das mit Hämmern abgeschlagene Straßenschild des Corso Littorio, der nun Corso Matteotti heißt. Corso XXVIII Ottobre ist jetzt wieder Corso Lodi, während die eindrucksvollen Liktorenbündel aus Bronze am Eingang des Fahrkartenschalters am Hauptbahnhof mit Holz abgedeckt sind, bis sie ganz entfernt werden.

Schon nach wenigen Stunden aber ruft Badoglio die Italiener dazu auf, sich nicht zu ›nicht tolerierten‹ Demonstrationen hinreißen zu lassen. Die Verlautbarung ist deutlich: »Die schwere Stunde verpflichtet jeden zu Ernsthaftigkeit, Disziplin und Patriotismus.« Strikt verbietet er Zusammenrottungen und Aufzüge, die vom Militärtribunal bestraft werden können.

Der Krieg hält an. Während in Sizilien gegen die Amerikaner gekämpft wird, die Anfang Juli gelandet sind, bleibt der Alltag von Lebensmittelkarten, Verdunklung, Alarm und Ausgangssperren bestimmt.

Daher hat Olga die Arbeiten am Haus in Varese beschleunigt, das mit so vielen Betten wie möglich ausgestattet werden soll, damit sie alle ihre Mitarbeiterinnen und Mitarbeiter aufnehmen können, die die Stadt verlassen wollen, und wenn es nur für eine Nacht ist. Und nun befindet sie sich in der Lage, die viele schon seit Monaten erleben: Sie ist Pendlerin.

Tägliche Fahrten der evakuierten Ehemänner – so lautet der Titel eines Artikels, der ihre Aufmerksamkeit auf sich zieht.

»Der Rückzug aufs Land hat bei den Ehemännern eine neue Art des Arbeitens geschaffen und häufig einen Haufen Aufträge, von denen sie nie gedacht hätten, dass sie sie sich aufbürden würden«, liest

sie. Es scheint ein Loblied auf den dienstbereiten Ehemann, der mit Schneiderinnen und Schustern, Buchungen, Pfannen und Reisen in Zugwaggons beschäftigt ist, *»dicht gedrängt wie Essiggurken«*. Ihre Stimme wird lauter, als sie kommentiert: »Mamma mia, was für eine Übertreibung.«

Luigis Bild erscheint ihr wieder vor Augen. ›Und du, was hättest du gemacht? Wärst du in der Lage gewesen, dir ein Spiegelei zu braten?‹ Olga lächelt zärtlich, als sie an ihre ersten Begegnungen denkt, als ihr Mann, erst seit wenigen Wochen Witwer, sich um die neugeborene Rosetta kümmern musste und sie mit einem fertigen Gericht zum Aufwärmen an seine Tür kam.

›Mit dem Kochen hättest du in jedem Fall Probleme‹, denkt sie, und nach einer Weile überlegt sie: ›An der Schneiderinnen- und Schuster-Front wärst du wahrscheinlich besser. Auch wenn du solche Aufträge bestimmt an Emilia delegiert hättest.‹ Sie schaut hoch zu der großen Wanduhr, die den Takt der vergehenden Zeit angibt.

›Ach, Emilia‹, denkt sie. ›Ich weiß nicht, wie wir ohne sie ausgekommen wären. Auskommen würden‹, korrigiert sie sich, als sie daran denkt, wie sehr Emilia sich immer noch um die Familie Zaini kümmert. ›Sie ist wirklich eine zweite Mama‹, scherzt sie und ist sich bewusst, dass das Kindermädchen im Haushalt und der Familie unentbehrlich ist. ›Inzwischen kümmert sie sich mehr um mich als um die Kinder, aber ich könnte nicht ohne sie leben‹, schließt sie.

In dem Moment sieht sie sie mit Laken und Kissen beladen hinten durchs Zimmer laufen und hört ihre Selbstgespräche. »Auf, Emilia, das ist die letzte Tour, dann sind wir für heute fertig. Du hast dir eine leckere Praline verdient.« Sie streckt die Hand nach einer Schachtel auf der Kommode unter der Treppe aus. Olga beobachtet sie und lächelt.

Aus der Küche kommt ein intensiver Hähnchenduft. Wenige Gesten und einige Kunstgriffe haben gereicht, dass Noemi sich im neuen Haus vertraut fühlt: eine geräumige Speisekammer, ein großer Tisch mit Marmorplatte, ein tiefes Waschbecken zum Geschirrspülen und eine Schublade voller Kochlöffel und Suppenkellen.

Das Radio ist nun wieder angeschaltet, und als musikalischer Hintergrund läuft ein Klavierkonzert. Die Köchin trällert vor sich hin, während sie etwas Brühe in den Topf gibt, wobei sie aufpasst, das Essen nicht anbrennen zu lassen. Sie betrachtet das Freilandhuhn, das sie dank eines Nachbarn ergattern konnte, und bewundert die langsam golden werdende Haut. »Dank dir wird heute gefeiert«, sagt sie, an das Hähnchen im Topf gewandt, mit endlich wieder fröhlicher Stimme.

Seit einigen Tagen ist Noemi euphorisch, so sehr, dass Emilia es nicht unkommentiert lassen konnte. »Noemi, wie es scheint, freut dich die Nachricht, dass die Regierung zerfallen ist, sag bloß, du warst die ganze Nacht draußen feiern?«, fragt sie mit großen Augen. Noemi wird rot und senkt den Blick auf die Marmortischplatte.

›Ach, Emilia, wenn du wüsstest, wie glücklich ich bin‹, denkt sie und geht im Geiste ihre geheimen Aktivitäten der letzten Wochen durch. ›Und was hätte ich für eine Lust, dir davon zu erzählen‹, sie beißt sich auf die Lippe.

Emilia betrachtet sie und ahnt etwas, ohne wirklich zu verstehen. Sie verlässt die Küche. Der Tag verfliegt, und beide sind so beschäftigt, dass sie sich den restlichen Tag nicht mehr begegnen.

Abends ist der Duft unwiderstehlich. »Noemi, du hast dich mal wieder selbst übertroffen«, meint Emilia, als sie die Küche betritt. Das Kindermädchen nimmt den Deckel ab, und ein Lächeln erscheint auf ihrem Gesicht. »Was auch immer du verheimlichst, liebe Noemi, heute Abend machst du auch mich glücklich«, sagt sie. »Aber wenn mein Magen gefüllt ist, werde ich dein Geheimnis schonungslos aus dir herauskitzeln, dass du's weißt!«

Noemi umarmt sie und zwinkert ihr zu. »Sobald ich es erzählen darf, bist du die Erste, die es erfährt«, sagt sie und geht ins Esszimmer, um eine Servierplatte zu holen, die dem Festmahl angemessen ist. Sie öffnet den Schrank, und vor ihren Augen enthüllt sich eine unendliche Reihe an Geschirr; sie wirft einen schnellen Blick und entscheidet sich für ein weißes Service, das zum Teil mit leichten, bunten Landschaften des Lago Maggiore verziert ist. »Das gefällt mir«, sagt sie laut und holt eine große ovale Platte raus, mit der sie zurück in die Küche geht.

In der Umkleide herrscht Unruhe. Alle reden immer lauter: Es gibt keine Tusa, die nicht eine Anekdote zu erzählen hätte oder dem Drang widerstehen könnte, ihre Meinung zu den jüngsten Ereignissen kundzutun. Die Atmosphäre ist adrenalingeschwängert, laut und fröhlich.

Einige haben sich den Aufmärschen angeschlossen, die durch die Straßen der Stadt gezogen sind, manche waren auf dem Corso Buenos Aires, um den Worten des Sohns von Giovanni Amendola zuzuhören, der seinen Kampf gegen den Faschismus mit dem Tod bezahlt hat; einige sind ganz euphorisch, weil sie bis zum Morgengrauen draußen waren. Zu Letzteren gehört Vittoria, die so viel geschrien hat, dass sie keine Stimme mehr hat und jetzt notgedrungen schweigen muss. Die Trikolore-Fahne, die sie um die Schultern trägt, als wäre es ein Schal, zeigt ihre Teilnahme. Andere waren vorsichtiger und haben die Ausgangssperre auch in jener Nacht respektiert. Ernestina, die mittlerweile daran gewöhnt ist, in der Dämmerung die Fenster zu verhängen, hat die Nachricht im Radio gehört, aber sie war so müde, dass sie sich, an ihre Kinder gekuschelt, hingelegt hat, die ruhig schliefen.

Aurelia platziert die Trikolore-Kokarde auf ihrer Schürze, während sie ihrer Spindnachbarin erklärt: »Auf der Piazza del Duomo hatten alle so eine. Das war ein Spektakel!«

»Viva l'Italia!«, antworten Annalisa und Marietta im Chor, die ihre hervorholen, um sie sich an die Brust zu heften.

»Frieden!«, ruft Adalgisa, während sie ihre Tasche an den Haken hängt und den Spind zumacht.

Clelia ist es, die mit ihrem sprichwörtlichen Pragmatismus alle wieder zur Normalität zurückbringt. »Ach, was für ein Heckmeck! An die Arbeit, belle Tuse!«, ruft sie beim Betreten des Raums.

»Ja, ja«, antworten sie im Chor.

»Wir kommen schon.« Der Ton ist fröhlich.

»Arbeit und Verantwortung«, äfft Adalgisa sie nach und wiederholt dabei die Worte aus Badoglios Verlautbarung, während sie sich auf den Weg in ihr Labor macht.

Alle kehren an ihre Arbeitsplätze zurück: Annalisa zum Modellieren, gefolgt von einigen Arbeiterinnen; Marietta, Ernestina, Aurelia, Livia und Vittoria in die Verpackungsabteilung und Clelia ins Büro. Eine wiedererwachte Lust zu plaudern weht durch die Luft. Das bedrückte Schweigen der letzten Zeit ist einem fröhlichen und unbeschwerten Stimmengewirr gewichen. Rezepte und Gelächter begleiten wieder die Arbeit.

Aurelia, die berühmt dafür ist, sich auch mit wenigen Zutaten die phantasievollsten Gerichte auszudenken, bricht die Stille: »Kürzlich habe ich Spaghetti mit Wirsing gekocht.« Die Tuse schauen neugierig auf. »Habt ihr das schon mal gemacht?«, fragt sie und fängt, ohne eine Antwort abzuwarten, an zu erzählen. »Also: Ich hole einen hübschen, prallen Wirsing aus meinem Gemüsegarten, dann werfe ich die äußeren Blätter weg, die immer hart sind. Ich schneide ihn in dünne Streifen, die ich gut unter fließendem Wasser abwasche.«

Livia, die kein gutes Gedächtnis hat, nimmt sich einen Stift und notiert sich auf einem Zettel genau jeden Arbeitsschritt.

Aurelia hält kurz inne, als sie eine Packung verschließt, dann erklärt sie gleich weiter: »Ich stelle eine Kasserolle mit einem Löffel Butter und einem Löffel Öl auf den Herd.« Sie schaut hoch. Bei der bloßen Erwähnung von Öl und Butter, die man nur über Lebensmittelkarten bekommt, sieht sie gewisse Zweifel in den Augen ihrer Nachbarinnen. Aurelia kommt den Kommentaren zuvor. »Man braucht nur ganz wenig«, beruhigt sie und beschreibt dann die weiteren Schritte: Zwiebeln schneiden, Salsiccia zerbröseln, langsam köcheln lassen und kräftig umrühren. »Und das war's!«, schließt sie triumphierend.

Die Tuse nicken gedankenverloren.

Bohnensuppe, Grütze mit Milch, Frittaten-Suppe, pikante Bratente, Pute mit Zitrone, Gans nach Teufelsart, Eierküchlein mit Zwiebeln – für Livias Rezeptbuch ist es ein sehr ergiebiger Vormittag.

Am Nachmittag gibt es ein anderes heiß diskutiertes Thema in der gesamten Fabrik. Es hat sich die Nachricht verbreitet, dass Signora Zaini das neue Haus in Varese allen zur Verfügung stellt, die die Stadt verlassen wollen, auch wenn es nur für ein paar Tage ist. Soll man die Einladung annehmen oder nicht? Manche haben aus Verlegenheit Skrupel, andere dagegen sind ihr unendlich dankbar und bereit, sich und ihre Familie in Sicherheit zu bringen, manche haben keine andere Wahl, weil sie kein Dach mehr über dem Kopf haben, und wieder andere fühlen sich in ihrem eigenen Zuhause sicher und wollen die Gastfreundschaft nicht missbrauchen, und dann gibt es noch welche, die erst mal abwarten wollen, was auf die jüngsten Ereignisse folgt.

Clelia hat keine Zweifel. »Ich bewege mich hier nicht weg«,

wiederholt sie hartnäckig. Sie lässt sich nicht zum Nachdenken bringen oder gar umstimmen: »Man kann die Fabrik ja nicht unbeaufsichtigt lassen. Ruggero und ich schlafen hier.«

Clelia stellt sich taub gegenüber jeder Bemerkung und jedem Überzeugungsversuch. Schließlich gibt Ines auf. »Vielleicht wird dich nur die Angst zum Umdenken bringen«, meint sie seufzend, »deine Dickköpfigkeit treibt mich noch in den Wahnsinn.«

12

VARESE UND MAILAND, 13. AUGUST 1943

Es ist schon nach Mitternacht, aber in den Wänden des neuen Zaini-Heims kann niemand einschlafen. Unter dem Himmel von Varese auf der Wiese vor der Villa halten die Tuse einander im Arm und schauen nach oben. In der Stille der Nacht hört man nur die Herzen, die im Einklang und wie verrückt schlagen. Die Blicke wandern von einem unbestimmten Punkt am Himmel zum anderen, um ein plötzliches Aufblitzen oder eine unvorhergesehene Bewegung zu erfassen. Sie warten nicht auf Sternschnuppen, die um diese Jahreszeit normalerweise die Nächte mit süßen Wünschen füllen. Nicht einmal die Sterne haben heute Nacht den Mut, zu fallen. Für sie ist kein Platz; wie alle sind sie reglos, angespannt und in Erwartung: Sie haben den Himmel den englischen Lancasters überlassen, die Mailand zum zweiten Mal innerhalb einer Woche bombardieren. Die Begeisterung von vor ein paar Wochen bei der Nachricht von Mussolinis Fall ist schnell verflogen.

Verärgert über Badoglios Entscheidung, der das Unterzeichnen eines Waffenstillstands in der Hoffnung auf bessere Konditionen hinauszögert, haben die Alliierten eine rabiate Position gewählt: Sie zerstören die Städte, terrorisieren die Italiener, um sie von der Kapitulation zu überzeugen.

Wie durch ein Wunder wurde die Zaini beim ersten Bombardement nicht beschädigt, aber die Angst war so groß, dass – auch wegen des bevorstehenden Wochenendes – ein Großteil der

Arbeiter die Stadt verlassen hat, und viele haben ihre Zurückhaltung von vor ein paar Tagen überwunden, wieder an Signora Olgas Vorschlag gedacht und sind nach Varese gekommen.

»Danke, Signora Zaini«, hatte Livia gesagt, als sie mit ihrem kleinen Beutel schüchtern die Stufen zum Haus hochstieg. »Wir bleiben nur für ein Wochenende oder etwas länger.« Livia hatte sich so sehr erschreckt, dass sie die ganze Nacht an die Kellerwände bei ihr zu Hause gedrückt blieb und sich vornahm, dass sie, sollte sie am nächsten Tag noch am Leben sein, die Stadt verlassen würde. ›Warum bin ich bloß hiergeblieben?‹, fragte sie sich zwischen einem Rosenkranz und dem nächsten immer wieder. Trotz der schwülen Augusthitze zittert sie nun unter diesem Feuerspektakel und hüllt sich in einen warmen Schal, den Emilia ihr geliehen hat.

Das Kindermädchen hat sich unter einer großen Buche postiert. Auf einem Zweig kauert Vittorio, der die Blätter beiseite schiebt. Er ist auf den Baum geklettert, um besser sehen zu können. Mit ihm sind noch andere Kinder in seinem Alter. ›Endlich habe ich Spaß‹, dachte er, als er sie nachmittags durch das Tor kommen sah. Nach einer halben Stunde waren sie die Zaini-Bande, und in dieser Nacht konnte er kaum fassen, dass sie nicht ins Bett geschickt wurden, sondern auf besonderer Mission in ihrem Nest herumklettern. Für sie ist es ein Fest. »Da, ein Pippo!«, ruft Vittorio und zeigt auf eines der kleinen Aufklärungsflugzeuge, die tief fliegen, um der Flak zu entgehen, und die einen neuen Angriff ankündigen.

»Da, ein Pippo!«, wiederholt das Kindermädchen etwas lauter und passt auf, dass keines der Kinder sich zu weit vorlehnt.

Neben ihr drückt Ernestina den schlafenden Umberto an sich und ruft Anita zu sich, die Kleinste der Gruppe, während sie Umberto mit einer Hand das Ohr zuhält, weil sie fürchtet, der Bomber über ihren Köpfen könnte ihn aufwecken. »Er schläft so tief, dass ihn nicht mal die Bomben stören«, kommentiert das Kindermädchen und deutet ein Lächeln an.

Ernestina entwischt ein kleiner Lacher, sogleich erstickt vom Lärm des zigsten Jagdfliegers, der tonnenweise Bomben auf Mailand fallen lassen wird. Die Angst kehrt zurück. »Was wohl mit Clelia ist«, seufzt sie. Nicht mal nach dem ersten Luftangriff vorigen Samstag hat die ihre Entscheidung angezweifelt. »Wir haben die Nacht im Keller verbracht«, hatte sie den im Morgengrauen herbeigeeilten Kollegen erzählt, wobei sie sich auf ihren treuen Ruggero bezog. »Ein paar Rosenkränze, und schon war der Alarm wieder vorbei«, hatte sie beschwichtigt. Dergano war davongekommen, aber das Stadtzentrum stark beschädigt, und die Bomben waren bis zum nicht weit entfernten Bahnhof Scalo Farini gefallen.

In der Villa, hinter den großen Fenstern, stehen Olga und Piero. Beide sind vollständig angezogen, als wären sie bereit, raus an einen Tisch mit Freunden zu gehen. Sie sind angespannt und wechseln nur wenige Worte, im Takt des periodisch aufblitzenden Lichtscheins, der den Himmel erleuchtet.

Beide denken an die Macchi in Masnago, die große Flugzeugfabrik, die seit Kriegsausbruch schnelle, leichte und furchterregende Einsitzer-Flugzeuge herstellt. »Hoffen wir, dass keiner dieser Lancaster den Auftrag hat, sie zu treffen.« Pieros Stimme ist fast nur ein Flüstern. Olga, die gerade genau dasselbe gedacht hat, antwortet nicht, faltet aber die Hände zum Gebet und schließt die Augen. Ihr kommt ein Gedicht von Pascoli in den Sinn, das der Nacht von San Lorenzo gewidmet ist. *»Eine Schwalbe kehrte zum Dach zurück: Getötet fiel sie in die Dornen«*, rezitiert sie leise.

Gegen drei Uhr morgens beruhigt sich die Lage endlich. Die Macchi ist unversehrt und die Nacht wieder still. Die Tuse gehen langsam nach drinnen, wieder auf ihre Bettlager.

»Ich habe einen Tee gekocht«, verkündet Noemi, die vier große Behälter auf den Küchentisch stellt.

»Gute Idee!«, dankt Emilia im Namen aller Tuse, die sich endlich der Ruhe hingeben und das übliche fade, aber heiße und erquickende Gebräu kosten.

Am nächsten Morgen ist Mailand nicht wiederzuerkennen. Überall Trümmer.

Der Himmel ist verschwunden, verhüllt von einem dichten, dunklen Dunst. Die Bomben der Alliierten haben Kirchen, Paläste und Denkmäler nicht ausgespart. Getroffen wurden der Dom, Santa Maria delle Grazie, Palazzo Marino und das Castello Sforzesco. Ganze Viertel sind praktisch verschwunden, verschlungen von den Flammen, die schnell auflodern und die die Feuerwehr nur schwer unter Kontrolle bekommt. Außer dem abfallenden Wasserdruck, der das Löschen verlangsamt, wird die Arbeit zusätzlich von einem starken Wind erschwert, der nachts aufgekommen ist und das Feuer von Haus zu Haus weiterträgt.

Adalgisa ist unversehrt, ihr Haus wurde auf wundersame Weise von den Bomben verschont. Das Gebiet rund um den Corso Sempione wurde nämlich insgesamt heftig getroffen. Angesichts des Trauerspiels vor ihren Augen kann sie sich aber nicht über ihre eigene Unversehrtheit freuen. Sie wohnt schon ihr ganzes Leben in dieser Gegend, und jetzt hat sie Mühe, die Via Paolo Sarpi wiederzuerkennen. Die Kreuzung mit der Via Arnolfo di Cambio gibt es nicht mehr. Die Schienen sind zu abstrakten Eisenskulpturen geworden, die aus den Schutthaufen hervorschauen.

›Vielleicht schlafe ich noch‹, denkt sie, als sie sich zu Fuß auf den Weg zur Zaini macht. Die Luft lässt sich kaum atmen, und die Augen brennen. Die eine oder andere Träne versucht, den Schmerz und den Kummer zu besänftigen. Nach ein paar Schritten fließen sie zahlreich über ihr Gesicht, können aber weder das eine noch das andere lindern.

Adalgisa kommt zwischen den Trümmern, umgefallenen Masten, niedergeschmetterten Straßenlaternen und Kratern nur mit Mühe voran. Die Fassaden, die unterwegs noch stehen, sind Skelette, die sie furchtsam beobachtet, weil sie Angst hat, dass sie von einem auf den anderen Moment umfallen. Manche laufen noch im Schlafanzug, mit verlorenem Blick und schweren Körben auf dem Kopf herum: darin das wenige, was sie retten konnten.

Als sie endlich die Via Imbonati erreicht, seufzt sie erleichtert auf. Auch dieses Mal ist die Zaini verschont geblieben. Durch das Tor sieht sie Clelia von hinten, damit beschäftigt, einen Holztisch zu tragen, während Ruggero sie von Weitem bemerkt und schwanzwedelnd angelaufen kommt.

Die beiden Frauen rennen einander entgegen und nehmen sich fest in den Arm. Endlich kann sich die Anspannung der Nacht lösen.

»Ich fahre zu Ferruccio nach Varese«, verkündet Adalgisa, in der Hoffnung, dass die Angst der vergangenen Nacht auch ihre Freundin überzeugt hat, die Stadt zu verlassen. »Ich weiß noch nicht wie, wo ja alle Straßenbahnen und Züge blockiert scheinen, aber irgendwie komme ich schon hier weg«, fügt sie entschlossen hinzu. »Das ist zu viel für mich. Ich muss am Leben bleiben: für meinen Sohn und für Carlo, sofern der hoffentlich heil aus dem Krieg zurückkehrt«, sagt sie voller Melancholie. Ihr Mann wurde eingezogen und ist an die Front gefahren. Die wenigen unregelmäßigen Nachrichten, die sie von ihm erhalten hat, haben ihre Sorgen nur größer gemacht, und nur im Labor, konzentriert auf ungewöhnliche Aromen für neue Produkte, kann sie Momente der Ruhe finden.

»Kommst du mit?«, fragt sie und deutet ein Lächeln an, während sie der älteren Sekretärin die Hand reicht.

Clelia nimmt die Hand und seufzt, ruhig. »Weißt du, Adalgisa, wie du so richtig gesagt hast: Du musst am Leben bleiben. Du hast jemanden, für den sich das lohnt.« Adalgisa starrt sie an, und ihr Gesicht wird von Tränen überströmt.

»Ich habe die Zaini«, sagt Clelia und streichelt Ruggero, der zu ihren Füßen weiter mit dem Schwanz wedelt. »Und Ruggero«, fügt sie lächelnd hinzu. »Ich habe in Signor Luigi und der Signora Olga viel mehr als zwei Arbeitgeber gefunden. Für mich ist dieser Ort hier mein Zuhause.« Clelias Blick verliert sich zwischen Hof, Lager und der Wohnung der Fabrikbesitzer, während Erinnerungen in ihrem Kopf aufblühen. »Eines Tages, als es dem Signor Luigi sehr schlecht ging, sagte die Signora Olga einen Satz, der mir, warum auch immer, im Kopf geblieben ist. Sie hat zu mir gesagt, in der Liebe gebe es keine Opfer. Damals wusste ich nicht, was sie damit meint, weil ich dachte, eine so große Liebe gibt es doch gar nicht, dass sie Opfer verlangt. Aber jetzt habe ich es verstanden: Sie hatte recht. Für mich ist es kein Opfer, hier in der Zaini zu bleiben, weil hier alles ist, was ich liebe. Abgesehen natürlich von Schokolade, die ja inzwischen zur Rarität geworden ist«, scherzt sie und denkt wieder an das gräuliche Gemisch aus Johannesbrotmehl, Haselnüssen, Öl, Honig und Zucker, das das Regime sponsort, weil es zu den Autarkievorgaben passt. Sie verzieht das Gesicht beim Gedanken an den Geschmack, der so weit von der Schokolade entfernt ist, die sie seit ihrem ersten Arbeitstag begleitet hatte.

Adalgisa begreift, dass sie Clelia nicht umstimmen kann, und beharrt nicht weiter darauf. Sie beschränkt sich auf eine Umarmung, aus der sie sich nur schwer lösen kann, weil ihr bewusst ist, dass das ein Abschied sein könnte.

Die Mailänder sind verstört, ihre Stadt am Boden.

In der Nacht auf den Feiertag zu Mariä Himmelfahrt am 15. August hat ein weiteres Bombardement über Mailand getobt und das zerstört, was vorher noch auf wundersame Weise stehen geblieben war. Der Dom hat gezittert, die Scala ist eingestürzt, und die Frauenskulpturen am Palazzo Reale haben zwar geweint, konnten der Zerstörung aber widerstehen.

Auch die Zaini wurde getroffen.

Hinter dem Scalo Farini sind Splitterbomben auf die Fernet-Branca-Fabrik gefallen, auf die Via Imbonati und Viale Jenner und haben eine fatale Reihe von Feuern entfacht, die so schwer zu beherrschen wie schnell im Ausbreiten sind. Dieses Mal wurde Dergano nicht verschont.

Während der Architekt Luigi Secchi, Denkmalpfleger an der Scala, einen ersten Ortstermin macht und versucht, im Gewirr aus Balken und unförmigem Mauerwerk die Spuren des Meisterstücks von Piermarini wiederzuerkennen, ist Olga auf dem Weg in die Via Imbonati. Beide sind ganz verstört von dem Bild, das sich ihnen bietet. Olga muss sich am Auto abstützen. Sie zögert einen Moment, bevor sie weiter auf den Haufen Schutt und zerbrochener Glasscheiben zugeht. Ambrogio rückt den Sitz zurecht und schließt die Wagentür, er konzentriert sich auf diese langsamen und mechanischen Bewegungen, um nicht scharf stellen zu müssen, was er sieht. Emilia hat so sehr darauf bestanden, die Chefin zu begleiten, doch jetzt bereut sie ihre Entscheidung. ›Vielleicht wäre es besser gewesen, das nicht sehen zu müssen‹, denkt sie, als sie nach tröstenden Worten sucht, die jetzt angemessen klingen. Schließlich entscheidet sie sich, nichts zu sagen und Signora Olga im Auge zu behalten. ›Wenn sie in Ohnmacht fällt, muss ich sie auffangen‹, sagt sie bei sich, als sie sich vorstellt, welche Gefühle gerade die Seele ihrer Chefin aufwühlen müssen.

Olgas Herz ist zerstört, aber ihre Schritte sind sicher. Sie bahnt sich einen Weg zwischen dem, was bis zum vorigen Tag noch der Fabrikeingang war: Ganze Wände sind zerbröselt, zu Boden gestürzt und geben den Blick auf Maschinen, Conchen und Metallrohre frei. Die Tische der Verpackerinnen sind auf wundersame Weise unversehrt. Bei jedem Schritt wird der Blick feiner: Die Augen mustern alles aufmerksam, durch die Trümmer hindurch, über den Hof, durch den Rauch, der die Räume noch einhüllt, auf der Suche nach einem Lebenszeichen und Hoffnung.

Clelia.

Niemand hat den Mut, ihren Namen zu nennen.

Plötzlich zieht ein entferntes Bellen ihre Aufmerksamkeit auf sich. »Ruggero!«, ruft Emilia, die den Hund nervös auf einem hohen Trümmerberg herumspringen sieht, genau dort, wo das Verwaltungsbüro der Firma war.

»Ruggero!«, wiederholt Ambrogio, der sofort zwischen den Trümmern auf und ab rennt.

Ambrogio versucht, den Hund zu beruhigen, und bückt sich, um ihn zu streicheln. Ruggero stemmt die Pfoten in den Boden und bewegt sich nicht vom Fleck. Die Hoffnung verschwindet unter dem hohen Berg an zerstörten Backsteinen.

Olga bricht in ein verzweifeltes Schluchzen aus. Emilia geht zu ihr und nimmt sie fest in den Arm.

Nach einigen Minuten trocknet Signora Zaini ihre Tränen, wobei die staubigen Hände ihre Wangen schmutzig machen. Sie schaut sich um und bricht das Schweigen. »Morgen fangen wir mit dem Wiederaufbau an.«

13

MAILAND UND VARESE, 13. MAI 1944

Und so ist es: Gleich am nächsten Tag wird Olga aktiv, um die Trümmer wegzuräumen. Gemeinsam geht es ans Werk: keine Tusa, die nicht mithelfen würde oder Familienangehörige, Freunde und Bekannte einbezieht. Ihre Hände räumen nun Schutt, Eisen und Glas weg. Sie tragen Handschuhe, bleiben aber so präzise und schnell, wie sie es beim Verpacken von Pralinen waren.

Die Tuse füllen die Schubkarren, die Gesellen kippen sie auf den Laster, und Ambrogio transportiert sie zu einer Grube, die die Gemeinde Mailand in einem Gebiet am Stadtrand zur Verfügung gestellt hat, noch hinter der Mustermesse – eine unermüdliche und perfekt abgestimmte Arbeit wie am Fließband.

Es dauert Wochen, bis der Hof von Trümmern befreit ist. Unterdessen ist Olga mit der schwierigen Suche nach einem Bauunternehmen beschäftigt, das nicht schon mit anderen Baustellen ausgelastet, nicht zu habgierig und bereit ist, eine unabdingbare Anforderung zu akzeptieren: die Angestellten der Zaini zusammen mit den eigenen Arbeitern einzustellen.

Für Olga ist das eine indiskutable Bedingung: So müssen die Tuse nicht auf ihren Lohn verzichten, während sie auf die Wiedereröffnung der Fabrik warten.

Die Reaktion ist immer dieselbe. »Aber, Signora Olga, das sind doch hauptsächlich Frauen!« oder »Signora Zaini, da bin ich allein schneller«.

Anfangs versucht Olga noch, etwas zu entgegnen und zu widersprechen, dann beschließt sie, damit keine Zeit zu verlieren: Sie bedankt und verabschiedet sich und klopft beim Nächsten an.

Schließlich lässt sich Signor Brioschi, Inhaber einer kleinen Firma, überzeugen. Er ist ein graziler Mann von kleiner Statur, aber mit lebhaftem und heiterem Blick. »In Ordnung, ich nehme die Herausforderung an«, sagt er und drückt Olga die Hand, um die Absprache zu besiegeln. Im Herbst beginnen die Arbeiten. Die Tuse lernen schnell, sie krempeln die Ärmel hoch und arbeiten fieberhaft.

Signor Brioschi beobachtet sie bewundernd und sagt scherzend zu ihnen: »Die nächste Baustelle ist in der Viale Monza!« Die Tuse strecken ihm zur Antwort die Zunge heraus. »Danke, Signor Brioschi, aber wir bleiben lieber hier. Wer soll sonst die Schokoladentafeln einpacken, die sich Ihr Unternehmen bis in alle Ewigkeiten gesichert hat?« Der Inhaber lächelt und hebt kapitulierend die Arme.

Die Bauarbeiten dauern monatelang an, aber im Frühling ist die Zaini bereit, ihre Aktivitäten wieder aufzunehmen, auch wenn die allgemeinen Bedingungen nicht sonderlich vielversprechend sind.

Nach den Bombardements im August eskaliert die Lage in Italien nämlich: Die Alliierten befreien Sizilien, während Mussolini verhaftet und nach Campo Imperatore im Gran-Sasso-Gebirge gebracht wird. Badoglio entscheidet sich zur Kapitulation, verkündet am 8. September die Unterschrift unter den Waffenstillstand, verlässt Rom und bringt sich zusammen mit dem König in Brindisi in Sicherheit. Nach wenigen Tagen wird der Duce von den Deutschen befreit und gründet, unterstützt von den Nazitruppen, die Republik von Salò.

Italien ist orientierungslos, zweigeteilt: im Süden die Alliierten, im Norden die Faschisten.

Der Krieg geht weiter.

Im September ist Mailand militärisch von den Deutschen besetzt. Die Atmosphäre ist gespenstisch: Zum Hunger und zur Wut der Mailänder kommt nun noch Angst und Schrecken vor den Repressalien der Deutschen gegen Kriegsdienstverweigerer, Antifaschisten, Partisanen und Juden.

Dies ist keine Zeit für große Feierlichkeiten, also beschließt Olga, nachdem die Baustelle abgeschlossen ist, symbolisch am Ostertag anzustoßen und die Rückkehr zur – wenn auch bescheidenen – Produktion zu feiern.

»Auf die Zaini! Auf Luigi! Auf Clelia!«, ruft sie und hebt ihr Glas.

Das Morgenlicht scheint durch die großen Fenster des Saals auf den Kronleuchter und spiegelt sich an den Wänden, bewegt sich auf der Tapete von einem Punkt zum nächsten. Piero steht am Fenster, folgt mechanisch den bunten Lichtreflexen, die sich nervös verlagern, und bildet sich ein, für einen Moment Ruhe vor seinen Sorgen zu finden. Er hat gerade erst, zum zigsten Mal, in der Zeitung gelesen, dass der 25. Mai der letzte Appell an Rebellen und Kriegsdienstverweigerer ist: Anschließend werden sie wie Verräter behandelt. Die totale Mobilmachung, die schon seit Monaten beschlossen ist, bezieht auch seinen Jahrgang, 1922, mit ein, und jetzt muss Piero sich entscheiden, ob er sich beim Militär meldet und gegen einen Feind kämpft, den er nicht als solchen ansieht, oder ob er sich weigert und im Schatten und in Angst lebt, in der Hoffnung, dass Frieden und Freiheit nicht mehr weit sind. In jedem Fall fühlt er sich als Verräter.

Er beneidet seine Schwestern, die mit den Großeltern in Cunardo in Sicherheit sind, und er beneidet Vittorio, dessen Leidenschaft für Pferde ihn vor der Angst und der Traurigkeit zu bewahren scheint. Mama verweigert ihm immer noch ein eigenes Pferd, aber sein Bruder gibt nicht auf und verbringt die Nachmittage in den Reitställen des Hippodroms von Varese. Manchmal folgt Piero ihm und beobachtet ihn fasziniert. »Vittorio, du solltest einen eigenen Reitstall aufmachen«, wird er nicht müde, ihm zu sagen, und facht damit die Träume seines Bruders an.

Er schaut aus dem Fenster, über das Tor und die Straße hinaus: Das Haus gegenüber ist ein Schutthaufen. Die angloamerikanischen Bomben, die Piero und Olga so gefürchtet haben, sind schließlich auch in Varese angekommen: ein erstes Bombardement Anfang April, nachts, und ein zweites, am helllichten Tag, an einem Sonntag Ende des Monats, haben vollkommene Sicht auf das Ziel garantiert: die Flugzeugfabrik Macchi. Die modernen und wendigen Veltro, so der Kampfname des Jagdfliegers MC 205, hatten so viele feindliche Bomber abgeschossen, dass es für die Alliierten zur Priorität geworden war, die Fabrik zu zerstören.

Die Macchi wurde getroffen, und das Gebiet ringsum wurde dabei nicht verschont.

Das Haus der Zainis ist unbeschädigt, aber entlang der Straße bietet sich ein gespenstisches Schauspiel. Das Haus gegenüber ist vollständig zerstört, während dem nebenan eine Fassade fehlt. Die backsteinerne Umfassungsmauer ist zerstört und das Eisen des Tors verbogen. Im Garten verteilt liegen hier und da ein Stuhl, ein Tisch, der Rahmen eines Spiegels, ein Messinglampenschirm, die die Flammen überlebt haben.

»Zum Glück ist Signor Mori noch weiter raus aufs Land gegangen«, dankt Piero in Anbetracht dieses Gemetzels.

›Nicht einmal hier sind wir in Sicherheit‹, denkt er bei sich und zündet eine Zigarette an, ein Laster, dem er schließlich nachgegeben hat. Während er sich auf den ersten Zug konzentriert, sieht er Vittorio durch den Garten gehen. In der Hand trägt er ein Cap und an den Füßen Reitstiefel. Er atmet aus, und während der Rauch vor seinen Augen verdampft, läuft er die Stufen hinunter, seinem Bruder hinterher, um mit ihm zum Hippodrom zu gehen.

»Ich gehe raus!«, ruft er zur Küche, ohne sich wirklich darum zu kümmern, ob irgendwer im Haus ihn hört.

»Liebste Rosetta, liebste Luisa,
die Arbeiten schreiten schnell voran. Nachdem die Fabrik fertig ist und ihre Aktivitäten endlich wieder aufnehmen kann, ist nun die Wohnung dran. Das Unternehmen ist sehr tüchtig, und die Arbeiter schuften ohne Unterlass. Heute Morgen habe ich mich mit Signor Brioschi besprochen: Er geht davon aus, die Baustelle im Laufe des Sommers abzuschließen, sodass im September auch unsere Wohnung wieder bewohnbar ist. Das wäre doch perfekt, oder?«

»Das glaube ich erst, wenn ich es sehe«, kommentiert Luisa gereizt. Die Zeit in Cunardo, die nur wenige Wochen dauern sollte, hat sich in einen langen Aufenthalt verwandelt, der den Mädchen langsam etwas eng wird.

Rosetta liest weiter: *»Vor ein paar Tagen war ich im Zentrum. Die Lage ist weiterhin desaströs. Alle Häuser zwischen Corso Como, Corso Garibaldi und Via Farini sind eingestürzt. Ich bin an unserem alten Haus vorbeigekommen, erinnert ihr euch? Es wurde dem Erdboden gleichgemacht. Auch die Galleria ist eingestürzt, die Kolonnaden des Palazzo dei Portici Meridionali, Palazzo Marino, Krankenhäuser, Kirchen, Schulen, alles zerstört. Ich versuche durchzuhalten und denke mit aller Kraft, die mir bleibt, an euch, eure Mama.«*

Rosetta und Luisa haben sich unter die Laube im Garten gesetzt. Die Großeltern sind drinnen und ruhen sich aus, während Eugenia in der Küche etwas Genießbares zum Mittagessen vorbereitet. Der Hunger ist auch in Cunardo angekommen, obwohl die Gemüsegärten hier üppiger sind.

Luisa nimmt die Stricknadeln wieder in die Hand und strickt weiter. Sie hätte nie gedacht, dass sie das lernen und sich so dafür begeistern könnte. Nonna Diamante war sehr zufrieden, nach jahrelangen unnützen Versuchen endlich eine Enkelin geschickt mit den Stricknadeln klappern zu sehen. »Die Schülerin hat ihre Lehrerin überholt«, musste sie zugeben, als sie den Pullover mit Ausschnitt sah, den die junge Frau gerade fertig zusammennähte. Stricken war für Luisa ein Ablassventil, ein magerer Trost in einem langen, kalten und sehr trübseligen Winter.

»Wie wohl mein Zimmer aussehen wird?«, meint Luisa, während sie Maschen zählt. »Sicher wird Mama keine Zeit haben, es zu tapezieren.« Sie seufzt erleichtert auf.

»Siehst du, dass nichts so schlecht ist, dass es nicht auch für etwas gut wäre, Schwesterchen?«, mischt sich Rosetta in liebevollem Tonfall ein. Luisa hat in den letzten Monaten nämlich nicht nur ihr Zimmer verloren, sondern auch ihren Geliebten. Giorgios Briefe waren Monat für Monat immer seltener geworden, bis kurz vor Weihnachten der letzte kam.

Du bist ein besonderes Mädchen, und ich werde dich immer in meinem Herzen tragen, und ich bin mir sicher, dass du einen Mann findest, der dich so lieben kann, wie du bist. Ich bin es leider nicht. Giorgio hatte ein anderes Mädchen getroffen und würde sie in Kürze heiraten.

»Gottverdammter!«, hatte sie wütend geschrien. »Was weißt du schon, wie ich bin und welcher Mann der Richtige für mich ist.«

Schluchzen und schlaflose Nächte hatten sie tagelang begleitet, unter den besorgten Blicken von Rosetta und den Großeltern. Dann war Weihnachten, und unter dem ärmlichen Weihnachtsbaum hatte Luisa zwei Stricknadeln und etwas Wolle gefunden. Sie hatte sich Hals über Kopf in die Arbeit gestürzt: Jede Masche hatte eine Träne gebunden, bis keine mehr übrig waren. »Er verdient mich gar nicht«, hatte sie schließlich heiter verkündet. Seitdem produzierte sie so schnell, dass ihr oft die Wolle ausging und sie gezwungen war, auf der Suche nach alten Strickjacken durchs Haus zu streifen, die sie auftrennte, um die Wolle für neue Modelle zu verwenden.

»Sie hat gar nichts von Vittorio und Piero geschrieben«, wirft Rosetta ein, als sie den Brief noch mal überfliegt. »Vittorio hat sicher mehr Spaß als wir«, meint sie. »Opa sagte, er wäre immer im Hippodrom. Da leisten ihm wenigstens die Pferde Gesellschaft!« Der Ton ist nostalgisch. »Wenn nur Ginetta hier wäre«, fügt sie hinzu. Die wurde zu den Großeltern aufs Land geschickt, und seitdem hören sie nur selten voneinander, obwohl Rosetta die Freundin wahnsinnig fehlt.

»Rosetta, Luisa, kommt her!« Das ist Nonno Vittorios Stimme, immer noch schallend und fröhlich, trotz seines hohen Alters. »Ich möchte eine von euch im Schach herausfordern. Ist das möglich? Wer von euch ist dabei?«

Rosetta lächelt. »Dir kann man nichts ausschlagen, Opa«, antwortet sie vergnügt. Wenigstens ist er da. Er geht jede Situation richtig an und schafft es, alles positiv zu sehen. »Was täten wir nur ohne ihn?«, meint sie, während sie aufsteht, zu ihm geht und ihre Schwester dem Zählen der verbleibenden Maschen überlässt.

Drei Blätter Minze, drei Zitronenblätter, drei Teeblätter, Lorbeer, Rosmarin, Zimt, Nelken. »Und viel Alkohol«, kommentiert Noemi, als sie die Flüssigkeit in einen großen Glasbehälter schüttet. Inzwischen bereitet die Köchin nur noch Likör zu und ist gerade mit einem Centerba zugange.

»Dadurch hat man weniger Hunger«, rechtfertigt sie sich,

während sie den Alkohol auf alle möglichen Kräuter und Samen gießt.

»Ich habe die Nase voll, immer nur Kartoffeln und Bohnen, Bohnen und Kartoffeln zu kochen«, schnaubt sie und träumt von der wöchentlichen Fleischration, mit der sie, auch wenn sie extrem knapp ausfällt, weiterhin Großes vorhat.

In diesen Monaten in Varese hat sie alles Mögliche ausprobiert: Aus Kastanienmehl backt sie ein Brot mit leicht süßlichem Geschmack, das Signora Olga aber sehr mag; aus Leinsamen macht sie Öl, und schon verwandelt sich jegliche Innerei in eine schmackhafte Frikadelle.

Die Rationen werden kleiner, und der Hunger nimmt zu. »Ich werde nicht mehr gebraucht«, jammert sie, wenn jemand in der Küche vorbeikommt. »Es gibt nichts mehr zu kochen«, setzt sie nach und hört derweil Radio, das bis zum Abend angeschaltet bleibt, wenn der Colonnello Buonasera mit den italienischsprachigen Nachrichten von Radio Londra das Wort ergreift.

Weil in der Küche weniger zu tun war, wurde sie zunächst eher zufällig in die Resistenza verwickelt, doch bald wurde die neue Arbeit zur Routine. Eines Abends, kurz vor Anbruch der Dunkelheit, hatte sie zwei Leute vor dem Tor bemerkt. Sie wirkten ängstlich und durchgefroren. Noemi bot ihnen einen heißen Tee an. Als sie am Tisch saßen, vertraute das Paar sich ihr an: Sie hatten versucht, in die Schweiz zu fliehen, waren aber abgewiesen und zum Glück bei der eiligen Rückkehr nicht geschnappt worden. Doch jetzt wussten sie nicht, was sie tun sollten. Noemi hatte sich bereit erklärt, an ihrer statt Informationen einzuholen.

Sie hatte sie für eine Nacht versteckt, und am nächsten Morgen im ersten Tageslicht waren sie weitergezogen.

Seitdem wurde sie immer häufiger gebeten, Nachrichten zu übermitteln. Sie hatte sich nie davor gedrückt, aber aus Angst vor Vergeltung sehr darauf geachtet, dass die Familie nichts davon mitbekam. Die Einzige, die davon wusste, war Emilia, vor der sie diese neuen Entwicklungen nicht hatte verheimlichen können. »So fühle ich mich nützlich«, erklärte sie eines Abends, als sie sich ihr schließlich anvertraute.

Das Kindermädchen nickte und nahm sie in den Arm. »Pass aber auf«, antwortete sie. Seitdem hatten sie nicht mehr darüber gesprochen, aber Emilia reichte ein kurzer Blick, um zu wissen, wann ihre Freundin auf Mission war: auf ihrer Stirn erschien eine tiefe Furche, und der Blick wurde finsterer.

Die Conchen sind wieder in Funktion und lassen ihre Walzen drehen. Sie rühren das Kakao-Zucker-Gemisch langsam durch, damit die Schokoladenmasse zartschmelzend wird. Es gibt nicht viel zu rühren, aber der Duft ist stark und berauschend. Auf dem Weg zu ihrem Arbeitsplatz geht Marietta nah an der Maschine vorbei und schließt die Augen, um die ganze Intensität des Aromas auszukosten. Der Maschinenlärm macht ihr gute Laune. Das gleichmäßige Klappern begleitet als Hintergrundmusik die Aufgaben aller Tuse, die begeistert auf ihre Posten zurückkehren. Annalisa schaltet die Modelliermaschine an; Adalgisa füllt im Labor die Behälter mit Aromen und reiht sie auf den Regalbrettern an der Wand auf; Aurelia, Livia und Vittoria setzen sich um den Tisch und erkennen einige Inschriften wieder, die sie vor Jahren in die Platte geritzt haben. Sie haben nicht viel einzupacken, aber die Laune ist gut, während sie sich in Erinnerungen verlieren.

Ines betritt das neue, geräumige und helle Büro und legt einen Stapel Dokumente auf ihren eigenen Schreibtisch. Sie schaut sich um: Ein wuchtiger Schreibtisch fehlt. Ihr steigt eine Träne ins Auge, schafft es aber nicht, über ihre Wange zu rollen, denn schon hat Ines sich das Gesicht getrocknet, den Kopf geschüttelt und sich hingesetzt, bereit, sich wieder an die Arbeit zu machen.

Die Illusion, in der Zaini wäre alles wieder zur Normalität zurückgekehrt, ist überzeugend: Krieg und Hunger bleiben in den ersten Tagen draußen vor der Fabrik, und für ein paar Wochen hält die Täuschung an.

Eines Morgens jedoch bricht die Wirklichkeit mit all ihrer Gewalt in die Fabrik in der Via Imbonati ein. Ein Laster mit deutschen Soldaten fährt in rasendem Tempo durchs Tor und macht vor dem Eingang eine Vollbremsung.

Ines steht auf und beobachtet ihn durchs Fenster. Sie hat das Gefühl, zu sterben, doch sie fasst sich ein Herz und verlässt den Raum, um ihnen entgegenzugehen. Schließlich sind weder die Signora Zaini noch Piero in Mailand.

»Heil Hitler«, begrüßt ein Soldat sie und schlägt die Hacken zusammen.

Ines tut so, als erwidere sie den Gruß, und fragt in perfektem Deutsch, dessen Studium sie die langen, schlaflosen Abende in den Schutzbunkern während des Luftalarms gewidmet hat, wie sie behilflich sein könne. Sie versucht, so höflich wie möglich zu sein. Sie weiß, was sie wollen, will aber Zeit gewinnen. Schokolade und Zucker. Ersteres ist zum Glück nicht da: Die wenn auch kärgliche Produktion hat genau an diesem Morgen das Lager verlassen; eine Palette Zucker dagegen ist auf abenteuerlichen Wegen gerade erst angekommen, und Ines will nicht, dass sie in den Händen der Deutschen landet.

Obwohl Ines so einen freundlichen Ton anschlägt, lassen die Deutschen nicht mit sich verhandeln, und sie kann nicht verhindern, dass sie eine Kontrolle durchführen. Sie kann sie nur von der Seite in die Fabrik einschleusen, die von der Zuckerpalette am weitesten entfernt ist, und hoffen, dass der Zucker gut versteckt wurde oder sich auf wundersame Weise unsichtbar gemacht hat.

Schnaubend treten die Soldaten ein und laufen mit schweren

Schritten und unter den ängstlichen Blicken der Tuse durch die Fabrik. Sie werfen Stühle um, stecken ihre Finger ins Getriebe der Maschinen, bis Bolzen rausfliegen und Utensilien runterfallen.

Vom Zucker aber keine Spur, bis auf ein Ein-Kilo-Paket auf dem Tisch der Verpackerinnen. Ines erbleicht, als sie ein paar Zuckerkörner unten auf dem Boden sieht. Enttäuscht ziehen die Soldaten ab und drohen: »Wir kommen wieder!«

Ines folgt ihnen, und erst als sie den Laster in die Via Imbonati einbiegen sieht, atmet sie auf.

»Wie hast du denn das gemacht?«, fragt Livia, die sich zwischen den Gesellen durchdrängt, um einen großen Karton auf den Tisch zu stellen.

»Ines hat an alles gedacht«, antwortet Adalgisa, »vorausschauend, wie sie ist, hat sie Signor Brioschi gebeten, unter dem Tisch der Verpackerinnen eine Falltür einzubauen.«

»Ich dachte«, wirft Ines ein, die sich schnell von dem Schreck erholt hat, »wenn der Tisch der Verpackerinnen die Bomben überlebt hat, dann eignet er sich auch für andere waghalsige Abenteuer.«

Ihre Stimme ist wieder glockenhell.

»Viva Ines!«, rufen die Tuse im Chor.

14

MAILAND, 29. APRIL 1945

Eine schüchterne Sonne scheint durch die Fensterläden der noch schläfrigen Marietta ins Gesicht. Sie wälzt sich automatisch auf die andere Seite des Bettes, um dem Licht auszuweichen, schlägt aber gleich darauf die Augen auf und lächelt: Sie erinnert sich gar nicht mehr an das letzte Mal, als sie von natürlichem Licht geweckt wurde.

Die erste Nacht ohne verdunkelte Fenster.

Mailand hat aufbegehrt.

Das Comitato di Liberazione Nazionale, Komitee der nationalen Befreiung, hat den Unterdrückern ein Ultimatum gestellt und die Mailänder mobilisiert. »Stellt die Deutschen vor die Wahl: aufgeben oder umkommen«, hatte Sandro Pertini am Morgen des 25. April gerufen.

Zusammenstöße, Streiks, Kämpfe, Schüsse – Mailand ist endlich frei. Die Deutschen haben die Stadt verlassen, und die Partisanen haben die Präfektur, die Büros im Polizeipräsidium und das Kommissariat besetzt, bereit, sich um ihre Stadt zu kümmern.

Von Mussolini scheint jede Spur zu fehlen.

Marietta reibt sich die Augen, und als sie aufsteht, hört sie eine Stimme trällern.

Sie öffnet die Tür. Das Radio läuft, und Giovanni steht am Herd und brät zwei Spiegeleier.

»Das ist wirklich ein Fest-Sonntag«, grüßt sie und geht zu

ihrem Mann, um zu kontrollieren, dass das Eigelb schön weich bleibt und sie nicht zu sehr anbräunen.

»Bitte setzen Sie sich doch, Signora Salvini«, erwidert er und lässt sie am perfekt gedeckten Tisch Platz nehmen. In der Mitte prangen zwei rote Rosen in einer hohen Vase. Marietta schnuppert daran. »Wo kommen die denn her?«, fragt sie und ahnt, dass ihr Mann sie irgendwo stibitzt hat.

»Die Signora Guerriero wird sicherlich glücklich sein, wenn sie erfährt, dass sie für ein romantisches Frühstück dienen«, antwortet er scherzhaft und bringt mögliche Kommentare mit einem äußerst romantischen Kuss zum Schweigen.

Marietta schaut sich um, fasziniert von der Initiative ihres Mannes. »Du hast sogar ein Stück Brot aufgetrieben«, ruft sie glücklich und bricht etwas davon ab, um daran zu schnuppern. Sie legt die Serviette auf ihren Schoß und wartet, bis auch Giovanni sitzt, um mit dem Essen anzufangen. »Schmeckt's?«, fragt Giovanni neugierig. »Entspricht es Ihren Erwartungen, Signora?«

»Sehr gut«, antwortet sie und wischt sich den Mund mit der Serviette ab. »Ist das ab jetzt immer so?«, fragt sie scherzend.

»Sicher«, antwortet er lächelnd und füllt die Gläser mit einem billigen Wein, den er in der Drogerie auftreiben konnte.

»Auf den Frieden«, sagt er und hebt sein Glas.

Sie essen schweigend. Giovanni denkt an die vielen Soldaten, die endlich nach Hause zu ihren Lieben zurückkehren können. Für ihn war es anders: Er hat seine Liebe kurz vor Ausbruch des Krieges getroffen und sie stets vor Augen gehabt, weil er immer wieder davon befreit wurde, an die Front oder in die Armee zu gehen: Seine Abteilung bei der Pirelli hat nie ihre Aktivität eingestellt, und seine Anwesenheit wurde als wesentlich eingestuft. »Nicht, dass ich den Krieg nicht auch am eigenen Leib erfahren hätte«, meint er bei sich und denkt an die Streiks, Demonstrationen und Kontrollen. »Aber ab heute fängt ein neues Leben an«, sagt er und streckt seine Hand nach Mariettas dichtem blonden Haar aus.

»Was hat dir im Krieg am meisten gefehlt, was du jetzt am liebsten sofort nachholen würdest?«, fragt Giovanni.

»Da muss ich nicht lange überlegen: unsere Flitterwochen!«, antwortet sie mit einem breiten Lächeln.

»Und wohin möchtest du fahren?«, fragt er, bereit, seiner Frau jeden Wunsch zu erfüllen.

Während sie sich darin verlieren, unendlich viele Orte am Meer, in den Bergen oder an irgendeinem See aufzuzählen, zieht eine feierliche Stimme im Radio ihre Aufmerksamkeit auf sich: Mussolinis Leichnam hängt auf dem Piazzale Loreto.

Die Vorschläge bleiben auf der Zunge liegen, und die beiden schauen sich verständnislos an, haben aber die gleiche Reaktion. »Lass uns später abräumen«, sagt sie, steht auf und folgt Giovanni, der schon die Treppen runtergelaufen ist und sich auf sein Fahrrad schwingen will, um mit eigenen Augen das Ende einer Epoche zu sehen.

Die Pferderennen im Hippodrom von Varese wurden ausgesetzt.

Die Tribüne ist leer, und die Pferde, die nichts von den jüngsten geschichtlichen Ereignissen wissen, genießen einen unerwarteten Tag der Freiheit, rennen frei über die Bahn. Vom Trab gehen sie zum Galopp über und dann plötzlich in den Schritt. Kein Reiter auf ihrem Rücken gibt ihnen eine Gangart vor. Vittorio beobachtet die angespannten Muskeln ihrer Körper. »Ihr seid elegant, wenn ihr Ferien habt«, sagt er bei sich, während er den Bewegungen von Macherio folgt, der aus dem Reitstall De Montel in Mailand vor den Bomben nach Varese in Sicherheit gebracht wurde.

»Vielleicht kehren wir jetzt nach Hause zurück«, wendet er sich weiter an das Pferd. Seine Lage als Evakuierter engt ihn langsam etwas ein, und seine Stadt fehlt ihm immer mehr. ›Wenn ich ein Pferd hätte, wäre das was anderes‹, denkt er, als er sich auf den Weg zurück zum Haus macht, denn er hat versprochen, zum Mittagessen wieder da zu sein.

Gestern Abend haben sie seinen Geburtstag gefeiert: Fünfzehn ist er jetzt. Im Haus herrschte eine fröhliche und endlich unbeschwerte Stimmung. Noemi hatte freudentrunken sogar zugestimmt, selbst, ohne Emilia die Aufgabe zu übertragen, eine sehr buttrige Schokoladentorte zu backen. Dafür griff sie auf Vorräte zurück, die sie bis jetzt streng verteidigt hatte.

»Emilia, der Krieg hat mich verändert«, verkündete sie lächelnd, »ich bin naschhaft geworden.« Sie zwinkerte ihr spöttisch zu.

»Und du? Hast du dich verändert?«, fragte sie das Kindermädchen.

»Ich? Bestimmt. Wenn das möglich ist, bin ich noch gefräßiger geworden«, antwortete die lachend und streckte ihre Hand nach dem Block Schokolade aus, den Noemi gerade für den Kuchen schmelzen wollte.

»Pfoten weg!«, rief die Köchin.

»Aber du kannst das doch gar nicht«, erwiderte Emilia.

»Du wirst schon sehen«, meinte Noemi und schmolz die Schokolade im Wasserbad.

Das Ergebnis machte alle im Haus sprachlos. Der Schokoladenduft und der Buttergeschmack, ausnahmsweise echte Butter, in großzügigen Mengen, berauschte alle Tischgenossen. Der Kuchen wurde bis auf den letzten Krümel verputzt.

Bevor sie sich am Abend zurückzog, hatte Olga Vittorio gerufen, um ihm zu sagen, dass sie am nächsten Tag früh aus dem Haus gehen werde und zum Mittagessen zurückkäme, er möge bitte ebenfalls um die Zeit wieder da sein.

»Mama, ich bitte dich! Ich bin jetzt fünfzehn und mache, was ich will«, hatte er gejammert und versucht, sich zu widersetzen, allerdings ohne wirklichen Grund. Der unumstößliche, entschlossene Blick seiner Mutter hatte alles Gejammer verstummen lassen, und Vittorio hat das Hippodrom so verlassen, dass er jetzt genau pünktlich nach Hause kommt, wie versprochen. ›Ich hoffe, sie lädt nicht irgendwelche Kinder von Bekannten zum Spielen ein, um mich zu überraschen‹, jammert er und kickt ein paar Steine weg.

Vittorio biegt in die Allee ein und setzt sich zum Warten auf einen der großen Steinlöwen. Er schließt die Augen und beugt sich über den Rücken des Tieres.

Plötzlich hört er von Weitem Hufgetrappel. Er hebt den Kopf und hört genau hin: Die Gangart ist unverwechselbar, das sind die Schritte eines Pferds. Weil er genau weiß, dass keiner der Nachbarn eins besitzt, klettert er vom Rücken des Löwen herunter und rennt zum Tor.

Das Getrappel wird immer lauter. Plötzlich sieht er seine Mutter, in der Hand die Zügel eines wunderschönen weißen Pferds mit grauer Mähne. Ihr Schritt ist erstmals unsicher, ein Zeichen für ihre fehlende Vertrautheit mit dem Tier.

»Mama!«, brüllt er und rennt ihr entgegen.

»Herzlichen Glückwunsch!«

»Ein Pferd!«, ruft er ungläubig. »Danke«, ergänzt er, umarmt sie fest und drückt ihr einen Schmatzer auf die Wange.

Vittorio stürmt auf das Pferd zu und streichelt seine Mähne. Er nimmt seiner Mutter die Zügel aus der Hand und läuft zum Haus. »Wie hast du dich denn dazu durchgerungen?«, fragt er sie. »Ich dachte schon, ich bekäme nie eins.«

»Du musst dich bei deinem Bruder bedanken«, erklärt sie, »er hat mich umgestimmt.«

Vittorio lächelt, während Olga fortfährt: »Piero hat mir immer wieder gesagt, dass deine Hingabe zu stark sei, dass es die

Sache wert wäre, meine Angst zu überwinden und dir eine Leidenschaft zu schenken, die dich hoffentlich dein ganzes Leben begleiten wird! Aber ich hatte mir vorgenommen, dass ich das Ende des Kriegs abwarte, bevor ich dir eins kaufe. Ich dachte, das wäre dann eine wunderbare Gelegenheit zum Feiern. Es ist nicht meine Schuld, dass es so lange gedauert hat«, schließt sie lachend.

Olga nimmt Vittorios freie Hand, und gemeinsam gehen sie durchs Tor Richtung Haus.

Es sind die allerersten Kirschen der Saison, sie kommen aus Vignola, und sie hat einen Wahnsinnspreis dafür bezahlt, aber Adalgisa bereut nichts. Sie weiß, was sie tut. Jedenfalls ist sie sich sicher, was das Ziel ihrer Recherchen und Experimente ist.

Alle sind auf der Straße, um das Ende der faschistischen Diktatur zu feiern, auch ihr Mann und ihr Sohn, während sie allein in den vier Wänden ihres kleinen Labors steht und mit Waagen, Schokolade und Kirschstielen hantiert. So feiert Adalgisa, dass der Krieg vorbei ist: Vielleicht hat sie jetzt wieder die Freiheit, Neues zu erschaffen. ›Meine größte Freude wäre, wieder groß denken zu können, der Produktpalette wieder neue Leckereien hinzuzufügen‹, denkt sie. Die Boeris sind ihre Herausforderung, schließlich sind es die Lieblingspralinen von Signora Olga. Sie entfernt bei einigen Kirschen den Stiel, sodass ihre Hände rot bespritzt sind. Adalgisa leckt sich die Finger ab, um nichts zu verschwenden. »Die haben mich so viel gekostet, dass ich kurz davor bin, auch den Stiel zu essen«, sagt sie an Ruggero gewandt, der reglos zu ihren Füßen bleibt.

Er schläft ruhig und wedelt hin und wieder im Schlaf mit dem Schwanz. »Woran du wohl denkst, mein Freund?«, sagt sie und bückt sich, um ihn zu streicheln. Seit Ruggero kein Frauchen mehr hat, ist er bei ihr geblieben, und Adalgisa nimmt ihn immer mit zur Arbeit, wo er weiterhin das Maskottchen der Zaini ist. »Mein Assistent«, stellt sie ihn vor, wenn jemand die Fabrik zum ersten Mal besucht.

Die Tusa ist hoch konzentriert. Nachdem sie die Möglichkeit ausgeschlossen hat, den Kirschkern zu entfernen, ohne dabei die Frucht zu zerstören, beschließt sie, noch einen zweiten Versuch zu machen: Sie bereitet eine Schüssel mit geschmolzener Schokolade vor, schüttet ›nach Gefühl‹ ein wenig Kirschwasser dazu und steckt die Kirsche rein. Rasch legt sie die Praline auf ein Tablett.

»Wenn das klappen sollte, kümmern wir uns später um die Gießformen«, denkt sie laut nach und versucht, die einzelnen Schritte der industriellen Produktion durchzugehen.

Als das ganze Tablett voller Pralinen ist, bringt sie sie zur Kühlmaschine.

»Und jetzt warten wir ab«, meint sie und kehrt zu ihrem Tisch zurück. Ruggero ist aufgewacht und schmiegt sich an ihre Beine.

Sie setzt sich und kramt eine Reihe Papiere hervor: Einige sind gemustert, andere einfarbig. Aufmerksam betrachtet sie die Zeichnungen und sucht die Blätter heraus, die ihr am besten gefallen. Manche stellen historische Gebäude in Mailand dar, andere stilisierte Personen. Sie erkennt Sant'Ambrogio, die Scala, Giuseppe Verdi, die Madonnina. Nichts überzeugt sie so richtig, sie kann sich die Verpackung des einzelnen Boero noch nicht wirklich vorstellen.

Da klopft es an der Tür. »Darf ich reinkommen?«

»Herein«, antwortet sie und schaut hoch zur Tür.

Vittoria platzt ins Zimmer. »Was machst du denn hier? Feierst du gar nicht?«, fragt sie überrascht, weil sie ja ihre Beteiligung an der Resistenza in den letzten Monaten kennt.

»Ich habe in meiner Schürze einen Beutel vergessen, den wollte ich holen. Was machst du?«, fragt sie und setzt sich auf die Tischplatte.

»Ich experimentiere«, antwortet Adalgisa.

»Ja, das weiß ich, das machst du immer.«

»Komm mit«, sagt sie zu ihr und lädt sie ein, ihr zu folgen.

Sie holt zwei Boero heraus. »Die Form ist noch nicht perfekt, aber probier mal eins und sag mir, was du vom Geschmack hältst.«

Vittoria steckt das Boero in den Mund und schließt die Augen, um sich besser zu konzentrieren. Sie mag die Rolle der Vorkosterin.

»Das ist ja großartig, Adalgisa!«, ruft sie. »Der Likör ist perfekt«, fügt sie hinzu.

»Zu viel?«, fragt Adalgisa erschrocken.

»Nein, überhaupt nicht«, versichert die junge Frau, die nicht daran gewöhnt ist, Alkohol zu schlürfen, aber schon in der Lage, es zu genießen.

»Und in welcher Farbe würdest du es verpacken?«, fragt Adalgisa.

Sie freut sich, dass sie mit jemandem darüber sprechen kann, und die Meinung einer Verpackerin ist hier besonders wertvoll.

»Rot«, antwortet Vittoria, ohne auch nur einen Augenblick zu zögern. »Die Farbe der Liebe, des Begehrens und der Leidenschaft.« Auch sie scheint sich darüber zu freuen, mit einbezogen zu werden und ihrer Kollegin zu helfen.

Adalgisa hört zu und nickt. »Und es ist außerdem die Lieblingsfarbe von Signora Olga«, meint sie. Ein Lächeln breitet sich auf ihrem Gesicht aus, während sie das junge Mädchen umarmt und ihr noch eine Praline reicht.

Vittoria steckt sie sich in den Mund und verlässt das Labor, während Adalgisa an ihren Schreibtisch zurückkehrt. Es ist schon spät, sie sollte nach Hause gehen, aber sie betrachtet noch einmal die Praline, um ihre Gedanken zu sortieren. »Dann gehen wir heim«, verspricht sie Ruggero, der neben ihr herumspringt. »Ich hätte gerne eine Kuppel und vielleicht ein kleines Löckchen auf der Spitze«, überlegt sie und zeichnet einen Entwurf auf ein weißes Blatt Papier.

15

MAILAND, 11. MAI 1946

Zwanzig Jahre in einen Koffer zu packen, ist nicht leicht. Obwohl Emilia immer dagegen war, Dinge anzuhäufen, und der Krieg das zweifellos noch weniger nötig und kleine Launen quasi unmöglich gemacht hat, merkt sie jetzt, als sie alles auf ihrem Bett zusammensammelt und es in die kleine Ledertasche quetschen muss, dass sie es trotzdem übertrieben hat.

»Nie getragen«, kommentiert sie, als sie ein blaues Baumwollkleid mit braunen Punkten zusammenfaltet, das Signora Olga ihr vor vielen Jahren zum Geburtstag geschenkt hat. »Aber es ist eine schöne Erinnerung.« Sie stapelt es auf die anderen, die sie einpacken will.

»Aber das hier hatte ich richtig oft an«, sagt sie laut, als sie die Schranktür öffnet und ein weiteres Kleid vom Bügel holt. »Ich muss den Kragen ausbessern, ansonsten ist es noch perfekt.« Sie prüft den verfügbaren Stoff. »Luisa war noch ganz klein, und wir waren ständig unterwegs.« Das Kindermädchen faltet auch dieses Kleid zusammen und packt es in die Tasche.

Und so weiter: Erinnerung für Erinnerung bereitet sich Emilia darauf vor, das Haus Zaini zu verlassen.

Am nächsten Tag wird sie den Zug nehmen, um nach San Gregorio nelle Alpi in ihren Dolomiten zurückzukehren.

Der Gedanke an die Berge lindert ihren Abschiedsschmerz etwas. Es war keine leichte Entscheidung: Sie hat einen Großteil ihres Lebens in Mailand verbracht, hier war sie glücklich, und das Schicksal hat ihr eine Familie geschenkt, aber zu Hause wird ihre Mutter immer älter, und auch wenn sie es nie klar ausgesprochen hat, wünscht die sich sehr, sie in ihren letzten Lebensjahren bei sich zu haben. Das schuldet Emilia ihr.

Sie hat lange mit Signora Olga darüber gesprochen. Die hat ihr geduldig zugehört und immer wieder betont, sie solle sich frei fühlen, die Entscheidung zu treffen, mit der sie sich am wohlsten fühle. Und als Emilia ihr angekündigt hat, dass sie abreisen wird, hat die Signora, die nur mit Mühe ihre Tränen zurückhalten konnte, gesagt: »Emilia, das hier ist dein Zuhause, und die Tür zum Hause Zaini wird dir immer offen stehen.« Sie hat sie geduzt und sich dann einer langen, engen, mütterlichen Umarmung hingegeben.

Emilia setzt sich aufs Bett und räumt Bürste und Haarnadeln in ihren Kulturbeutel. Sie schaut zu der Madonna auf, die seit zwanzig Jahren über ihren Schlaf wacht und der sie immer ihren Schmerz, ihre Freuden und ihre Trauer anvertraut hat. Sie betrachtet den kleinen Jesus, der im Arm seiner Mama schläft, und ihr kommt das Gefühl von damals wieder in den Sinn, als sie den wenige Tage alten Vittorio erstmals im Arm gehalten hat. »Eigene Kinder werde ich nicht kriegen, aber sie sind meine Kinder«, sagt sie. Ihre Augen füllen sich mit Tränen.

Ein entfernter Kaffeeduft weckt sie aus ihrer Melancholie und zaubert ein Lächeln auf ihr Gesicht, weil er Noemi ankündigt, die inzwischen alles versucht, um sie zum Bleiben zu überreden: jetzt auch noch Zimmerservice. »Hat jemand einen Kaffee bestellt?«, ruft sie und kommt mit einem sehr eleganten silbernen Tablett mit zwei Espressotässchen darauf ins Zimmer.

»Du Quatschkopf«, empfängt Emilia sie herzlich. »Komm. Ich mache auf dem Schreibtisch Platz, dann kannst du das kostbare Ding da abstellen, das für einen großen Empfang geeignet wäre.«

Seit der Krieg zu Ende ist, ist der Kaffee zum Ritual geworden.

Er ist in die Vorratskammern zurückgekehrt, hat seinen Platz in den Dosen, die mit Zichorie gefüllt waren, zurückgewonnen. Man trinkt ihn schweigend, schnuppert und nimmt kleine, langsame Schlucke. Jedes Tässchen ist ein in die Ferne rückender Kriegstag.

»Bist du sicher?«, fragt Noemi zum hundertsten Mal und bricht damit das Schweigen.

Die Köchin gibt keine Ruhe.

»Noemi«, wiederholt Emilia zum hundertsten Mal, teils an die Freundin gerichtet, teils an sich selbst: »Die Kinder sind inzwischen groß und brauchen mich nicht mehr. Meine Hilfe hier im Haus beschränkt sich auf ein paar Flicken und Säume.« Ihr Tonfall klingt überzeugt. Sie stellt die Tasse ab. »Und jetzt, wo du auch Süßigkeiten und Schokokuchen machst, bin ich wirklich überflüssig«, fügt sie scherzend hinzu. Sie brechen in schallendes Lachen aus. Dann hält Noemi inne, wird wieder ernst und sagt gerührt: »Du bist nicht überflüssig, Emilia. Und bist es auch nie gewesen: Du hast Freude und gute Laune in dieses Haus gebracht. Wenn du gehst, nimmst du auch das Lachen mit, und ich bleibe mit meinen Kartoffeln und Zwiebeln alleine in der Küche.«

»Aber nein, Noemi, das Lachen lasse ich dir hier. Kennst du das Geheimnis?«

Noemi schaut auf und sieht sie an, als wäre sie ein Kind, das darauf wartet, ein äußerst geheimes Geheimnis enthüllt zu bekommen.

»Das Lachen steckt in der Schokolade!«, sagt sie, umarmt sie und reicht ihr eine Praline.

»Und jetzt Schluss mit der Traurigkeit«, verkündet sie, als sie aufsteht. »Ich muss nach drüben und das Oberteil von Luisas Kleid für heute Abend in Ordnung bringen«, meint sie und streckt der Köchin eine Hand hin. Die nimmt das Tablett und verlässt das Zimmer.

»Zweiter Rang rechts, Nummer 6.« Ein Platzanweiser begleitet die Familie Zaini zu ihrer Loge. Heute Abend sind sie vollzählig. Es ist eine einmalige Gelegenheit, und Olga hat darauf bestanden, dass sie alle zusammen hingehen. Nach den Bombardements vom August 1943 und ausdauernden, unermüdlichen Wiederaufbauarbeiten eröffnet die Scala heute erneut. Nach weniger als drei Jahren ist sie wieder bespielbar. Der riesige Kronleuchter mit seinen 352 Lichtern und den leichten Ketten aus böhmischem Kristall erstrahlt wieder über dem Saal, mitten über den Sitzreihen im Parkett.

»Ein Wunder«, kommentiert Olga, als sie die große Kuppel betrachtet und den Geruch frischer Farbe bemerkt. Das Publikum nimmt Platz und verteilt sich auf den Rängen, in den Logen und auf dem Parkett. In der Königsloge sitzen ein paar Gäste aus dem Altersheim für Musiker. Die Atmosphäre ist fröhlich. Auf der Bühne wird der große Arturo Toscanini erwartet: Der Dirigent war nach Amerika geflogen, um keine Kompromisse mit dem Regime eingehen zu müssen, aber als er jetzt lautstark zurückgerufen wurde, ist er dem Ruf gefolgt und aus New York zurückgekehrt.

Rosetta und Luisa nehmen auf den Sitzen Platz und stützen sich auf den samtenen Balkon. Man sieht die Aufregung in ihren leuchtenden, lebhaften Augen, während sie den Faltenwurf ihrer äußerst eleganten Kleider überprüfen, die Olga ihnen hat schneidern lassen, und sich die Perlenohrringe zurechtrücken, die jahrelang nicht getragen wurden, die den Krieg aber überlebt haben. Hinter ihnen sitzen Vittorio und Piero, tadellos im Smoking. Auch sie sind glücklich, und ihre Blicke schweifen stürmisch von Rang zu Rang, von Loge zu Loge, auf der Suche nach hübschen Mädchen, die sie in der Pause ansprechen könnten.

»Vor zwanzig Jahren war ich mit eurem Vater hier«, erzählt Olga, »und wir saßen genau da gegenüber«, sie steht auf, um ihnen den linken Rang zu zeigen. Dann setzt sie sich hinter ihre Kinder. Sie beobachtet sie: Sie sind erwachsen, alle bereit, ihren je eigenen Weg zu gehen. Ein Lächeln erscheint auf ihrem Gesicht, während die Gedanken zu ihrem Luigi eilen. ›Schau, mein Lieber, hier sind wir, noch alle zusammen‹, denkt sie bei sich. ›Es ist zwar nicht die Reise nach Florenz, die ich dir versprochen hatte, aber es gab ein paar Zwischenfälle. Wichtig ist, dass wir alle zusammen sind, und ich versichere dir, dass ich glücklich bin so.‹

Der Vorhang geht auf: Im Hintergrund erscheinen die Ruinen eines Theaters; in der Mitte hält eine Gruppe Engel eine Wolke hoch, auf der die neue Scala steht. Wiedererstanden. Das Bühnenbild hat sich der große Meister Nicola Benois ausgedacht.

Das Orchester und der Dirigent treten auf. Kaum hebt Letzterer den Taktstock, tritt Stille ein. Ein Zauber. Auf der Bühne sind Renata Tebaldi mit ihrem Debüt in der Scala und der junge Giovanni Malipiero. Die samtene, kristallklare Stimme der Sopranistin und die mächtige des Tenors füllen jeden Winkel dieses magischen Orts. Bei den Worten *O mia patria sì bella e perduta* springt das gesamte Theater auf, oh mein so schönes und verlorenes Vaterland. Es singt nicht nur der Chor, sondern auch das Orchester und der Maestro. Die Energie der Musik verlässt die Mauern des Theaters und strömt durch die Straßen.

Durch Lautsprecher übertragen, hallt das Konzert von Fenstern, Schaufenstern, Häuserfassaden und Plätzen wider. Es wirkt, als höre auch das typische Mailänder Straßenpflaster in religiöser Andacht zu.

Der Kirchplatz vor dem Dom ist voller Menschen. Eine große Menge ist auf die Straßen geströmt. Viele von ihnen verstehen gar nicht viel von Musik, lieben aber ihre Stadt.

»Ich bin ganz gerührt«, sagt Livia und rückt ihren Hut zurecht.

Sie schließt für einen Moment die Augen, und als sie sie wieder aufschlägt, betrachtet sie die hohen Fialen des Doms: Sie sind zersplittert, und es fehlen ein paar Statuen. Sie sucht die Madonnina, der sie komplizenhaft zuzwinkert. »Danke«, scheint sie ihr zuzuflüstern.

Der Abend ist perfekt. Die Sonne geht schnell unter und macht einem wolkenlosen Sternenhimmel Platz; die Temperaturen sind mild. Musik ist Livias Leidenschaft und Guido ein süßes, unerwartetes Glücksspiel. Sie haben sich schon vor ein paar Monaten kennengelernt, aber heute gehen sie zum ersten Mal allein zu zweit aus – dank Laura, einer Nachbarin, die im letzten Moment abgesagt hat.

»Ich bin ganz gerührt«, wiederholt sie, während sie mit einer Hand ihre Handtasche öffnet, um nach einem Taschentuch zu suchen, und mit der anderen auf eine Gruppe Kinder zeigt, die auf dem Kirchplatz spielen. Guido mustert sie amüsiert und schaut den Kindern zu: »Die Glücklichen, so unbeschwert.« Auch er schaut zur Madonnina auf, zwinkert ihr zu und flüstert: »Danke.«

Die Stimme der Sopranistin scheint zwischen den Mauern der Häuser und den Fenstern des Doms widerzuhallen. Die Blicke der Menge suchen den Ursprung einer so mächtigen Musik. Livia stellt sich die Bewegungen des Dirigenten vor und ist ins Lauschen vertieft. Sie ist mit Musik aufgewachsen: erst als Zuhörerin, angeregt von ihrer Mutter, dann klimpernd und schließlich mit sorgfältigem Studium. Musik war in ihrer Kindheit eine liebevolle Freundin und ein kostbares Mittel gegen die Schmerzen des Krieges. Für einige Augenblicke konnte sie den Schleier der Sorgen vertreiben, der ununterbrochen über der Familie lag.

Als das Konzert zu Ende ist, wird die Stille durch heftigen, langanhaltenden, tosenden und einhelligen Applaus gebrochen.

Während das Publikum langsam die Logen und das Parkett im Theater verlässt, leert sich allmählich auch die Piazza.

Guido und Livia machen sich auf den Heimweg: vorbei an der Piazza Mercanti, der Piazza Cordusio, durch die Via Dante bis zum Castello Sforzesco. Guido, der in Mailand geboren und aufgewachsen ist, erzählt von Legenden, Geschichten, Verrat und Liebschaften. Livia hört aufmerksam zu: vom Brunnenschacht unter dem sehr alten Palazzo della Ragione bis zur Statue von Marco Bruto, eingefasst in den Palazzo dei Giureconsulti, von Garibaldis Pferd bis zu dem nie umgesetzten Reiterstandbild von Leonardo, von der Visconti-Schlange bis zur *Scrofa semilanuta*, dem alten Mailänder Emblem einer halbwolligen Sau. Jeder Schritt ist ein Kapitel einer langen, fesselnden Geschichte: *Der Graf von Carmagnola*, erzählt von Alessandro Manzoni, *Die Nonne von Monza*, Francesco Sforza, Carlo Borromeo. »Es reicht, Guido, ich bitte dich. Wenn du mir alles heute Abend erzählst, hast du mir später nichts mehr zu sagen«, scherzt die Tusa. Guido ist eindeutig sehr redselig, aber seine Worte sind ruhig und vernünftig. Jede Erzählung gibt er aufmerksam und mit einer Fülle an Details wider.

Sie gehen am Castello Sforzesco vorbei. »Und die Geschichte von Moro? Weißt du, warum Ludovico Sforza so genannt wurde?«

»Die Geschichte kenne ich«, antwortet die Tusa, »Mori sind Maulbeeren, und Ludovico hatte eine Leidenschaft für den Anbau von Maulbeeren und für Seidenraupen, weshalb Mailand in ganz Europa durch kostbare Stoffe höchster Qualität bekannt wurde.«

Es ist schwer, sich Mailand so mächtig und prunkvoll vorzustellen, wie es zu Zeiten der Sforza war. Jetzt spaziert man durch verfallene Gebäude und Staub. Da kommen sie an der Kirche Santa Maria delle Grazie vorbei: fünf offene Kapellen am Corso

Magenta wurden provisorisch geschlossen; die Mauern wurden befestigt, die Dächer neu gebaut, die Fresken in Sicherheit gebracht. *Das letzte Abendmahl* wurde durch ein Wunder verschont, das Refektorium ist noch immer ein Saal unter freiem Himmel, und die Debatten um den dringend nötigen Wiederaufbau sind in vollem Gange.

Mit jeder Erzählung kommen sie der Via Paolo Giovio und dem Haus näher, in das Livia vor Kurzem gezogen ist.

»Da sind wir. Danke für den schönen Abend, Guido.«

»Danke dir. Also …« Er scheint den Abschied hinauszögern zu wollen. Für einen Augenblick bleibt er still. »Also bitte ich Toscanini, den Abend noch mal zu wiederholen«, sagt er lächelnd.

Schüchtern beugt er sich hinunter. Ihre Münder treffen für einen flüchtigen, aber intensiven Kuss aufeinander.

Livia steigt die Treppen hoch und betritt die Wohnung. Alle schlafen. Sie zieht sich so leise wie möglich aus und legt sich aufs Bett. Sie ist glücklich und kann nicht einschlafen. Es war ein unvergesslicher Abend.

Am nächsten Morgen drehen sich viele Zeitungsartikel um den Abend in der Scala. *Toscanini weiht Wiedergeburt der Scala* prangt ganzseitig auf einer Zeitung; *Denkwürdiger Abend* ist der Titel eines anderen Artikels weiter unten. Noch im Morgenrock, vertieft sich Olga, im Sessel versunken, in die Lektüre.

Die Mailänder wissen, dass diese Wiedereröffnung nicht nur die Neuaufnahme einer in der Stadt verankerten Musiksaison ist, sondern das Zeichen einer Wiedergeburt mit hohem symbolischen Gehalt: *»Die Scala ist wiederauferstanden«*, schreibt ein anonymer Journalist und fährt ein paar Zeilen darunter fort: *»Es ist nicht nur ein großes Theaterereignis; es ist die Bestätigung, der Beweis, dass Mailand aus seinen entsetzlichen Trümmern wieder-*

auferstehe, dass die Stadt sich arbeitsamer und mächtiger denn je wieder aufrichtet.«

Die Grauen des Krieges bleiben allen vor Augen. Und sie tun noch weh. Manche hören noch immer die Sirenen, die monatelang die Ankunft eines feindlichen Angriffs angekündigt haben; manche liegen noch immer mit angespannten Muskeln auf ihren Matratzen und können nicht loslassen, weiterhin jederzeit bereit, aufzuspringen und mit ihrem Häufchen Goldschmuck, Fotos und Papieren in den Bunker zu rennen. Die Frauen tragen noch immer Schuhe mit Korkabsatz und die Männer im Portemonnaie die kostbaren Lebensmittelkarten.

Der Himmel ist nicht mehr klar geworden, der Staub mischt sich mit dem Nebel. Schluchten und Trümmerhaufen wechseln sich ab. Doch langsam weicht die Angst der Zuversicht. Es ändert sich etwas. »Wir werden sie Tag für Tag aus ihren Ruinen auferstehen sehen«, hat der Bürgermeister Antonio Greppi gesagt, als er am Tag nach der Befreiung in die Stadt kam. Schritt für Schritt erstand Mailand wieder auf. Und die Scala war der Beweis dafür, das Symbol.

Leichte Schritte brechen die Stille des noch trägen und ins Ausruhen vertieften Sonntagmorgens. Emilia taucht in der Tür auf. Sie hat kein Auge zugemacht, so aufgeregt ist sie wegen ihrer Abreise. Schüchtern fordert sie die Aufmerksamkeit der Signora ein, die von ihrer Zeitung aufblickt. »Signora, was ich fast vergessen hätte: Dieser Brief kam gestern aus Varese«, sagt sie und reicht ihr einen Umschlag.

»Danke, Emilia«, antwortet Olga, »aber warum bist du schon wach?« Der Tonfall ist warmherzig. »Wann fährt denn dein Zug?«, fragt sie.

»Heute Nachmittag, um 15 Uhr vom Hauptbahnhof«, antwortet sie, immer noch auf der Türschwelle.

»Gut. Wir wollen dich nämlich alle begleiten«, sagt Olga und senkt ihren Blick auf die feine Handschrift auf dem Umschlag. Die Briefmarke hat tausend Stempel, und das Papier ist vergilbt. »Von wem der wohl ist?«, fragt sich Olga laut, während sie die Kante mit einem Brieföffner aufreißt.

»Er kommt aus New York. Ich kenne niemanden, der dort lebt«, sagt sie neugierig.

Sie faltet das Briefpapier auf und liest: *»Sehr geehrte Frau Zaini, wir haben uns nur ein Mal gesehen. Es war dunkel, und ich erinnere mich nicht an Ihr Gesicht, so aufgeregt war ich in dem Moment. Ich erinnere mich an nur wenig von jener Nacht, und was anschließend passiert ist, möchte ich am liebsten vergessen, so tief war das Leid und die Demütigung. Ich habe jedoch gelernt, mit dem Schmerz zu leben, in der Hoffnung, dass er sich eines Tages in Unbeschwertheit verwandeln möge.*

Ich schreibe, um Ihnen mitzuteilen, dass wir gerettet sind, und um Ihnen zu danken. Denn ohne Ihre kostbare und großzügige Hilfe hätten wir keine Möglichkeit gehabt, zu fliehen und dadurch zu überleben.

Nach waghalsigen Abenteuern sind wir in die Schweiz gelangt und von dort, vor einigen Monaten, in die Vereinigten Staaten. Hier versuchen wir, uns ein neues Leben aufzubauen.

Das Haus in Varese tragen wir in unserem Herzen: Es hat uns unauslöschliche Erinnerungen und nun eine heitere Zukunft geschenkt. Vielleicht hat das Schicksal das kleine Foto, das ich Ihnen in jener schrecklichen Nacht gegeben habe, vor der Zerstörung bewahrt. Wenn das der Fall sein sollte und es Ihnen möglich ist, würde ich Sie um den Gefallen bitten, es uns an die Adresse zu schicken, die ich unten anfüge. Es wäre für uns das einzige Andenken an eine glückliche Vergangenheit, voller Liebe und Lachen. In großer Dankbarkeit, Familie Orefici«

Eine Träne löscht einen Teil des Namens aus. Olga drückt den Brief an ihr Herz. Sie bewahrt das Foto in ihrer Nachttischschublade auf, und sie hat sich oft gefragt, was wohl aus ihnen geworden sein mochte. Endlich ist der Zeitpunkt gekommen, es zurückzugeben. Sie weint und nimmt sich vor, so schnell wie möglich zu antworten.

»Passt auf, Kinder!«, ruft Emilia, als sie Vittorio und Luisa am Geländer der großen Treppe herumturnen sieht, die im Mailänder Hauptbahnhof von der Galleria delle Carrozze zu den Zügen führt.

»Emilia, ich bitte dich! Du schaffst es einfach nicht, dir keine Sorgen um uns zu machen, stimmt's?«, scherzt Piero, der sie liebevoll umarmt.

»Mamma mia, wirklich nicht«, antwortet sie lächelnd und gibt ihm einen lauten Schmatzer auf die Wange.

Sie gelangen zur Galleria di Testa, von der man zu den Bahnsteigen kommt, und bleiben stehen. »Jetzt müssen wir uns verabschieden«, sagt Emilia und versucht dabei mit angespanntem Mund ihr Lächeln beizubehalten. »Wisst ihr, wie man in den Dolomiten sagt? Langer Besuch, kurzer Abschied«, fügt sie hinzu und drückt den zierlichen Körper von Luisa an sich, die, seit sie das Haus verlassen haben, noch kein Wort gesagt hat.

»Nein, wir begleiten dich noch bis zum Waggon!«, sagt Vittorio und spricht damit aus, was alle Geschwister wollen. Der Junge schaut sie an, um ihre Zustimmung und Unterstützung zu bekommen.

Rosetta nickt, ohne ein Wort zu sagen. Sie bereut es, hergekommen zu sein. ›Vielleicht hätten wir uns lieber zu Hause verabschieden sollen‹, denkt sie. Sie hat einen schweren Kloß im Hals, der sich nur in einem verzweifelten Schluchzen lösen könnte.

»Na, dann los, Zaini-Truppe«, spornt das Kindermädchen sie mit einer Formulierung von Signor Luigi an.

Dicht beisammen und gerührt laufen sie los. Die Kinder streiten sich um Emilias Arme, und deren Blicke fliegen schnell von einem zum anderen, um allen die gebührende Aufmerksamkeit zukommen zu lassen.

»Wagen sieben«, sagt Vittorio und stellt den Koffer ab. Emilia hält an, und aus ihrem Mund kommen keine Worte. Sie bleibt einige Minuten still und schaut ihnen wortlos in die Augen. Schließlich ist sie die Erste, die in Tränen ausbricht. Sie holt sie zu sich und versucht sich so weit sie kann auszustrecken, um alle gleichzeitig zu umarmen.

»Ich würde euch am liebsten mitnehmen«, bringt sie schließlich unter Tränen heraus.

Dann bricht Piero die Stille: »Du wirst sehen, Emilia, irgendwie werden wir schon zu dir kommen und dich für immer an uns binden, an die Zaini.«

Der Zugführer pfeift. »Ich muss einsteigen, meine Kinder«, verabschiedet sie sich. »Seid schön brav.« Unter den Tränen sieht man ein zartes Lächeln. Emilia steigt in den Waggon und verschwindet.

Epilog

MAILAND, 8. OKTOBER 1953

»Ein Genie wie Picasso lässt sich nur schwer in eine Schublade stecken. Sein Werk erstreckt sich ja von der Malerei bis zur Graphik, von der Bildhauerei bis zur Keramik, und er war fähig, sich so inspiriert und mit einer solchen Phantasie stilistisch vom Figurativen zum Abstrakten, vom Kubismus zum Surrealismus zu entwickeln, wie es nur die ganz Großen können.« Die Stimme ist glockenhell, die Worte klar, und das Publikum hört zu und nickt. »Picasso schreibt über sich selbst: *Je ne cherche pas, je trouve.* Ich suche nicht, ich finde. In einem furiosen Fluss schreitet der spanische Künstler durch Visionen voran.« Die Gruppe bewegt sich langsam, folgt der Kunsthistorikerin aus dem Saal.

Die Führungen durch die Picasso-Ausstellung, die im Palazzo Reale jeden Nachmittag auf dem Programm stehen, sind immer ausgebucht, vor allem wenn die Kuratorin selbst durch die Ausstellung führt. Fernanda hat sich die ganze Woche dazu bereit erklärt. »In der Pinakothek kommen sie auch mal ein paar Tage ohne mich aus«, hatte sie gesagt, als sie mit den anderen Kunsthistorikern, die diese wichtige Ausstellung mitorganisiert haben, festlegte, wer welche Führung übernimmt.

Das Schicksal von Fernanda Wittgens ist, bis auf eine Haftzeit in San Vittore wegen ihrer Teilnahme am antifaschistischen Kampf, an Brera gebunden. Inzwischen ist sie Direktorin der Pinakothek und kümmert sich um den Wiederaufbau der Räume, die durch Bomben zerstört wurden, deren neue Ausstattung und um ein Programm, das unter dem Gesichtspunkt eines lebendigen Museums die Einwohner der Stadt mit abendlichen Öffnungen, Führungen und Workshops einbeziehen soll.

»Wie viele Werke werden hier ausgestellt?«, fragt ein Herr, als sie den nächsten Raum betreten und er die Wände voller Gemälde bemerkt.

»Es sind genau 329 Werke, wenn man Gemälde, Skulpturen, Keramiken, Lithographien, Stiche und illustrierte Bücher zählt«, antwortet Fernanda. »Ich werde Sie nicht mit Erklärungen zu allen Werken langweilen, keine Sorge«, fügt sie lächelnd hinzu. »Wichtig ist mir aber, auf Picassos Phantasie, die nie erschöpfte Inspiration und die Fähigkeit hinzuweisen, sich ständig selbst in Frage zu stellen. Da wir all diese Werke hier versammeln konnten, ist es zum ersten Mal möglich, die grundlegenden Etappen seiner künstlerischen Laufbahn zu verfolgen.« Fernandas Blick wendet sich von dem Mann, der die Frage gestellt hat, der gesamten Gruppe zu, die von ihren leidenschaftlichen Worten mitgerissen wird.

Unter ihnen ist auch Olga mit ihren Eltern. Trotz ihres mittlerweile fortgeschrittenen Alters sind Vittorio und Diamante gesund und immer auf Trab. Sie haben nie aufgehört, Fernandas Wechselfälle zu verfolgen – sie empfinden eine ehrliche Zuneigung zu ihr, und sie erinnert sie an die Jahre in der Drogerie. In ihren Augen bleibt sie das junge, sympathische Mädel, das hereingerannt kam, um etwas für ihre Mutter zu kaufen. Während sie ihr zuhören, versucht Diamante in Fernandas Stimme und ihrem Blick die Zeichen der Jugend zu erkennen, auch wenn sich unausweichlich die ersten Falten darübergelegt haben. »Bei allem, was sie durchgemacht hat«, kommentiert sie leise, als Rechtfertigung für die tiefen Augenringe der Kunsthistorikerin.

Die Stimme fährt fort: »Heute werden Sie sagen können, dass Sie ein Gesamtbild von Picassos Werk bekommen haben.« Der

Ton wird feierlich: »Und zwar ein vollständiges. Wie Sie wissen, ist am Montag auch *Guernica* angekommen, die ungeheure Arbeit, die Picasso nach den Bombardements, die im spanischen Bürgerkrieg die katalanische Stadt zerstört haben, gemalt hat.« Fernanda macht sich auf den Weg in die Sala delle Cariatidi. Entschlossenen Schrittes geht sie in die hintere Ecke, wo das über sieben Meter lange Gemälde aufgehängt wurde. Am Ende, als der Meister ein Foto des Saals sah, in dem es ausgestellt würde, und dessen beschwörende Kraft wahrnahm, hatte er sich zu einer Leihgabe entschlossen, als die Ausstellung bereits eröffnet war. Nur für drei Wochen. Dann wird es nach San Paolo fliegen.

Die ganze Gruppe bleibt sprachlos. Sie Szenographie ist wirklich spektakulär und ruft fragile Gefühle auf. Die Wunden sind noch nicht verheilt: die der Besucher und die des Saals, der noch Zeichen der Luftangriffe trägt. Eine Schicht Kalk und Putz bedecken provisorisch die Decke. Ansonsten ist alles wie vor zehn Jahren, ewiges Zeugnis der Schrecken jeglichen Krieges.

Olga ist gerührt und drückt die Hand ihres Vaters, der sich, sichtbar erschüttert, fest auf seinen Stock stützt. Unterdessen ergreift Fernanda wieder das Wort und begleitet sie, von rechts nach links, beim Erfassen des Werks, hilft ihnen, Formen und Figuren in den schwarzen, weißen und grauen Flecken zu erkennen: eine verwundete Frau mit erhobenen Armen, ein Haus in Flammen, eine Öllampe, der Leichnam eines Soldaten am Boden, eine Mutter mit ihrem Neugeborenen im Arm, ein Stier und eine Taube.

Olga folgt der Erzählung und erkennt alle Elemente.

»Es passt perfekt in diesen Raum. Als wäre es dafür gemacht«, sagt Diamante zu ihrem Mann, als sich der Ausstellungsbesuch dem Ende nähert.

Die Direktorin bedankt sich und beendet die Führung. Die Gruppe verstreut sich, und Fernanda geht zu Olga und ihren

Eltern. »Signori Torri, wie schön, Sie wiederzusehen«, grüßt sie fröhlich.

»Olga, wie lange ist das her!«, fügt sie an ihre Altersgenossin gewandt hinzu.

»Herzlichen Glückwunsch, Fernanda«, sagt Diamante schüchtern. »Wie weit du es gebracht hast.«

»Es kommt mir vor, als wäre es gestern gewesen, als du …« Diamante ist kurz davor, sich in Erinnerungen zu verlieren, als Olga sie unterbricht: »Mama, ich bitte dich. Fernanda hat bestimmt zu tun.«

Fernanda lächelt milde und meint: »Kein Problem, Olga. Ich bin daran gewöhnt. Meine Mutter ist neunzig, sie erinnert sich nicht daran, ihre Medizin zu nehmen, aber was die Vergangenheit betrifft, weiß sie alles und könnte stundenlang davon erzählen.« Die beiden Frauen brechen vor Diamantes Augen in ein ansteckendes Lachen aus, während Diamante so tut, als sei sie gekränkt.

Zusammen laufen sie zum Ausgang, wobei Olga ein Paket überreicht. Es ist eine rote Metallschachtel, auf der der Zaini-Schriftzug prangt. »Das ist für dich, um dir diese intensiven Tage zu versüßen«, sagt sie in scherzhaftem Tonfall.

Fernanda nimmt die Schachtel in die Hand und mustert sie, während Olga erklärt: »Das sind unsere Boeri, ganz frisch aus der Herstellung. Ich wollte sie schon immer in unseren Katalog aufnehmen, und dank der Hilfe meiner Kinder, die die Firma inzwischen auch ohne mich voranbringen, sind sie heute auf dem Markt.«

Nach einer Pause wird Olga ernster. »Du hast mit dieser Ausstellung gezeigt, dass auch die Kultur ihren Weg wieder aufnehmen kann«, sagt sie und zeigt auf die Pralinen. »Das ist unsere Antwort, unsere Art, wieder loszulegen«, schließt sie.

»Ein wunderschönes Geschenk, danke, Olga«, sagt Fernanda

und hakt sich bei ihr unter. »Das werde ich sicher brauchen«, fügt sie hinzu, als sie die Schlange vor dem Eingang des Palazzo Reale sieht.

Die beiden Frauen umarmen sich freundschaftlich und versprechen einander, sich früher oder später wiederzusehen.

Olga geht zu ihren Eltern, während Fernanda die Schachtel öffnet und eine Praline auspackt, bevor sie zurück in die Ausstellung geht, um die nächste Gruppe in Empfang zu nehmen.

SAN GREGORIO NELLE ALPI

Emilia öffnet das Fenster und vertreibt die Melancholie. Der Gipfel des Pizzocco ist immer da, vor ihr: Felsenfest und eindrucksvoll hebt er sich vor dem klaren Himmel des beginnenden Herbstes ab. »Ja, du hast recht, als ich in Mailand war, hast du mir wahnsinnig gefehlt«, sagt sie laut, an den Berg gewandt. Jahre sind seit ihrer Rückkehr vergangen, aber ein Teil ihres Herzens ist im Nebel der Stadt geblieben. Und kein Panorama kann das ausgleichen. Jeden Morgen gilt ihr erster Gedanke den Kindern, die inzwischen erwachsen und mit dem Alltag einer eigenen Familie oder der geschichtsträchtigen Firma beschäftigt sind.

Aus der Küche hört sie lautes Töpfeklappern. Es ist Markttag, und ihre Mutter macht Mittagessen. Sie ist fast achtzig, hat aber die Energie einer Zwanzigjährigen. »Das ist die Bergluft, meine Liebe«, rechtfertigt sie sich, um das Heimweh ihrer Tochter zu lindern.

Emilia weiß, dass es nicht die Luft ist, die sie so lebendig hält, sondern die Freude, sie bei sich zu haben. Kaum hatte sie die Schwelle überschritten, schon verschwanden alle Zipperlein, und sie wurde wieder so fröhlich und stark, wie sie immer gewesen war. Darum ist Emilia trotzdem heiter: Sie weiß, dass sie am richtigen Ort ist.

Vor einiger Zeit hat außerdem eine Cousine eine Tochter bekommen und sie gebeten, ihr ein bisschen zur Hand zu gehen. So ist sie also wieder zu dem Kindermädchen geworden, das sie immer gewesen ist. Wenigstens für ein paar Stunden am Tag.

Sie schlüpft in ihre Samtpantoffeln und geht runter in die Küche.

»Buongiorno, Mama«, grüßt sie, gibt ihr einen Schmatzer und setzt sich an den Tisch. »Was kochst du Leckeres?« Sie nimmt sich eine Tasse für die Milch.

Ihre Mutter will gerade antworten, sagt dann aber: »Carlo ist mit der Post gekommen. Auf der Bank am Eingang liegt was für dich!«

Emilia steht auf und kommt mit einem schweren Päckchen zurück, das sie auf dem Tisch abstellt.

»Aus Mailand«, sagt sie aufgeregt.

Sie öffnet es.

Das Zaini-Logo ist auch auf dem Papier. Sie wickelt es aus und erkennt die traditionelle Form des geschichtsträchtigen Blocks Schokolade.

»Die Verpackung ist anders«, kommentiert sie laut. *»Am Anfang ist der Block, zersplittert, gemahlen, temperiert; jeder Block Schokolade bringt ein neues Rezept mit sich, neue Inspiration«*, liest sie. Sie lächelt: »Da hat zweifellos Piero seine Finger im Spiel.«

Dann fällt ihr Blick auf den Namen des Produkts: Emilia.

Sie schaut auf und starrt verblüfft ihre Mutter an, dann senkt sie den Blick wieder. Sie liest noch mal: Emilia.

Ihre Augen sind schon tränennass, noch bevor sie den beiliegenden Brief liest: *»Liebste Emilia, du bist in unser Haus gekommen und mit einer Zartheit und Süße in unser Leben und unsere Herzen getreten, die wir nicht vergessen wollen. Du hast uns die* *schwierigsten Tage versüßt und unsere Erinnerungen mit Heiterkeit angefüllt. Wir haben daher beschlossen, dir unser traditionelles Produkt zu widmen. Das scheint uns der passendste Dank für das naschhafteste und vollkommenste Kindermädchen, das eine Chocolatiers-Familie nur haben kann. Wir wünschen dir auf diese Weise viel Glück und haben die Hoffnung, dich überall wiederzusehen, auf jedem Regal, in jeder Vorratskammer und jeder Küche. In allergrößter Dankbarkeit, für immer die Deinen, Piero, Rosetta, Luisa und Vittorio«*

DERGANO HEUTE

Hinter den Eisenbahngleisen, hinter dem Cimitero Monumentale und dem Scalo Merci Farini mit seiner Zollstelle liegt Dergano. Heute ist es ein Viertel im Norden der Stadt, eingefasst von der Ghisolfa-Brücke, dem Niguarda-Krankenhaus und der äußerst lebhaften Isola, aber seine Ursprünge reichen bis in vorrömische Zeiten zurück. Schon der Name Dergano scheint sich auf die Eiche, den heiligen Baum der Kelten, zu beziehen, die diese Gegend einst bewohnt haben sollen. Die Jahrhunderte vergehen, die Ortschaft wächst. Auf den Landkarten erkennt man kleine und größere Wasserläufe, Felder und hier und da Häuser und Bauernhöfe. Die Bäume schlagen Wurzeln. 1797, zu Zeiten Napoleons, pflanzen die Einwohner von Dergano zum Ruf »*Liberté, égalité, fraternité*« auf dem Hauptplatz den Baum der Freiheit, als Zeichen der Zustimmung zu den Idealen der Französischen Revolution.

Von der französischen zur industriellen Revolution ist es nur ein kleiner Schritt. Ende des neunzehnten bis Anfang des zwanzigsten Jahrhunderts weichen Bauernhöfe und Felder den ersten Fabriken: der Carlo Erba, zwischen Via Imbonati und Via Crespi, der Fernet Branca, in der Via Resegnoe, und nicht weit entfernt der Armenia Films, eines der ersten Filmstudios. Ab 1896 ist auch das erste Krankenhaus, Ospedale dei Contagiosi, in Betrieb, das sich auf die Behandlung ansteckender Krankheiten spezialisiert hat (von den Pocken bis zur Cholera, von Meningitis bis Tuberkulose) und Agostino Bassi gewidmet ist, dem Pionier der modernen Bakteriologie. Die hohen, schlanken Schornsteine markieren die Grenzen und geben mit ihrem Rauch den Takt von Arbeitsschichten und Produktion an: Medizin, Spirituosen, Kräuter. Die Zeit vergeht: 1923 wird Dergano (das sich 1868 mit der Gemeinde Affori zusammengeschlossen hat) dem Stadtgebiet von Mailand eingemeindet. Zwar wird es so formell zu einem Stadtrandviertel, behält im Grunde aber eine stabile eigene Identität bei. Über die Jahre wird es mit neuen Fabriken bevölkert, jede ein Kapitel in der Mailänder Unternehmensgeschichte: von den Düften der Gi.Vi.Emme bis zu den chemischen Baustoffen der Mapei, von der Schokolade der Zaini bis zu der der Italcima in den äußerst zweckmäßigen Fabrikgebäuden, entworfen von Gio Ponti und Luciano Baldessari.

Spaziert man heute durch die Straßen von Dergano, wird selbst der Blick des eiligsten Passanten von den Schornsteinen angezogen, die Derganos Skyline bestimmen und eine betriebsame und produktive Vergangenheit bezeugen. Von dort oben haben sie Mühen und Genugtuung, Schmerz und Glück beobachtet, und heute wirkt es, als wollten sie das Wort ergreifen und davon erzählen. Drei haben überlebt. Einer ist ganz bunt: Der gehört zur Brennerei der Fratelli Branca. 2015 wurde der 55 Meter hohe Schornstein anlässlich des hundertsiebzigjährigen Jubiläums dem Kollektiv Orticanoodles anvertraut, das mit Beteiligung aller Angestellten der Fabrik das höchste Wandgemälde Mailands realisiert hat. Der zweite ist eine Reliquie: An der Via Imbonati steht er als einzig verbliebener Teil der riesigen Carlo-Erba-Fabrik, die eines der führenden Pharmaunternehmen der Welt war. Er hat die schwierige Aufgabe, eine Geschichte zu verteidigen, die nun definitiv abgeschlossen ist.

Der dritte Schornstein schließlich prangt über der Via Abba und der Via Conte Verde: Es ist der der Zaini. Im Schatten dieses unverputzten Backsteinturms bewegen sich Olga, Emilia, Ines, Clelia, Luisa. Es ist die Geschichte der Fabrik der *Tuse*, der hübschen jungen Frauen, wie sie von den Einwohnern des Viertels liebevoll genannt wird.

Historische Anmerkung

Das Schreiben dieses Romans war eine einzigartige Erfahrung. Die Figuren und ihr Leben zu entwickeln, war ein komplexes und intensives Unterfangen, die Geschehnisse nachzuzeichnen, eine unvergessliche Reise.

Bevor ich der Phantasie Raum ließ, war es für mich unabdingbar, den historischen Kontext zu rekonstruieren und dabei so genau und präzise wie möglich zu sein. Archive und Bibliotheken waren mein Ausgangspunkt: die städtische Drucksammlung Achille Bertarelli, die Biblioteca Trivulziana, die Cittadella degli Archivi, das Staatsarchiv, das historische Archiv der Handelskammer und das der Banca Intesa Sanpaolo, das Dokumentationszentrum für zeitgenössische jüdische Geschichte und Kultur Centro di Documentazione Ebraica Contemporanea, das Diözesanarchiv, das Archiv der Fondazione Fiera Milano und das des Asilo Mariuccia haben mir bei den Koordinaten für mein Projekt und dem Entwurf der Geschichte geholfen.

Unter all dem gesammelten Material möchte ich gerne einige Bestände hervorheben, weil sie die Entwicklung der Handlung bestimmt haben.

Im Archiv der Handelskammer werden die Akten zur Zaini, zur Drogerie Torri am Corso Vercelli 27 und zur Italcima aufbewahrt, mit Hilfe derer sich Daten und wichtige Etappen in den jeweiligen Firmengeschichten genau rekonstruieren ließen.

Im Staatsarchiv war der Bestand *Ebrei*, Juden, von Präfektur und Polizeipräsidium in Varese nützlich, um die Geschichte der Häuser in der Via Fratelli Bandiera zu rekonstruieren, von denen viele jüdischen Familien gehörten und beschlagnahmt oder von Bomben getroffen wurden. Hilfreich zur Vertiefung des Kontexts war auch die Konsultation des Bestands EGELI, der die Dokumentation von Aneignungen des Besitzes italienischer und ausländischer Jüdinnen und Juden in der Lombardei seitens des faschistischen Regimes zwischen 1939 und 1945 enthält.

Die Seiten des *Corriere della Sera* haben jedes meiner Kapitel begleitet und mit ihrer Berichterstattung zur Auswahl des Erzählten beigetragen. Hier wird beispielsweise am 1. September 1925 die Nachricht vom Revolverschuss auf Luigi Zaini gebracht.

Ohne hier eine universitäre Abschlussarbeit abliefern zu wollen, in der alles genau belegt wird, möchte ich nur noch zwei Anmerkungen machen, die das kostbare Archiv der Familie Zaini betreffen, wenn es auch durch die Bombardements im Zweiten Weltkrieg reduziert wurde. Hier habe ich den Brief gelesen, in dem Olga den Heiratsantrag von Luigi annimmt. *In der Liebe gibt es keine Opfer* – das sind ihre Worte. Und hier habe ich schließlich auch die letzte Rede gefunden, die Luigi vor seinen Angestellten hält. Auch die ist also nicht auf meinem Mist gewachsen.

Dann hat die Kunsthistorikerin der Schriftstellerin Platz gemacht, das heißt, viele der in diesem Roman erzählten Geschichten sind von mir erfunden, wenn auch durch und durch wahrscheinlich.

Dank

Man soll die Gunst der Stunde nutzen, Gelegenheiten und Herausforderungen beim Schopfe packen und Wetten annehmen. Mein tiefster Dank geht an Francesca Lang, die als Erste an meine Fähigkeiten geglaubt hat und meine Arbeit Seite für Seite verfolgt hat, mit einer ebenso großen Professionalität wie die Zuneigung und Freundschaft, die uns seit Jahren verbindet. Ich bin sicher, dass unser Bund am Ende dieses Abenteuers noch fester, besonderer und kostbarer sein wird.

Ich danke der Familie Zaini, Fabrizio Azimonti und Ludovica Amat, dass sie mir mit Großzügigkeit, Diskretion und Taktgefühl ihre Erinnerungen, Archive und Kataloge zugänglich gemacht haben.

Dank an Fiammetta und Ombretta von der Walkabout Literary Agency, die mich vor vielen Jahren kontaktiert und mich in die Welt des Schreibens und der Verlage eingeführt haben.

Ein besonderer Dank geht an meine Familie, die jedes Kapitel und jede Praline mit mir geteilt hat und mit Begeisterung, Leidenschaft und Naschhaftigkeit mit mir auf die Reise gegangen ist. Danke an Tante Gin, die schon immer hinter jedem Komma her ist, und an meine Mutter, die schon seit den ersten Veröffentlichungen eine leidenschaftliche und aufmerksame Leserin ist.

Ich möchte auch den vielen Menschen danken, die mir mit Begeisterung und Leidenschaft bei den Recherchen geholfen haben, um meinen Roman so authentisch wie möglich zu gestalten. Danke, Aldo Bartoli, Carla Cioglia, Franco Castelfranchi, Francesca Fontana, Andrea Franzi, Anna Gastel Giovanna Lombardi, Giovanbattista Mintrone, Frank und Mario Turner, Silvia Donghi, Anty Pansera, Pinuccia Mandelli, Mariarosa und Aldo Grisanti, Andrea Terreni, Gianfranco Scotti, Bernardino Seneca und Zeno Zanardi.

Zum Abschluss noch ein Dank an die 8:30-Uhr-Kaffees am Tresen der Vigna di Leonardo, immer in Gesellschaft: Sie haben nicht nur für einen guten Start in die Tage des Schreibens gesorgt, sondern auch dazu beigetragen, Beziehungen und Freundschaften zu knüpfen, die immer tiefer werden.

Dieser Roman ist ein Werk der Phantasie. Die erzählten historischen Fakten wurden von der Autorin frei interpretiert.

Der Roman zitiert folgende Werke:

- *Luigi Barzini, Le avventure di Fiammiferino, Biblioteca economica dei ragazzi, 1918.*
- *Emma Vanzetti, Il Quattrova illustrato ovvero la cucina elegante [Vorwort von Piero Gadda], Mailand: Domus, 1931.*
- *Emma Vanzetti, Il Quattrova raddoppiato: 1014 ricette di cucina [Vorwort von Piero Gadda], Mailand: Domus, 1936.*
- *»Le lasagne di Petronilla«, in: Corriere dei Piccoli, illustrierte Beilage des Corriere della Sera, Jahrgang XXVII, Nr. 25, 23. Juni 1935, S. 9.*
- *»X agosto«, Gedicht von Giovanni Pascoli, in: Myricae, Livorno: Giusti 1891*

Für die deutsche Fassung wurden die Zitate von der Übersetzerin übertragen, da keine publizierten Übersetzungen ins Deutsche zu finden waren.